廊檐挡住了阳光,他们就坐在屋檐的阴影下,吹着夏风,闻着竹香,吃完了玫瑰牛奶味儿的冰棍儿。

# 目录
contents

001 —— 第一章
**重战深宫**

049 —— 第二章
**攻克难关**

107 —— 第三章
**拜见父皇**

167 —— 第四章
**副本升级**

249 —— 第五章
**风云涌动**

325 —— 第六章
**皇储之争**

381 —— 第七章
**武侠之路**

435 —— 第八章
**惊鹿再现**

487 —— 第九章
**求娶公主**

535 —— 第十章
**帝后生活**

583 —— 番外

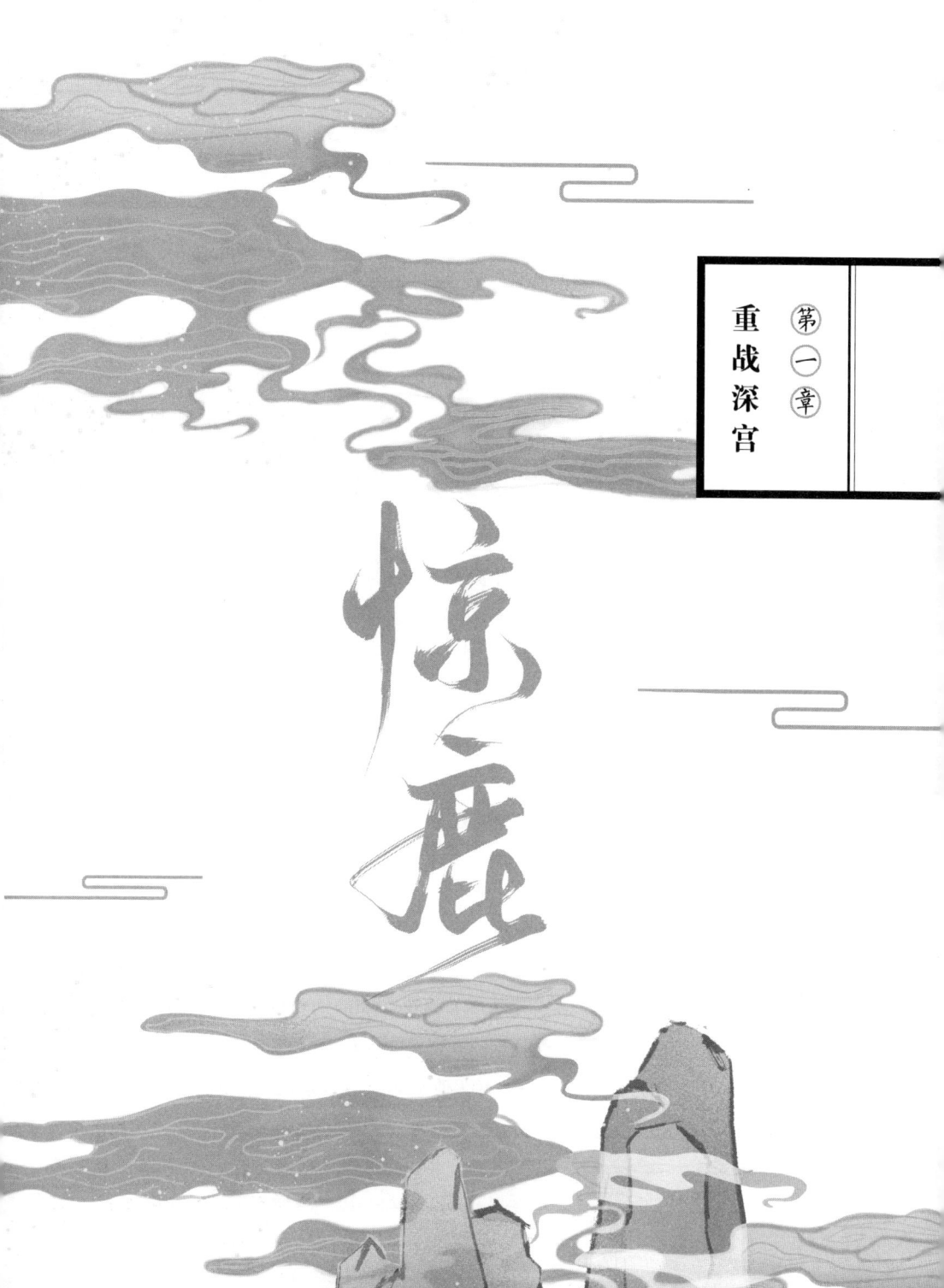

## 01

林非鹿在她二十七岁生日的那个晚上跌入了一场诡异的梦。

往年的生日她都会在海边别墅聚餐，跟狐朋狗友狂欢到天亮，连父母的礼物都是提前寄到那边的。

但这一次她不巧肠胃炎犯了，早上去医院拿了点儿药，就近回了市中心的房子，躺在卧室一睡就是一天。

晚上她是被客厅的动静吵醒的。

父母分居后各过各的，但市中心这套房子是两人共同所有，长时间空着，林非鹿捂着胃走出去的时候，看到她打扮时髦的妈正在客厅打电话。

林非鹿愣了两秒钟，转身回卧室换衣服，然后摔门离开，到车库的时候林母的电话打了过来，问她："你怎么在这儿？没去聚会？"

林非鹿拉开兰博基尼的车门，没回答，反问："你们离婚了？"

林母说："没有。"

她笑了一声："也不知道你们这样有什么意思。"

她一向对他们的事不感兴趣。

这对夫妻从她小时候开始就同床异梦，这些年她看开了，除了厌烦，已经没有别的感觉。

要挂电话的时候，那头想起来什么似的说了一句："小鹿，生日快乐。"

林非鹿发动车子："谢谢。"

车子开上沿海公路，电话又响了，是林非鹿的塑料姐妹打来的，咋咋呼呼地喊："你终于接电话啦？我们在酒吧，你来吗？"说完又压低声音，语调有些兴奋，"谢河也来了，说要为上次他女朋友的事儿给你道歉！哦，不对，已经是前女友了，让她泼你咖啡，活该！"

她的胃又开始痛，一手捂着胃一手握方向盘，恹恹地说："我不来了，你们玩儿吧。"

塑料姐妹惊道:"那谢河怎么办?"

林非鹿笑道:"我管他怎么办。"

对面无语:"人家都因为你跟女朋友分手了。"

她语气随意:"又不是我让他分的,我什么也没做。"

那头沉默了。

胃里又是一阵绞痛,林非鹿疼得一躬身,伸手去挂电话。前方突然响起刺耳的刹车声,一辆大货车疾速斜滑过来。

林非鹿猛打方向盘,车头撞上护栏,朝着下方的海崖飞了下去。

在空中的那么几秒钟,天旋地转,林非鹿内心竟然很平静,脑子里只有一个想法——果然坏事做多了是会遭报应的,下辈子她一定当个好人。

但是没想到下辈子来得这么快,感觉就是睡了一觉的时间,再睁眼的时候,她就又活过来了。

林非鹿愣了三秒,举起自己细小的胳膊看了会儿,又转头看向旁边。

床边坐了个穿宫装的女人,五官生得非常漂亮,脸色却惨淡而白,浑身透出一股死气沉沉的病气,正捧着一块绢在绣。

林非鹿还在暗自打量,从门口走进来一个宫女:"娘娘,药拿回来了。"

女人站起身:"太医呢?"

"今日丽美人临盆,太医们都奉命去候着了。奴婢向太医院的俸使转达了公主的病情,这是俸使给公主开的药。"

女人紧紧拽着手中的绢丝,半晌,认命似的:"罢了罢了,去把药煎了,再做些清淡粥菜来。"

宫女奉命而去,女人转身,瞧见床上的小姑娘已经醒了,正睁着一双黑溜溜的眼睛四处打量,赶紧放下绢丝,俯到床边将她抱起来。

林非鹿只觉身子一轻,女人身上融融的淡香袭入鼻腔,自己干巴巴的小身体被她搂在怀里,满满的都是不真实感。

"鹿儿乖,还有哪里不舒服吗?"

林非鹿似醒非醒地摇了下头,女人抱着她往外走,院内有个宫女正蹲在桂花树下拣花蕊,女人说:"等鹿儿好了,娘给你做你爱吃的桂花饼好不好?"

视野开阔起来,入目是红墙青瓦,庭院石桌;远处飞檐峭台,楼可摘星。院门前一扇石屏,上雕翠竹荷月。院内布两三石桌石椅,东西两角各有一座大瓷水缸，房有四间，树木零星。古色古香的庭院，并不华丽，犹显得清冷。

林非鹿转头看女人，眼下这情况，她还沉得住气，出声问："我怎么了？"

又软又糯的小孩儿声音，奶声奶气的。

女人温声笑道："鹿儿早上去临行阁玩，失足落水染了风寒，不过不碍事，一会儿喝了药就好了。"

林非鹿咬了下舌头，疼。

没多会儿宫女就端了碗药过来，女人喂她喝了药，又塞了块儿甜甜的蜜饯在她嘴里。宫女在旁边笑道："公主真乖，喝药也不哭不闹的。"

林非鹿觉得头疼，低声说："我想睡觉。"

女人亲亲她的脸颊，将她抱回床上。林非鹿闭上眼，听到女人交代："明日你将这对玉镯送给丽美人，贺她产子之喜，我身子带病，恐惹美人不好，就不探望了。"

"奴婢记下了。"

眼下这情况，林非鹿就是再蒙也反应过来了。

一时间有些啼笑皆非。

但她向来适应能力强，喝完药睡了一觉后，就已经完全接受了这个事实。睡觉期间，属于小女孩儿本来的记忆涌入她脑中。

五岁大的小女孩儿，知道得也不多。

只知道这地方是大林朝，母妃是岚贵人，她有一个大自己两岁的哥哥，叫林瞻远，哥哥跟正常人不一样，别人都偷偷叫他"傻子"。

她是大林朝的五公主，但见过父皇的次数屈指可数。

换而言之，她的母妃不受宠，她也不受宠。

昨天她在外面放风筝，风筝断线落在了临行阁，小女孩儿追过去捡风筝的时候，遇到了三公主林熙。

林熙其实看不上她那个破破烂烂的风筝，但就是喜欢欺负她，两人争抢风筝的时候，小女孩儿被林熙推入水中，救上来之后就一直发着烧昏迷。

再醒来就是林非鹿了。

她用自己硕士高才生的知识回忆了一下，发现在五千年长河中查无此朝。

虽然这地方看上去不咋样，但回想自己经历的那场车祸，再看看现在完好无损的小胳膊小腿，林非鹿觉得自己还是捡了个大便宜。

脑子里小女孩儿的身影渐渐模糊，林非鹿在心里跟她说："我这个人恩怨分明，绝不白白占人便宜，我既然用你的身体活了过来，别的不说，仇一定给你报。"

她转而又想到自己死之前发的那个誓，看来这是老天爷给了她悔过自新的机会。

好人要做，仇也要报，不过君子报仇十年不晚，她还得先把目前的处境搞清楚。宫斗剧不是没看过，后宫险恶，她得小心一点儿。

屋外天色渐亮，岚贵人发现她退了烧总算松了口气，出门吩咐丫鬟熬粥。林非鹿正躺在床上思考新人生，房门"吱呀"一声被推开，有个小身影摸了过来。

他走到床边半蹲下，扒着床沿喊："妹妹，妹妹。"

林非鹿转过头，看见一个俊俏的小男孩儿正歪着脑袋傻乎乎地冲自己笑。

是她的痴傻哥哥林瞻远。

林瞻远在众皇子中排行老六，虽然是名义上的六皇子，但连宫女太监都敢私底下骂他"傻子"就可以看出来，这是个被抛弃的皇子。

想来皇帝不喜欢岚贵人，也跟这有关。

真龙天子却有一个痴傻儿子，简直是人生污点。

林瞻远的智力停留在三四岁，只会说一些简短的词语，看见林非鹿醒了，高兴地拍她脑袋："妹妹乖，妹妹不疼。"

林非鹿觉得他怪可爱的。

她自小在那样的家庭长大，没有得到过爱，也没人教她怎么去爱，养成了一副极度自我的性子，看似游戏人间，其实内心漠然，很难共情，唯独对漂亮的小孩儿能生出几分耐心和真心。

她笑着跟他说："我不疼。"

林瞻远应该是听懂了，更高兴，笑得口水都流出来了，从怀里抓出一把腻歪歪的蜜饯，献宝似的伸到她面前："吃，妹妹吃，好吃！"

那应该是他偷偷藏的，蜜饯都黏成一团了，看上去脏兮兮的。林非鹿最挑嘴，当然不会吃，于是哄他："妹妹不吃，哥哥吃，都是哥哥的。"

她声音奶声奶气的，又甜又软，自己都觉得好听。

林瞻远继承了他娘亲的容貌，哪怕是智力有问题，也不妨碍他的颜值，高兴地一点头，把蜜饯都塞进自己嘴里。

林非鹿趁机下床去找镜子。

不出她所料，铜镜里的小女孩儿粉雕玉琢，灵动可爱，笑起来颊边有个小酒窝，萌死个人，长大后颜值必然不会低。

重度颜控的林非鹿很满意。

萧岚进来的时候看到糊了满脸糖霜的林瞻远，一脸无奈地把人拉过来："娘是不是说过，妹妹生病了，不可以来闹妹妹？"

林瞻远怪委屈的："想妹妹，和妹妹玩。"

萧岚似乎一点儿也不嫌弃自己这个儿子，在母凭子贵的后宫，林瞻远的存在算是断绝了她全部后路，但她依旧毫无保留地给了这对儿女一个母亲所有的保护和爱。

林非鹿花了一顿早饭的时间摸清了身边的情况。

萧岚住的这地方叫明玥宫，她住的是偏殿，前头还有高她一个位分的徐才人，住在主殿。

身边伺候的宫女只有两个，一个叫云悠，就是昨日林非鹿醒来时看见的那个，是陪着萧岚入宫的本家丫鬟；另一个是宫中宫女，叫青烟，因受过萧岚恩惠，在别人想方设法离开这个不受宠、没油水可捞的地方时，自愿留了下来。

另外便只剩一个嬷嬷，是常年伺候在这明玥宫的，资历老，萧岚不大使唤她，吃饭的时候林非鹿见了一面，双方都客客气气的。

总的来说，处境比较凄凉。林非鹿想了半天，安慰自己至少清静。

不受宠也有不受宠的好处，起码没人盯着你，不用应付层出不穷的手段，关起门来安安静静过自己的日子，也挺好的。

毕竟她也需要时间来适应新环境和新身份，先观察着吧。

不搞事，当个好人。

嗯。

结果还不到中午，青烟就一脸焦急地跑了进来，林非鹿还趴在床边看萧岚绣花呢，听到她说："娘娘，静嫔娘娘宫里的人过来了，是来找公主的！"

萧岚皱起眉："什么事？"

青烟不无担忧地说："三公主昨日夜里开始高烧不退，一直嚷嚷看见小公主站在她门口，看了太医也不见好，静嫔娘娘传话，说……说定是小公主昨日在临行阁冲撞了三公主，让小公主过去赔罪。"

林非鹿绕了半天才捋清这层关系，三公主就是昨日推她下水的林熙，静嫔就是林熙的娘，杀人凶手自己把自己吓病了还要受害者给杀人凶手赔罪？

林非鹿觉得这后宫，还怪有意思的。

## 02

昨日临行阁没什么人，林非鹿跟林熙起争执的时候旁边只有照顾林熙的几个宫女，看萧岚的反应，估计连她都不知道林非鹿落水的真相。

静嫔不可能不知道，现在却倒打一耙。

这大林朝的后宫位分跟历史上的明朝很像，萧岚之上还有才人、美人、婕妤、昭仪，再往上就是嫔、妃、贵妃乃至皇后了。

静嫔一发话，萧岚就是再气愤、再不愿，也只能带着林非鹿匆匆赶往昭阳宫。

相比于萧岚的紧张，林非鹿就显得很平静了，一路上还有心思欣赏皇宫景色。时间已是深秋，海棠、芙蓉开得正艳，亭台错落有致，宫殿大气磅礴，比起林非鹿当年春游去过的故宫不遑多让，甚至更有生气。

看来只有她住的那小偏殿冷清，这外边儿，还挺热闹好看的。

心满意足地看了一路风景，到昭阳宫的时候，老远就听见女孩儿号啕大哭的声音，其间还夹着一阵慌乱的斥骂，走到门口，林非鹿听到有个尖细的声音骂道："那小贱人来了没？难道还要本宫亲自去请吗？！"

静嫔身边的大宫女候在门口，看见萧岚领着林非鹿进来，立刻进去汇报。静嫔很快就出来了，又是一个纤弱美人，但以林非鹿的眼光看，比起萧岚差多了。

唉，这长相都能升到嫔，萧岚这种可以恃美行凶的模样却只是个贵人，这皇帝眼光实在不行。

林非鹿只看了两眼就把视线收了回来，旁边萧岚已经屈膝跪了下去，还扯了扯她让她也跪下。

林非鹿怪不情愿的，现代思想还在跟封建现实做斗争，就看见静嫔两三步走过来，不由分说抬手一巴掌狠狠扇在了萧岚的脸上。

清脆的一声"啪"，都把林非鹿看蒙了。

萧岚却生生地受了下来，还连连朝静嫔磕头，求她恕罪。

林非鹿到底是公主，就算不受宠那也是皇家血脉，静嫔再恨也不敢朝她动手，一通气发在萧岚身上后，看着眼前年纪小小就如此漂亮的小女孩儿，厌恶地道："进去，跪在三公主床前磕头赔罪！"

林非鹿一进来就呆呆的，静嫔也从太医院那儿得知她昨日落水后一直在发烧，是不可能出现在林熙门口的。

但后宫就是这么不讲道理的地方，现在她烧退了，自己的女儿却发高烧，不断地说胡话，跟她肯定脱不了干系。

静嫔正恨得牙痒痒，突然看见刚才还呆呆的小女孩儿脸上露出极度惊恐的表情，她瞳孔放大，满头大汗，盯着林熙那屋子门口的位置，而后"哇"的一声，哭着躲到了萧岚身后，边哭边说："那个人好可怕，身上挂着水草，还……滴水！呜呜呜，母妃，我怕。"

静嫔受到了惊吓。

宫女也受到了惊吓。

小孩子的神情状态作不了假，静嫔的脸一下子就白了，扫了一眼空无一人的门口，刚才还趾高气扬的声音有些打战："你看见什么了？还有什么？！现在还在吗？"

林非鹿一边抽泣一边说："现在走进三姐姐的屋子里了。"

还在床上躺着的林熙听见这句话，直接"嗷"的一声晕了过去。

昭阳宫顿时鸡飞狗跳。

在这个信奉鬼神的时代，没有人不对此心存敬畏。

林熙不是说她一直看见五公主站在门口吗？那行，你看见了，我也看见了，是不是五公主不好说，反正就是有水鬼在门口盯着你。

好巧不巧地，临行阁的池塘里前些年还真淹死过两个宫女，而且这事儿跟静嫔有些关系。静嫔想到这茬，更是深信不疑，哪儿还顾得上萧岚。

从昭阳宫离开时，萧岚的半张脸已经肿了起来，看上去就疼，但她好像感觉不到似的，只牵着林非鹿又小又软的手，一脸担忧地跟云悠说："鹿儿撞见了不干净的东西，你回去备些拜祭物。"

林非鹿百无聊赖地看着路两边匍匐的花。

她一直有一憋气就流汗的毛病，本来以为换具身体就没用了，刚才试了试没想到还在，然后就随便演了一下，对手太不禁打了。

后宫很快就都知道静嫔的昭阳宫闹邪祟的事，说是三公主林熙在临行阁玩招惹了不干净的东西。五公主林非鹿昨日不也发烧来着，都被俩小孩儿撞见了。

不过冤有头债有主,那邪祟只跟着三公主,看来还是静嫔作下的孽。

那之后,去昭阳宫的人就少了,跟静嫔常有往来的妃嫔不再登门。皇后把这事儿跟皇帝提了一嘴,虽说天子龙颜,但这种事能避就避,最近还是别翻静嫔的牌子了。

皇帝答应了,反正后宫佳丽三千,也不缺这一个,怕自己哪天太忙忘了这件事,还直接让人把静嫔的牌子撤了。

后来皇帝果然忘了这件事。

于是他也忘了把静嫔的牌子加回来。

然后静嫔就失宠了。

当然这都是后话,目前昭阳宫还处于人仰马翻、请高僧驱邪的状态。萧岚受的惊吓也不小,一回到明玥宫就拉着林非鹿开始拜祭。

她虽然没放在心上,但为了让萧岚心安,还是挺配合的。

偏殿正忙着,外面突然又起了一阵争吵,萧岚只听了两句好像就知道发生了什么,脸上露出无奈的神情,轻声跟林非鹿说:"鹿儿在这里跪到香燃完,娘一会儿就回来。"

林非鹿倒是答应得好好的,等萧岚一出去就起身跟了上去。

外面是云悠和主殿徐才人的大宫女红袖在吵架,林非鹿听了半天才知道发生了什么事儿。

后宫嫔妃每个月是有份例的,食物、炭火、银两这些,都按位分给。

明玥宫主殿住的是徐才人,萧岚位分在她之下,内务府分配的属于明玥宫的份例每次都被她领了,但属于岚贵人的这一份,会被她克扣掉一半。

今日又是领份例的日子,云悠担心又被她们抢先,早早就去内务府候着,结果那边的人一直推三阻四地让她排队。

徐才人虽也不受宠,但因傍着阮贵妃,内务府很是会看眼色,等轮到云悠的时候,明玥宫的份例已经被全部领走了。

云悠回宫后去找红袖拿份例,果不其然又只有一半。

这不就吵了起来。

林非鹿听见云悠气愤道:"我们娘娘还养着两个孩子,若是饿着冻着公主和皇子,你担得起罪吗?"

估计她不是第一次拿这事儿威胁,红袖满不在乎地笑道:"让你们娘娘少吃一点儿不就省下来了?"

云悠气得要冲上去跟她拼命，被萧岚拦下来了。

林非鹿回想了一下，萧岚真吃得挺少的。

偏殿的食膳并不丰盛，多是清粥小菜，但云悠厨艺好，林非鹿虽然挑嘴，但也不是不能吃。萧岚每次都把仅有的荤菜夹给两个孩子，自己不大动筷子，甚至有时候就喝一碗米汤。

林非鹿还以为她是为了保持身材，结果居然是因为没饭吃！

她是真没想到偏殿的处境难到这个地步。

说出去谁信啊，堂堂皇帝的嫔妃，连饭都吃不上了。

干脆别叫萧岚了，改名叫萧难算了。

林非鹿推门走出去，看见主殿门口坐了个打扮得花枝招展的女人，估计就是徐才人了。她正优哉游哉地喝着茶，跟看戏似的。

云悠眼眶都红了，被萧岚低声劝了几句，不再做无谓的争吵，正往偏殿来。

林非鹿脆生生地喊了句："母妃。"

萧岚转头看见她，无奈道："怎的不听话？香燃完了吗？"

林非鹿撒娇："膝盖跪痛了。"

萧岚也就不再说什么，拉着她往回走。林非鹿好奇地朝徐才人的方向打量，不无天真地问："母妃，为什么才人娘娘要拿那么多食物？她也养了两个孩子吗？"

徐才人比萧岚还早进宫两年，皇帝子嗣兴旺，多的是皇子、皇女，偏偏徐才人的肚子不争气，这么多年一点儿动静都不见。

如今失了宠，一年见不到皇帝一次，徐才人就更没可能怀孕了。

林非鹿的话简直就是往她心窝子上扎刀。

徐才人气得茶杯都摔了，但又不能拿她怎么样。萧岚赶紧领着女儿回屋，关上门后云悠咬牙道："坏事儿做多了，老天开眼才让她生不出来！"

青烟对萧岚道："这样下去总不是办法，跟她说理她总是拿位分压人，不如去找皇后娘娘主持公道吧？皇后娘娘就算不顾及您，总要顾及皇家血脉。"

萧岚叹了口气："闹到皇后面前去，岂不是又把整个后宫的目光引到自己身上？算了，不打紧，日子总还是能过的。"

跟萧岚生活了这两天，林非鹿也摸清了她的性格。

善良是真善良，软弱也是真软弱，遇事从不想办法解决，能退就退，能忍就忍。这样的性格，难怪混到今天这个地步。

但她也不好做什么，毕竟时间太短，而且她还想当个好人来着。

萧岚已经习惯了这种事情，并没有放在心上，拜祭结束，又带着林非鹿跪在屋内供奉的菩萨像前念经祈福。

林瞻远有样学样地跪在旁边的蒲团上，傻乎乎地问："妹妹在做什么？"

萧岚捻着佛珠，温声说："妹妹在祈求平安。"

林瞻远朝林非鹿伸出两只手："我的平安都给妹妹！"

他不懂平安是什么，但凡是妹妹需要的，不管自己有没有，他都可以给她。

林非鹿觉得心里有点儿暖，又觉得有点儿奇怪，自己居然在一个什么都不懂的小孩子那里感受到了从来没有过的属于家人的爱。

这样一想，她就觉得份例什么的好像也不是很重要，平静清贫的日子，也挺温暖的。

祈福一直持续到晚上，萧岚才安心了些，又嘱咐林非鹿好几遍，如果再看见什么，一定要告诉她。

林非鹿乖巧地点头，正准备上床睡觉，偏殿的宫门突然被急促拍响。青烟赶紧去应门，门一打开，外面居然是徐才人。

她的身边还跟着两个穿僧袍的人，她趾高气扬地往里走："五公主呢？听说她今天撞了邪祟，本宫带人来给她驱邪，可别把不干净的东西带到本宫的明玥宫来。"

萧岚脸色变了变，正起身去拦，几个宫女、太监直接冲进屋来，把林非鹿架到了院子里。

萧岚惊怒道："才人！鹿儿可是大林堂堂的五公主！"

徐才人笑道："正因为是公主，本宫才费力地帮她驱邪，不然本宫还懒得管呢。你就是说到皇后娘娘那里，也是本宫有理。"

话毕，徐才人使了使眼色。

那两个僧人当即从背后抽出两根柳条。

萧岚三人被宫女拦着，怒道："你们要做什么？！"

僧人道："柳条驱邪，用这柳条鞭笞身体，便可驱赶邪祟。"

说完，一柳条抽下来，林非鹿被两个宫女按着动弹不了，那柳条细长细长的，抽在她手背上，当即就出现一道红印，疼得她一个哆嗦。

从小到大，还没人敢这么打她。

林非鹿咬着牙深呼吸，我要当个好人，当个好……去你的，谁愿意当谁当，我忍不了了！

## 03

当务之急，是先把这顿打躲过去。

万事不可冒进，以保全自身为第一目的，先战术性撤退，再布防反击！

林非鹿当即憋气，这第二次柳条还没落下来，周围的人就看见小公主满头大汗地晕倒了。

萧岚尖叫一声，竟挣脱宫女的桎梏冲了过来。徐才人惊疑不定，跟那两个僧人面面相觑。她其实也怕把人打出问题，所以才选择了柳条，只想让林非鹿受点儿皮肉之苦，怎么才刚开始，人就晕了？

一开始本怀疑是这小丫头装的，但她走近一看，林非鹿眉眼紧闭、脸色苍白，满脸的汗作不得假，心里也是一个咯噔。

那两个僧人是这次随行进宫在静嫔那儿驱邪的高僧的弟子，得了徐才人的好处才有此一说，现在见人晕过去，顿时有些慌张。

徐才人梗着脖子说了句："看来邪祟已除，等五公主醒来应该就无大碍了。"

话落，她灰溜溜地带着人撤了。

萧岚抱着林非鹿也无暇他顾，跟云悠和青烟一道把人抱进屋内。林非鹿怕吓着她们，毕竟萧岚这身子骨可禁不得吓，一进屋就"虚弱"地睁开了眼，喊了声"母妃"。

萧岚哭成了泪人，一边用热水给她擦拭，一边让云悠去请太医。

这件事儿闹大了挺好，一个才人位分的嫔妃竟敢对皇家公主动手，宫里趋炎附势落井下石是常态，但欺压到这个份儿上未免过了。

林非鹿也没拦，躺在床上闭着眼思考接下来该怎么办。

她算是知道了，这后宫就是没事儿找事儿的地方，你不惹事儿，事儿也会来惹你。

当好人的下场就是像萧岚一样，谁都可以来踩两脚。

古代幼童总是容易早夭，她现在才五岁，就算内里强大，但身体机能终归只是个小女孩儿，要真遇上外力打击，能不能扛过去还真不好说。

如果连平安长大都成了奢求，那她也白活一次了。

本来以为这只是个养老副本，没想到居然是个战斗本。

战斗本好啊，不然她这么高的 DPS①打不了怪，岂不浪费！她倒要看看，这后宫副本的大小 Boss②，禁得起她几下暴力输出。

太医听说五公主晕倒了，倒是来得很快，在路上听云悠哭着把经过说了一遍，也觉得徐才人行事荒唐。

公主这身体本就虚，前些日子落了水也还未痊愈，太医过来一把脉，得出她惊吓过度身子虚弱的结论，开了药方，又叮嘱萧岚平日在饮食上注意进补。

萧岚倒是想补，可想到库存的那点儿食物，又落了一通泪。

等屋里的人都退下去，她坐在床边握着林非鹿的手哽咽不止："是娘不好，娘没有保护好鹿儿。"

林瞻远也在哭，边哭边说："打坏人！打坏人！"

林非鹿觉得头有点儿疼。

萧岚突然让她想起她上大学时的一个室友，人长得不错，脾气也好，可就是软弱自卑，遇事儿怕事儿，被欺负了只知道哭，连男朋友被抢了都不知道反抗，躲在寝室哭了好几天，像是自己的错一样。

林非鹿其实挺烦这样的人的。

烦归烦，林非鹿还是出手帮了她一把，轻轻松松地把她前男友从小三手上抢了过来，然后分手甩人，让渣男也体会了一次被抛弃的痛苦。

其实这世界上终归还是萧岚这样的人占多数，大事化小，小事化了，以为不争不抢就可以风平浪静，做什么都瞻前顾后，生怕惹事儿。

不过这也正常，如果人人都是林非鹿，那这世界估计早毁灭了。

林非鹿平静地从萧岚口中套话："母妃，为什么父皇不喜欢我们？"

萧岚没有多想："因为我不得宠，害得陛下也不喜欢你们。"

林非鹿又问："母妃长得这般好看，比静嫔娘娘还好看，为什么父皇不喜欢你？"

萧岚愣了一下，神情有些恍惚地回忆，也没察觉女儿是在套话，只以为她今晚受了惊吓很是委屈，过了一会儿才低声回道："这些事儿本不该告诉你，但……如今这样，也没什么好隐瞒的。当年娘进宫前，本心有所属，人

---

① 游戏术语，全称为 Damage Per Second，意为"秒伤害"，同时也指能够高输出高攻的单位。
② 游戏术语，指难度较大、打败后奖励较高，且出现在最后或剧情关键时刻的角色，又称"老母"。

宫后面对你父皇无法伪装，又总是多病，陛下嫌我冷清无趣，便渐渐不来明玥宫。后来……"

后来萧岚生下了林瞻远，并凭此晋了位分，从淑女升为贵人，可随着孩子长大，异常渐显。皇帝无法忍受自己真龙天子竟有痴傻儿子，厌恶之余，也怪罪到萧岚身上。

在那之前萧岚虽不受宠，但皇帝喜欢她的貌美，偶尔还是会来一次明玥宫的，那时日子也不像现在这般难过。

但那之后，萧岚就彻底失了宠，皇帝恨不得自己没有这个儿子，眼不见为净，干脆遗忘了这对母子的存在。

那时候萧岚已经怀上了五公主，生产时太医通报皇帝，皇帝连来看一眼都不愿。儿子痴傻，女儿估计也好不到哪里去，白白折杀了皇家威严。

萧岚失宠，又因为痴傻儿成了后宫笑话，连母家萧氏都放弃了她。

他们送她进宫本就为求前程，现在前程皆断，只来信警告她，事已至此，万万不可再惹事，牵连母族。

所以她才活得这么小心谨慎，哪怕母家早就抛弃了她，她也终究要顾全父母。

萧岚今晚受的惊吓也不小，一开始是在回答林非鹿，后来渐渐就变成了自说自话的回忆。她这些年在宫里过得这样苦，哪能不委屈，只是无可奈何，都忍着罢了。

林非鹿平静地听完这段旧事，内心毫无波澜，甚至有点想吹个口哨。

这个副本的难度比她想象得要高，看来在杀 Boss 之前，还得先攻略几个 NPC[①]，拿下增益保命 Buff[②] 提高胜算。

众所周知，皇宫中最大的 NPC 是皇帝。

就目前情况来看，攻略皇帝有点儿难。

那就退而求其次，先攻略皇帝的儿子吧。

林瞻远排行老六，在他之前，她是不是还有几个哥哥来着？

---

① 游戏术语，全称为 Non-Player Character，指非玩家角色，是游戏中一种角色类型，不受玩家操纵，引领玩家游戏进行，是游戏的重要核心角色。后同。
② 游戏术语，原是英文词汇，意为"增益"。在游戏中，一是指增益系的各种魔法，通常指给某一角色增加一种可以增强自身能力的"魔法"或"效果"；二是指在游戏的版本更新时，对某一个职业、种族、技能等游戏内容进行增强。

也不知道这几个同父异母的哥哥，长得好不好看。

哦，这不是重点。

重点是，在攻略 NPC 之前，她要先把小怪杀了。

小怪：徐才人。

## 04

徐才人敢这么明目张胆地欺负人，也是吃透了萧岚的性格，压根儿就不担心萧岚会反击。她虽也不受宠，但作为宫中集万千宠爱于一身的阮贵妃的狗腿子，一向狗仗人势，作威作福。

打晕了五公主，她还是担惊受怕了小半夜，最后是红袖点醒她："陛下恐怕连这位公主的存在都不知道，娘娘还担心她去告状吗？怕是陛下一见到她就会想到那个傻儿子，生气都来不及呢。"

徐才人一想，是这么个理儿！

有什么好担心的？自己可是为了帮五公主驱邪，何况她还没怎么动手，便宜了那小丫头片子。

想通这点，她就放宽心入寝了。不过第二天醒来，她还是派红袖去偏殿打探打探情况，结果红袖刚一出门，就被站在院子里的林非鹿吓了一跳。

主殿偏殿正对着大门，靠近主殿门口的位置有一棵石榴树，入秋之后落了叶，枝丫光秃秃的，林非鹿穿了一身红，晨起的雾气还没散，她孤零零地站在那里，小脸上没什么表情，眼睛一眨不眨地盯着那棵石榴树。

早上本来就冷清，她出现得悄无声息，红袖被吓得够呛，反应过来后又气又怕，提高声音不悦道："五公主，你站在那儿做什么？"

小女孩儿像没听见她的话，压根儿就没发现她似的，只仰着头，定定地盯着那棵树。

红袖顺着她的目光看过去，那树上一片叶子都没有，有什么好看的？红袖忍不住问道："五公主，你看什么呢？"

林非鹿这才慢慢将视线收回来。

她看着红袖，极其缓慢地咧了下嘴角，轻轻吐出几个字："那上面有人。"

那笑阴森森的，配上她的话，红袖一瞬间汗毛倒立，惊恐地扫了一眼石榴树，忙不迭地跑回主殿，"砰"的一声关上了门。

林非鹿拨了下鬓角被雾气打湿的碎发，若无其事地转身回去了。

偏殿里云悠正跟萧岚说："小公主说要赏日出呢，一大早就去院子里等着了。"瞧见她回来，云悠笑道："公主，日出好看吗？"

林非鹿抿唇笑了下："好看。"

青烟端着针线篓走过来，笑着说："公主穿红色真好看，像年画里的小仙童似的。娘娘手艺也好，做的衣服比织锦所的还好看。"

云悠叹气道："可惜今年就得了这两匹缎子，给公主和六皇子各做一套就没了，娘娘都好些年没穿过新衣服了。"

萧岚绾着线，脸上挂着慈爱又柔和的笑："我不碍事，反正也不出门。倒是鹿儿，总喜欢往外跑，今年给她做件斗篷吧，暖和。"

三个人晒着秋阳做针线活儿，林非鹿就四下转悠，熟悉地形。明玥宫并不算大，而且地处偏僻，外围的宫墙都有些剥落了，斑斑驳驳的，爬满了枯萎的藤蔓。对比一下昨日去过的静嫔那富丽堂皇、花草茂盛的昭阳宫，差别实在是大。

不急，以后都是自己的，林非鹿如是想。

主殿那位应该是被吓到了，一上午都没开过门。林非鹿逛完明玥宫，吃过午饭喝了药，出门拓展新地图。

皇子、公主在宫内行动不受限制，比起嫔妃还自由些，萧岚一向不拘着她，但每次都会让青烟跟着，上次是因为她着急追风筝，不然也不会落水。

林非鹿正巧不熟悉路，牵着青烟的手边走边套话，很快就把这后宫的地形分布搞清楚了。她本身记性就好，听过、看过一遍的东西不会再忘，一路走过来，脑子里已经有了空间图。

青烟不知道自己被套了话，还高兴公主今日活泼多话，穿过湖心亭后指着不远处道："公主想吃柿子吗？前面就是金柿园了，想吃，奴婢给你摘。"

林非鹿点点头，两人便走过去，刚进拱门，就听见里面传来一阵喧闹声。

一群宫女、太监围在一棵高大的柿子树下急得团团转，急呼着："四皇子，您快下来吧，摔着可如何是好？快下来吧，要吃哪棵树上的您盼咐一句，奴才们给您摘！求您下来吧！"

林非鹿仰头看去，挂满柿子的树上果然站了个男孩儿，树枝挡着看不清样貌，只见一身锦绣华服，像只猴儿似的在树上上蹿下跳。

青烟脸色变了变，低声说："公主，咱们回去吧，改日再来摘柿子。"

好不容易遇见个NPC，林非鹿岂能放过？

她状似天真地问："我哥哥是六皇子，那四皇子也是我哥哥吗？"

青烟拉着她退到一边才道："四皇子是娴妃娘娘的儿子，与咱们娘娘身份不一样。四皇子性格顽劣，让他瞧见公主，恐是要欺负你的。"

宫里这几个皇子，就数四皇子林景渊最爱惹事，为此没少被皇帝责罚。偏他又是所有皇子中和皇帝长得最像的一个，皇帝自然偏爱，每次都是雷声大雨点小，惯得他性子越发地跋扈。

若是跟他起了冲突，吃亏的肯定是小公主。

青烟着急，林非鹿倒是一如既往地淡定。

不就是个熊孩子嘛！

对付熊孩子，她有的是办法，只要摸清他的脾性，针对不同性格的NPC采用不同的策略，对症下药，方便快捷。

她没着急走，站在一边暗自观察林景渊。但凡是心机女，都有一个自带技能，那就是看人很准。她们很容易识别你是哪种类型的性格，然后投其所好。

小孩子比成年人更单纯，更容易识别。

林非鹿观察了半天，觉得林景渊这小孩儿任性归任性，但心眼儿不算坏。你拿皇帝娴妃来压他，他压根儿就不理你，爬树爬得起劲儿。

但底下奴才跪着开始哭，他倒是不耐道："若是父皇母妃责罚，我帮你求情就是了，你怕什么？喏，这个最红的柿子赏给你了。"

典型的吃软不吃硬。

他爬得高、看得远，摘完柿子略一回头，瞧见拱门这边站着人，却半藏在树后不出来，当即大声道："那边是何人？还不给本皇子过来！"

青烟心里咯噔一下，心道：完了。

青烟只能拉着林非鹿走过去，半眼都不敢往上瞧，跪在地上磕头道："奴婢见过四皇子。"

林景渊还站在树上，低头打量，那宫女身边站着个小女孩儿，穿一身红色的袄裙，头发绾着乖巧的簪，衬得肌肤雪白。

她安静地立在树下，偷偷朝上看，水灵灵的眼睛与他相对时，怯生生地一笑，又带着几分羞涩、几分乖巧地垂下头去。

林景渊从树上跳下来，故作威严地打量她："你是谁？"

她声音软糯糯的："我叫小鹿。"

身边太监提醒道:"四皇子,这是五公主。"

皇帝不惦记,宫里也甚少提及这位公主,林景渊又是个不把正事放在心上的人,平日只跟长公主和三公主来往,从来都没听过还有位五公主。

他一挑眉:"那你是我的皇妹?你藏在那儿做什么?"

林非鹿偷偷抬眼,目光扫过他手上的红柿子,抿着唇吞了下口水,迟疑又小声地说:"我想吃柿子。"说完,又半抬眸子看着他,怯怯地问,"可以吗?"

她睫毛生得又长又密,衬着一双水汪汪的眼睛,像染着一层水雾,叫人心生怜惜。

林景渊当即就心软得不行了,非常豪迈地一挥手:"当然可以!有什么不可以!"他对身边的太监道:"把我刚才摘的柿子都给她!"

太监赶紧把竹篓递上。

林非鹿的眼睛一亮,漂亮的小脸上露出开心的笑,伸手去接,却因为竹篓太重,身子一个趔趄。

林景渊眼疾手快地一把扶住,不悦道:"叫你的宫女拿。"

青烟自打过来就一直跪着,生怕惹怒了四皇子,怎么也没想到事情会是这个走向,立刻接过竹篓退到一边。

林非鹿小手背在一起,歪着脑袋朝林景渊甜甜地一笑。秋阳透过红柿洒下来,像落满她小酒窝似的,又暖又甜:"谢谢小哥哥。"

林景渊被她笑得都有点儿不好意思了。

他是见惯长姐的刁蛮和三姐的蛮横的,加之他娘娴妃跟长公主的娘惠妃不对付,他其实也很不喜欢自己那位长姐,更别提长姐的小跟班三姐了。

但这个从未见过的五公主完全不一样,柔柔弱弱的,笑起来既漂亮又可爱,想吃柿子却又害怕的模样,简直激得他小小男子汉的保护欲暴涨。

林非鹿想到什么,将刚才在御花园摘的一朵海棠从怀里拿出来,认真地递过去:"母妃说,来而不往非礼也,哥哥送了我柿子,我把这朵重瓣海棠送给你。重瓣海棠寓意幸运,很罕见的。"

说到最后,她恋恋不舍地看了一眼海棠花,然后毅然决然地放到了林景渊手中。

那花在她怀里放了一段时间,花瓣染上她的体温,搁在他掌心时,既柔软又温暖,林景渊耳根子都羞红了。

啊,什么绝世小可爱!这么罕见的幸运花居然就这么送给我了。明明自己也很舍不得的样子，却一点儿也没犹豫！

林非鹿送完花朝他挥挥手，甜甜道："哥哥再见。"

她跟着青烟朝外走去，走到拱门处的时候又偷偷回过头来，远远地朝着林景渊一笑。

隔着半寸秋阳，满院红柿，那笑三分羞涩七分乖巧，简直要把他的心都笑化了。

走得远了，出了一身冷汗的青烟才终于松了一口气，看看手中的柿子，又看看身边若无其事的小公主，还是忍不住问道："公主，重瓣海棠真的寓意着幸运吗？奴婢怎么没听说过？"

林非鹿没回答，只笑了下。

没听过就对了，我随口诌的呗。

## 05

竹篓里的柿子沉甸甸的，又大又红。往年她们是拿不到这么多柿子的，只是偶尔摘一两个解解馋，宫里规矩多，特别是萧岚这种处境更要万事小心，万万不能因为吃食留下话柄。

但今日这柿子是四皇子赏的，有几十个，不仅可以敞开肚皮吃，柿子皮还可以晒干了凉拌，吃不完的可以腌了做柿饼，小公主和六皇子接下来的零嘴也有了。

青烟也没觉得自家公主今天哪里不对，反而觉得小公主这么可爱果然是个正常人就会很喜欢呢！

回去的路上经过一排橘林，林非鹿打量了两眼，不知想到什么，停步跟青烟说："我想去摘几个橘子。"

青烟道："这里种的秋橘是做观赏用的，果子吃不得，很酸的。"

林非鹿没听她的："我想要两个。"

青烟也就没再劝，跟她一起过去摘了几个青油油的小橘子，一看就酸得慌。林非鹿把橘子包好放进自己的袖口，然后才一路回了明玥宫。

萧岚跟云悠还在院子里做针线活儿，看见青烟提的那一篓柿子，脸色变了变，正要责备她，青烟已经一脸欣喜地把方才的事情说了一遍。

萧岚听完有些惊诧，看了一眼蹲在院子里跟林瞻远一起掏蚂蚁窝的林非鹿,倒也没多想,觉得大概是四皇子今日心情好才赏了她们,吩咐青烟去剥柿子给两个小孩儿吃。

林非鹿抱着甜糯糯的柿子坐在门槛上一口一口地啃,看着对面正殿紧闭的大门。

刚才听云悠跟萧岚聊天,对面到现在都没开过门,林非鹿很满意对方的反应。她不过是说了句"树上有人",主殿的人就吓成这个样子,那她这次制定的计划方向算是对了。

下午时分正殿的大门才缓缓地开了一条缝,斜阳洒了满院,也洒满那棵光秃秃的石榴树。徐才人被红袖扶着,先是有些躲闪地扫了一眼石榴树,然后目不斜视地朝外走去,步伐匆匆。

林非鹿就坐在门槛上盯着她看,徐才人朝林非鹿的方向张望了两眼,感觉这小丫头像是在看自己,又像在看别的什么,邪门得很。

临近傍晚她才回来,彼时林非鹿已经吃完晚饭,跟林瞻远在院子里玩踩影子游戏。

徐才人一进来,嘻嘻哈哈的两个小孩儿就都停住了。在林瞻远眼里那是坏人,母妃说过,要离坏人远一点儿,拉着妹妹就往回跑。

林非鹿却不动,就那么直愣愣地站在原地,脸上神情还是呆呆的,眼睛一眨不眨地看着她。

徐才人心生恼怒,快走两步就想过去教训林非鹿,走近了才发现,林非鹿看的好像不是她,而是她背后。

她猛地回头,身后空空如也;再回头时,看到林非鹿有些畏惧地往后缩了缩,大眼睛仍是盯着她背后的位置,流露出毫不掩饰的恐惧。

徐才人突然觉得后背很凉,爬上了一层冷汗,让人毛骨悚然。

红袖也发现了,壮着胆子大声道:"五公主,你在看什么?"

林非鹿这次没回答她,像是怕极了,拽着林瞻远的手转身跑回偏殿,头都没回一下,"啪"的一声关上了门。

徐才人脚都软了,明明身后什么都没有,她却再不敢回头看一眼,被红袖搀扶着走回正殿,刚一进屋就瘫在床上了。

红袖咬着牙克制发抖的声音:"娘娘,那丫头邪门得很,不用理她。"

徐才人脸色苍白,哪怕进了屋,还是觉得后背很冷,像有人往她脖颈子上吹气似的,鸡皮疙瘩一拨接一拨,硬生生吓出了一身冷汗。

她觉得这么下去不是办法，趁着静嫔宫里的高僧还没走，明天一定要去请高僧看看！

天黑之后，白天还秋阳灿烂的天气突然变了天，滚滚惊雷之后，大雨就落了下来，噼里啪啦地打在屋檐上、树叶上，吵得人心烦不已。

徐才人本就担惊受怕，这电闪雷鸣的，更睡不着了。

不知道在床上辗转反侧多久，她突然听到雨声中传来"咚咚咚"的叩门声，一下一下，不急不缓，断断续续地响在雨夜。

她起先还疑心是自己听错了，没多会儿红袖掌了灯进来，跟她说："娘娘，外头好像有人在敲门。"

这么晚，又下着大雨，难不成是贵妃娘娘那边有什么急事儿？

以前也不是没出现过这种情况，徐才人不敢耽搁，当即吩咐红袖去开门。另一个宫女绿珠则服侍她起床穿衣，刚穿到一半，突听外面一声惨叫，竟是红袖的声音。

徐才人手指一僵，跟绿珠说："你快去看看！"

绿珠得令跑了出去，没多会儿又是一声惨叫。

守夜的小太监也醒了过来，徐才人脸色惨白，强忍着恐惧，跟小太监说："随本宫去看看。"

两人一路疾行到正殿门口。

红袖晕倒在地上，绿珠半跪在她身边，也是一副吓傻了的模样。徐才人的目光在她们身上，没注意外面，直到旁边的小太监颤声提醒："娘娘……您看外边儿……"

徐才人抬头看去。

一道闪电凌空劈下，照亮正殿门口那棵光秃秃的石榴树。

树枝上，挂着一根麻绳，被风雨吹得晃晃悠悠，好像有什么看不见的东西在半空中荡来荡去。

徐才人只觉心脏骤停，尖叫出声："关门！关门！"

正殿大门"砰"的一声被关上，里面传来鬼哭狼嚎的声音。

不知道过去多久，偏殿的门无声地打开，林非鹿搬着一张凳子，顶着大雨若无其事地走到石榴树下，踩着凳子将麻绳取了下来，然后又若无其事地走了回去。

雨还下着。

青烟和云悠跟萧岚情同姐妹，这些年相依为命，萧岚没把她们当丫鬟，也就没让她们像其他宫女那样守夜。林非鹿自己睡一个房间，雨声掩盖了她进出的动静，回房后换身衣服，没事人一样上床继续睡觉了。

第二天一早，对面就热闹了起来。

一会儿是高僧，一会儿是太医，主子发烧说胡话也就算了，身边的下人也全都被吓得卧病在床，连个伺候的人都没有。平日里徐才人狗腿子得很殷勤，阮贵妃听闻此事，还拨了两个人过来帮忙。

主殿的病了，作为偏殿的嫔妃自然不能不闻不问，萧岚也带着青烟来探望，林非鹿跟着一起。半倚在床上喝药的徐才人一看见她，后背又开始一阵一阵地发冷。

徐才人被吓得不轻，整个人一夜之间就憔悴了不少，喝完药又睡下了。

殿里人来人往的，端水、端药的都有，谁也没注意林非鹿在徐才人床前的地面上洒了一碗糖水。因徐才人发冷，屋内燃着炭火，温度很高，糖水洒了没多会儿就干了，一点儿痕迹都看不出来。

中午时分，阮贵妃遣人来问徐才人的状况。

阮贵妃身边的宫女推开房门方一走进，就吓得失声尖叫。

外面的人都跑了过来。

宫女花容失色："虫子！好多虫子！"

大家这才看见，徐才人的床前爬满了蚂蚁、虫子，密密麻麻的，看得人鸡皮疙瘩都起来了。

围观的人既紧张又害怕，议论纷纷。

"徐才人果真是撞了邪吧？"

"高僧不是已经念过经了吗？"

"有些东西怨气太重，谁知道那位犯过什么孽。我们干完事儿还是快些走吧，她们宫里的事儿，让她们自己解决去。"

阮贵妃的宫女吓得不轻，匆匆看了一眼就立刻回到云曦宫，将此事回禀给阮贵妃了。

宫中一皇后、俩贵妃，阮贵妃作为左相的女儿，母家势力庞大，自入宫起就盛宠不断。她派人去关心徐才人并不是对徐才人有多上心，而是宫中都知道徐才人是她那边儿的，出了事儿不闻不问，恐其他妃嫔对她寒心，不再投靠。

如今听宫女这么回报,阮贵妃震惊之余不掩厌恶:"本宫仁至义尽,今后别再让她进本宫的云曦宫了,晦气。"

徐才人失宠多年,又未生育,在宫中这些年全靠阮贵妃才立住脚。她为人嚣张又心狠手辣,当初为了获取阮贵妃的信任,手上也沾过人命,如今失了庇护,将来的下场可想而知。

如今还在病中的徐才人却并不知道这一切,她发着烧,还做着噩梦,半梦半醒之间渴醒了,迷迷糊糊地睁开眼时,看到自己床边趴着个人。

徐才人吓得失声尖叫,却因为嗓子太干,只发出嘶哑的低喊。

趴在床边的是林非鹿。

屋内没点灯,只有檐上的宫灯透进来几缕光线。林非鹿半跪着,见她醒了,慢慢趴下去,凑在她耳边低声说:"才人娘娘,她说她在等你。"

徐才人惊恐地瞪大了眼,黄豆大的汗珠从额头滚下来。

林非鹿笑了下,从床上跳下来,拿起旁边的火折子,转身关切地问:"才人娘娘,你害怕吗?害怕的话我帮你把灯点上。"

徐才人哑声尖叫:"红袖!红袖!"

红袖昨晚吓晕过去,病得比徐才人还严重,但听见徐才人喊她,还是强撑着走了过来,徐才人有气无力地说:"赶她出去!让她走!"

红袖打起精神:"五公主,请吧。"

林非鹿一蹦一跳地跑了出去。

徐才人想起她方才的话,流汗不止,恐惧道:"红袖,把灯点上,点亮一些!"

红袖依言点燃灯烛,光充满屋子,徐才人的恐惧才终于消散了一点儿。红袖打来热水替她擦了擦汗,又去给她煎药。徐才人半倚在床上休息,视线随意掠过灯盏时,突然顿住,干净空白的灯罩上,正缓缓地有字显露。

她以为自己眼花了,闭了下眼,又揉揉眼睛,再定睛一看,那凭空出现的褐色字迹已经越来越清晰,那上面歪歪扭扭地写了四个字:我在等你。

徐才人这次连尖叫都没发出来,双眼一翻彻底晕死过去。等红袖煎完药回来,正殿又是一阵人仰马翻。而此时偏殿内,林非鹿已经走回自己房间,从袖笼里拿出一支毛笔。

靠窗的案桌上搁着昨日她摘的那几个酸橘子,被挤干了汁水,放在小碗里。

林瞻远不知道什么时候跑到她屋里来了，抓起橘子咬了两口，五官都被酸变形了，直吐舌头："酸！呸呸呸！"

林非鹿摸摸他的脑袋："这不是用来吃的。"

林瞻远像个好奇宝宝："不吃，做什么？"

林非鹿拿了张白纸，用毛笔蘸了蘸碗里浅黄色的橘子汁儿，在纸上画了个笑脸。白纸很快被浸湿，但什么也看不见，林瞻远眼巴巴地看着，林非鹿把白纸拿到床头的烛火边，对他招招手："来，给你看个好玩儿的。"

林瞻远开心地跑过去，看着自己的妹妹将白纸靠近烛火，慢慢炙烤之下，空白的纸上显露出一个笑脸来。

他乐得直拍手："画儿！有画儿！"

萧岚端着热水走进来，笑着叮嘱："鹿儿，别带哥哥玩火。"

林非鹿乖巧地应了一声，把白纸撕成碎片，连同橘子一起扔了。

那日之后，徐才人就一病不起了，主殿里的宫女太监都渐渐好转，唯有她的情况越来越严重，有时候甚至有些疯疯癫癫的。失了阮贵妃的庇护，之前有仇的报仇有怨的报怨，徐才人竟是过得比萧岚还不如了。

宫内人都说是她作孽太多遭了报应，连阮贵妃都有些心有余悸，生怕牵连到自己身上，偷偷抄了好长一段时间的佛经。

没了徐才人作妖，偏殿的日子终于好转了一些，起码份例能自己去领到全额的，林非鹿总算过上了天天都能吃肉的日子。只是出了这件事，宫内对明玥宫也有些避讳，本就冷清偏远的宫殿，越发没人过来了。

云悠还对此有些担忧，大家都说这明玥宫不干净，她也难免害怕。萧岚倒是不以为然，捻着佛珠说："不做亏心事，不怕鬼敲门，且安心吧。"

她本就喜好清静，无欲无求，唯一的心愿就是希望两个孩子能平安长大，现下这样的状况，正顺她的意。

不过只是顺她的意而已，对于林非鹿而言，这就是杀了个小怪，热身而已。

她算着时间，觉得自己刷了三分之一好感度的 NPC 应该快登门了。

果不其然，没过几天，她正在院子里跟林瞻远踢毽子玩儿，宁静午后，斑驳的宫墙外传来渐行渐近的脚步声，还跟着一连串焦急的呼声："四皇子！殿下！您别跑了，等等奴才啊！那地方去不得啊！"

只听一个傲娇的声音不悦道："这宫里还有本皇子去不得的地方？"

声音已近门前，太监终于追上了主子，拽着他苦苦哀求："殿下不可！这明玥宫闹过邪祟,晦气,不能进去啊!"

林景渊那是能听话的人?你越说不能去,他越要去,当即一掌推开门大步迈了进去。

里头林非鹿还在跟林瞻远踢毽子,秋阳淡薄,透过云层洒下来时,只余薄薄一层金光。头顶绾了两个小鬏鬏的小女孩儿穿了一身淡粉色的袄裙,就笼在这层光里,巧笑嫣然地踢着毽子,小身影一蹦一跳的,既灵动又可爱。

林景渊感觉自己突然就理解了"静如处子,动如脱兔"这句话。

他不满地呵斥太监:"我五皇妹像小仙女一样,有她在的地方只有仙气没有晦气!狗奴才,再胡说八道我饶不了你!"

林非鹿听见他的声音,抬头一看,刚才还灵动的身姿停在原地,毽子落在地上。她歪着脑袋看向门口,两只小手有些无措地绞在身前,水汪汪的大眼睛里却透出闪闪发亮的惊喜。

林景渊走进来,兴冲冲地喊了声"小鹿"。

她不好意思地抿着唇笑起来,露出甜甜的小酒窝,好像很开心他还记得她的名字,乖乖地瞅着他越走越近,等他走到自己面前捡起那个毽子时,才仰着小脸软软地喊了声:"景渊哥哥。"

## 06

四皇子殿下被一句又软又甜的"景渊哥哥"喊得快找不到东南西北了。

自打他出生到现在,从来没有人这么喊过他。奴才们都叫殿下,长辈们都叫渊儿或者大名,公主们要么喊四皇兄,要么喊四皇弟。

今日他才知道,原来还可以被这么喊!听上去格外亲切,十分顺耳!

林非鹿接过他捡起来的毽子,乖巧地问:"景渊哥哥,你怎么过来啦?"

林景渊从怀里掏出一朵枯萎的海棠花。他找过来的时候理直气壮,现在当着五皇妹的面却有些不好意思了,抓了抓脑袋才说:"这是你送我的重瓣海棠,这几日我一直让宫女好生养着,但还是快谢了。"

林非鹿眨了眨眼睛,伸出一根白嫩的手指轻轻戳了戳花瓣,像是思考了一会儿,抬头对他笑道:"不怕,我有办法!"她伸手拉住他的手指,"跟我来。"

林景渊看了眼牵着自己的那双小手,干咳了一声,掩饰自己的窘迫,转移话题看着一直傻傻地站在旁边的林瞻远:"他是谁?"

林非鹿的脚步一顿,牵着他的手也慢慢缩了回去。

她像是有些害怕,微埋着头,声音小小的:"是我哥哥,他叫林瞻远。"

林景渊脱口而出:"那个傻子?"

说完他就有些懊恼,一看林非鹿,她脸上果然露出受伤的神情,头埋得更低,连头上两个小鬏鬏好像都蔫了下来,声音有些闷,带着哭腔,可怜兮兮的:"哥哥不是傻子,他只是生病了。"

林景渊心里那个后悔啊。

林非鹿说完,小心翼翼地抬头打量了一下他的神色,伸出两根软乎乎的手指扯住他的衣角,轻轻晃了晃,极小声地问:"景渊哥哥,你也会像别人那样讨厌我哥哥吗?"

林景渊当即大声表明立场:"当然不会!他既是你哥哥,自然也是我皇兄……他多大了?"

林非鹿的脸上这才恢复了甜甜的笑:"哥哥今年七岁了。"

林景渊骄傲地抬了抬下巴:"我长他一岁,那我便是他皇兄。他是我六弟,我怎会讨厌他?"

林非鹿双眼亮晶晶的,手还牵着他的衣角,又软又甜地说:"景渊哥哥真好,是我遇到过最好最好的人!"

林景渊美得差点儿上天。

三个人一道往偏殿走去,跟着过来的小太监哭丧着脸:"四殿下……"

林景渊回头瞪了他一眼:"你不准跟进来!"

偏殿院子内,萧岚依旧在跟云烟做针线活儿,骤然看见女儿跟四皇子手牵手走进来,一院子的人都吓得不轻。林非鹿脆生生道:"母妃,四皇兄来找我玩儿。"

林景渊小手一挥:"你们忙你们的,不必伺候。"

几个人面面相觑,最终还是坐了回去,看着三个小孩儿跑进屋子。

一进屋,林景渊就怪不高兴地问:"你为何不像方才那样叫我了?"

林非鹿笑眯眯的,努力踮脚凑近他耳边,用软乎乎的小气音说:"那是我们的秘密呀。"

林景渊:"啊!"他又心软得不行了!

林非鹿住的小房间十分简洁,没有半点儿多余的装饰,比起他住的长明殿来简直就像个贫民窟,但胜在干净,房间内还有属于小女孩儿身上独特的甜香，不腻，清甜清甜的。

趁着他打量参观，林非鹿小声地跟林瞻远说："哥哥，去拿几个柿子过来。"

林瞻远虽然有些舍不得，但对妹妹言听计从，立刻跑出门拿柿子去了。林非鹿则走到书架前，踩着凳子爬上去，挑了一本书出来。

这些书都是萧岚进宫时带进来的，她当年在京中亦有才女之名，只可惜如今沦落深宫，这些书都被她翻得有些旧了，搁在书架上积了灰。

她挑了一本《论语》，下来之后把怀里的海棠花拿出来，放进书页之中，合上书本压了压。

林景渊好奇道："这是做什么？"

林非鹿把书给他："把海棠花做成书签，即使枯萎也不会凋谢啦，幸运也会永远封存在这里。"

林景渊还是头一回听到书签这个说法，觉得自己的五皇妹果然与众不同！

他一向讨厌读书，看见书就头疼，为此没少被父皇母妃责骂，此刻却迫不及待地接过了这本《论语》，翻看海棠花那一页瞅了瞅，又低头闻了闻，爱不释手地塞进了怀里。

林瞻远很快就把柿子拿了过来，用他自己的衣服兜着，嗒嗒嗒地跑到妹妹跟前："柿子！"

林非鹿选出其中最大最红的递给林景渊："景渊哥哥，吃柿子。"

林景渊看了两眼，皱眉问："这是我那日送你的柿子？都这么久了，怎么还留着？"

林非鹿眼巴巴的："可以吃很久的。"

林景渊看到自己的六弟站在旁边盯着柿子吞口水。

他前几日从宫女太监那里打听了一下有关五皇妹的事情，知道她母妃不受宠，她是个人微言轻的公主，但实在没想到过得如此清贫，连这满园都是的柿子都要省着吃。

看看纤弱的五皇妹，再看看这陋居，顿时保护欲勃发，他没要那柿子，转而递给林瞻远："六弟吃吧。"

林瞻远高兴得不行，拿过来就啃，林景渊则走出门去，喊门外那小太监："康安，你过来。"

康安正着急地在外面来回踱步，听主子唤他，立刻走上前去，林景渊小脸板得有些严肃，低声跟康安耳语了两句。康安听完哀声请求："奴才这就去办，殿下也随奴才一道走吧。"

他高冷地一昂头："你且去，本皇子还要带五皇妹去游湖钓鱼！"

主子一向说一不二的，康安无奈，只能先走。听说俩小孩儿要出门去玩儿，萧岚也不放心，本来想让青烟跟着，林景渊连自己的奴才都不要，能要她？这时候身上那股任性嚣张的劲儿就出来了："谁都不许跟着！"

萧岚还想说什么，林非鹿打断她："母妃，有四皇兄在，不会有事的。"

萧岚只能一脸担忧地看着他们离开。

青烟安慰道："虽没人跟着，但宫里人都识得四殿下，他对公主好，定不会让别人欺负了去。"

相比于大人的担心，林非鹿想得就很简单了——跟着NPC刷新副本去。

林景渊身份高贵，跟他一起，遇到新NPC的概率将大大增加。她琢磨着这个NPC的好感度差不多已经刷到百分之七十了，好像没啥难度，也是该寻找下一个目标了。

可怜的四皇子并不知道自己在小仙女妹妹眼中就是个工具人，一路拉着她别提多高兴了，途中遇到的宫女侍卫都恭恭敬敬地朝他行礼，一边行礼一边偷偷打量林非鹿。

这不是那个不受宠的五公主吗？她什么时候跟四皇子关系这么好了？

宫里人惯会见风使舵的，见两人这般亲密，心道看来这默默无闻的五公主是攀上大树了，今后可不能再像之前那样随意轻视。

林非鹿一直安安静静地跟在林景渊身边，这些人在想什么，她目光一扫就能看出来，不过也不大在意，继续扮演柔弱乖巧又羞怯的模样。

钓鱼的池子在最西边儿，几乎要穿行大半个后宫，越往西边儿走越清静，景色也渐渐生出几分无人打理的秋日萧条来，穿过一片翠竹掩映的宫殿时，不远处的路边隐隐约约传来人声。

离得近了，她听见一个刁蛮的女孩儿斥责道："宋惊澜，我病一好就来找你，不过让你陪我游湖而已，你却如此不识抬举！"

林非鹿一看，这不是那个被水鬼吓晕了的三公主林熙吗？

她对面三步远的位置站了个穿青衣的小少年，背影略显羸弱，身段却很风雅，被这竹海环绕，周身也仿佛萦绕着一股不俗之气。有个小厮模样的人站在他身边，低声哀求："三公主，我们殿下还发着烧呢。"

林熙不依不饶："那又如何？今日就是天上下刀子，他也得陪本公主去游湖！"

林非鹿心想：这公主怎么那么像强抢民女的地痞流氓？

越走越近，透过竹海分割细碎的光，她终于看清这个被流氓公主刁难的"民女"。

天啊！

这是哪里来的漂亮小哥哥？怎么可以好看到这么人神共愤的地步！

是她她也抢。

## 07

林非鹿见过的美人没有一千也有九百，以前的暂不提，就是来到这大林朝后，后宫之中哪怕是个宫女也有几分姿色，就更别提这些嫔妃、皇子。

作为一个重度颜控，她的眼光是养刁了的，饶是如此，还是被眼前这个看上去不过十一二岁大的小少年惊艳了。

像是女娲造人时别人都是黄泥甩的，而他是被捧在掌心一笔一画描摹的，多一分太浓，少一分太淡，漂亮得刚刚好，俊美却不阴柔，清隽不失金贵。

竹影婆娑，光线深浅不一地落在他身上，似天上月人间雪，反正不像真人。

她以前读过苏轼的一首诗，写的是"公子只应见画，此中我独知津。写到水穷天杪，定非尘土间人"。

此时此刻，她觉得字字都应景。

这么小就有这样的颜值，等他长大一些，五官再长开一些，岂不是要祸乱全天下少女的心？

很显然，三公主林熙已经被迷得晕头转向了。

面对林熙的咄咄逼人，少年却无半分失态，既不气也不恼，反而脸上还挂着笑，显出几分不应该属于他这个年纪的从容，温和道："游湖事小，只是我风寒未愈，忧心病气会过渡给三公主。你身体也刚好，禁不起折腾了。"

这话说得，明明是拒绝，却又透出他对她的关怀。林熙果然顿时就收敛了脾气，有些开心地问："你是在关心我吗？"

宋惊澜微微含笑："自然，竹林风大，公主紧着身子才好，先回去吧。"

林熙被他两三句话哄得服服帖帖，带着宫女转身离开，恰好看见在朝这边张望的林非鹿，想起自己之前那一病，当即骄横道："真是晦气，走哪儿都能遇上这个害人精。"

林非鹿收回视线，有些害怕地朝林景渊背后躲了躲，牵着他的衣角不敢抬头。

林景渊被这一幕气得不轻，指着林熙骂："真是长姐惯得你，在我面前也敢耍横！再让我听见你说这些，饶不了你！"

林熙没想到他会维护林非鹿，她平时虽然嚣张，但比起林景渊那还是小巫见大巫，四皇兄本来就不大待见她，现在被他这么一骂，又委屈又生气，哭着跑走了。

林景渊重哼了一声，回头摸摸林非鹿头顶的小鬏鬏："别怕。"

林非鹿仰着小脸眨巴眨巴眼睛，眼里满满都是对他不加掩饰的崇拜和信赖，看得林景渊热血沸腾，差点儿飘上天，握着拳头在心里暗自发誓：小鹿妹妹由我来守护！

这头闹剧结束，那头宋惊澜也领着他的小厮回翠竹居去，临走时，朝着两人温和一笑，微微颔首，而后踩着不紧不慢的步子离开。那背影映着竹海绿影，清致风雅，格外地自在从容。

林非鹿小声问："景渊哥哥，他是谁？"

林景渊一边往前走一边随意道："你不知道他？他是宋国五年前送来的质子，叫宋惊澜。"

林非鹿目前对于这个时代的了解仅限于大林朝，听他说起，趁机装作什么也不懂的样子套话："质子是什么？"

不学无术的四皇子头一次在学识上找到了成就感，清清嗓子兴致勃勃地给小皇妹解释起来。

原来这里除了位居北方的大林朝外，还有位于南方的宋国，以及以游牧为主的雍国，将将形成三国鼎立的局面。

起初是宋国最为强大，因为南方土地肥沃、物产丰富，比起贫瘠的北方以及居住在一望无际的大草原上的雍国，可以算是占尽了天然优势。

然而富饶就会滋生懒惰，宋国皇帝一代不如一代，仗着国库充盈、家底丰厚，逐渐沉溺享乐。到如今这一代君王，更是沉迷美色，满天下地搜集美人，好色之名尽人皆知。

前些年，雍国有意与宋国联手对付逐渐兵强马壮的大林朝，提出了联姻的建议，不料这件事被大林知道了，林帝极为震怒。

大林本来就一直觊觎宋国的富饶,只是苦于师出无名,且两国之间隔着天堑——淮河,林帝又忧心宋国积淀多年,届时消耗战不好打,才一直没有贸然发兵。

宋帝深知这一点,生怕林帝因此迁怒出兵攻宋,当即回绝了雍国不说,还一再遣使前来向林帝转达决心,为表诚意,甚至送了一位皇子过来。

这位皇子,就是宋惊澜。

听林景渊说,他到大林时,方才七岁,身边只跟着一个小厮。虽是皇子,却又是质子,在这宫里的生活不至于难过,却也不会好过。林景渊没敢告诉小皇妹,他也欺负过宋惊澜。

在太学读书的时候,他总是被太傅夸的那一个,林景渊偏生是最不爱学的,自然看不惯他,没少往他衣服上泼墨,伙同其他皇子捉弄他。

但宋惊澜从来都不恼,似乎总是笑着,待谁都温和谦逊。后来林景渊渐渐就觉得没劲,也很少再去招惹他了。

林非鹿听完这段前因后果,觉得这个漂亮小哥哥实在是有点儿可怜。

果然老天是公平的,赐予了你逆天的颜值,就会相应拿走你一些东西,反正不会让你事事顺心就对了。

别说,自己跟他还真有点儿同病相怜。

假设强大的是宋国,大林需要派一个公主去和亲,这人选想也不用想肯定是自己。

他们都是被抛弃的那个。

她内心有些唏嘘,但没让林景渊看出来,开开心心地跟他钓了一下午鱼。伺候在鱼塘的太监照顾周全,最后将他们钓起来的鱼穿了线,派人送回各自宫里。

林景渊本来是要陪她一起回去的,但走到半路娴妃那边派人来传话,说皇帝要去长明殿考他的功课,让他赶紧回宫去。林景渊吓得不轻,交代两句就赶紧跑了。

林非鹿慢悠悠地跟着太监往回走。

经过翠竹居时,竹风飒飒,金灿灿的斜阳笼着房檐一角,很有意境,她想了想,从桶里提起两条鱼,吩咐太监:"在这里等我。"

太监躬身应"是"。林非鹿就提着鱼走进了翠竹居。

在她的印象中,自己所在的明玥宫就够偏僻冷清的,没想到这翠竹居比明玥宫更萧条,推门进去时,掉了漆的木门"吱呀"一声,发出年久失修的声音。

院子内，宋惊澜身边那个小厮正蹲着煎药，见有人进来，有些严肃的小脸上顿时露出迟疑又紧张的神情。

他下午见过这小女孩儿，跟在四皇子身边，那四皇子可没少欺负主子，顿觉这小女孩儿也是来者不善。

没想到她只是走过来，笑眯眯地把手上的鱼递给他，脆生生地说："这个给你。"

小厮愣了愣，没敢接。

林非鹿又说："你家殿下不是生病了吗？熬点儿鱼汤给他补身子吧。"

小厮看了看鱼，又看了看人畜无害的小女孩儿，心道，这鱼里莫不是被下了毒吧？

林非鹿不知道是不是看出他心中所想，"扑哧"一声笑了，打趣似的："不要啊？"

小厮正不知所措，身后微掩的房门被推开，宋惊澜披了件外套站在门口，温和道："天冬，收下吧。"他又转而看向林非鹿，眉眼温柔："多谢五公主。"

林非鹿有点儿惊讶："你认识我？"

他笑着点点头："听过公主名讳。"

他应该是刚起床，散下来的头发有些凌乱，面上带着淡淡的病色，却半点儿不失仪态，真是越看越好看。林非鹿心满意足欣赏到美色，送完鱼就一蹦一跳地走了。

临走时，她还贴心地把院门关好了。

等她一走，天冬立即道："殿下，我这就去把这鱼埋了。"

宋惊澜略一挥手："不必，熬了吃吧。"

天冬有些迟疑："万一被下了药……"

他笑了笑："公主亲自送上门来的，不会有人如此胆大妄为，安心便是。"

林非鹿送完鱼就回宫了，走到门口的时候，萧岚已经在外面等着，见她走近，立即迎上去，不无担心道："可算回来了。"

林非鹿察觉有事，等送鱼的太监走了才问："母妃，怎么了？"

萧岚面露忧愁，领着她进去："下午你走后，四皇子身边的人送了不少东西过来。"

林非鹿这才看见满屋子的箱子和盒子，有食物、有锦缎、有首饰，还有一些乱七八糟的她没见过的玩意儿，把她面积不大的小屋子都摆满了。

林景渊这小屁孩，还挺贴心的。

林非鹿喜欢收礼物，自然是高兴的，萧岚却满脸担忧："让娴妃娘娘知道了可如何是好？"

林非鹿早习惯了她这瞻前顾后小心谨慎的毛病，没多说什么，开开心心地跑去拆礼物了。今日钓了不少鱼，吃过晚饭后还有剩，云悠把剩下的鱼养在院中的小水坑里，林瞻远玩鱼玩得可开心了。

相比于明玥宫，此时的长明殿就有些气氛紧张了。

等林景渊跑回去的时候，林帝已经在了。林帝正跟娴妃喝茶，见他满头大汗、气喘吁吁地跑进来，脸色一沉，露出不悦。娴妃真是对其恨铁不成钢，想到今天下午听宫女汇报，说他莫名其妙地送了一大堆东西到明玥宫，更是气不打一处来。

林景渊规规矩矩地下跪磕头。

林帝冷声道："又出去疯玩了吧？"

林景渊老实地回答："钓鱼去了。"

林帝哼了一声："你倒是悠闲，功课从不上心，对于这些玩乐倒是很有心得！"

娴妃劝道："陛下息怒，景渊还小，是贪玩了些，等他……"

林帝不悦地打断她："都是你惯的！八岁不小了，朕像他这么大的时候，国赋都作了三篇！"

娴妃道："陛下文韬武略，景渊哪能跟陛下比呢？"

林帝喝了口茶降火，余光瞄见林景渊的胸口鼓鼓的，皱眉道："你怀里揣的又是什么？"

这小子以前把死了的鸟雀揣在怀里带进太学，吓坏了太傅，林帝一想到他这前科，不由得怀疑他这次是揣了条死鱼在怀里。

娴妃真是又气又急，又不好再说什么，眼睁睁地看着儿子抬手摸了摸胸口，然后掏了一本《论语》出来。

等等！

《论语》？

这还是自己那个一看到书就说头晕头疼浑身都不舒服的儿子吗？

## 08

　　林帝一开始还以为这是本假的《论语》，指不定书页里有什么难以入眼的东西。自己这个四儿子什么德行林帝再清楚不过，让他读书跟要他命似的，为了躲避上学，装晕这种事儿都干过。

　　林帝伸手把那本书拿过来，翻开一看，居然是真的，想骂人的话就有点儿骂不出口了。

　　书本有些旧了，边角起了卷儿，那是常常翻动的痕迹，唯一的异常是书里面夹了一朵枯萎的海棠花，林帝问道："这是何物？"

　　林景渊老实回答："这叫作书签。"

　　林帝又问："作何用处？"

　　林景渊垂着脑袋，眼珠子一转计上心来："儿臣用它来记录阅读进度，这样就可避免折叠书角。"

　　林帝头一次听闻这种说法，眉梢一挑，也不知是夸还是贬："看不出来，你还是个爱书之人。这海棠搁在这一页，也就是说你看到这一页了？"

　　林景渊硬着头皮："是。"

　　林帝笑吟吟的："那你且背一段来听听。"

　　林景渊：……

　　他磕了下头："儿臣还未背过，打算将整本书读完再从头背起。"

　　娴妃立刻在旁边附和道："这孩子向来不爱读书，如今却开始看书了，还将书本随身揣着，可见是用了心的，陛下不若再给他些时间。"

　　林帝脸上已丝毫不见之前的不悦，本就喜爱四皇子，见他如今已有好学之心，心里还是很满意的，把《论语》还给他，还赞了一句："士别三日，当刮目相待，不错。"

　　龙颜大悦，连晚膳都是在长明殿用的。林帝喜爱年轻貌美的嫔妃，娴妃入宫入得早，年纪大了些，这些年已经很少再得宠幸，要不是有个受林帝喜爱的儿子，估计早就失宠了。

　　偏生儿子不争气，满脑子都是胡玩儿，现在年龄还小，林帝有所偏爱自然无碍，但等将来长大了若还是这番不学无术，恐怕会失了皇恩。

　　今日仅仅一本《论语》便让林帝如此满意，还夸她教子有方，赏了不少东西。娴妃高兴极了，但也很了解自己儿子的性子，待林帝一走，立刻把林景渊叫到身前问道："这书是哪里来的？"

林景渊面对母妃老实多了："是五皇妹送我的。"他想到什么，眼神灼灼，"五皇妹把幸运封存在这本书里送给我，母妃，果然很幸运对吧！父皇都没骂我！"

娴妃一下子想起下午儿子派人往明玥宫送东西的事儿。

起先她还有些恼怒，打算明早传了岚贵人前来训话，此刻却半点儿都不恼了，训诫林景渊几句让他今后要好好向学，等他退下了就跟大宫女碎玉说："明早不用传岚贵人来了，唤五公主来吧。"

于是翌日一早，长明殿的掌事太监就来明玥宫传话了。

萧岚一听娴妃娘娘要见小公主，脸色一白，抓着云悠的手着急道："这可如何是好？定是昨天之事惹了娘娘恼怒。快，青烟，给我梳妆，我陪鹿儿一起去向娘娘请罪。"

林非鹿觉得，萧岚总是病恹恹的，多半是在这后宫吓出来的。

太监见着萧岚也一道出来，笑着说："岚贵人，娘娘只传了五公主。"

萧岚一时进退两难，褪下手腕的玉镯子，那是她进宫时母亲送的，也是她唯一的首饰，递给太监后低声道："公公，可是公主犯了什么错惹怒了娘娘？"

太监笑吟吟地收下那镯子："贵人安心，娘娘心情好着呢，公主是有福之人，不会有事的。"

萧岚听他如此说才松了口气，又交代林非鹿几句，才忧心地看着她跟太监离开了。

时辰还早，秋日的清晨凉飕飕的，林景渊一大早就去太学上课了，林非鹿跟着太监踏进长明殿时，娴妃正坐在榻上喝雪莲百合粥。

房内明珠点缀，幽香满溢，比静嫔的昭阳宫还要奢华，看来在这后宫生活质量果然跟位分挂钩，林非鹿只扫了一眼就没再多看，垂着脑袋走到娴妃跟前，脆生生地行礼："小鹿拜见娴妃娘娘。"

娴妃早知这位五公主，却还是第一次见。

小女孩儿穿着素净，身段纤弱，头顶绾了两个小鬏鬏，稚气未脱，但五官精致，生得极为可爱，特别是那双眼睛，像夜明珠似的，忽闪忽闪，充满灵气。

她神色有些紧张，但很有礼节，是那种一看就乖巧单纯的小姑娘。

娴妃亲和道："快起来吧。"她又转头对碎玉笑道："跟她母妃一样，是个美人坯子。"

碎玉也笑着点头："娘娘说得是。"

娴妃亲自拉过小鹿的手让她坐到榻上，又问："五公主可用过早膳了？"

林非鹿微垂着眸，轻轻摇头："还没有。"

娴妃便让碎玉又去盛了一碗雪莲百合粥来，笑道："快尝尝这粥。"

林非鹿抿了下唇，打量了一下娴妃的神情，奶声奶气地说了句"谢谢娴妃娘娘"，才慢慢拿起勺子低下头去。

她吃东西也很有礼节，细嚼慢咽，一点儿声音都没有，像是从来没吃过这么美味的粥，眼睛亮晶晶的。小孩子不会掩饰喜好，满满的喜欢都在脸上。

等她吃完粥，娴妃又让人煮了酥茶来，配着御膳房的点心一起。林非鹿是挺喜欢吃甜食的，不过以前为了身材和皮肤一直控制着，来到这里后蛋糕奶茶吃不上，萧岚也供不起她点心，今日终于能大饱口福了。

她也没客气，吃得小脸鼓鼓的，尽显天真烂漫。

娴妃暗自观察了她好一会儿，终于确定这确实是个不谙世事的稚童，眼里的防备也就卸了下来，等她吃完点心，才笑吟吟地问："五公主今年多大了？"

林非鹿舔舔嘴角，软声说："回娘娘的话，我五岁了。"

娴妃笑着跟碎玉说："这宫里除了苏嫔的女儿，就数五公主年纪最小了，又生得这般乖巧，难怪景渊日日念叨着他这五皇妹。"她看向林非鹿，"听说昨日，你送了一本《论语》给景渊？"

林非鹿点点头："是。"

娴妃又问："为何送他《论语》？"

林非鹿奶声奶气道："昨日四皇兄送了许多礼物给我，来而不往非礼也，我也该赠他礼物，可是……"她有些懊恼地一低头，头顶两个鬏鬏晃悠悠的，声音也显出一丝低闷，"四皇兄什么也不缺，我也没有可以送给他的东西。后来想到母妃说过，书中自有颜如玉，所以就回赠了他《论语》。"

听她这一番话，娴妃脸上的笑意就更盛了，看林非鹿的眼神也不由得多了几分真心的喜爱："没想到五公主年纪虽小，却如此知礼好学，景渊要是也如你这般懂事儿，本宫也能安心了。"

林非鹿认真地看着她："四皇兄很好的，他特别特别好。"

娴妃被她逗乐了："你倒是第一个这样夸他的人。"

五公主直率天真，乖巧礼貌，比起长公主林念知和三公主林熙，格外讨人喜欢。娴妃同她聊了快一个时辰，越发打心眼儿里喜欢这个小姑娘。

当然，娴妃之所以不喜长公主，也是因为长公主的生母惠妃自打当年在东宫起就跟她不对付，两人明争暗斗多年，互相视对方为眼中钉。

而林非鹿不一样，林非鹿的生母只是个贵人，不受宠就算了，还因生了个痴傻儿被陛下厌恶，无论如何也对她构不成威胁。娴妃很了解自己的儿子，打小野惯了，厌恶读书，自己和陛下的话他左耳朵进右耳朵出，摆明要在纨绔皇子的道路上撒丫子狂奔。

如今却愿意收下林非鹿送的书本，还如此爱惜，可见他是真心喜欢这个妹妹。而这个皇妹不骄蛮，不狡猾，娴妃很放心他们往来，也希望借林非鹿来劝儿子向上。

想到这儿，娴妃便交代道："景渊贪玩，比不得小鹿聪慧，他既愿意听你的话，平日里便多劝劝他读书。远的不说，就你送他的那本《论语》，也该早日背下来，方对得起你一片诚心。"

林非鹿点点头，乖巧道："小鹿记下了。"

娴妃很满意，林非鹿临走时又送了她不少东西，光是点心就有好几盒，让碎玉领着宫女太监亲自送回明玥宫，把萧岚惊得手足无措。

碎玉笑道："娘娘有话，让岚贵人平日无事多去长明殿坐坐。娘娘喜爱五公主，将她当作亲生女儿一般，今后这宫里若是缺什么，贵人只管跟娘娘说。"

萧岚简直受宠若惊。

待宫人们离开，几个人看着满院子的赏赐面面相觑，最后还是青烟高兴道："小公主果然是有福之人，人见人爱呢。"

长明殿这两日的动静被各宫看在眼里，大家都是一脸蒙，不明白娴妃为何突然要去笼络一个已经失宠多年的贵人。别的不说，就明玥宫那地儿，多晦气啊。

后来听下人们说起，才知道原来是四皇子跟五公主交好。四皇子向来任性，在这宫里三天两头惹事儿，大家都习以为常了，最近却很少听到他犯事儿的消息，甚至有太监看到他在湖心亭一边钓鱼一边背《论语》。

起先大家还觉得奇怪，两件事一联系，才知其中缘由。

难怪娴妃上心呢，能让四皇子收心听话，这可不是一般人能做到的。

大家纷纷对五公主表示好奇，以前不大关注她，现在留了心，也时常能在御花园、御景庭等地儿看见她。

除了乖巧了一点儿、可爱了一点儿、灵动了一点儿、天真了一点儿，她好像也没什么其他异于常人的地方。

那怎么四皇子偏偏就听她的话呢？

这最终成了后宫一桩未解之谜。

## 09

有了娴妃这个"靠山"，林非鹿在宫中的生活质量骤然上了一个台阶，最起码在吃穿用度上富余了很多。

萧岚得了不少今年新供的料子，又给两个小孩儿做了两件冬衣，她针线活儿好，还花心思给娴妃也缝了一件衣服，花样清雅秀丽，衬得娴妃人都年轻了几岁。

娴妃一高兴，又赏了明玥宫不少东西，之前冷清萧条的偏殿多了不少人气，逐渐热闹起来。

萧岚其实并没有攀附的心思，也未曾想过借由娴妃这根高枝重新得到圣宠，只是能让两个孩子的生活更有保障一些，她已经很知足。

但两宫之间的往来在别人眼中，就不是那么回事儿了。

大家都觉得岚贵人投靠了娴妃，现在是娴妃那一头的，两人的利益恩怨自然也就绑在了一起。与娴妃交好的会看在娴妃的面子上亲切地喊她一声"妹妹"，与娴妃交恶的，也就更不待见她了。

岚贵人虽失宠多年，但在宫中妃嫔中美貌那是顶尖的，娴妃自己又人老珠黄，保不准就是起着把岚贵人推到陛下眼前的心思。她到底是为陛下生了两个孩子的，五公主又那样聪明乖巧，重获圣恩也不是不可能。

眼看就要诞生一个将来的强敌，其他妃嫔能坐得住？

在宫中一旦与谁有了往来，就不可能再明哲保身，萧岚想当一个透明人的梦想算是破灭了。

这种情况林非鹿也预料到了，但萧岚这种性子，不推她一把她永远在原地。按照林非鹿的计划，今后还要攻略皇帝，现在把萧岚拉出舒适圈让她适应适应，也好。

只是萧岚行事谨慎，半点儿都不出错，别人想针对她，一时半会儿也找不到机会，这一来二去地，就把目光落在了她的两个孩子身上。

林瞻远不怎么出门，萧岚也不放心他出去，别人见到他的机会甚少，但林非鹿爱往外边跑，留了心时常能遇到。而且岚贵人之所以能攀上娴妃归根结底是因为这个五公主，收拾不了大人，还收拾不了你这个小孩儿吗？

　　不过小孩子的事情就交给小孩子来处理，就算闹起来了，一句"孩子们之间的矛盾"也就轻易带过了。

　　这宫中要说谁最讨厌娴妃，那绝对是惠妃没跑了。

　　两人的恩怨是从东宫时期就结下的，明争暗斗多年，后来惠妃生下长公主林念知。因是林帝的第一个女儿，林念知很受喜爱，风头和恩宠着实压了娴妃好几年，直到娴妃生下四皇子林景渊才扳平了局面。

　　林念知聪明伶俐，又生得明艳，在林帝面前叫直率活泼，在别人面前就是骄傲刁蛮了。三公主林熙跟她走得近，两人沆瀣一气，本就厌恶林非鹿，最近又听母妃在宫中念叨了几次，林念知自小在她身边长大，哪能不明白母妃的意思？

　　看来她是时候给自己那位五妹一点儿教训了。

　　林熙怕林景渊，她可不怕。

　　大林自古奉行长幼尊卑有序，林熙要敬重她的四皇兄，而林景渊要敬重她这位长姐，这是拿到父皇面前都有理的事实。若是林景渊敢为了那位五皇妹顶撞自己，刚好，以目无长姐的由头把两个人一道收拾了，也给母妃出口恶气。

　　林非鹿并不知道自己已经上了长公主的黑名单，最近正在监督林景渊背《论语》。

　　这是娴妃交代下来的事情，若连这件事都办不到，自己在娴妃心中的分量估计会下降。但林景渊是真的不喜欢看书，让他背书跟要他命似的，林非鹿没直接劝他，而是换了个路数。

　　她自己背。

　　背着背着，她就问："景渊哥哥，这个字读什么呀？"

　　林景渊瞟了两眼："人不知，而不愠。"

　　林非鹿眨巴眨巴水灵灵的大眼睛："哇，景渊哥哥好厉害呀！"

　　林景渊：骄傲！

　　过了一会儿，他又听林非鹿问："景渊哥哥，那这个字又读什么呀？"

　　林景渊骄傲满满地凑过来一看——他也不认识！

　　面对小鹿妹妹求知若渴的期待眼神，林景渊头一次对自己的不学无术感到了羞愧，特别是林非鹿还不停地问他："景渊哥哥，'朝闻道，夕死可矣'是什么意思呀？"

"'学而时习之，不亦说乎'是什么意思呀？"

"'君子周而不比，小人比而不周'是什么意思呀？"

林景渊："……"

崩溃。

然后林景渊就开始好好背《论语》了，不光背，还要搞清楚这些词句的意思！在背完整本《论语》之前，他不想再去找小鹿妹妹了，以免自己丢失最后的尊严！

林景渊不过来，林非鹿还清闲一些。林瞻远因为妹妹最近没怎么陪自己玩儿闹脾气，林非鹿哄了半天，最后林瞻远提出要求："要吃青沛园的脆枣才原谅妹妹！"

上次她路过青沛园摘了几颗枣子回来，没想到被林瞻远惦记这么久，林非鹿笑着摸摸他的脑袋："好，妹妹这就去给你摘，乖乖等着啊。"

林瞻远这才咧着嘴傻乎乎地笑起来。

临近深秋，天气逐渐冷起来，林非鹿裹上萧岚给她缝的白茸斗篷，出门去摘枣子。

青沛园栽了许多果树，到了秋天各树枝头沉甸甸地坠着果子，各宫的妃嫔都喜欢遣下人来这里摘新鲜水果。林非鹿从小拱门进去的时候，突然听到院墙墙角下有人在哭。

她一向是不大爱管闲事儿的，以为是哪个太监宫女挨了训，径直走进院内摘完青枣，离开的时候，那声音还在，抽抽泣泣的，像是不敢被人听见似的，别提多可怜了。

林非鹿从小拱门出来，还是忍不住朝声音的方位打量了两眼，半人高的草丛后蹲着一个小身影，锦衣华服，不像是下人。

她想了想，还是拔腿走过去，脚步踩上花草落叶发出窸窸窣窣的声音，草丛里那人听到声响，一下子回过头来："谁？！"

林非鹿拨开草丛，见到一个格外俊俏的小少年，怀里抱了只白色的小兔子，他眼睛哭得跟兔子似的，满脸泪痕，看上去可怜兮兮的。

林非鹿蹲下身子问："你哭什么？"

小少年像是因为被发现偷哭很是无地自容，想做出凶狠的表情，但无奈天生不是恶人，又惨兮兮地哭过，怎么看怎么可怜，最后只能假装冷漠地转过头去，掩饰懊恼："不关你的事。"

林非鹿只两眼就摸透这小少年的性格了，也不恼，笑眯眯地摸了摸他怀里的兔子："这是你养的兔子吗？真可爱。"

小少年身子微微一颤，本来止住的眼泪又快出来了，咬牙忍着，脸上神情难过得不行。

林非鹿打量了一会儿，轻声问："怎么啦？"

不远处传来宫女渐行渐近笑闹的声音，小少年脸色一变，做了一个嘘声的动作。林非鹿点点头，往里面挪了挪，跟小少年蹲在一起，让草丛将两人的身影都掩住。宫女朝着青沛园而来，摘完水果后才又离去。

这期间谁也没说话，就蹲在草丛里大眼瞪小眼，直到人声消失，小少年才郁闷地看着她问："你是谁？"

林非鹿笑眯眯道："我是小鹿，你又是谁？"

他有些惊讶："你不认识我？"

林非鹿笑："我应该认识你吗？"

小少年有些不好意思地侧了下头："不认识就算了。"

林非鹿继续摸他怀里的兔子："你为什么哭？跟这只小兔子有关吗？"

小少年垂眸看自己抱着的小兔子，抿了抿唇，过了好一会儿才难过地低声说："我……我娘让我亲手杀了它。"

林非鹿："为什么？！兔兔这么可爱，为什么要杀兔兔？！"

## 10

林非鹿说完这句话，自己都在心里恶寒了一下。

不愧是我。

小少年更难过了，垂下头用袖口擦了擦眼泪。

林非鹿把手掌放在小兔子头上，那纯白的茸毛软绵绵的，手感特别好，且浑身白得一丝杂质都没有，品相十分好看。她以前虽然最爱吃双流老妈兔头（不是……），但这么可爱的兔子，还真有点儿舍不得下嘴。

她问小少年："你娘为什么要你杀了它？她不喜欢兔子吗？"

难不成小少年对兔毛过敏？

小少年抿着唇摇了摇头,眼眶通红,哽咽着说:"这只兔子是娘送我的生辰礼物,我已经养三年了。"

林非鹿:?

这娘未免也太残忍了吧?

让儿子亲手杀宠物,这是什么路数?

她目含同情地看着小少年,听他继续抽泣着断断续续道:"娘说,弱者才会心怀慈悲,强者需得坚定心性,成大事者不能有怜爱之心,也不可有喜好之物,因为这些都会成为致命的弱点。"

林非鹿:?

这位娘亲有点儿东西。

在宫中进行这样的育儿方针,必定是怀有争权的心思。而作为皇子,除了皇位,还能争什么呢?这小少年的娘心思简直不要太明显。

不过就是太急切了,她也不怕给自己儿子留下心理阴影,长大后变成一个心理扭曲的变态。

林非鹿这段时间已经从林景渊口中了解到自己往上还有三个皇兄。

大皇兄林廷,亦是林帝的长子,系阮贵妃所出。

二皇兄林济文,系淑妃所出。

三皇兄林倾,是皇帝的嫡子,系皇后所出,亦是当今的太子。

这三个皇兄年龄相差不大,都是十一二岁的样子,就是不知道这个被母妃逼着成长的爱哭包是她哪个皇兄呢?

这少年应该是三皇兄太子殿下没跑了。

毕竟他以后是要继承皇位的,为君者是要心狠手辣一点儿才好,这小少年善良又心软,还这么爱哭,看上去就很好欺负,确实不大符合皇帝的标准。

林非鹿仿佛听到脑中响起了一个声音:叮,你的新NPC已上线,请及时攻略。

她抬手安抚似的拍了拍他的头:"别哭了,我帮你想办法。"

小少年一下子抬头看着她。

林非鹿说:"你把兔子给我,我带回宫去帮你养着,你有时间随时可以来看它,怎么样?"

小少年眼睛亮了一下,转而又熄灭下去,为难地问:"那……我娘那里怎么交代呢?她让我把小兔的尸体带回去。"

林非鹿：……

皇后娘娘这么心狠手辣的吗？对自己儿子都这么残忍？

难怪她能当皇后呢。

她状似思考了一会儿，开口道："你就这样跟你娘说，你实在不忍下手，所以找了一个没人的地方把小兔扔了，让它自生自灭。一只弱小的兔子在这后宫没了主人，其实很难活下去，你不愿直接杀生，也不愿忤逆你娘的话，这样也算完成了她交代的任务。她了解你的性格，你若真的带回一只兔子的尸体，她可能反倒会怀疑。"

小少年一听，觉得她说得居然很在理，难过的脸上渐渐溢出笑容。

林帝和这些妃嫔的基因好，皇子也一个赛一个地好看，笑起来像初春的阳光洒在树梢花蕊上，既温暖又柔软。

啊，温柔美少年谁不爱。

那样心狠手辣的娘却生了这样一个心软善良的儿子，还真是上天捉弄。

林非鹿用小手指指了揩他脸上的泪痕，安慰道："别难过啦，办法总比困难多，以后你再遇到什么解决不了的事情，不要哭，来找我，我帮你想办法！"

小少年脸颊一红，不好意思地侧了下头，不轻不重地"嗯"了一声。

林非鹿把怀里的枣子掏出来递给他，笑得特别烂漫："给，我请你吃枣！"

她声音奶声奶气的，却很有气势，有种"别怕，我罩你"的感觉，小少年看着顶着两个小鬏鬏的女孩儿，"扑哧"一声笑了出来，接过青枣后把兔子递给她："那以后小兔就麻烦你照顾了。"

林非鹿豪情壮志地拍胸脯："包在我身上！"

小少年又问："你是哪个宫里的？"

林非鹿眨巴眨巴眼睛："我住在明玥宫。"

"明玥宫？"他脸上露出一丝惊讶，看了她半天，像是想起什么，迟疑道，"小鹿……难道你是五公主林非鹿？"

她歪着脑袋："对呀！"

小少年不由得笑起来："竟是你，与传言不大相像，可见都是人云亦云。"

林非鹿做出一副"我听不懂你在说什么"的表情。

小少年站起身来，把几颗青枣放进袖口里，轻声道："那小兔就拜托小鹿照顾了，等有时间，我会来明玥宫看它的。"

林非鹿连连点头，用斗篷把小兔子裹起来抱在怀里，只露出小小一个脑袋，朝小少年挥挥手后，一蹦一跳地跑走了。

回到明玥宫，林瞻远在门口翘首以盼，见到妹妹回来，高兴得直蹦："枣子！枣子！"

林非鹿笑着跑过去，把怀里的兔子给他看："哥哥你看，这是什么？"

林瞻远没见过兔子，眼睛瞪得有些大，迟疑地看了妹妹一眼，又低头瞅了瞅，伸出一根手指迟疑地摸了下兔子的脑袋，毛茸茸的，很软，很舒服。

林非鹿说："这是小兔子。小白兔，白又白，爱吃萝卜和青菜，蹦蹦跳跳真可爱。"

林瞻远兴奋得直拍手："小兔子！小白兔！白白白！萝卜萝卜真可爱！"

他高兴得连枣子都忘了，回屋之后一直跟小兔子玩儿，还跑去小厨房拿了青菜叶子过来喂兔子。萧岚问起，林非鹿只说是在外面捡的，萧岚倒也没说什么，还帮着她一起给兔子做窝。

林非鹿把布条缠在木板上，以免木板上的木刺扎到小兔子，随口问一旁的萧岚："母妃，你见过皇后娘娘吗？"

萧岚正在跟青云悠一起做笼子，柔声回答道："前些年见过，后来我身体多病，皇后娘娘仁慈，免了我请安，算起来，也有三四年没见过了。"

"那皇后娘娘长得好看吗？"

"皇后娘娘母仪天下，自然是极美的。"

林非鹿一派天真："皇后娘娘治理后宫，应该很凶吧？不然怎么让所有人都听她的话呢？"

萧岚吓了一跳，赶忙去捂她的嘴，惊恐地朝四周望了望，没看见旁人才松了口气，白着一张脸训斥她："鹿儿不可胡说！且不说身为人子，不可妄议皇后娘娘是非，何况皇后娘娘素来仁慈，又一心向佛，对待后宫上下嫔妃都是极好的。如今后宫事宜都由两位贵妃娘娘从旁协助，正是因为有她坐镇后宫，才让陛下能安心前朝啊。"

林非鹿无辜地点了点头。

萧岚又不放心地叮嘱了她几句，不过开了话头，倒是和青烟聊了几句跟皇后有关的宫中往事。

林非鹿听了半天，觉得她们口中的那个皇后娘娘不大像自己今天遇到的那个小少年的娘。毕竟信佛之人不杀生，又怎么可能逼着自己儿子杀生。

可若不是皇后，又有谁竟然怀着争夺皇位的心思呢？

毕竟皇后母族势大,她的父亲杜老是当朝太傅,儒名远播天下,门下三千学子,还是林帝的老师,深受林帝敬重。皇后母家地位稳固,又生下嫡子,早些年三皇子就被立了太子,偶尔听人说起,三皇子聪颖好学、儒雅知礼,很受林帝喜爱。

但凡林帝的脑子没进水,就不可能废太子另立。

那今天逼儿子杀兔子的那位娘娘,到底凭什么觉得她有一争之力?

林非鹿想了想,要说这宫中还有谁能有这心思,也有这能力的,想来想去,也只有一个阮贵妃了,就是被她装鬼吓疯的徐才人当年抱的那条大腿。

宫中两位贵妃娘娘,一个是当朝左相的女儿阮贵妃,风华绝代冠宠后宫;一个是镇北大将军的妹妹奚贵妃,高傲冷淡,很有家门风范。

两位娘娘都是皇帝的心尖宠,家族势力也不相上下,唯一的区别是,奚贵妃膝下无子,而阮贵妃生下了皇长子,也就是大皇子林廷。

大林朝的规矩向来是立嫡不立庶,立长不立幼。

三皇子是嫡子,而大皇子是长子。

嫡子一旦出了什么事儿,下一个顺延的继承对象就是长子了。

原来是自己上午看走了眼,那不是自己的三皇兄,而是自己的大皇兄啊!

听闻这阮贵妃在宫中嚣张跋扈,恃宠而骄,但林帝就爱她直率坦然的性子,还曾经夸她"心直口快,有一说一"。宫中妃嫔虽然敬她,却并不怕她,因为阮贵妃一向直来直去,喜恶都明晃晃地写在脸上,从不在背后耍阴招。

林非鹿之前听说的时候,还觉得这个贵妃没啥心机,能走到如今这个地步全靠命好。

但如今联系上杀兔子这件事儿,她怎么觉得那么不对呢?

这像是一个没心机的马大哈能干出来的事儿?

没想到这后宫,演员还挺多的。

勘破这一层,林非鹿就觉得有点意思了。只是想到今天遇到的那个爱哭的小少年,她不免有些感叹,母妃有这心思,他今后的路,怕是难走了。

## 11

林瞻远对小兔子格外喜爱。

他自小没出过房门,没交过朋友,因为智商低于正常水平,这世间很多东西既不认识也没见过。

如今得了这只小兔子，会跑会跳会动，还又白又软特别可爱，简直打开了他新世界的大门，除了吃饭睡觉，其他时间他都坐在兔子窝旁跟它玩儿。

小兔子静静地吃青菜，他就静静地看着。

小兔子在院子里蹦蹦跳跳，他就跟在后面跑，能高兴地玩一整天。

有他这么事无巨细地照顾小兔子，林非鹿也省了不少心，等大皇子林廷过来探望自己的宠物时看到它长得白白胖胖的，应该也会很开心。

北方入冬入得快，感觉只是睡一觉的工夫，秋日的气息就全部凋零了。气温骤降，冷得不行，往年明玥宫都领不到银炭，内务府给的柴炭烟大，根本用不了，冬天对于他们而言是最难熬的。

但今年内务府早早地就派人送了足量的银炭过来，客客气气地，还把往年她们没有的取暖工具都补上了。

前不久林帝考查四皇子的功课，发现他不仅已经能把那本《论语》完全背下来，还都知道每句话的意思。林帝大悦，赏了娴妃不少东西，夸她教子有方。

娴妃得了赏赐，自然不会忘记明玥宫这头，时不时地就遣人来送温暖，什么补品瓜果都往这边赏。云悠把娴妃赏的补品做成药膳，萧岚现在看上去都没那么病恹恹的了，脸上多了血色，比之前更好看。

连林非鹿都被养胖了一圈，她捏了捏小肚子上的肉肉，发出了"减肥要从小做起"的感叹。

大冷天的，各宫都不爱出门，而且还没下雪，只是萧条地冷，风景也不好看，外边开始变得冷清。林非鹿倒还是会坚持每天出门走一圈的习惯，一来是为了锻炼身体，保持身材；二来也是为了增加遇到NPC的机会。

结果NPC没遇到，她遇到了Boss。

长公主林念知已经蹲她很久了。

一说到这个林念知就很气，一开始她其实是派人盯着明玥宫的，林非鹿一出来，就有人跟着，然后传话回来告诉她人在哪里。

结果每次等她领着人气势汹汹地赶过去的时候，林非鹿都已经不在了，太监气喘吁吁地说："长公主，人往高凤阁去了。"

然后林念知又领着人往高凤阁跑，跑过去的时候，林非鹿又不见了，太监哭着说："长公主，人现在又去御景庭了。"

跟猫捉老鼠似的，差点儿把林念知累死。

这丫头怎么这么能跑？！她是有四条腿吗？

林非鹿倒也不是存心避林念知，她压根儿就不知道林念知蹲她的事儿，只是喜欢到处溜达而已。这一来二去地，直到现在，才终于让林念知逮到机会。

太监一路疾跑来回禀："长公主，她人现在在长溪亭喂鱼呢，一时半会儿应该不会走！"

林念知热粥都顾不上喝了，嘴巴一抹就往长溪亭跑。

她赶过去的时候，冷风正呼啸。长溪亭是坐落在宫中这条溪流上的九座亭子，远远看去像九连环一样，交错缠绕，十分别致。林非鹿裹着她暖和的白斗篷，就坐在中间那座亭边儿上，小腿垂在空中有一下没一下地晃，往水里撒着鱼食。

林念知领着人往最边上的亭子一坐，摆正姿态后使了使眼色，宫女立刻大声道："那边儿是谁？见到长公主还不过来请安？！"

林非鹿转头一看，看那架势，就知道来者不善。

长公主？

惠妃的女儿？娴妃的死对头？

懂了。

她把鱼食全部撒进水里，掸掸手掌，拢了拢斗篷，朝这边走来。

寒风呼呼地刮，刮在脸上跟刀割似的。林念知金枝玉叶娇生惯养，什么时候大冬天的在溪边风口遭过这种罪，出来得急又没拿手炉，感觉自己快被冻僵了。

她心里开始隐隐后悔。

她为什么不等开了春再出来教训林非鹿呢？这到底是谁教训谁？

她心里更气了，眼见林非鹿一步一步走近，正要发作，却见林非鹿走到自己面前时，突地愣住了。林非鹿仰着小脑袋直愣愣地看着自己，看上去傻乎乎的。

林念知也是一愣，因为冷，气势被降了大半，声音还打着战，不满道："你看什么？"

小女孩儿好像才反应过来，用软软的小气音问："你是长公主吗？"

林念知一脸的高傲："对。"

她还没来得及说下一句话，就见小女孩儿抿着唇笑了下，酒窝甜甜的，有点儿不好意思地说了句："你长得真好看。"

林念知：？

林非鹿不是用那种直接拍马屁的语气，就好像是真的觉得她太好看了，忍不住夸她，但夸完又觉得害羞，所以说完之后赶紧偏过了小脑袋，白嫩的小脸上飞上一抹绯红，把目光投向旁边。

但没过两秒，林非鹿又偷偷地把目光移回来，像第一次看见这么好看的人似的，忍不住想多看几眼，目光跟林念知对上，受惊似的又赶紧移开了。

林念知突然觉得自己好像没那么气了。

她清清嗓子，语气已不如方才蛮横："大冷天的，你在这儿做什么？"

林非鹿慢腾腾地转过小脑袋，垂着头不敢看她，老老实实道："喂鱼。"说完又傻乎乎地补充一句，"冬天鱼儿没有食物，我担心它们会饿死。"

林念知觉得自己这个五皇妹怪傻的。

听说她的哥哥是个"傻子"，估计她多少也受到了影响。

不过"傻子"的话才最真实呢。

林念知本来是打算以长姐的身份来压她，让这位五公主伺候自己端茶倒水跑腿，把她当宫女来使唤。她如果不做，就治她目无尊长的罪。

但是天太冷了，她实在不想坐在这里等林非鹿给她泡茶来喝，估计茶还没泡来，她就冷死在这儿了。

林念知心里也说不清楚到底是怕冷还是突然不想教训她了，又装模作样地训斥了林非鹿几句就起身要走，刚一起身就打了个喷嚏。林非鹿这才抬头看过来，乖巧的小脸上满是担忧。

林非鹿突然从袖口里摸出一个小手炉来，乖乖地递给她："姐姐，这个给你。"

手炉在她身上揣久了，有股属于小女孩儿的淡淡的奶香，林念知看了一眼，高傲地接过来，脸上不做表露，实则被终于暖和的手指舒服得想尖叫。

林非鹿小脸冻得通红，但这并不妨碍她真诚的笑容，她把小手捧在嘴边哈了哈气，乖乖地跟她挥手："姐姐再见。"

林念知略一点头："退下吧。"

林非鹿这才转身离开，走了没几步又回过头来偷偷看她，见她还立在原地没走，怪不好意思地转过头去，小身影拢在斗篷里，嗒嗒嗒地跑走了。

林念知：……

还……怪可爱的。

# 第二章 攻克难关

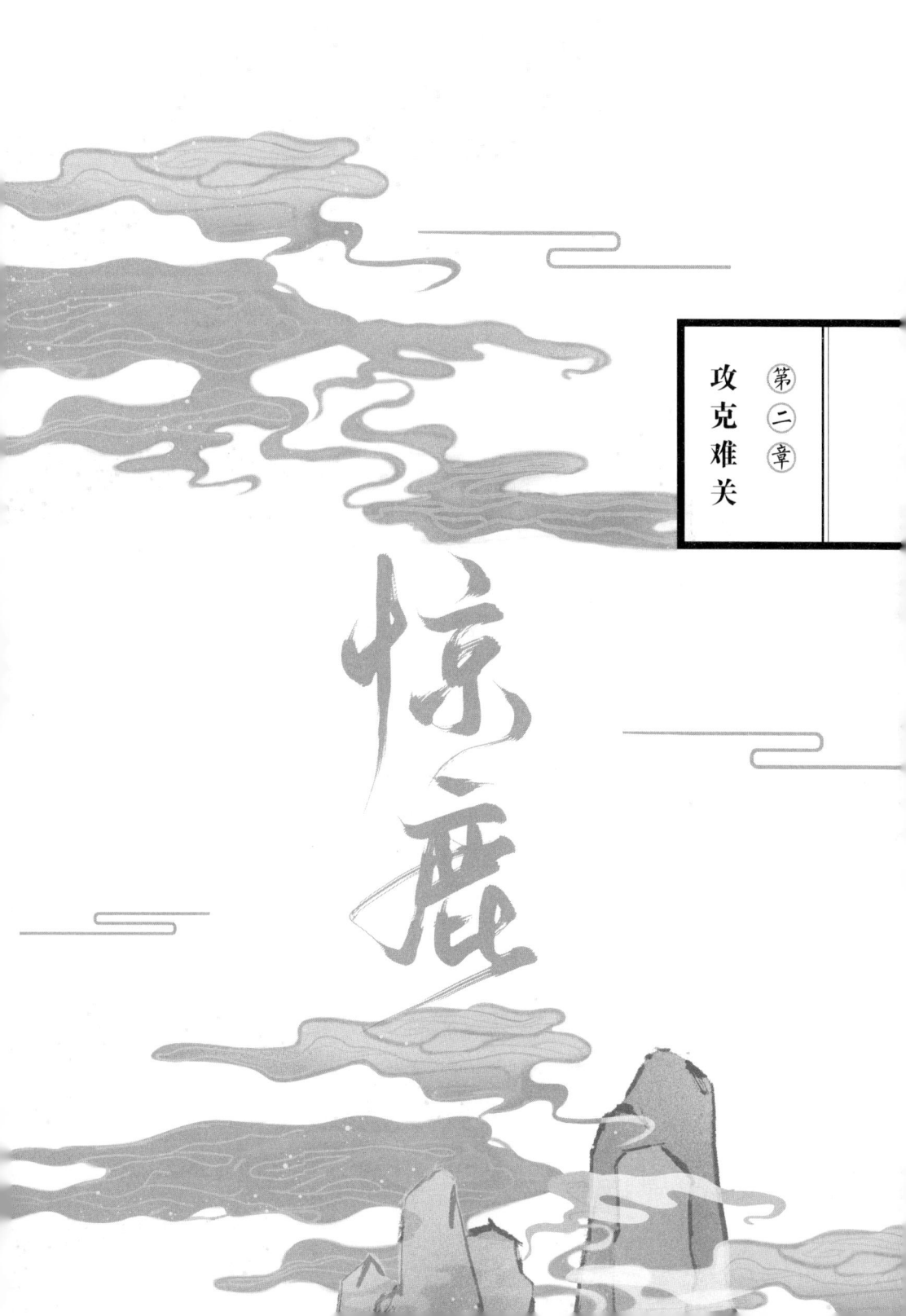

惊鹿

## 01

能化敌为友的，绝不硬杠。

不轻易树敌一直都是林非鹿的处事原则。

这长公主刁蛮名声在外，她本来以为会很难搞，刚才只是打算先丢个"糖衣炮弹"技能试探试探，没想到对方直接就中招了。

不过她想想也觉得能理解。这宫中的皇子公主们打小就活在众星捧月的环境里，什么阴招损招居心叵测都由母妃扛了，实在是没见识过世间险恶，只长了一身脾气，没长心思。

而且年纪都还小，这长公主也就十一岁，放在现代，还在上小学。

妥妥的"小学鸡"，实在是太好骗了。

林非鹿在心里愧疚了两秒钟，然后脱下自己取暖的斗篷，一路顶着寒风慢悠悠走回了明玥宫。

这身子底子弱，吹了一路冷风，下午时分就病倒了，躺在床上发起了烧。

萧岚赶紧让云悠去请太医。现在太医院也不像之前那样忽视明玥宫，当即遣人来给五公主看病，一番问诊之后发现她只是着了凉，开了药方，又让萧岚把屋内的炭火升高一些，焐一焐出出汗就好了。

云悠跟着太医去抓药，恰好遇到娴妃身边的大宫女碎玉在给娴妃拿安神助眠的方子，两宫常有往来，两人自然也是认识的。碎玉一问，得知五公主生病了，回到长明殿后就把此事告诉了娴妃。

娴妃问道："给五公主看病的是谁？"

碎玉回想了一下："是位面生的年轻人，应该是新进太医院的，不曾见过。"

娴妃皱眉道："生人初入宫，资历浅薄，不行，你再去一趟太医院，请陈太医走一趟明玥宫，再仔细给五公主瞧瞧。"

陈太医是太医院的老人，也是常给娴妃问诊的，医术信得过。

碎玉得令，赶紧去了。陈太医收到娴妃的吩咐不敢耽搁，背着药箱就去了明玥宫。萧岚还在给林非鹿煎药呢，陈太医让她把药搁一边，重新把脉开了方子，才又去抓了新的药。

林非鹿其实病得并不重，在她看来就是感冒低烧而已，迷迷糊糊睡了一会儿，萧岚便端着碗过来喂她喝药。正喝着，她突然听到守在门外的青烟惊慌失措地喊："奴婢拜见大皇子。"

萧岚手一抖，药碗差点儿砸在林非鹿的脸上。

这这这……

阮贵妃素来与她毫无交集，大皇子怎么会到这里来？！

门外传来少年清朗的声音："起来吧，五皇妹可在？"

青烟道："回大皇子的话，五公主病了，正在屋内躺着呢。"

林廷顿时着急："病了？严重吗？可请太医来看过了？"

青烟回答："陈太医方来看过了。"

外头一问一答的时间，里面萧岚已经帮林非鹿把外套穿好了，等青烟领着林廷进来，林非鹿已经喝完药半靠在床上，看见林廷眼睛一亮，染着潮红的小脸有些惊讶："是你！你是我大皇兄？"

林廷上次并未告知她自己的身份，现在被她认出，很是腼腆地笑了一下，笑完又不无担忧地问："怎么病了？"

林非鹿歪着脑袋笑盈盈地说："只是受了些凉，没关系。"

萧岚到现在还晕乎乎的，不知道自己的女儿怎么又跟大皇子扯上了关系，见两人相谈甚欢，倒还是会看场合，领着青烟出去了。

等她们一走，林非鹿才问："大皇兄，你是来看小兔子的吗？我哥哥把它养得可好啦，冬日天冷，他把兔子窝都搬到自己房间里去了，我带你去看呀。"

说着她就要掀开被子下床，林廷赶紧伸手按住她的小脑袋，摸到她柔软的头发又一下子缩回手来，垂眸道："不急，小兔在你这里我很放心。你生了病，好好躺着，别再着凉。"

林非鹿这才乖乖躺回去，又压低声音问："上次你回去之后，贵妃娘娘相信你的话吗？"

林廷有些不好意思地笑了下："我按照你的话说给母妃听，她果然信了，没有再问过此事。"

林非鹿满眼开心，又把林瞻远和小兔子的一些日常趣事说给他听，林廷听完之后真挚道:"六弟虽与常人不同,心地却十分善良。我今后不能再把小兔接回云曦宫,便将小兔送给他吧。"

他们正说着话,房门被推开一条缝,林瞻远偷偷摸摸探了个小脑袋进来,林非鹿朝他招招手:"哥哥,来。"

林瞻远噘着嘴站在门外摇头:"妹妹又病了,我不能闹妹妹。"

林非鹿眼睛弯弯的:"我病好啦,你看,我都坐起来了。"

林瞻远这才开开心心地跑进来,瞧见屋内还有一个人,步子一顿,缩着身子小心翼翼地蹭到妹妹床边,有些胆怯地看着这个陌生人。

林非鹿安抚他:"这是我们的大皇兄,小白兔就是他送给你的。"

听到小白兔,林瞻远神情一下子变得轻松起来,拍着手道:"小白兔,白白白!萝卜萝卜真可爱!"

林廷"噗"的一声被逗笑了。

林非鹿哄他:"哥哥,你带大皇兄去看看小白兔好吗?"

林瞻远认真地点头:"好!"说完,高兴地来牵林廷的手,还喊他,"走呀!"

林廷愣了一下,看着握着自己的那只小手,最后只是温柔地笑了笑,然后反握住自己这个六弟的手,点点头:"好,走吧。"

小兔子比在云曦宫的时候长胖了不少,熟悉主人的气息,林廷喂它青菜的时候,它就蹦过来蹭他的手指尖。

林廷心里有些难受,又有些高兴,只发着呆,旁边林瞻远突然伸手摸摸他的脑袋,用林非鹿哄自己的语气哄他:"不难过!"

林廷眼眶有些红,垂眸掩了一下,而后抬头朝他笑:"嗯,不难过,谢谢六弟。"

林瞻远眯着眼睛傻乎乎地笑。

看完兔子,林廷又去跟林非鹿说了会儿话才离开,走到半路,想了想,又转道太医院。

大皇子亲临太医院,倒是把这些太医吓了一跳,林廷找到往日与自己宫中交好的太医,温声道:"罗太医,麻烦你走一趟明玥宫,替我瞧瞧五公主的病。她身体弱、底子虚,除了这次的风寒,恐还需药物调理,多劳你费心了。"

大皇子有令,罗太医自然不敢不从,背着药箱就去了。

萧岚见又有太医来,一问得知是大皇子派来给五公主调理身体的,心里很是感激。之前太医已经开了治风寒的药,罗太医问诊之后便只开了补身子的药方，交代了萧岚平日里需得注意的饮食，方才离开。

林非鹿这头病着，长公主林念知那边也是一回宫就躺下了。

她倒是没发烧，只不过喷嚏不断、眼泪直流，都是被冻的。不过就这也把惠妃急得够呛，遣了宫女去请御用太医。

冯太医给林念知把了脉看完病，嘱咐道："近日气温骤降，正是时疾多发期，长公主需得多添衣，少出门。今日好几个宫里都遣人来传太医，这时疾可小觑不得。"

林念知随口问了句："还有哪些宫里的也患病了？"

冯太医道："长明殿和云曦宫都传了太医，哦，对了，还有明玥宫。"

林念知一愣："明玥宫？"

冯太医以为她不知道，解释道："就是五公主的住处，听同僚说她发烧在床，幼童体虚，这寒风最是容易入体了，长公主也需注意。"

林念知呆了一会儿。

怎么就发烧了？晌午不还好好的吗？

她目光突然瞟到搁在一旁的小手炉，心道：不会吧？难不成是因为把取暖的手炉给了自己，林非鹿才会被冻病的？

林念知心里顿时有点儿不得劲儿。

她想起明玥宫的地位，觉得就算是请了太医，估计对方也不会上心，可别随便开个药方敷衍着，自己的御用太医可说了，时疾严重，不可小觑。

冯太医收拾了药箱要走，林念知扭扭捏捏半天，最后还是叫住他："你等等！"

冯太医问："长公主还有什么吩咐？"

林念知道："你去明玥宫一趟，给五公主瞧瞧脉，看她病得重不重，好好抓两服药。"顿了顿，提高声音不失威严，"要好好瞧，瞧仔细了，断不可敷衍！"

冯太医赶紧躬身道："是，臣这就去。"

说罢，冯太医背着药箱冒着寒风一路赶往明玥宫。

前脚刚走一个太医，后脚又来一个，萧岚都有些蒙了，迟疑道："方才已经有太医来瞧过病，药也喝了。"

冯太医说："臣知道，只是长公主不放心五公主的病，特意嘱咐臣再来瞧瞧脉。"

萧岚：？

这里面怎么又有长公主的事儿？

自己这女儿到底都做了些什么啊？！

萧岚回想明玥宫近来的变化，从之前的任人践踏到如今的日渐殊宠。她之前没有觉得哪里不对，直到此刻才察觉，这一切，好像都跟女儿有关。

先是四皇子，后来又是娴妃，现在又是大皇子和长公主。这些她曾经想都不敢想的人，突然跟她的生活产生了交集，并且正在一点点地改变她的生活。

这一切，到底是无心之举，还是鹿儿……有意为之？

萧岚心情顿时有些复杂。

她无欲无求久了，多年不想事，脑子都有点儿生锈，等冯太医请完诊离开，一个人闷在屋子里坐了许久，最后想起来，鹿儿的变化，好像就是从她那次在临行阁落水之后开始的。

一开始她没注意，是因为那变化实在是太细微，但此刻仔细想了想，还是有不同的。

她心里渐渐冒出一个不可思议的想法，转瞬又被自己否定下去。

如此天方夜谭，断然不可能，定是自己想多了！

但这个念头既然冒了出来，就不会再消失。晚上萧岚去给林非鹿喂药时，林非鹿就察觉到她的不对劲儿了。

萧岚总是有意无意地打量自己，时而走神，那眼神偶尔难过、偶尔迷茫、偶尔疑惑，像在看她，又像在透过她，看另一个人。

林非鹿喝完药，浅声问她："母妃，你在想什么？"

萧岚一惊，勉强笑道："我没事儿，有些晃神罢了。"萧岚伸手替她掖了掖被角，俯身亲她额头，"鹿儿乖，早些睡吧。"

起身的时候，林非鹿拉住了她的手腕。

萧岚回过头来，眼神竟然有些惊慌，像是害怕她会说出什么话来，身子都有些抖。

林非鹿本来想要和盘托出的话，突然就有些说不出口了。

她自小没有得到过母爱，原生家庭是不完美的，以至于她长成了这样极端的性子。她小时候看着身边那些同学的妈妈，总是不无羡慕。

她曾经在书上看到一句话，说的是，这世上没有不爱自己子女的父母。

那时候她在心里摇头。

她说，不，不是的，有很多。

有些人生来不配为人父母。

她爸妈从来没有亲过她，没有抱过她，没有在她考了一百分高高兴兴拿着奖状回家的时候，骄傲地夸她一句。

钱是他们给她唯一的东西。

但林非鹿不恨他们，人本该独立自我，他们确实没有对她好的义务。可她也不爱他们，幼时的那份爱，早已消逝在一次又一次的敷衍中了。

她第一次感觉到家的温暖，是在这里。

这个完全陌生的大林朝，这个吃不饱穿不暖还随时有生命危险的后宫，这个一无所有的明玥宫偏殿。

哥哥爱她，萧岚也爱她。

尽管他们都有不足，一个是智力障碍者，一个是软弱的"包子"，可他们把他们全部的爱，都毫无保留地给了她。

尽管他们爱的是真正的小鹿，可如今在这具身体里的人是她，切切实实感受到这份爱的人，也是她。

她如今这些行为，是在为自己争，又何尝不是为了他们争！

萧岚这样爱自己的孩子，如果知道真相，应该会很难过吧？

林非鹿抿了抿唇，在萧岚害怕的眼神中低声开口："母妃，有一件事我没告诉你。"

萧岚一抖，脸色都白了几分，强撑着说："什么事？"

林非鹿看着她："那一次在临行阁，我不是失足落水，是被三公主推下去的。"

萧岚瞳孔骤然放大。

她垂了垂眸："她推我下水，旁边所有的人都看着，无一人救我。若不是我抓住了岸边倒下的枯树枝，可能早就没命了。"

萧岚眼泪流了出来，哭着过来抱她，颤抖着喊了句："鹿儿……"

林非鹿用自己的小短手回抱住她，埋在她颈窝："明明是她们做了坏事，之后却还要我去磕头请罪。母妃，我不想再这样被他们欺负了。"

她一字一句地："我想保护自己，也想保护你和哥哥。我长大了，母妃。"

萧岚泣不成声。

林非鹿抬起头，用软乎乎的手指帮她擦眼泪，亲亲她的额头："母妃别哭，以后不会有人欺负我们了。"

这一夜，萧岚心中的疑惑全盘消散，一同消散的，还有她之前以为不争不抢就会平安一生的懦弱心思。

女儿被人置于死地差点儿丧命，她却半点儿都不知情。这后宫从来都不是安稳的，她早该明白的。当年若不是怀胎之时被人下药导致早产，林瞻远不会变成痴傻儿，她也不会失宠。

她总是退让，别人却得寸进尺，最后还要靠女儿来保护自己，她这个母亲当得何其软弱！

萧岚一夜未眠，翌日醒来时，眼神就有些变了。

但她这些年性子已经养得非常稳重，并不急于求成，只是不再跟云悠和青烟在院子里做针线活儿，而是把那些早已蒙了灰尘的书籍重新拿出来翻看。

林非鹿病得并不重，早上醒来烧就退了，还被萧岚抱在怀里读了会儿书。

但是太医院几位太医惦记着各个主子的命令，一到班就准备再去明玥宫问诊。

四位太医背着药箱一道出门，笑吟吟地互相作揖："各位大人辛苦了，这一大早的，是要去哪个宫里啊？"

年轻太医："各位大人早上好，微臣是要去明玥宫给五公主复诊。"

陈太医："……我也是去明玥宫。"

罗太医："我也是……"

冯太医："我也……"

四位太医："……"

就很迷惑。

## 02

最后四位太医一致决定，让资历最老的罗太医作为代表前往明玥宫给五公主问诊。若是各宫主子问起来，他们也好有交代。

午膳过后，娴妃果然遣了人来太医院问，陈太医回禀道："由罗太医去问过诊，五公主退了烧，已经无碍了。"

碎玉回去原话转达，娴妃还有点儿奇怪："大皇子的交代？小鹿如何跟大皇子认识的？"

这大皇子在宫中名声很好。他母妃阮贵妃虽然出了名地盛气凌人、恃宠而骄，但生的这个儿子与她恰恰相反，善良心软，见不得不平，有些宫人犯了错，去找他哭诉，他保准会跟阮贵妃求情。

后宫也多有议论，娴妃跟阮贵妃没什么恩怨，想了想，最后只是道："罢了，无碍就好。对了，前些日子内务府不是送了些雪参过来，你挑一些送到明玥宫去，小鹿身子虚才容易被寒风入体，叫岚贵人给她多补补。"

从太学下课回来的林景渊恰好听见，得知小鹿妹妹生病了，心里顿时火急火燎的。等碎玉拿着雪参准备出门的时候，他跑过去把她手上的盒子抢走了："我找五皇妹有事，顺道一起送过去！"

他一路风风火火地跑到明玥宫，方一进去，就听见屋子里传出欢声笑语。

推门一看，原来是林瞻远和林非鹿蹲在暖和的房间里跟兔子玩儿，林景渊看了两眼，觉得这兔子有点儿眼熟。

这不是大皇兄最喜欢的兔子吗？

他最近学业被监督得很紧，自从上次背过《论语》，林帝就觉得他是个可塑之才，比之前要求更加严格，他已经有段时间没来找林非鹿。

而且天气变冷，林非鹿也很少再去找他玩儿，两人着实有很久没见过面。

原来你是有别的兔子了！

林景渊顿时一脸幽怨。

还是在外面的青烟最先发现他，赶紧行礼："见过四皇子殿下，殿下什么时候过来的？怎么不进去？"

林非鹿听见声音，这才抬头一看，对上林景渊幽怨的视线，小脸上顿时露出一个又惊喜又甜美的笑容，"噌"的一下站起身朝他跑过来。

她跑到他身边，两只小短手抱住他的胳膊，仰着小脸软乎乎地说："景渊哥哥，我好想你呀！"

林景渊：不气了。

他把雪参递给跟进来的青烟，有板有眼地转达了娴妃的话，又拿出身为皇兄的威仪，板着脸摸摸林非鹿的额头："烧退了吗？"

林非鹿乖乖回答："退了，让景渊哥哥担心了。"她不等林景渊问，主动拉着他的手走过去，指着小白兔高兴地说，"景渊哥哥看，小兔子！"

林景渊假装自己不认识："哪儿来的兔子？"

林非鹿道："是大皇兄送给我哥哥的！"

原来是送给林瞻远的啊。

林景渊心里唯一的别扭也没了，高高兴兴地在旁边坐下来。林非鹿哄好了人，这下轮到自己发作了，委屈巴巴地说："景渊哥哥，你最近都没来看我了。"

心机女孩技能之一，倒打一耙。

林景渊果然满眼愧疚，解释道："我最近学业繁重，每日都在太学上课。"

林非鹿问："太学是什么？"

林景渊道："就是皇家贵族子弟读书的地方。"

林非鹿：懂了，大型NPC聚集地。

她开始产生兴趣。

她一副什么都不懂却又很好奇的样子，天真无邪地问："那我也可以去吗？"

林景渊神色僵了僵。

太学不是一般人能进的地方。说是皇家贵族子弟读书的地儿，其实必须要林帝下旨赐恩才有资格，那里是身份的象征，也是皇恩的体现。像林非鹿这样不受宠的公主，是没有资格进入太学的。

林景渊自然懂这个道理，但说真话肯定会伤害到她。他心里为小鹿妹妹觉得难过，面上倒是一副嫌弃厌恶的样子："那破地方有什么好去的？烦都烦死了！一点儿都不好玩儿！"

林非鹿就没再多问，只是有些落寞地笑了笑，乖乖地"哦"了一声。

林景渊心里更不是滋味了。

在明玥宫待了一个多时辰，娴妃就遣人过来，叫他回去练字。林景渊只能不情不愿地离开，林非鹿裹着小斗篷一路把他送到宫门口，眼巴巴地跟他挥手："景渊哥哥再见。"

她看上去可怜极了，像是怕被旁边的太监听见，很小声地说了句："常来找我玩儿呀。"

林景渊一咬牙，一跺脚，下定决心似的开口道："我明日早上来接你，你跟我一道去太学吧！"

林非鹿眼睛一亮："我可以去吗？"

林景渊："当然可以！不进里面去就是了，还不许你在外面逛逛吗？！"

于是第二天一早，林非鹿穿戴整齐，裹着白色的小斗篷，扎着可爱的小鬆鬆，跟着来接她的林景渊一起，踏上了前往新副本的道路。

她这么久以来其实一直在后宫附近打转儿。皇宫这么大，分为好几个区域，她行事有分寸，没确切的把握之前，是绝不会逾越的。

林非鹿当然知道以她的身份没资格进入太学，不过就像林景渊说的，里面进不去，她还不能在外面逛逛吗？林帝平时很少来这里，只有每半月例行检查皇子们的功课时才会驾临。

太学又不是前朝议事之地，没有官员，有的只有教学的太傅以及读书的皇子公主贵族子弟们。

她现在已经有大皇子、四皇子两个靠山了，再自信一点儿，把长公主也算进去，三个大靠山，足够她在这里溜达的。

从正门进去之后就是一个大广场，广场上已经有人在走，都是一个主子带着一个小厮或者书童。几座朴实庄严的大殿坐落在后方，正殿上挂着"太学"的牌匾。周围还有一些小宫殿，是休息落脚的地方。

这里不比花团锦簇的后宫精致，但透着一股学术氛围，很有高级学府的感觉。作为毕业于国内最高学府的学生，林非鹿觉得这地儿还挺亲切的。

林非鹿的出现并没有引起关注，因为很多人身边带着伴读。比如三公主林熙身边就跟着一个小女孩儿，是静嫔弟弟的女儿，按规矩这小女孩儿是没资格进入太学的，但作为林熙的伴读，就容易多了。

大家都以为四皇子身边这个小女孩儿也是新来的伴读，只随意看了两眼，且因为忌惮林景渊，也不敢细看，行礼之后就匆匆走了。

林非鹿暂时没遇到认识的人，林景渊把她带到偏殿，交代道："除了台阶上那三座大殿去不得，其他地方可以随便逛，逛累了就到这里休息，等我下学就来接你。"

林非鹿乖乖应声。

他知道她听话，也不担心，又吩咐康安："照顾好五公主。"

康安连连点头。

林景渊这才一步三回头地走了，没多会儿，外面就响起了古朴沉重的钟声，林非鹿觉得还挺有意思的，这时候居然也有上课铃。

钟声一响，外面就清静了，半个人影都看不到。她站在门口打量了一会儿，脆生生地喊康安："你陪我出去逛逛。"

康安赶紧应了。

这里其实也没什么好逛的，空旷清幽，唯一的植物就是旁边几棵笔直的松柏。但她喜爱这熟悉的感觉，像走在曾经的大学校园。她曾经最愉快的记忆，大概就是大学那几年时光。

她运气一向不好，大学遇到的那几个室友倒是很不错，她们相处得很愉快，毕业之后都有联系。

林非鹿突然想起，按照自己那对父母的性格，自己死后，她的葬礼应该会办得很风光吧？

应该会来很多朋友，送上她最爱的黄玫瑰。大学室友里有个最爱哭的，还不知道会哭成什么样呢。

她走神已经走了十万八千里，没注意前边来了个人。

那人也不过十二三岁，穿了身黑色劲装，背着手优哉游哉地走着，旁边的书童哭丧着脸道："少爷，我求您走快点儿吧，咱们已经迟到了啊。您看这时辰哪还有人像您这样在外面晃悠啊！"

那少年一脸的满不在乎，余光一扫，看到不远处的小女孩儿，随手一指："那不是人？"

他挑了下眉峰，笑道："我就喜欢跟我一样不守规矩的人，阿罗，走，我们去交个朋友。"

## 03

林非鹿边逛边走神，直到少年拦在她面前，还有些没反应过来，旁边的康安倒是机灵，立刻躬身行礼："奴才见过世子殿下。"

少年眉峰高扬，帅气的眉眼很是不羁，瞅了康安两眼："你不是四皇子身边的人吗？"

康安恭声道："奴才确是。"

少年略一点头，饶有兴趣地打量了两眼面前这个扎着小鬏鬏的小女孩儿，问："这个小豆丁是谁？怎么上课时间还在外面乱晃？"

林非鹿：？

康安道："回世子的话，这位是五公主，无须入太学。四殿下在上课，让奴才陪公主四处逛逛。"

"五公主？我怎么没见过？"少年低头打量，似乎觉得跟这个只有他腿高的小豆丁说话太费劲儿了，干脆在她面前蹲下来，抬手就在她头顶的小鬏鬏上揉了一把，笑嘻嘻地说："小公主，你好啊。"

林非鹿：……

这个 NPC 是她见过的 NPC 里面最"熊"的一个。

世子殿下？看来不是她的哥哥们，而是哪个王公贵族家的公子了。

王公贵族……也不错，看他在这宫里嚣张的样子，就知道身份不低。

管他是谁，先攻下了再说。

林非鹿当即发动技能。

她双手捂着小脑袋后退两步，奶声奶气地凶他："你把我的鬏鬏揉乱了！"

少年："哈哈哈哈哈哈哈哈哈哈哈哈，那又怎么样？你咬我啊！"

林非鹿：？

少年也往前挪了两步，觉得这小豆丁奶凶奶凶的样子实在是太可爱了，笑眯眯地问："小豆丁，你叫什么名字呀？"

林非鹿不理他。

少年友好地伸出手："我叫奚行疆，我们交个朋友怎么样？"

姓奚？

林非鹿一下子就知道他是谁了。

宫里两位贵妃，一位阮贵妃，一位奚贵妃。奚贵妃的哥哥是大林朝的镇北大将军，位高权重，前几年还被林帝封了镇北侯。这位姓奚的小世子，应该就是大将军的儿子，奚贵妃的侄子了。

难怪他这么嚣张呢。

林非鹿如今在宫里的这几个靠山，看上去很厉害，但往细了想，其实现阶段并不强硬，毕竟都还是孩子，身份再尊贵，也受制于长辈。就比如大皇子和四皇子，一旦阮贵妃和娴妃发话不许他们跟自己往来，自己就没戏了。

宫内这些嫔妃各自为营，从平日搜集到的信息来看，只有那位奚贵妃清高孤傲，不太与人往来，而且膝下无子，是个比较容易攻下的点。

之前她还苦于没有跟奚贵妃接触的机会，眼下可不就送上门来了？

不愧是大型 NPC 聚集地啊，第一天就给了她这么大的惊喜。

这位奚小世子出身武将世家，性格纨绔，行事不羁，对付这种人，示弱是没有用的。越是示弱，越会让他们觉得不过一般，如此无趣，没了挑战性，很快就会失去兴趣。

摸透性格,她就很好下手了。

林非鹿瞟了眼他因自小习武而生出细茧的手掌,小脑袋一扭,噘着嘴说:"不跟坏人交朋友!"

奚行疆"扑哧"笑了:"我哪儿像坏人了?我可是天底下最好的人了,不跟我交朋友是你的损失。"

小豆丁听闻这话,偷偷扭过头看了他两眼,见他笑眯眯的样子,又哼了一声别过头去。

哇,太萌了。

奚行疆二话不说,隔着袖口握住她藏在里面的小手,煞有介事地晃了晃:"这个朋友你交也得交,不交也得交,现在握过手,我们就是过命的交情了。今后我若是有难,你就是豁出性命也要舍身相救,知道了吗?"

林非鹿:?

老子信了你的邪。

她生气地把自己的小手用力抽出来,然后跑到康安身后,像受了天大的委屈似的,小脸裹在斗篷的帽檐里,奶凶奶凶地瞪他。

奚行疆身边的书童简直没眼看,哭丧着脸催促道:"少爷,快走吧,不能再耽搁了啊。太傅要是又告到将军面前去,您又得吃板子了。"

奚行疆不耐烦地挥了下手,示意他闭嘴,又冲林非鹿挑眉:"小豆丁,下次见。"

林非鹿:"哼!"

奚行疆大笑了两声,这才往太学去了。

他一走,康安才虚脱似的抹了把汗,低声跟林非鹿说:"五公主,这镇北侯府的小世子素来有'小魔王'的称号。除了太学,他不常进宫的,你不必忧心。"

林非鹿若有所思地点点头。

太学景致单调,见过奚行疆之后她没再看到其他人,逛了一会儿就回偏殿休息去了。林景渊还给她准备了茶点,她喝着酥茶吃着点心,还从偏殿的书架上找了本游记看,打发时间。

康安在旁边瞅着觉得惊奇不已。

五公主年龄这么小,又没入过太学,竟然识字吗?

他试探着问:"五公主,这书讲的是什么啊?"

林非鹿咬着点心随口道:"讲了一个书生游山玩水记录地质和风土地貌的故事。"

康安觉得五公主怪厉害的。

游记看到一半,外头终于再次响起了古朴的钟声,康安高兴道:"殿下下学了。"

林非鹿让他把游记放回书架,喝完最后一杯酥茶:"走吧,我们接四哥哥去。"

太学三殿前的台阶上陆陆续续有人走下来,三三两两,闹闹哄哄,还真有点儿像学校放学后的情景。林非鹿在旁边瞅着,一个也不认识。

林景渊往常是冲得最快的一个,今天却半天等不见人,眼见着殿前冷清下来,康安有些担心,跟林非鹿道:"五公主,你且在这里等一等,我进去找找殿下。"

林非鹿点点头,目送康安两三步跨上台阶跑远了,百无聊赖地打了个哈欠。

泪眼蒙眬中,她终于看到两个熟悉的身影。

嚯,是她的三皇姐又在骚扰质子了。

这是林非鹿第二次见到这位宋国的质子,还是很好看,一身白衣十分养眼,面对身边喋喋不休的林熙时,脸上神情依旧温和,唇边笑意融融。

林非鹿觉得这位质子的脾气是真的好。

林熙尖细的嗓音让人觉得厌烦:"太傅讲的那篇文章我还是不懂,你再给我讲一次!"

宋惊澜不急不缓:"方才在学堂里,我已经给你讲过一次了。"

林熙满眼骄横,语气又像撒娇又像命令:"我还是没懂!你还要再讲一次!"

林非鹿实在没忍住,"噗"的一声笑出来了。

不远处的两人同时看过来。

林熙一眼看到她,顿时满露惊诧和厌恶,抬步就朝她冲过来,颐指气使地指着她问:"你这个小贱人怎么会来这里?!"

林非鹿还是笑着:"你这种胸无点墨、目不识丁、才疏学浅听了两遍都没听懂的文盲都可以来,我为什么不能来?"

以前的林非鹿对上她从来都是弱势的一方,任由她欺负半个字都不敢说,什么时候像这样骂过她？林熙气得差点儿失去理智，想骂回去结果半天找不到词儿，脸都憋红了，跟她那个娘一个德行，直接抬手一巴掌挥了过来。

身后几步远的宋惊澜愣了一下，疾步往前，似乎想制止。

林非鹿的余光瞟见不远处的台阶上林廷和林景渊走了下来，本来想躲的身子就停住了。但她也没直接把脸留给林熙打，而是微微侧了下头，那一巴掌更多地打在了她头上，把她左边那个小鬏鬏都打散了。

林非鹿二话不说，当即往地上一倒，憋气。

碰瓷儿，我们是专业的。

林景渊恰好目睹这一幕，差点儿被气疯，几步冲下台阶跑了过来。林熙在气头上，一巴掌没解气，居然还想过来再打，被紧接着赶来的林廷一把捏住了手腕。

平日里温温柔柔的大皇子少有动怒："住手！你这是在做什么？！"

林景渊把人从地上扶起来，看她满头的汗，小脸苍白，头发都被打散了，简直又气又心痛，把人交给康安，满脸愠色冲上去就想打林熙。

林廷不得不又拦住他："都给我住手！你们想做什么？！还记得自己的身份吗？！"

林景渊红着眼眶怒吼："她打小鹿！我打死她！"

林熙尖叫着："她骂我！她活该！"

林廷厉声道："都住嘴！"

他身为皇长子，威严还是有的，林景渊和林熙不得不闭嘴。见两人都稳定下来，林廷这才去查看林非鹿的情况，蹲在她身前轻轻摸了摸她泛红的脸，柔声问："疼吗？"

林非鹿没说话，只红着眼眶摇了摇头，还努力朝他笑了笑。

林廷心疼得不行，转过身对听到动静赶过来的林熙身边的宫女道："三公主目无宫纪，扰乱太学，禁足半月闭门思过！"

他是皇长子，又是长兄，自然有责罚弟妹的权力。林熙没想到皇长兄竟然会为林非鹿出头，这会儿倒是智商上线了，哭哭啼啼道："大皇兄，是她先骂我的，就算要责罚，也该连她一起！"

林景渊当即怒道："胡说八道！小鹿从来不会骂人！你蛮横惯了，竟然还学会血口喷人了！"

林熙边哭边说："她骂了，宋惊澜也听到了！"

几个人同时看向一直站在旁边的宋惊澜。

目光骤然聚集在自己身上,少年却还是一贯地淡然从容。他先是看了一眼可怜兮兮的林非鹿,然后才将视线转到林熙身上,微抿了一下唇,像是不愿撒谎似的,不无抱歉地说道:"没有。"

林熙:"?"

林景渊冷笑一声:"还等什么?还不把你们公主带走,回去好好反省!"

林熙这会儿冷静下来,不敢再胡闹,哭着被宫人带走了,只是临走时狠狠瞪了宋惊澜一眼。

宋惊澜像没看见似的,没事人一样,垂眸若无其事地打理自己的袖口。

林景渊对着她的背影恨声道:"闭门思过都算便宜她的了!下次看我不打死她!"

林廷责备地看了他一眼:"不许胡闹。"

林景渊哼了一声,这才又走到林非鹿面前,替她拍了拍斗篷上的灰,愧疚得不行:"都怪我上课不用心,被太傅留下来补习,早点儿出来小鹿就不会遇到她了。"

林廷也走过来:"回宫去吧,传太医来看看。"

林非鹿乖巧地点头。

等三人说完话,她再抬眼去看时,宋惊澜不知道什么时候已经离开了。

她心想,真是个人美心善做好事不求回报的小哥哥啊。

## 04

回明玥宫的路上,林景渊想起什么似的,问林廷:"大皇兄,你把兔子送给六弟了?"

林廷看了林非鹿一眼,心里很是感念她没有把真相说出来,毕竟被母妃逼着亲手杀宠物躲起来哭这种事实在是很难以启齿。他点点头:"对,六弟喜爱小兔,我便送给他了。"

林景渊:"大皇兄真大方!最喜欢的宠物也舍得送人。我也挺喜爱你养在行宫的那匹小黑马,你看?"

林廷:……

林非鹿:……

她实在看不过去林廷这个老实孩子被没脸没皮的林景渊欺负，扯扯他的袖子，奶声奶气地说："景渊哥哥，君子不夺人所好。"

林景渊立刻反思："小鹿说得对！那马大皇兄还是自己留着吧。"

林非鹿状若无意地转过头，然后悄悄地朝林廷笑了下。林廷抿着唇，压不住嘴角的笑意。

回到明玥宫的时候，只有青烟在，她先是给两位皇子请了安，见小公主头发有些凌乱的样子，到底是心思细腻，立刻问道："公主这是怎么了？"

林非鹿很是乖巧地回答："不小心摔倒了。"又问，"母妃呢？"

青烟道："娘娘做了一些点心，给娴妃娘娘送去了。"

这倒是让林非鹿有点儿意外。

萧岚一向是戳一下动一下，娴妃不召是不会去的，此次却主动送点心过去，看来上一次两人的谈话的确让她下定决心改变了。

林廷见林非鹿不愿意说实话，只以为她不想让身边人担心，便也什么都没说，只吩咐青烟道："去太医院请太医来给小鹿看看，看摔到哪里没有。"

青烟赶紧去了。

林瞻远抱着兔子从房间里跑出来，高兴地喊："兔子哥哥！"

林廷笑着走过去摸摸他的头："六弟。"

林景渊顿时不乐意了："那我呢？我还比他先认识你呢！"

他凶凶的，林瞻远有点儿怕，往林廷身后躲了躲，把林景渊气得不行。

林非鹿忍着笑在旁边提醒："哥哥，你喜欢吃的柿子就是四皇兄送的哦。"

林瞻远这才乐呵呵地喊："柿子哥哥！"

几人玩闹了一番，没多会儿就有位年轻太医背着药箱匆匆赶来，看到大皇子和四皇子都在，心里一抖，开始苦恼自己会不会又被两位皇子嫌弃，赶他回去，换另外资历深厚的前辈来。

这种赤裸裸的嫌弃真的是好伤人。

好在只是摔倒，也没受伤，大抵是觉得他足以应付，年轻太医心惊胆战地给五公主看完病，开完药之后就恭恭敬敬退下了。

时间不早了，两人也还要回宫去完成太傅留下的功课，见林非鹿无恙便也都离开了。

就这么一会儿的时间，几位皇子公主在太学门口发生冲突，大皇子责罚三公主禁足的消息就已经像长了翅膀似的传遍了整个后宫。

林廷回到云曦宫时，阮贵妃正坐在软榻上吃水果。

屋内燃着香银炭，不仅暖和，还有淡淡的幽香，是顶级的炭，除了林帝的寝殿，也就她和长乐宫那位奚贵妃有。

林廷向母妃请了安，正要回房去，阮贵妃懒洋洋地叫住他："听说你今日处罚了林熙那个小丫头？"

林廷瞬间跪下身去："是，请母妃责罚。"

阮贵妃"扑哧"笑了："你这孩子，为娘责罚你做什么？"她走过去把儿子扶起来，由衷地夸他，"做得好。"

她眉眼生得极其明艳，是那种十分张扬的美貌，笑起来的时候，像将光彩都揽于一身，耀眼不可方物："你是陛下的皇长子，本该如此。这宫里的人需得怕你、敬你、畏你，方能体现你的威严。"

自己这个儿子向来软弱，她恨其不争，用尽了法子培养他。今日难得硬气一回，她怎会不高兴？

林廷听着母妃又一番训诫，没有说话，只是像往常一样，垂着眸默默点头。

萧岚在娴妃宫中也听闻了这件事，联想到鹿儿今日去了太学，预感这事儿多半跟鹿儿有关，顿时有点儿坐不住，告别娴妃之后就匆匆回到了明玥宫。

林非鹿正在屋子里吃着点心看书，见她回来，乖巧地喊了声"母妃"。

萧岚走过去摸摸她的小脑袋，柔声问："今日在太学可有事发生？"

林非鹿沉默了一下，还是把事情经过跟她说了一遍，当然隐去了自己骂林熙那一段。林熙欺负她也不是头一次，萧岚次次都抹泪，只叮嘱她少出门，不出门就不会遇到林熙，就不会被欺负。

这次萧岚倒是什么都没说，也不大能看出平日软弱垂泪的可怜样，只是温柔地朝她笑笑："没事就好。"

林非鹿觉得自己这个母妃，是真的变了。

她已经不是当年的萧岚，现在应该是钮祜禄·岚！

林非鹿这头没什么影响，其乐融融的，林熙那头可不好过，丢脸就算了，更加让她生气的，一是宋惊澜的"背叛"，二是大皇兄对林非鹿的维护。

那个小贱人到底哪里好了？大家竟都处处护着她！跟她那个娘一样，长着一张勾引人的狐媚子脸，把大皇兄和四皇兄哄得团团转！这些男孩子都被她迷惑了，只有女孩子才能看清她的真面目！

林熙从太学离开并未立刻回宫，毕竟她这一回，接下来的半个月都出不了门，一路哭着去了长公主林念知所在的瑶华宫。

林念知前两日受了凉，今日便告了假没去太学，正裹着被子盘腿坐在榻上玩九连环呢，就看见自己的三妹哭哭啼啼地进来了，一进来就让自己给她做主。

林念知今儿没出门，倒是没听说太学的事，一问才知道发生了什么。

林熙哭着把事情经过说了一遍，上天做证，她真是半句假话都没有，林非鹿怎么嘲笑她的、怎么骂她的，一字不落地复述了一遍。

本来以为一向跟自己同心的长姐会为自己出头，没想到林念知听闻只是问："那她进太学了吗？"

林熙一愣："没……没有，她就站在台阶下面。"

林念知："那你骂人家做什么？"

林熙：？

她委屈极了："我没有骂她，是她骂我。"

林念知不耐烦："你不是骂人家'小贱人'了吗？"

林熙都惊呆了："……往常，我们不都是这么说她的吗？"

林念知干咳了一声，又说："她真的骂你了？说你胸无点墨、目不识丁、才疏学浅？"

林熙恨恨道："对！"

林念知怀疑地看了她两眼："不可能吧？小五连太学都没去过，没读过书，也不识字，怎么会骂这些成语？而且我看她平日里也不像是这么伶牙俐齿的人。"

林熙急了，心道：怎么长姐也开始帮她说话啊？

她委屈地问："我什么时候骗过长姐？难道长姐不信我吗？"

林念知往后靠了靠，换了个舒服的姿势。

"也不是不信。"她说，"那人家这也不算骂你，不就说了句实话吗？"

林熙：？

林念知困恹恹地挥了下手："行了，回去吧。大皇兄不是罚你禁足半月吗？这半月就别往我这儿跑了，天气怪冷的。"

林熙哭着跑走了。

## 05

林熙哭哭啼啼地回了昭阳宫，早已听闻此事的静嫔正急不可耐地等在宫门口，见她一回来立刻走上前去问道："你去见长公主了？她可说什么了？你怎么在太学读个书也能惹怒到大皇子？！"

林熙有一种全世界都在责骂自己的感觉。

在外面还忍着，回到宫中立刻撒泼似的大哭大闹起来，她先是骂林非鹿，又骂林景渊，最后连林念知和林廷都没放过，静嫔连连让宫女去捂她的嘴，一边哭一边骂："我平日就是太惯着你了，你这个不长进的东西！怎么偏生明玥宫那个小贱人就能惹皇子喜爱，你就做不到？！"

林熙哭着说："母妃，我们去找父皇评理吧？"

不说这个还好，一说这个静嫔更气，脸都气白了。

自从上次闹邪祟那件事之后，林帝就再也没来过昭阳宫，好像忘了有她这个人似的。她前些日子本想做点儿拿手的汤点送到养心殿去找找存在感，但殿内林帝正跟朝臣商议政事，她在外边儿等了好几个时辰，实在冷得不行，只能把汤点留下，自己走了。

没想到傍晚时分林帝就发了时疾，两个贵妃都去侍疾了。

林帝白天还好好的，怎么突然就病了？联想到她下午在养心殿外面等了那么久，渐渐就有人说是她身上邪祟未消，把邪祟带给陛下了。之后皇后就派了人过来，委婉地提醒她，今年不要再去找陛下了，等过完这个冬再说吧。

后宫佳丽三千，自己又不是最靓丽的那一个，等过完这个冬，陛下还能记得她？

静嫔已经在宫里独自哭了好几回，但想着自己终归还是有个公主的，陛下也喜爱这个公主，林熙又跟长公主交好，等来年让她去陛下面前晃一圈，重获恩宠也不是不可能。

谁能料想这个没出息的东西干啥啥不行，惹祸第一名，竟连一向以儒雅著称的大皇子都被惹怒了，这得罪了阮贵妃，能有她们好果子吃？

思及此，娘儿俩在昭阳宫抱头痛哭。

静嫔思来想去，觉得这件祸事起因皆是明玥宫那对贱人，闹邪祟是因为她们，现在熙儿被禁足也是因为她们。

不过是抱上了娴妃的大腿就敢如此嚣张，莫说现在还只是个贵人，今后若是晋了位分，岂不是要踩在她头上作威作福？

她绝不能容忍这样的事情发生！

静嫔替女儿擦擦脸上的眼泪，恨声道："别哭了！这件事，娘总要为你讨个说法的！她们逍遥不了多久了。"

林非鹿猜到林熙这一禁足，昭阳宫那边估计会越发恨自己和萧岚，接下来这段时间，势必要有动作了。

古人常云，先下手为强。

她觉得是时候彻底把这个麻烦解决掉了。

从头到尾她都没把林熙列入自己的攻略表，虽然要攻下她这种衣架饭囊很简单，但没必要。

林熙是杀死小公主的凶手，亲手推小公主入水，看着她求救无动于衷，还嘻嘻哈哈以此为乐，人蠢心坏。

都说小孩子最是单纯，但小孩子的恶意也最可怕。

她答应过那个小姑娘，会给小姑娘报仇。

何况宋国那个漂亮的小质子这次为了帮自己被林熙记恨，以她狭隘的心性，禁足之后肯定会去找人麻烦，林非鹿觉得自己有守护漂亮小哥哥的责任！

自从"砍掉"徐才人那个小怪后，她的剑就没出过鞘了，也是时候让剑见见血了，大魔王林非鹿如是想。

萧岚端着刚出炉的新鲜点心过来时，就看见丁点儿大的小姑娘坐在门槛上，小手托着下巴，一脸深沉地望着晨起的日光，"扑哧"一声被逗笑了，坐过去喂她点心："早膳没吃多少，尝尝娘新做的点心。"

林非鹿咬了两口："好吃！"

点心还暖烘烘的，十分酥脆，甜而不腻，萧岚做点心的手艺越发精进了。

她吃着吃着，突然想到什么，跟萧岚说："母妃，你装一盒点心给我，我要拿去送人！"

萧岚好奇道："送给谁？"

林非鹿笑容真诚："昨天一个帮过我的人。"

萧岚倒也没多问，她向来对这对儿女是有求必应的，装好点心交给青烟，让青烟陪着五公主一起去。青烟一开始不知道是去哪儿，直到位置越走越偏，四周连巡查的侍卫和穿行的宫人都少见了,不由得担心起来。

青烟问道:"公主,我们这是去哪儿啊?"

林非鹿指着不远处那片枯黄的竹林:"喏,快到了。"她接过青烟手上的食盒,吩咐道,"你就在这里等我。"

青烟是宫中的老人,自然知道那里住的是谁,当即有些变了脸色,迟疑道:"公主,那地方不太好去,要不还是奴婢替你送进去吧?"

林非鹿淡淡地看了她一眼:"你在这里等我。"

青烟莫名其妙地被一个小女孩儿的眼神镇住了,垂手立在原地:"是。"

林非鹿这才提着食盒走向翠竹居。

老旧的竹门从里面上了闩,她推了两下没推开,抬手拍了拍。过了会儿就有人来应门,是宋惊澜身边那个小厮,唤作天冬的,迟疑又戒备地看着她。

林非鹿笑起来:"你不认识我啦?我上次来送过鱼的。"

天冬抿了下唇,朝她行礼:"见过五公主殿下。"

林非鹿没错过他低头时眼里一闪而过的那抹复杂神光。

她没猜错的话,大概意思是,这又来了一个觊觎我家殿下美色的公主。

想太多!

不过再不愿,他也不敢拦,人在屋檐下不得不低头,天冬恭恭敬敬地把林非鹿迎进来:"殿下正在读书,请公主稍等片刻。"

这一大早就开始读书了,真是个勤奋好学的好孩子啊,她那不学无术的四皇兄真应该跟人学学。

林非鹿乖巧地点头。

天冬去通报,宋惊澜很快就出来了。他还是穿了昨日那身素色白衣,玉冠束发,少年眉目俊美,气质温和,脸上笑意既漂亮又干净,温声道:"五公主怎么过来了?"

林非鹿提着食盒一蹦一跳地跑过去:"娘亲做了点心,我带了一些给你尝尝。"

她一跑起来,兜帽就从头顶滑落,露出两个缠着白丝带的小鬏鬏,小脸冻得有点儿红,脸上的笑容却十分真诚。宋惊澜伸手接过那个看上去有点儿沉重的食盒,笑着说:"外面冷,公主不介意的话,进屋说话吧。"

林非鹿笑眯眯地说:"好呀。"

她跟在他身后进屋,方一进去,就被屋内柴炭的烟雾熏出一个喷嚏。

宋惊澜抱歉地看了她一眼，走过去把门窗都打开了，两边通风，屋内的炭烟散了不少，才终于没那么呛。但温度也散走了，有些凉飕飕的。

林非鹿对这些柴炭再熟悉不过，之前明玥宫用的可不就是这种。

她没多问什么，只是把食盒打开，端出点心来："还热着，殿下快尝尝。"

宋惊澜依言拿了一块点心吃起来，吃相也很赏心悦目，那是高门贵族常年养成的优雅。他只吃了一块便停了，很温和地说："很好吃，多谢五公主。"

林非鹿突然有些为他难过。

这个少年身上挑不出一点儿毛病，几乎完美得让人不敢触碰。他好像是把自己封存在一个框框里，行事谈吐都绝不越过框架，这样永远不会犯错，可也活得好累好难。

其实她也能理解。

那么小就被送到敌国，被家国抛弃不说，在这里被轻视、被欺辱，踏错一步可能就会丧命。大概很小的时候他就学会了收敛情绪，学会了如何在这个危机四伏的地方隐忍地活下去。

可尽管处境这么艰难，昨天他却还为了帮自己得罪林熙。

难道他没想过后果吗？

林非鹿眨眨眼，轻声问："殿下，昨日为何帮我？"

天冬送了一壶热水进来，宋惊澜不急不缓倒了杯水给她，在缭绕热气中笑着说："公主伶俐可爱，昨日那种境地，谁都会帮的。"

哦，上天啊，看看这个既善良又漂亮的小可怜吧！

## 06

宋惊澜住的这个地方比明玥宫还偏，不知道是不是她的错觉，她觉得这里更冷，大概是因为翠竹居附近多水池，较其他地方要潮湿很多。

本来就冷，开着窗还通着风，炭炉也不暖和，林非鹿坐在那儿冷得发抖，全靠宋惊澜的颜值在坚持。

宋惊澜似乎察觉了，转头温声吩咐天冬："去灌一个手炉来，记得温度适宜。"

天冬得令，很快就去了，没多会儿就拿来一个暖烘烘的手炉。宋惊澜先接过去试了试温度，怕烫到她，确认无误才笑着递给她："公主拿着吧。"

那手炉跟她用的不一样，是最原始的灌热水的那种，容易烫手，也冷得快，外面连隔热罩都没有，但很干净，大概是常用，外面的铜漆都被磨得锃亮。

她实在是冷，也没拒绝，伸手的时候，看到宋惊澜隐在宽袖中的那双手。

那并不是一双养尊处优的手。

她之前见过奚行疆的手，因为自小习武，手掌有细微的茧，但算不上粗糙。宋惊澜的手掌上，有比那更深更厚的茧，因为冬天太冷，虎口处冻裂开了细小的口子，看着都疼。

似乎察觉她的目光，宋惊澜不露痕迹地掩了一下。林非鹿什么也没说，接过暖炉双手捧着，轻声问："殿下，接下来可有什么打算？"

宋惊澜知道她问的是什么，垂眸笑了笑："无碍，公主不必忧心。"

林非鹿仿佛再次体会到了当年追一个小明星发现他被公司欺负压迫的心情。

心疼，现在就是非常心疼，她想把林熙大卸八块。

宋惊澜被她骤然变化的目光逗笑了，站起身道："我自有打算。天冷，公主早些回去吧，谢谢你的点心。"

林非鹿病才刚好，也不想再被冻感冒，要是在他这里受了凉，估计会牵连到他，于是点了点头，正要把手炉放下来，宋惊澜说："拿着吧，这一路风大。"

看他这处境，就知道他只有这一个手炉，林非鹿问："我拿走了，那你用什么？"

宋惊澜笑道："我不怕冷。"

林非鹿跟他挥挥手，抱着手炉终于一蹦一跳地跑走了。

她一走，天冬就赶紧锁上了门，转过身时嘴里小声嘟囔着什么，宋惊澜抄着手倚在门口，笑问："在说什么？"

天冬表情郁闷："一个三公主就够难缠的了，现在又来一个五公主。"他走近宋惊澜疑惑地问道，"殿下，你昨日为什么要帮五公主？得罪了三公主可不是小事，你忘了她之前是怎么折腾你的？"

宋惊澜眯眼望着远处天际重障的白云，唇角还是微微挂着笑，声音却轻，漫不经心道："林熙蹦跶不了多久。"

天冬一脸震惊："啊？"

宋惊澜收回目光，很温柔地朝他笑了下："她不是这位五公主的对手。"

离开翠竹居，林非鹿没着急回去，而是转道白梅园。现在正是白梅盛开的

073

时节，隔着宫墙都能闻到阵阵清幽花香，她心里有个打算，需要用到白梅花。

自发现公主是去见宋国那位质子，青烟一路都忧心忡忡的，有些走神，林非鹿在前面跑得又快，幽道弯弯绕绕，很快就蹿没了影。青烟着急喊了两声没得到回应，但好在知道她是要去白梅园，加快步伐赶了过去。

林非鹿已经循着香味一路跑进园子了。

枝头白梅团团簇簇，迎风而开，煞是好看，她个子矮，够不到枝头的梅花，而且舍不得摘，好在地上落了不少花朵，都还新鲜着，她蹲在树底下，一朵一朵地捡起来，吹干净灰，放进自己的小荷包里。

正捡得起劲儿，隔着一扇院墙，她听到一个熟悉的声音，是她傲娇刁蛮的皇长姐在跟人吵架，气急败坏地骂："奚行疆，你信不信我叫人打你板子！"

另一个声音十分讨打："你信不信我超怕，怕得都睡不着觉啦？"

林念知气得哇哇大叫。

奚行疆？林非鹿想起来了，是那个揉她鬏鬏的熊世子。

你说，这送上门的NPC，她不去攻略一下，岂不是对不起这趟巧遇？

林非鹿把塞满白梅的小荷包系好挂在腰间，朝着院门口跑了过去。树影参差，她远远地就看见盛装而立的林念知气得原地跺脚，身边的宫人们正在劝着什么。

毕竟是大将军府的世子，又是奚贵妃的侄儿，林念知对上他，其实讨不到好。

对面不远处的黑衣少年跷着二郎腿坐在桥墩子上，表情十分欠揍。

习武之人耳力敏捷，还没看到人，只听到嗒嗒嗒的脚步声，就一下子转过头来，看见院墙里钻出来一个满头白梅的小女孩儿，先是愣了一下，欠揍的表情上骤然露出一个大大的笑容。

他从桥上跳下来，几步就朝她走过去，林非鹿还没反应过来，头上的鬏鬏就被人揉了一把："小豆丁，又见面了。"

林非鹿捂着脑袋气呼呼地瞪了他一眼，转身就朝林念知跑过去。

林念知还生着气呢，骤然看见林非鹿，语气也不太好，气势汹汹地问："你怎么在这儿？你来这儿做什么？"

林非鹿跑到她面前，仰着头一脸人畜无害的乖巧，语气却凶凶的："我在白梅园里听见皇长姐被人欺负了，来帮你！"

林念知一愣，倒是为自己之前的语气感觉愧疚，别扭地转过头去没说话。

林非鹿转身拦在她面前，张开短短的小手臂，奶凶奶凶地瞪奚行疆："不准欺负我皇长姐！"

奚行疆环胸抱臂，像逗小孩儿玩似的，勾着唇角问："谁叫你皇长姐脾气那么坏？我好端端坐在这儿，又没碍着她的路，她非要我让开，你说，她是不是活该被欺负？"

林念知气得又想骂人："奚行疆，你……"

还没说完，就听见前面的小豆丁奶声奶气掷地有声地反驳道："我皇长姐是天底下最漂亮的女孩儿，漂亮的女孩子脾气不好也是应该的！"

奚行疆：？

林念知：……

她扯了下小五的衣角，小声又不无娇羞地说："倒……倒也不至于此啦。"

## 07

古往今来，没有人能抵挡"彩虹屁"的威力，没有。

作为因为无聊混过一小段时间粉丝圈还混成了文案高手的林非鹿，这种初级"彩虹屁"她可以吹一百句不带重复的，但很显然，对付林念知一句最初级的就够了。

傲娇公主头一次连自己都觉得被夸得有点儿不好意思，但是又很受用。

她竟然一点儿都不生气了。什么奚行疆？谁在乎？没听她的小妹妹说什么吗？全天下最漂亮的女孩儿才配拥有全天下最坏的脾气！

她娇羞完了，清清嗓子，伸手拉过林非鹿的手，一脸高傲道："小五，我们走，不跟这种人一般见识。"

林非鹿冲奚行疆做了个鬼脸，乖乖地牵着皇长姐的手打算离开。

奚行疆在后面"啧啧"两声，故意挑拨道："你说她是天底下最漂亮的女孩子？开什么玩笑，我觉得你就比她好看。"

这话的效果真是立竿见影。

林念知果然顿时就变了脸色，牵着林非鹿的手指僵了僵，缓缓有松开的迹象。

林非鹿握着她的手指，转过身面不改色又不无遗憾地看着奚行疆，奶声奶气地感叹了一句："年纪轻轻的，怎么就瞎了呢？"

奚行疆："？"

看他一副吃瘪的神情，林念知笑得肚子疼，刚才生起的那点芥蒂消失得无影无踪，不再搭理奚行疆："小五，跟我回瑶华宫吧，内务府早上送了些冬天培育的瓜果，带你去尝尝。"

林非鹿咂咂嘴，一副小馋猫的神情："好呀。"

啊，自己这个五妹真是越看越可爱！

奚行疆站在原地看着一行人渐行渐远，目光一直落在林非鹿身上，勾着唇角哼笑了一声。

这牙尖嘴利的小豆丁，等下次再遇到她，看他不扒掉她的小鬏鬏。

走得远了，林非鹿才想起什么似的，跟林念知道："皇长姐，我忘了跟宫女说我跟你走了，她一会儿肯定会着急到处找我的。"

林念知挥了下手："多大点事儿。"

她吩咐身后的宫女："你去梅园那儿守着，看到五公主身边的宫女跟她说一声。"

宫女领命而去，林非鹿这才抿着嘴乖乖地笑起来，歪着脑袋看了看林念知，突然想到什么，赶紧把放在袖口里的手炉拿出来递给她："皇长姐，这个给你暖手，还有一点点温度！"

林念知瞅了两眼，看到又是一个手炉，跟上次她给自己的那个不一样，这手炉看样式古老得紧，是宫中早就淘汰的东西，现在谁宫里还用这个啊。

林念知心里顿时有点儿不是滋味。

上次那个手炉一直搁在她宫里，她也忘了还给小五，明玥宫物资匮乏，估计好用的手炉就那一个，不然小五现在也不会用着这种早就被淘汰的东西。

她有点儿别扭，没接："你自己拿着吧！别又着了凉，还要我给你请太医！"

林非鹿歪着脑袋笑得特别乖，眼睛弯弯的："谢谢皇长姐，皇长姐真好。"

林念知傲娇地哼了一声。

林非鹿第一次来瑶华宫，作为四妃之一惠妃的宫殿，又养育着林帝最喜爱的女儿，瑶华宫同样精致奢华。惠妃喜爱兰花，殿内就种满了各类品种的兰花，还有冬天开花的，叫作寒兰，一进去就芳香馥郁，幽香迷人。

林念知见她看得目不转睛，大方道："喜欢啊？喜欢一会儿走的时候搬两盆回去。"

惠妃不在宫内，林念知问宫人："母妃呢？"

宫人道："回公主的话，娘娘去梅妃娘娘那里了。"

惠妃跟梅妃交好，属于同一派系。

林非鹿记得宫中四妃，淑妃生了二皇子林济文，娴妃生了四皇子林景渊，惠妃生了长公主林念知，只有梅妃没有子嗣。

在这母凭子贵的后宫，没有生育就晋了妃位，可见这位梅妃也有几分手段，是个厉害人物。

林念知此时哪还记得五公主是娴妃那一派的，是自己母后的对家，高高兴兴地把人领进瑶华宫，又吩咐宫人把什么好吃的、好玩的都拿上来，任由小五挑选。

林非鹿乖乖地跪坐在暖烘烘的软榻上，那个破旧古老的手炉搁在一边。林非鹿看上去有些紧张，吃东西都小心翼翼的，但每次对上林念知的目光时，都笑得特别真诚。

那双水灵灵的眼睛里，满满都是对她不加掩饰的喜欢。

小五第一次见到自己就不由自主夸她好看，看来小五是真的很喜欢自己啊。

林念知要是有尾巴的话，这会儿估计已经翘上天了。

她吩咐宫女去把之前那个手炉拿过来，还附赠了一个崭新精致的手炉："这个还给你，这一个是内务府新供的，比之前的好用，我留了一个，你拿一个去用。"又看着那个旧手炉说，"那个就扔了吧。"

林非鹿摇摇头，底气不足道："还可以用的。"

林念知心里怪不是滋味，凶道："用什么用！我这儿的宫女都不用这个！"她转头跟宫女说："拿去扔了！"

宫女看了林非鹿一眼，柔声道："五公主，我们公主也是心疼你，这个旧手炉不保暖，而且容易烫手，奴婢拿去帮你扔了，你试试这个新款的小炉子，一定会喜欢的。"

林非鹿看了她们一眼，慢腾腾地伸手把那个新手炉拿过来捧在掌心，这才乖乖笑了："好暖和呀。"

林念知语气骄傲："以后缺什么你直接跟我说，有我在，还能把你委屈了？"她看了她两眼，又问，"你怎么又穿的这件斗篷？上次我见你，你就穿的这个，你没有其他冬衣吗？"

林非鹿小声说："这个最暖和。"

林念知立刻吩咐宫女："把前几日织锦坊送来的那几套冬衣送到明玥宫去。"

　　宫女说："公主，你比五公主高许多，尺寸恐怕不合适。"

　　林念知略一思忖："那就拿到织锦坊去，让她们改一改。对了，前些时日舅舅不是送了一张雪狐皮吗？你一并拿上，让织锦坊做件新斗篷给小五。"

　　林非鹿连连摆手："皇长姐，不用了不用了，我还小，穿不着那些的。"

　　林念知瞪了她一眼："什么穿不着？你看这宫里哪个公主有你穿得寒酸？！"说完，觉得这句话可能有点儿伤人，又补了一句，"你堂堂五公主，穿什么都是应该的！"

　　林非鹿感动得眼泪汪汪的，巴巴地看着她。

　　林念知有种自己拯救了苍生的满足感。

　　宫女领命去了，林念知把其他宫人都遣退，跟林非鹿两个人坐在软榻上嗑瓜子儿，吃点心，玩九连环。

　　她打小就喜欢玩这种东西，很小的时候就解开过简易版的九连环，随着年龄增加，这九连环的难度也相应增加，最近在解的这个是较为复杂的，她已经解了好几个月都没解开。

　　林非鹿啃着点心趴在一边看，看着看着突然说："皇长姐，这个扣扣可以反过来。"

　　林念知一愣："你会玩这个？"

　　林非鹿老实地摇头："不会，第一次见。"

　　林念知狐疑地看了她两眼，依言把环扣反过来，没想到还真解开了一个扣子。

　　她有点儿高兴，问林非鹿："那接下来呢？"

　　林非鹿抓抓自己的小鬏鬏，嘟着嘴一脸思考："我也不知道了，我们研究一下吧？"

　　林念知高兴地一点头："行！研究研究！"

　　两人就凑在一起研究九连环。

　　林非鹿确实没玩过这个，但架不住脑子好、智商高，她当年上小学时就得过青少年六阶魔方比赛的冠军，看林念知玩了会儿就摸清规律了。

　　其实林非鹿知道怎么解开，但面对林念知这种人，展现出比她聪明的一面显然是不明智的，所以只是象征性地提了点儿模棱两可的建议，让林念知觉得自己脑瓜子不错，但比她还是差了点儿。

等宫女从织锦坊回来的时候，这个困扰林念知几个月的九连环就解开了。

林念知高兴得不行，顿时对自己这个五妹有点儿另眼相看。

林熙那个蠢货，连最简易的九连环都看不懂，跟她对话仿佛在对牛弹琴。小五虽然磕磕绊绊的，得自己边带边教，但起码跟得上自己的思路。

以前听信林熙的挑拨，她也很是厌恶这个五妹，现在接触了才知道，蠢人说的话有多么不可信。

她想起昨天林熙来告状的事，问林非鹿："你昨日去了太学？"

林非鹿一惊，像是没想到她会知道这件事，紧张巴巴地解释："我……我没进去，我只是在台阶下面看了看……"

林念知安抚道："我不是在问罪，你别怕，就是好奇你去太学做什么？"

林非鹿垂着小脑袋，头上两个小鬏鬏都显得有些难过，小声说："我听四皇兄说，太学是皇家子弟读书的地方，我没有去过，有些好奇，所以想去看看。"

林念知当然也明白这层理儿。

不受宠的皇子、公主没有得到陛下的恩赐，是没资格入太学的。但越是明白，她就越有点儿想不通。

林熙那种蠢货都能去太学读书，小五这么聪明，凭什么不能去？！

林念知是个风风火火的性子，仗着林帝喜爱，从来都是想什么说什么，立刻从软榻上跳下来，拉着林非鹿道："走，我陪你去见父皇，叫他赐你入太学！"

没想到林非鹿并没有很高兴，先是惊了一下，然后拽住林念知的手腕，着急道："不行呀，皇长姐！"

林念知不悦道："有什么不行的？我去跟父皇求情，父皇那么疼爱我，肯定会答应的。"

林非鹿拉着她的袖子，一字一句地轻声说："皇长姐，不行的。"

她垂了垂眸，声音有些难过："父皇不喜我哥哥，所以也不喜欢我。如果长姐跟我扯上关系，以后父皇见到你也会想到我，这样就会牵连到你。"

她看着林念知的眼睛，软乎乎的声音很是坚定："我不能因为自己，连累到长姐。"

她把林念知感动坏了。

这宫中不管是谁，凡是攀附到林念知的，无一不想从她这里获利。就连三公主林熙，也是因为打小跟她交好，常常跟她一起伴在林帝左右，所以才更得林帝喜爱。

可小五跟她接触，仅仅是因为喜欢她。她想主动为小五谋点福利，小五还要顾及会不会连累自己。

呜，什么乖巧善良的小天使啊！

林非鹿转而又笑起来："而且我还小，不着急去太学读书呀。"

林念知正纠结着，突听外面宫人恭敬道："娘娘回来了。"

门外传来惠妃的声音："公主在做什么？"

宫人说："公主跟五公主在屋内玩耍。"

惠妃一愣："五公主？"

她只是让念儿在外面教训教训那小丫头，念儿怎么还把人带回宫里来折腾了？这万一出点什么事，毕竟是皇家血脉，皇后陛下追究起来，她可脱不了干系。

惠妃有些着急地往里走，进来一看，里面小瓜子嗑着，小点心吃着，小手炉抱着，别提多温馨了。

惠妃心里缓缓生出了一个问号。

林念知高兴地喊了声"母妃"，林非鹿已经乖乖地朝她行礼了："小五拜见惠妃娘娘。"

惠妃也是第一次见林非鹿，先入为主，对娴妃恨到骨子里，对她自然也没什么好脸色，冷声道："起来吧。"

惠妃又不悦地看着女儿："不好好练字，在这里做什么呢？"

林念知撒娇："早上就练完啦，我跟小五玩九连环呢。"她拿起解开的九连环，"母妃，你看，我解开啦！"

惠妃脸上这才有了点儿笑容，陛下喜欢聪慧的皇子公主，女儿生得这样聪慧，她当然很骄傲。

她淡淡地扫了林非鹿一眼，淡声道："长公主还要读书，五公主无事就先回去吧。"

林非鹿埋着头乖乖应声。

林念知见母妃态度不好，噘了下嘴，但也没敢顶撞，只趁惠妃不注意偷偷朝林非鹿使了个眼色。小五偷偷冲她笑了下，然后抱着两个手炉跑走了。

林非鹿一走，惠妃就教训女儿："叫你在外面教教她规矩就行，怎么还把人带回宫里来了？她怀里抱的那两个新手炉，是你赏的？"

林念知说："是。"

惠妃不悦道："少与她往来，你不知道林熙那丫头因为她被大皇子责罚了吗？"

林念知撇嘴："那是她自己蠢。母妃，我决定以后少与林熙往来了。"

惠妃一愣："为何？你们不是从小一起长大的姐妹吗？"

林念知认真地说："近朱者赤，近墨者黑，我担心她的蠢会影响到我聪明的脑袋瓜。"

惠妃：……

林非鹿从瑶华宫离开，走了没多远就在岔路口看见了焦急等在那儿的青烟。看到她出来，青烟赶紧迎了上来，看样子快急哭了："公主，你可算出来了，可有受伤？"

林非鹿把手炉交给她拿着，笑道："我去的又不是龙潭虎穴。皇长姐待我很好，喏，这就是她送我的。"

青烟松了口气，后怕道："听宫女说你跟长公主去了瑶华宫，可吓坏奴婢了。若是公主再不出来，奴婢都打算去找娴妃娘娘了。"

林非鹿偏头看了她一眼："你是这宫中的老人，不知道娴妃和惠妃交恶吗？"

青烟道："奴婢自然是知道的，可奴婢担心公主……"

林非鹿淡淡地打断她："知道就好，以后可不要做出这种危险的事。你身后是明玥宫，若出了事儿，牵连的可不只是自己。"

青烟垂着头："是，奴婢知错了。"

林非鹿这才牵过她的手，软声说："我知道你关心则乱，但我既然敢去，就是有万分的把握不会出事。你跟在母妃身边这么多年，我是最信任你的，你今后做事要更加考虑周全才好。"

青烟心里不无触动。

她此刻才切实感觉到小公主的变化，但这种变化她又是乐于见到的。毕竟明玥宫的日子一天比一天好，她忠心护主，自然是高兴的。

她把玩着崭新的小手炉，边走边高兴道："公主，这个手炉真是精致，回宫奴婢再给你做个护手袋装起来，就更保暖了。"

两人正边走边聊，经过白梅园旁边的那座小桥时，一颗石子突然从天而降，打在了林非鹿脚边。

那石子落在地上又飞溅而起，"啪"的一声，吓了青烟一跳，她大声道："是谁？！"

没人应声，林非鹿走了两步，又是一颗石子打在她脚尖前的地面上。碎石子的力道和轨迹都掌握得很好，刚好能吓到她，又不会伤到她，青烟紧张极了，拦在林非鹿前面："是谁如此放肆，竟敢在宫里暗伤五公主？！"

林非鹿倒是一脸淡定，看了两眼四周，想到什么，突然抬头将目光投向旁边的高树上。

光秃秃的树枝上果然坐了个黑衣少年，手里拿了把弹弓，正一脸坏笑地对着她在瞄。

这熊世子够有耐心的啊，居然在这儿等了这么久。

青烟循着她的目光看过去，认出树上的少年是谁，脸色一变，赶紧跪下行礼："奴婢见过世子殿下，请世子殿下不要捉弄我们公主了。"

奚行疆笑了两声："小豆丁，你不是很凶吗？这就怕啦？"

林非鹿仰着头瞪他："我才不怕你！你下来！"

奚行疆环胸抱臂，二郎腿一跷，往树干上一靠："你上来啊。"

林非鹿朝他做鬼脸："猴子才爬树，难看！"

奚行疆愣了一下，顿时乐了："谁说我是爬上来的？我是飞上来的！"

林非鹿："我不信！除非你飞一个给我看看！"

奚行疆："那我给你飞一个。"

然后他就从树上飞下来了。

别说，少年黑衣墨发，意气风发，凌空而下时，真是帅得养眼。

飞完了，落在林非鹿面前，他才觉得不对。

林非鹿笑眯眯地问："你怎么下来啦？"

奚行疆：？

是啊，他怎么就下来了呢？

## 08

奚行疆后知后觉地发现自己上了小豆丁的当。

他倒是不怎么生气，一边觉得好笑一边觉得有趣，伸手就去扒拉她的小鬏鬆。林非鹿提前察觉，赶紧捂着小脑袋后退两步，凶他："不准碰我的鬆鬆！"

奚行疆理直气壮地："谁让你的鬆鬆那么可爱？"

小豆丁居然羞了一下，微微别了下头，但又很快转过来，继续凶他："那也不准碰！"

奚行疆被萌化了，举着双手投降："好好好，不碰。"

他站着跟她说话实在费劲儿，习武的孩子骨骼发育快，才十二三岁的孩子，身高已经蹿得很高，往前一跨步，在她面前蹲下来。

挨近了方一蹲下，就闻到她身上沁人的清香，奚行疆扫了一眼，目光落在她腰间那个鼓鼓的小荷包上，伸手戳了一下："什么东西这么香？"

小豆丁这下倒是没跟他叫板，用软萌的声音回答："白梅花。"

奚行疆饶有兴趣："做香囊少装一些就够了，装这么多是要做什么？既不美观又碍事。"

这少年看上去纨绔不羁，思维倒是很缜密。

林非鹿傲娇地仰着小脑袋："不告诉你！"

这话刚落，奚行疆嗤笑一声，一把就把小荷包扯下来了，非常欠揍地说："不告诉我就不还给你。"

林非鹿着急地就去抢，他大笑一声站起身来，胳膊举得高高的，在半空慢悠悠地晃："说不说？"

小豆丁似乎快被他气死了，奶凶奶凶地瞪了他半天，突然想到什么，又噘着嘴特别委屈地抱怨了一句："你不是说了我们是朋友吗？朋友怎么可以欺负朋友？"

奚行疆乐死了："现在记得我们是朋友了？刚才帮着你皇长姐欺负我的时候怎么没听你说我们是朋友啊？"

小豆丁摇头晃脑，小鬆鬆也跟着晃："哎呀，刚才那不是忘了嘛！"

奚行疆：……

受不了，太萌了。

他蹲下身来，低着头帮她把荷包系回腰间，边系边问："小豆丁，你叫什么名字啊？上次都没告诉我。"

林非鹿说："骗人，你都知道我是五公主了，怎么会不知道我的名字？"

奚行疆系完荷包，拍拍手，半蹲着笑盈盈地望着她："我没有向别人打听过，我想听你亲口告诉我。"

她哼了一声，抬着小下巴，过了会儿才不无别扭地说："我叫小鹿。"

"小鹿。"奚行疆在口中念了两回，笑着揉了一把她的脑袋，"真是个可爱的名字。"

他看了眼天色，把刚才戏弄她的弹弓递过来，笑吟吟道："我得走了，这个送给你，当我们的见面礼。"

真是个直男啊，送的这是什么见面礼！

林非鹿在内心默默吐槽一番，面上倒是很高兴地接了过来，奚行疆又说："我送了见面礼给你，你回赠我什么？"

她歪着脑袋想了想，抿了下唇，捻起那个小荷包说："这里面的白梅花我要用来做护手霜，等做好了，送你一盒吧。"

奚行疆奇怪道："护手霜？那是什么东西？"

小豆丁还不耐烦了，一脸嫌弃："哎呀，到时候你就知道了，快走吧。"

奚行疆笑个不停，冲她挥挥手，终于转身大步离开。林非鹿握着那弹弓，小手拉开弓弦，瞄着他的背影"biu"了一声。

青烟在旁边看得胆战心惊，心里却更佩服小公主了。

好像没有小公主搞不定的人，专治纨绔少年。

她看了看那小荷包，也好奇地问："公主，护手霜是什么？"

林非鹿边走边道："一种丝滑的膏体，抹在手上后可以保护手掌，不容易干裂受伤。"

青烟觉得很神奇："公主真厉害，什么都知道，奴婢还是第一次听说这东西呢。"

林非鹿笑了笑："偶尔在母妃的藏书里看到的，不是什么新鲜玩意儿。"

她以前沉迷过一段时间的手工制作，什么香皂精油护手霜都自己做过，知道制作工序。在这里有些材料可能会欠缺，但只是做个简易版的护手霜，用蜂蜡就可以解决，问题不大。

回到明玥宫时，林瞻远抱着小兔子站在门口，一看见她就闹脾气："妹妹出去玩儿不带我！"

林非鹿笑眯眯地安抚他："妹妹不是去玩儿，是去办正事啦。"她把荷包取下来，"香不香？"

林瞻远瞬间忘了生气，吸着鼻子闻个不停："香！"

林非鹿笑着摸摸他怀里的兔子。

进屋之后，她用笔墨把制作护手霜需要的材料写了下来，然后交给云悠，让云悠去一趟内务府取材料。都是些不打紧的小东西，云悠应该很容易取到。

她又让青烟去装了一篮银炭，送到翠竹居去。

明玥宫现在有了娴妃庇护，银炭存量很富余，拿一些送人倒是没关系，但青烟想到翠竹居里住的那个人，就有些迟疑。公主同皇子世子交好是应该的，可为何要去关心一个敌国的质子呢？

她们跟这样的人扯上关系，可不是什么好事儿。

但林非鹿现在在明玥宫的威信比萧岚还高，青烟尽管心有不解，也不敢质疑，装好银炭之后，林非鹿又把自己之前用的那个手炉放到炭盒里，让青烟一并送去了。

青烟还是头一次来翠竹居，心里七上八下的，在紧闭的竹门前站了好一会儿，才鼓起勇气敲门。

天冬正在给自家殿下研墨陪他练字，突然听到敲门声，又是一惊。

他是不喜欢有人拜访的。

这地方险象环生，危机四伏，没一个好人。有人来，就意味着不太平。

宋惊澜笔尖未停，墨色在纸上留下行云流水的字迹，薄唇勾了个笑，悠悠道："我们有暖炭了，去开门吧。"

天冬依言跑去开门，门外站了个紧张巴巴的宫女，把炭盒往地上一放，说了句"五公主让奴婢送来的银炭"就转身跑了，天冬啧啧称奇。

他立刻烧了炭搬进房间，冷冰冰的屋子里终于暖和起来。宋惊澜练完一幅字，走过来将干裂又通红的双手伸在炉上烤了烤，天冬难受地说："殿下，你手上的冻伤更严重了，最近就先别练剑了吧？"

宋惊澜不甚在意："无碍。"

天冬把那个小手炉递给他："殿下看，这是那位五公主还回来的手炉，跟咱们那个不一样。"

宋惊澜伸手接过来把玩。

那手炉林非鹿用得久了，早已沾染她身上的淡香，放在这个时代来看，已经算是女子私物了。她没什么时代观念就算了，宋惊澜仿佛也没觉得哪里不对，让天冬添上炭后，怡然自得地塞进了自己的袖口里。

临近年关，天气越来越冷，就在林非鹿送来银炭后没几天，今年的第一场雪就落了下来。

北方天寒，这雪一落，不到来年开春是不会化了。

往年落雪时节是翠竹居最难熬的，烧炭太呛，不烧又冷。宋国地处南方，就算冬天也没有这么冷的，两人刚来大林朝的时候根本就适应不了。

这几年下来倒是稍微习惯了一些，好在殿下常年习武身体好，除了手上的冻伤外，倒是没有大碍。今年骤然有了银炭可以烧，终于可以过上一个暖和的冬天，天冬心里对那位五公主的芥蒂都少了很多。

同样是觊觎殿下美色的公主，三公主就只会颐指气使地让殿下帮她做这做那，陪她去这儿去那儿，从不会为殿下考虑半分。

但五公主就不一样了，自认识以来，她从未要求殿下为她做过什么，还时不时地往这里送温暖。

这不，雪刚落下，人就又来了。

天冬开门看见林非鹿，眼里头一次没了戒备，林非鹿笑眯眯地问："你们殿下呢？"

天冬道："殿下在屋内读书。"

又在读书，宋惊澜真是个勤奋好学的孩子啊。

林非鹿跟着天冬往里走，推门进去，屋子里终于不再冰冷潮湿，有了一丝丝温度，但也不够暖和，仅仅是有温度而已。她瞟了一眼，看见那炭炉里只燃着几块银炭，将将能保暖而已。

他们是在省着用。

宋惊澜从内间走出来，脸上笑意温和："天气这么冷，五公主怎么过来了？"他又吩咐天冬："去给炭炉里加些炭。"

林非鹿赶紧说："不用不用，我送个东西过来，马上就走。"

她小跑两步走到他面前，从袖口里掏出一个胭脂盒子递给他："这是我做的护手霜，殿下拿去用吧。"

宋惊澜看着那小盒子，眉梢稍稍挑了一下，不动声色地接过来打开一看，闻到一股清香，像是白梅的香味。盒子里装着白色柔软的膏体，模样十分精致。

他温声问："这是公主做的？"

林非鹿歪着脑袋笑眯眯地说："对呀。上次见到殿下手上的冻伤，这护手霜质地柔和湿润，可以保护手掌，殿下记得时时涂抹。"

宋惊澜干裂的手指微不可察地颤了一下。

眼前裹着斗篷的小姑娘掸掸兜帽上的落雪融化的水珠，朝他挥挥手："那我走啦。"

他垂了下眸，转而又温柔笑开："多谢五公主。"

林非鹿礼物送到，一蹦一跳地跑走了，跑到门口想到什么，又回过头来，开心地说："对了，殿下，这是今年的初雪呢。我听闻初雪日许愿，愿望就会实现，殿下别忘了许愿呀。"

宋惊澜一愣，笑着点了下头："好。"

天冬把人送到院外，看见在外面等她的宫女，目送五公主走远才锁上门回来。

屋内宋惊澜正在研究那盒护手霜，果然如她所说，质地十分轻软，抹在手上的伤口上时，干裂感都消减了不少。

天冬啧啧称奇，又问："殿下，五公主说的是真的吗？今天许愿都会成真吗？"

宋惊澜抹完护手霜，把小盒子放进怀里："你可以试试。"

天冬赶紧跑到门口双手合十许了个愿，又回头问他："殿下，你可有什么愿望？趁着雪大，快来许了吧。"

宋惊澜漫不经心地看了眼落雪的天，语气很淡："我的愿望，无须靠上天。"

## 09

林非鹿离开翠竹居，并没有立刻回明玥宫。

一夜之间，雪已经积了起来，琉璃红瓦被掩在银装素裹之下，煞是好看。道路两边有宫人在扫雪，倒是比往日还要热闹不少。

快到瑶华宫的时候，林非鹿打发青烟先回去："我去找皇长姐说说话，外面冷，你先回宫吧。"

青烟现在也知道小公主和长公主关系好，不再担心，应了一声就离开了。

林非鹿拢了拢斗篷，小手揣着手炉，步履轻快地走了过去。

守在门口的宫人看见她，对视了一眼，行礼之后林非鹿问道："皇长姐可在？"

宫人道："请五公主稍等片刻，奴婢这就去通报。"

林非鹿点了点头，没多会儿宫女就出来了，低着头道："五公主，惠妃娘娘在里面等你。"

这瑶华宫，还真是个不友善的地方啊。

林非鹿在内心感叹一番，面上一副乖巧神色，踩着小步子走了进去。

穿过前殿一进院子，就看见惠妃坐在门前的屋檐下，脚边摆着取暖的炭炉，手里还抱着一个皮手笼，懒洋洋地靠在椅子上，面色冷淡地睨着她，身边还站着两个宫女，看这架势，像三堂会审似的。

林非鹿脆生生地给她行礼："拜见惠妃娘娘。"

惠妃不轻不重地应了一声，连坐姿都没变，淡声问："你来找长公主？"

林非鹿垂着头，斗篷上的兜帽微微耷拉下来，像将她整个都藏在斗篷里，显得又小又瘦："是。"

惠妃又问："找长公主做什么？"

林非鹿回答道："小五做了一些东西，想送给皇长姐。"

惠妃哼笑了一声，撑着头说了句："你倒是有心。"她居高临下地睨了林非鹿一眼，淡声道，"长公主在午睡，你既如此有心，就在这里等她睡醒，再亲手交给她吧。"

雪还下着，且有越下越大的趋势，就说话这么一小会儿的时间，林非鹿身上已经落了一层雪。听到她如此为难，斗篷下的小身影似乎有些微微发抖，但最后只是脆生生地回答了一句："是。"

惠妃勾着唇角看了她一会儿，像是觉得无趣，吩咐宫女："回屋吧，本宫乏了。"

她一走，整个院子就只剩下林非鹿一个人。

四周无声，只有雪落下的轻响，林非鹿垂头站着，小手揣在袖口里捧着手炉，百无聊赖地打了个哈欠。

这惠妃不太好对付。

主要是她跟娴妃的恩怨太深了，自己最先投靠了娴妃，在她眼里自己已经是娴妃那一派的了。林非鹿常在宫中乱窜，人又小，往草丛一蹲就没人能发现，由此偷听了不少墙角八卦。

听说惠妃与娴妃之所以如此势如水火，是因为当年惠妃在东宫时曾怀下首胎，最后却因为娴妃流产。那本是林帝的第一个孩子，说不定还是个儿子。

惠妃本有诞下皇长子的机会，却因娴妃毁于一旦，直到后来林帝登基，多年以后她才再次有孕生下长公主。

若是个皇子，又是长子，如今坐在贵妃位上的，说不定就是她了。

如此深仇大恨，估计她们这一生都是不死不休了。

林非鹿思来想去，觉得攻下惠妃的难度有点儿大，除非她跟娴妃交恶。但这俩都是妃位，各方面相差不大，换与不换都差不多，她觉得还是算了吧。

她有个长公主就够了。

不过这惠妃，看上去也是智商不太高的样子。明知道女儿与自己交好，还如此为难自己，这不是在主动分裂她跟女儿的关系吗？

林念知虽然敬她、爱她，但终归心里会有些埋怨的，对自己也会更加怜爱。

如果自己是惠妃，就使劲儿宠自己，忽视长公主，让长公主眼睁睁看着自己母妃的关爱转移到另一个人身上，还要时常将两人做比较，踩一捧一，保证不出三日，长公主就要发飙绝交，再无往来。

唉，后宫这些嫔妃，都还是太嫩了。

林非鹿在这儿胡思乱想神游天际，倒没觉得难挨。这些古人大门不出二门不迈，走两步都要喘，身体素质实在是差，雪地罚站对于她们而言就算是重罚了。

但林非鹿自打来了就没停过运动，最近还拉着萧岚在练瑜伽，小公主病弱的底子早就被她增强了，除了有点儿冷，其他倒也没什么。

但她在别人眼里可就不是那么回事儿了。

林念知身边从小贴身伺候的宫女，就是上次送雪狐皮去织锦坊给林非鹿做衣服的那个，唤作抱柚的，在廊下看着都快变成小雪人的五公主，心里快急死了。

她知道主子跟五公主关系好，等主子午睡起来看见这光景，指不定多难受生气呢。

她一直瞅着正屋的动静，看到惠妃身边的大宫女轻手轻脚地掩门出来，猜测惠妃应该是睡下了，咬了咬牙，最终还是回到林念知的房间，掀开纱帘叫醒了主子。

林念知有起床气，又半途被叫醒，睁眼就想发火，抱柚赶紧跪下，压低声音道："公主，五公主半个时辰前来找你，惠妃娘娘让她在院子里候着，已经站许久了。外面雪大，五公主还站着……"

林念知的瞌睡顿时没了，翻身坐起来让她拿衣服来："你怎么不早叫我！"

抱柚低声道："惠妃娘娘刚歇下……"

林念知知道母妃为何厌恶小五,但她觉得这事儿跟小五有什么关系啊?小五是因为跟林景渊玩得好,才得了娴妃一份关照。母妃由此迁怒,不是不讲理吗?

那要照这么看,娴妃岂不是也要因为小五与自己交好,迁怒小五?

小五左右不是人,真是可怜啊!

她一边穿衣服一边吩咐抱柚:"去叫小五进来!说我醒了!"

抱柚赶紧去了,很快就把林非鹿领了进来。

她在外面已经抖过身上的落雪了,但斗篷毛茸茸的,总还沾着碎雪,一进屋温度变暖,瞬间融成水珠,凝在她身上,一滴一滴往下滴。

林念知看见小五嘴唇都冻紫了,赶紧伸手去拉她到炉边烤火。她袖口里那个手炉也变得冰凉,林念知又气又心疼,让抱柚去把手炉换新炭,又凶林非鹿:"母妃让你站着你就站着,你不知道走啊?我睡了你就下次再来啊,或者让你身边的宫女传个信,这么冷的天,也不怕冻傻了!"

林非鹿抿着唇,傻乎乎地朝她笑。

另一个宫女倒了热茶过来,她捧着杯子咕咚咕咚一口气全喝了,林念知不停地说:"慢点儿喝!还有!你慢点儿,别呛着!"

喝了好几杯热茶,又烤了火,身子才渐渐回暖,林非鹿从怀里摸出一个淡粉色的小盒子,乖乖地递给她:"皇长姐,这个给你。"

林念知好奇地接过来:"什么东西?胭脂?"她拧开一看,发现是淡白色的膏体,又香又软,拿到鼻尖嗅了嗅,"好香啊。"

林非鹿说:"这是护手霜,涂抹在手上可以保护双手。"她垂下眸,有点儿不好意思地补了一句,"我自己做的。"

林念知已经挖了一坨拍在手背上涂抹起来,涂完之后,双手果然滑嫩了不少。

没有女孩子不喜欢又香又软的东西。

她看了看护手霜,又看了看小五,心情一时十分复杂,顿了顿才问:"你就是来给我送这个的?"

小五抿着唇笑:"对呀。"

林念知感动坏了,把她拉过来,替她拍了拍鬟鬟上凝着的水珠,佯怒道:"下次让你宫女送就是了,哪要你亲自跑一趟。"

林非鹿小声说:"那我还想看看皇长姐嘛。"

林念知脸都红了。

两人又在屋内说了会儿话，林念知担心母妃醒来又要为难小五，就让抱柚送她回去了。

果然，惠妃睡醒后第一件事就是询问林非鹿的情况，宫女如实禀告，惠妃想着女儿平时这个点儿才会醒，怎么今天提前醒来了？

她梳洗好去女儿的房间，见女儿坐在榻上把玩一个胭脂盒子，询问道："那是什么？"

林念知见她过来，顺手就把盒子塞进怀里："没什么。"

惠妃：？

女儿跟自己从来没有秘密的，这是她一手养大的孩子，她们母女一条心，怎么现在还睁着眼说瞎话呢？！

惠妃生气道："是不是那个小贱人送你的东西？"

林念知不悦地皱了下眉："母妃，小五好歹也是公主，是父皇的女儿，你这么说她，若是被旁人听到，恐会落人口实。"

惠妃气笑了："你这是在为了那个小贱人责备你母妃？"

林念知认真地看着她："我是在关心母妃。小五还是小孩子，她跟宫里的这些是非恩怨都无关，希望母妃以后不要再为难她了。"

惠妃气得话都不想跟她说，转头就走了。

林念知默默叹了声气，觉得自己好难。

自那日落雪之后，京城的天气就再也没放晴过。大雪覆盖了这座王城，年关也越来越近。

每年年底，皇后都会在后宫举办终年宴，算是对这一年的总结。萧岚往年是没有受邀的，毕竟宫中妃嫔多，那些不受宠的妃子就跟隐形人一样，没人记得。

但今年不同往日，有娴妃在，萧岚也就被列入了名单。皇子公主们也要出席终年宴，萧岚自然是要带上林非鹿一起参加。

这应该算是林非鹿出生后，第一次参加宫内的宴会，也算是她第一次正式亮相，当然不能马虎。娴妃送了不少新缎子、新首饰到明玥宫，让萧岚好生准备。

各个宫里都热热闹闹地为终年宴做准备，只有静嫔的昭阳宫显得有些萧条。

因为闹过邪祟的事,来昭阳宫的人本来就少,后来林熙又被大皇子责罚禁足,大家更不愿因为她得罪大皇子、阮贵妃,更是绕道走了。

整个昭阳宫在大雪中透着一股阴冷的气息。

冬日天黑得早,傍晚时分,黑暗就与碎雪一起降了下来。昭阳宫里灯光忽明忽暗,时而传出低语的人声。没有人发现,幽静冰冷的房檐上,有个人影抱剑斜立。

直到夜色完全笼罩王宫,那人影才不紧不慢,比漫空飞舞的雪花还要轻,一点儿声音也没有地飘了下去。

翠竹居内,天冬掌了灯去烧热水,准备服侍殿下洗漱。

影子从院墙飘进来的时候,就从他头顶经过,天冬一点儿察觉都没有。直到影子进了屋,还在屋内看书的宋惊澜才意有所感地抬头看来,一看,脸上真心实意地露出一个笑来:"纪叔,你回来了。"

抱剑而立的男人面无表情,冷冰冰地扔出一句话来:"昭阳宫。"

宋惊澜笑道:"纪叔一回来就帮我听墙角去了?"

男子高冷的神情终于有点崩溃,溢出一丝别扭的神情。

## 10

纪凉是宋惊澜的舅舅容珩的好友,天下第一剑客。

当年宋惊澜被选作质子送往大林朝,容家满门担忧的都是容家的前程福音,只有容珩一人担心外甥的安危。

容珩于是一步一礼,亲拜苍松山,请纪凉出关保护宋惊澜。

说是好友,其实两人的交情并不深厚。不过是纪凉年轻时曾遭人暗算,被容珩搭救。剑客重义,欠了容珩一条命,是无论如何也要还的。

自五年前出关下山,便一直暗中跟在宋惊澜身边保护他。

虽是大林皇宫,但他的武功造诣早已臻化境,天底下没有几人是其对手,在王城出入如入无人之境。要不是前几年宋惊澜被人加害掉入深井,纪凉不得不现身相救,恐怕就连宋惊澜都不会察觉他的存在。

不过自打那日之后,宋惊澜就开始随他习武。

纪凉没有收徒的打算,但见他天赋惊人,平时也愿意在夜里现身指点一二。现身的次数多了,宋惊澜对他的称呼就从一开始的"纪大侠"变成了

"纪先生"，后来又变成了"纪叔"，纪凉也没觉得哪里不对。

他一生习武，犹如剑痴，无妻无子，宋惊澜这么喊他，他心里其实还挺高兴的。

所以后来宋惊澜若无其事地拜托他在这宫中四处偷听墙角，作为天下誉赞一代剑客的纪凉，好像也没觉得哪里不对，甚至养成了习惯。

前月是师父的祭日，他回苍松山拜祭，离开两个月至今才回来，一回来就自觉地去昭阳宫听墙角了。

习惯真是个可怕的东西！

天冬把热水烧上，进屋看到墙边有个人影还吓了一跳，待反应过来，顿时惊喜道："纪先生，你回来啦！"

殿下刚来大林朝那两年，几次危在旦夕都化险为夷，后来才知道是这位纪先生暗中相助。有纪先生在，他才觉得安心，纪先生不在的这俩月，天知道他有多么提心吊胆。

纪凉略一点头，脸上神情冷冷的，衬着怀里那把寒剑，格外地不近人情。

但天冬知道纪先生就是外冷心热，也不在意，傻乎乎地笑了会儿，又跑出去给纪先生煮热茶，回来的时候正听到自己殿下问："纪叔听到昭阳宫何事？"

因为三公主林熙总是找宋惊澜的麻烦，昭阳宫在纪凉眼里也是重点观察对象。

天冬立刻竖起耳朵，神情严肃，却听纪凉道："与你无关。"

林熙是有一段时间没来找殿下麻烦了，既然与殿下无关，那也就不关他们的事儿了。

宋惊澜却凝了下眉，不知想到什么，问纪凉："是明玥宫？"

纪凉有点儿惊讶，但他惊讶的神情也很淡，不是熟悉他的人，完全看不出他的表情有变化："是。"

天冬讶然道："五公主？她们要对付五公主？"

纪凉看了他一眼："五公主？"

天冬热情道："纪先生你不知道，你走的这俩月，又有位公主看上了我家殿下！"

纪凉：？

宋惊澜：？

天冬犹然不知，继续热情地解释："这位五公主跟三公主不一样，人是极好的,你看这屋内烧的银炭就是她送来的。她还给我们殿下送了点心和护手霜,对了纪先生,你不知道护手霜是什么吧?就是……"

宋惊澜不得不出声打断他:"天冬。"

天冬这才闭嘴。

宋惊澜才又转头看着纪凉温声问:"纪叔,她们打算做什么?"

纪凉脸上没什么表情,一五一十把听来的话都转述了一遍。

宋惊澜神情还是浅浅的,天冬却是在旁边听得目瞪口呆,等纪凉说完,忍不住骂道:"这也太恶毒了吧?!"

宋惊澜若有所思,纪凉看了他一会儿,问:"你要帮她?"

宋惊澜没说话,只很浅地笑了下,纪凉摇头:"这不像你。"

宋惊澜俯身拿起火钳,夹了夹炉里的银炭,让它燃得更旺一些。弄完了,他伸手在炭炉上空烤了烤。手上干裂的口子已经愈合了不少,被火炉烤着时,融散出淡淡的白梅清香。

他抬头笑着问:"纪叔,暖和吗?"

纪凉点点头。

宋惊澜看了眼忽明忽暗的火星,笑了笑:"我也觉得很暖和。"


林非鹿是在睡梦中惊醒的,有人砸她的窗户,砰,砰,砰,像是石子打在窗棂上。

她起先还以为是在做梦,睁眼时还愣了一会儿,满室黑暗,伸手不见五指,但唯有石子砸窗的声音越发清晰,不紧不慢地响在窗边。

她"噌"的一下翻身坐起,本来下意识地想喊人,但不知为何,话到嘴边又顿住了。

她下床穿鞋,摸黑去开窗,走到窗边时,声音骤然停了。等她拉开闩子推开窗户时,一颗石头从她耳边"呼"的一声飞进来,落在了屋内,落地时还弹了几下。

窗外一轮冷月,枯枝像剪影投在夜空,细细的碎雪随着风飘进来,冷得她哆嗦。

她什么也没看见,那声音也没再响起,她回头,借着一缕清月,看见落在地上的石头。

林非鹿悄悄地关上窗,走过去把石头捡了起来。石头上包着一层白布,她把白布取下来，没掌灯，而是走到燃着银炭的炉边，借着火光看上面的字。

光线太暗，不太好看，那字迹也歪歪扭扭的，她费了好大工夫才看完。

夜里寂静无声，只有炭炉时而溅起一抹火星，碎在窗外若有若无的风中。林非鹿看完一遍，缓缓将白布捏在掌心，捡起那块石头走到窗边开窗去看。

外面依旧什么也没有，她压着小气音问："喂，能听见吗？"

回答她的只有风雪。

她看着夜里的迷雾，也不管有没有人听见，轻声说："谢谢。"

林非鹿将石头扔出去，然后关上窗，走到火炉边将那张写满字迹的白布扔了进去。火光舔舐而上，白布很快燃烧起来，在半空中蹿起一抹火苗，映进她清幽的瞳孔。

翌日天亮，林非鹿还睡着，听见打扫庭院的云悠在外面惊讶道："窗外哪来的这么多小石头？"

青烟说："别是老鼠吧？哎，你别用手，当心脏，快，快扫了这腌臜东西。"

林非鹿在被窝里翻了个身。

下午时分，织锦坊送了不少新冬衣过来，都是之前林念知让他们改的衣服。既然是一开始做给长公主的衣服，锦缎的花色和样式当然都是最好的，现在改小给了五公主，依旧样样不落俗。

林念知送她的那张雪狐皮也做成斗篷一并送来了。

斗篷用了大红色的料子，摆上绣了几枝梅花，雪狐的毛又白又软，纯粹得没有一丝杂质，做成了领子和帽檐，既保暖又好看。

萧岚一见就喜欢得不行，连忙让林非鹿试穿。她皮肤白，穿红色尤为好看，穿着红斗篷走在雪地里时，漫天雪景都好像成了陪衬。

云悠忍不住道："小公主生得真是好看，终年宴便穿这件斗篷吧？"

萧岚起先还笑着，听到这话笑容淡下来，轻声说："不宜出风头。"

云悠一惊，这才道："娘娘说得是。"

萧岚给自己和林非鹿准备的终年宴服饰都很简洁清雅，一律以青、蓝、白为主，既不失雅致，也绝不抢眼。娴妃赏的那些首饰珠宝她没怎么用，还被林非鹿要了一半走。

萧岚也没问林非鹿要这些做什么，女儿现在俨然已经是她的主心骨。

终年宴是后宫妃嫔的宴会，皇后礼佛，一年也就办这么一次宴会，自然是要办得盛大隆重，不仅有妃嫔献艺，还安排了烟火秀。这年头烟花可不常见，不提形状颜色，能冲上天就已经很厉害了。

林念知就爱这些，说起来眉飞色舞的，林非鹿十分捧场："好厉害哦！好想看哦！"

林念知骄傲得像烟花是她制作的一样："等酒宴结束，所有人都会去天星苑赏烟花，到时候你就跟着我，我们站最好的位置！"

林非鹿连连点头。

很快就是终年宴，这一年的最后一天。

受邀的各宫妃嫔按时赴约，林非鹿牵着萧岚一步一步走进宴殿，脸上有着属于这个年纪小女孩儿的好奇和喜悦。

各宫的位置是按照位分来排的，萧岚几乎算是所有受邀嫔妃中最低的，毕竟在她之下就只有一个淑女了。林帝近两年操心国事，没有再选美人，所以也没有承宠的新人。以前但凡受点儿宠的，都早已晋升了，再不济也是个才人。

所以萧岚的宴桌就在靠近门口的位置，宴殿又大，分左右两排，最上面是皇帝和皇后，林非鹿算是视力好的了，往桌子那儿一坐，抬眼都看不到人。

连妃位的都看不见，更别说再往上了。

她还想近距离观摩观摩两位贵妃的风姿以及非常牛的皇帝呢，结果啥也看不到。

她抬眼望去，乌泱泱的全是插满首饰、花儿的脑袋。

百花争艳也不过如此了。

皇帝怎么能有这么多女人呢？这还只是受宠的，宠得过来吗？

三声钟响，终年宴正式开始，别说人看不到，就是皇后皇帝在前面说了些什么，林非鹿都没听清。门口这位置风大，吹得呼呼的，皇帝皇后毕竟还是注重仪态的，也不可能扯着嗓子吼。

萧岚第一次参加这种规模的国宴，倒是不显得紧张，别人起身她便起身，别人敬酒她便敬酒，最后礼毕落座，就低头不语安静吃饭，给林非鹿夹菜。

旁边的妃嫔都知道她不受宠，是靠着娴妃才有资格上殿，也没有主动来攀谈，只不过对她身边的五公主倒是有些好奇，多有打量。

母女俩都做素净打扮，却丝毫掩不住天生丽质，特别是这位五公主，不过五岁大的年纪，却生得这般精致可爱，若是叫陛下见到了，指不定多喜欢。

不。

　　心中酸酸的妃嫔们又转瞬否定，见到她陛下就会想起那个傻儿子，那可是陛下心中的一根刺，不然以萧岚的美貌，何至于此？

　　思及此，妃嫔们艳羡的目光就也颇觉无趣地收回去了。

　　舞女很快开始上殿献艺，席间觥筹交错，言笑晏晏。

　　皇子公主们都坐在自己母妃身边，林景渊那几个人林非鹿是看不到了，将将能看见嫔位的静嫔和林熙。她看过去的时候，恰好林熙也在看她，隔着满室悦声色影，其实并不能看清林熙的表情。

　　但林非鹿依旧感觉到了林熙视线里的恶毒。

　　林非鹿歪着脑袋笑了下，端起茶杯，遥遥地朝林熙一敬。

　　舞女表演完，又有妃嫔上去献艺，弹琴的、跳舞的都有，林非鹿感觉自己像是看了一场元旦跨年晚会，可惜只有美女，没有帅哥。

　　她突然有点儿想念自己曾经追过的小明星了。

　　酒宴结束时，天也大黑了，正是赏烟火的时间。林帝提前离席，似乎国事繁忙，举着酒杯又说了几句话才离开，林非鹿觉得怪像领导致辞的。

　　他一走，之前还谈笑风生的酒宴突地就安静了不少，毕竟皇帝都走了，表现给谁看呢？皇后见状，起身吩咐道："走吧，随本宫去赏烟花。雪景赏烟火，不失为一桩美谈。"

　　赏烟火的天星苑距离宴殿还有一段距离，不过走过去的这一段路早就被宫人们挂上了花灯，不仅亮堂还好看，也算是一道夜景了。

　　坐在首位的林景渊早就迫不及待，皇后一离席，他一路横冲直撞到末席来了。萧岚正在替林非鹿系斗篷，林景渊喊："小鹿，我们一起去看烟火！"

　　林非鹿歪着脑袋软声道："好呀，和皇长姐一起。"

　　林景渊怪不情愿的："谁要跟她一起啊……"但见林非鹿笑眯眯的样子，也就反驳不了了，无奈地妥协，"好吧好吧，那就一起吧！你吃饱了吗？我还揣了两块糕点，一会儿边看边吃！"

　　林非鹿乖乖点头。

　　正值此时，殿外突然跑进来一个眼生的宫女，她神色有些着急，四处张望一番，看到萧岚时脸上一喜，疾步朝她走来，走近便道："见过岚贵人，岚贵人可还认识奴婢？"

　　萧岚跟林非鹿对视了一眼，而后转过头温声道："我竟不识，不知你是？"

宫女喜道:"贵人不识也正常,奴婢本是萧家本家的丫鬟,后来被萧夫人赐给了谢家姑母。后来谢小姐入宫,被封了淑女,奴婢便也随谢淑女进宫来了,一直在她身边伺候着。"

林非鹿快被这关系绕晕了。

萧岚倒是一喜,道:"你是母亲身边的丫鬟?我也听说过敏儿进宫的事儿,只是这些年身体一直抱恙,不曾去拜访过。"

那宫女也笑道:"是的,淑女也总惦记着贵人,说起两人小时姐妹情深。"说罢脸上又是一忧,"只是淑女入宫便未得临幸,也无脸来见贵人,还请贵人见谅。"

萧岚温柔道:"怎会,都是一家姐妹。你找我可是敏儿有事?"

宫女这才说明来意,一脸喜色:"贵人不知,是淑女的母亲进宫来了,还替萧夫人带了话和信件,萧夫人托夫人务必亲手转交给贵人,奴婢可不来请了。"

萧岚一怔,脸上竟有几分动容:"你……你是说,母亲托姑母来看我了?"

宫女道:"是啊!贵人快随奴婢去吧!"

自萧岚诞下痴傻儿导致失宠,萧家便与她断了往来,她与父母也多年未见,连书信往来都没有,此时听说萧母带了话,岂不震动。

想来大概是听说她近来与娴妃交好,有复宠的可能,才有此一举。可尽管如此,萧岚还是很激动,转头对林非鹿道:"鹿儿,你先随四皇子去看烟火,我去见见姑母。"

林非鹿一脸乖巧:"好。"

两人相视一笑,萧岚便随那宫女离开了。

林景渊在旁边早等得不耐烦,拉着她的手腕就往外跑。

妃嫔们按照位分井然有序地离开,倒也刚走不久,边走边赏花灯夜景,时而笑语连连。林非鹿追上队伍,笑眯眯地跟林景渊说:"景渊哥哥,我们来玩踩影子游戏吧!谁先踩到对方的影子,谁就赢啦!可以找对方要一个礼物!"

林景渊皮猴似的:"好啊!"说罢就来追她。

两个小孩儿玩得不亦乐乎,前方有宫女端着茶酒走过,见到妃嫔过来,都规矩地立在一边行礼等她们经过。林非鹿从其中一个宫女身边跑了过去,林景渊也跟着追,不知怎的撞到宫女,那宫女身子一歪,端着的茶酒尽数洒在从旁边走过的静嫔身上。

宫女慌张下跪:"娘娘恕罪!娘娘恕罪!"

静嫔新做的衣服全被打湿了,憋着一肚子火,但撞人的是四皇子,娴妃在前边儿看着,又是大好的日子,皇后向来宽容,她不敢过分苛责宫女,只能忍了。

皇后温声宽慰:"不碍事,烟火还有会儿时间,静嫔先去换身衣裳来,谨防湿衣伤身。"

静嫔行了下礼:"是。"

身边的宫女便领着她去换衣服。

临走时,她有些奇怪地朝前方远处的竹林看了几眼,像是有些急切,又有些期待,但湿了的衣服穿在身上实在不舒服,只能快步跟着宫女离开。

林非鹿看着她离去的背影,垂眸笑了下。

从此地到天星苑,一路幽道蜿蜒,以这些妃嫔小巧的步子,得走半个小时。林景渊方才撞了人,娴妃便不准他再乱跑,把他拘在身边,倒是林念知偷偷地从前边儿溜出来,跑到后边跟林非鹿走在一起。

大家一路说说笑笑赏花灯,快到天星苑时,旁边不远处的花林里突然传出一声叫声。

这叫声转瞬即逝,而后便只剩下簌簌作响的小动静,行走的队伍一停,皇后在前边儿皱眉问:"方才是何声响?"

大家都摇头,纷纷朝花林那边打量。

花林多树枝,影影绰绰的,皇后吩咐身边的宫人:"去看一看。"

两名宫人便提着灯笼往那边走。

走近了,灯光照过去,当即一愣,惊得灯笼都落在了地上,又赶紧捡起来,手忙脚乱地爬了回来。

大家见状越发惊奇,皇后皱眉道:"看见何物?"

那宫人颤抖着说:"回……回皇后娘娘的话,好像是……是一男一女……"

他话没说完,在场的人都变了脸色,一男一女,深夜花丛,还能是在干什么?

皇后脸色一沉,厉声道:"是何人胆敢在此污了宫闱!给本宫拿下!"

旁边几个太监都冲了上去,很快将花林里的一男一女押了上来,大家定神一看,眼珠子惊得差点儿落下。

那女的，居然是静嫔？！

此时的静嫔已经换了一身衣服，但外衣凌乱，发髻也散着，脸色潮红，眼里泪光涟涟，像刚跟人云雨一番，叫人不忍下眼。

而那男子则做侍卫打扮，也是外衣尽褪，低着头沉默不语。

皇后差点儿气晕过去，捂着胸口半天没说出话来。

在场所有人都惊呆了，只有静嫔"扑通"一声跪在地上，哭着喊："皇后娘娘救命！嫔妾方才途经此处，被贼人掳进花林，差点儿……差点儿……"她连连磕头，"求皇后娘娘给嫔妾做主啊！"

皇后顺了半天气，才终于说出一句完整的话："为何就你一人？你身边伺候的宫女呢？"

静嫔哭道："被这贼人打晕了。"

听闻此话，旁边一直低着头的侍卫突然抬头看了她一眼。他一抬头，在场众人才看清他的脸，并不像想象中的凶神恶煞，反而透着一丝俊朗，侍卫脸上的神情十分复杂，只一眼，又低下头去。

若真是贼人，能是这个表现？

在场的人心中顿时起了疑，静嫔哭着磕头："求皇后娘娘做主啊！"

皇后沉默着，毕竟这场面冲击力实在太大了。静嫔心中知道，就算今日她们信了自己的话，从此自己在这后宫也再无立锥之地了，林帝更不可能再宠幸她。

这一招儿太毒，本是……本是她为萧岚安排的！

她猛地偏头看向旁边的侍卫，眼神怨毒无比："是你！你这畜生下贱坯子故意陷害我！"

此时此刻，她已然明白，自己设下的这个计，被对方将计就计了。

本来应该在竹林里等着的侍卫出现在了花林，故意被她派人引去的萧岚不见踪影，反而是她，亲自上演了自己安排的这场戏。

怎么会？！

怎么可能？！

是谁，是谁破了她的计？

静嫔方寸大乱，一边号哭咒骂一边对着身边的侍卫拳打脚踢，而他只是低着头一言不发。

突然，静嫔余光看见人群中，有个小小的身影端端地立在那儿。

花灯掩映之下，小女孩儿神情乖巧可爱，像是察觉自己的目光，抬眸看来，极轻地笑了一下。

## 11

那分明是乖巧又漂亮的一个笑容，静嫔却被这笑吓出了一身冷汗，狡辩的字眼都卡在了喉间。

怎么会？怎么可能？

这不过是个乳臭未干的小丫头而已，怎么可能破了她的计后又反将一军？若真是如此，这哪是什么小孩儿？分明是恶鬼才对！

是了，一切都是从那一日林熙推她下水开始。

静嫔当然知道女儿推人下水差点儿淹死对方，也知道那丫头发烧昏迷不醒。等这丫头再醒来，紧接着就是林熙撞鬼，她宫里闹邪祟，失宠、禁足，以致如今的陷害，接踵而至，可不就像恶鬼复仇索命？

静嫔此刻已然失魂落魄，连林熙扑上来哭着喊她都没反应。趁着她发愣的空当，宫人又在花林边上找到了那名被打晕的宫女。

这宫女是一直在昭阳宫服侍静嫔的，被人唤醒之后还愣了一会儿，待看见眼前场景，脸色一白，立刻跪下了。

皇后厉声问道："本宫且问你，方才发生了什么，你又是如何晕倒的？从实招来！"

宫女压根儿就不知道发生了什么事儿，哆哆嗦嗦地把刚才的经过复述一遍："奴婢……奴婢方才陪着静嫔娘娘赶往天星苑，途经此处时，突然听见花林中，有……有人唤娘娘。娘娘让奴婢等在原地，奴婢便一直站着，不知为何突然就被人打晕了。"

阮贵妃插嘴问："这么说，静嫔是自己走过去的？你可看见是谁喊她？"

这宫女一直安分守己，哪见过这阵仗，丝毫不敢撒谎，哭着道："奴婢没看见，只听见是个男子的声音……"

这可跟静嫔刚才所说不一样啊。

这哪儿是被掳？分明是她自己走过去的。

皇后的脸色已经很难看了，她管制的后宫竟然发生这样的淫秽之事，还被人当场撞见，实在有失天家颜面。

静嫔此刻终于从林非鹿那个恐怖的笑容里回过神来,听到宫女原话转述,疯了一样尖叫着去打她:"贱婢!胡说!你诬陷我!你们都诬陷我!"

　　静嫔是看见本该在竹林的侍卫出现在花林,一时大惊失色,才走过去质问他为何擅自离开,却不料侍卫骤然出手打晕宫女,还将她掳到林中捂住口鼻。

　　可这话要怎么跟皇后说?说她设计陷害萧岚却反被陷害吗?

　　宫女哭得不行,连连磕头,现场一时十分混乱。

　　皇后叫宫人上去将静嫔制住,声音还维持着镇定,又厉声责问一直在旁边不吭声的侍卫:"你是在哪处当值的侍卫?跟静嫔是何关系?"

　　所有人的目光都投过去,侍卫面色有点儿白,却比静嫔理智多了,只见他双拳紧握,紧紧咬着牙,过了好半天才下定决心似的,朝皇后一磕头:"属下不认识静嫔娘娘,方才一时鬼迷心窍才掳了娘娘,属下愿以死谢罪!"

　　说罢,他转头深深看了一眼还在哭闹的静嫔,竟是不等众人反应,突地拔出自己腰间佩刀,自刎了。

　　那动作太快,都没人反应过来去拦,在阵阵尖叫声中,鲜血飞溅而出,侍卫轰然倒地。他的眼睛还固执地睁着,朝着人群中看来,最后不知落在何处,竟笑了一下,然后再无气息。

　　目睹一切的嫔妃们吓得花容失色,甚至有当场吓晕过去的。皇后也没料到事情竟会是这个走向,现场混乱不堪,好在巡逻的禁卫及时赶到,各宫宫人都赶紧带着自家主子离开,只留下禁卫处理现场。

　　林非鹿就走在最后面,混乱人群中,一动不动地看着静嫔被押走,又看向那具被抬走的尸体,最后还是林廷经过她身边时拉了她一把,用温热的手指捂住她的眼睛,低声说:"别看了,走吧。"

　　林非鹿有些呆呆的,林廷没看见她身边的宫女,吩咐身边的宫人送她回明玥宫,半路就遇到来接她的青烟,青烟跟云曦宫的宫人道过谢,才牵过林非鹿的手往回走。

　　青烟心有余悸地道:"公主,奴婢听说出了人命,可吓死奴婢了。"

　　林非鹿找回自己的声音:"母妃呢?"

　　青烟道:"娘娘今日晚宴饮了酒有些头疼,早些时间就回宫了,听说出了事儿,赶紧让奴婢来接你。公主没瞧见什么不干净的东西吧?"

　　现在消息还没传开,林非鹿默默地摇了摇头。

　　回到明玥宫时,萧岚已经一脸担忧地等在门口了,看见她回来,赶紧走过去一把抱起她,安抚似的拍了拍她的后背,走进了屋。

林非鹿埋在她颈窝,进屋好半天才说话:"母妃,他死了。"

萧岚身子有些抖,只抱着她不说话。

她又说:"他死前看着我,是在提醒,我和他的约定。"

萧岚不知是怕还是难受,眼泪流了出来,牙齿却咬得紧紧的:"不怪鹿儿,不是我们的错。我们只是为了自保,是她要害我们,今日不是她,死的就是我们!"

林非鹿搂着她的脖子,很累很累地叹了声气,最后才小声说:"母妃,我第一次看见死人,有点儿怕。"

萧岚紧紧地抱着她:"鹿儿不怕,有娘在。"

她点点头,等两人都稍微镇静一些,才又问道:"母妃,那个宫女可有发现你的异样?"

萧岚摇摇头:"没有,我借口头疼摆脱了她。不过明日静嫔的事情传开,她应该会有所察觉。"

林非鹿笑了下:"那又如何?难道她还敢说出事实吗?恐怕再也不敢登我们明玥宫的门了。"

哪有什么萧夫人、萧姑母?不过只是骗萧岚出去的借口。知道萧岚这些年思母心切,便用这理由将她骗去赏烟火会途经的竹林。

静嫔安排了侍卫藏在里面,时机一到,便将萧岚拖入竹林。

如果不是有人扔石子将此事告知林非鹿,今晚被众妃嫔当场捉奸的,就是萧岚了。

静嫔这一手,根本没有给她们留活路。

静嫔不给她们留活路,也就不要怪她心狠手辣,以牙还牙。

林非鹿找到那侍卫的时候,他一开始并不承认。直到这个只有五岁的小女孩儿镇定自若地说出计划的细枝末节,他才渐渐慌了。

他进宫当值是为了他从小相依为命的两个妹妹,其中一个妹妹已经死了,如今只剩下一个,在静嫔宫里当差。为了保护妹妹,他只能任由静嫔差遣。

林非鹿还记得自己问他:"你妹妹无辜,我母妃就不无辜吗?用这样恶毒的法子,害我母妃,害我哥哥,害我,甚至会连累我萧家整个家族,你不为此愧疚吗?"

那侍卫不说话,只是不停地朝她磕头。

她并没有恼怒，而是扶起他轻声道："何况静嫔那样狠毒的人，你真的相信她今后会好好待你妹妹吗？你陷害我母妃，自己也难逃一死，你一死，这世上便只剩你妹妹一人。静嫔并不确认你是否有将这个计划告诉你妹妹，你觉得待你死后，她又会如何对你妹妹？"

侍卫听得冷汗涔涔，关心则乱，被林非鹿一言点醒，才知自己走的是绝路。

可已然无法回头了，他不做，静嫔依然会找其他人做这件事。而已经得知这个计划的他，甚至他妹妹，以静嫔的手段，绝无可能放过他们。

所以他答应了林非鹿的反间计。

因为林非鹿告诉他："静嫔让你害人，是她心术不正想害人。而我让你害她，是为了保护我的家人。我从无害人之心，不过和你一样，希望自己爱的人平安罢了。你死后，静嫔不死也会进冷宫，昭阳宫作鸟兽散，我会把你妹妹要到明玥宫来。有我在一日，便护她一日。"

那小女孩儿才到自己膝盖，但身影挺得笔直，目光如炬，一字一句都令人信服。

侍卫做了一个选择。

他选择相信这个传言乖巧善良的五公主，而不是那个手段狠毒的静嫔。

林非鹿早料他有一死，但没有想到，他会当众自杀。他死前说的那句话，看上去是在为静嫔开脱，实则是彻底将静嫔踩在耻辱柱上，用自己的死，让她永世翻不了身。

静嫔将这场陷害设计得太好，除了策反侍卫，林非鹿几乎什么也不用做。就连那个洒了茶酒的宫女，林非鹿也仅仅是故意将林景渊引过去撞了她而已。

就算那时没有端着茶酒的宫女经过，她也有别的法子让静嫔回去换衣服。

看上去，似乎连老天都在帮她。如今侍卫一死，她就是完全地置身事外了，除了那个扔石子帮她的人，再无第二人知道她参与其中。

她不仅破解了这个死局，还反杀了主谋，心中却并不高兴。

大概是我不杀伯仁，伯仁却因我而死，道理她都懂，可毕竟是在和平年代长大的，真的看见死人，她心中还是难过。

好好一场终年宴最后竟然闹成这样，皇后一度晕厥过去，宫中目睹此事的妃嫔几乎全部病倒，林非鹿也萎了好几天没出门。

林帝听闻此事震怒不已，都没审问被关押的静嫔，直接一杯毒酒将她赐死了。

侍卫的死基本坐实了他二人的关系，林帝甚至开始怀疑三公主林熙是不是自己的血脉，眼不见为净，下一道旨意把三公主发落到皇陵为先祖守陵，恐怕终生都回不了宫了。

　　静嫔家族也因此受到牵连，贬的贬、辞的辞，自此没落。

　　这件事毕竟算是皇家丑闻，林帝和皇后封锁了消息，只说是静嫔扰乱宫纪欺君罔上，当夜在现场的人闭口不言，总算没有传得尽人皆知。

　　静嫔一死，昭阳宫自然也就没了。林帝嫌那宫殿不吉利，直接下一道旨意封了，在宫里伺候的宫人们将由内务府重新分配。林非鹿寻了个机会，去给娴妃请安的时候，把侍卫的妹妹松雨要了过来。

　　宫中公主都有贴身婢女，只有林非鹿日常是萧岚身边的两个丫鬟照料，娴妃也没起疑，让内务府把人送了过去。

　　松雨跟侍卫的关系宫中无人知晓，自然也没有因此受到牵连。

　　她也不过十五六岁，一双眼睛因为长时间哭过显得红肿。林非鹿知道她为什么哭，但什么也没问，开开心心地把她拉进来，天真可爱地说："以后你就是我的宫女啦！我们要好好相处呀！"

　　松雨在昭阳宫伺候久了，早已习惯林熙的蛮横，还是头一次遇到这么乖巧的公主。

　　她小声地应了一声，林非鹿就高高兴兴地带着她去看兔子了。

　　来到明玥宫的第三日晚上，松雨偷偷走到炭炉边，趁着无人，将贴身藏在怀中的一封书信扔进了炉子里。

　　火苗蹿起来，很快将信纸烧成了灰，松雨耳边响起哥哥生前交代的话。

　　——我死后，若明玥宫五公主弃你不顾，你便设法将此信交给皇后。若五公主将你要到身边好生对待，便烧毁此信，切记不要让任何人得知，包括五公主，并忠心服侍她。

　　松雨并不识字，不知道信里都写了什么。

　　她只是听哥哥的话，流着眼泪，烧掉了它。

# 第三章 拜见父皇

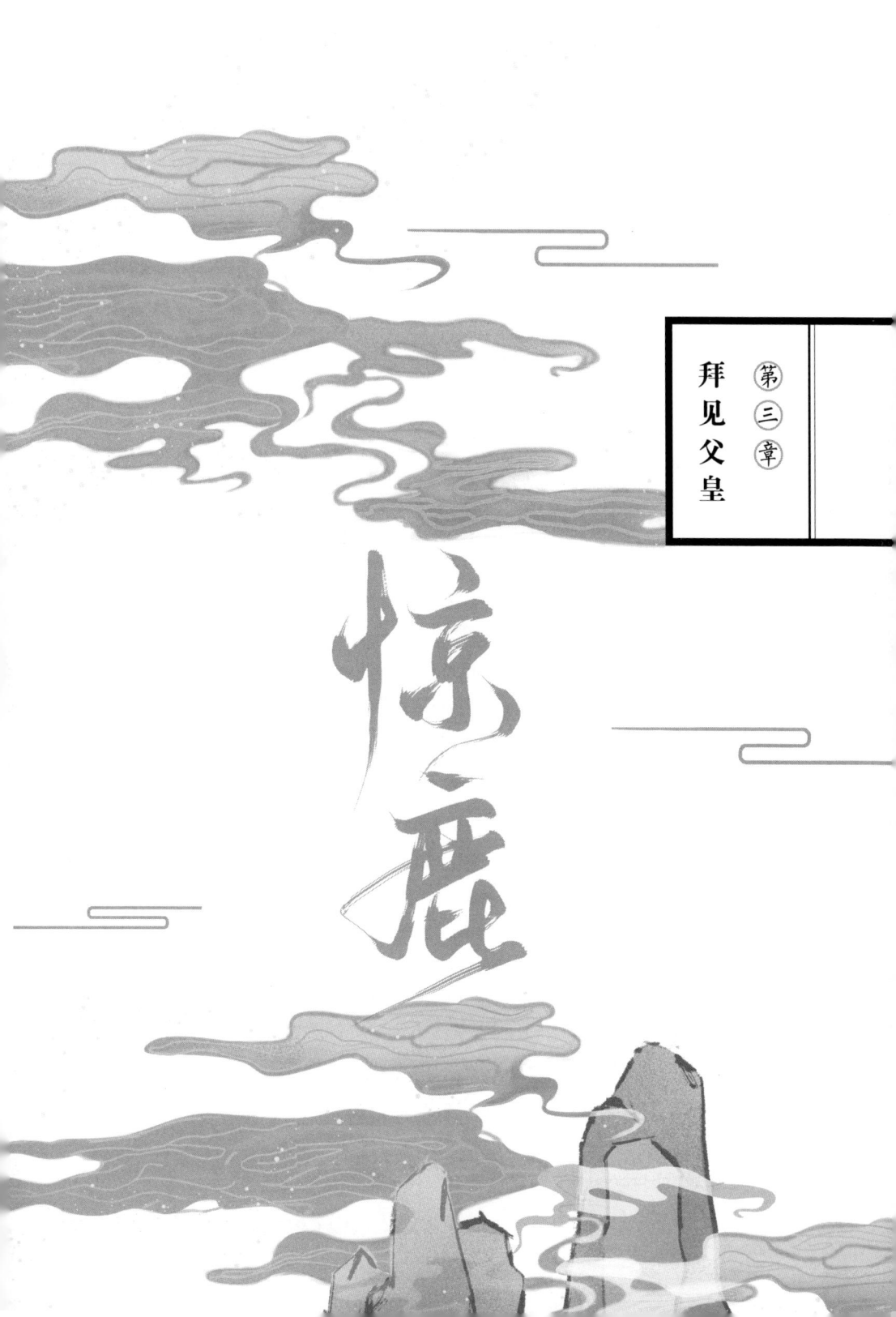

惊鹿

## 01

一年的最后一天发生如此晦气之事，皇后思来想去，觉得实在不吉利，于是开年的第一天请了高僧来宫中作法祈福。

林非鹿发现大林朝跟历史上的南北朝很像，十分信奉佛教，当年大诗人杜牧就写诗说"南朝四百八十寺，多少楼台烟雨中"。

虽然这个"四百八十"有夸张的成分，但也可想象当时的盛况。大林朝如今也不遑多让，还设了专门的国寺，叫作护国寺，来宫中作法祈福的就是护国寺的高僧。

后宫一时之间连空气里都充斥着檀香味，林非鹿以前不信这些，如今也多少心存敬畏，老老实实跟萧岚一起念经祈福。

静嫔的事虽然被封锁了消息，但当夜目睹现场的人不少，私底下常有议论。特别是跟静嫔交好的那些妃嫔，对此事还是心存疑虑，觉得静嫔有可能是被陷害了。

可把宫中妃嫔想了个遍，都猜不出这事儿是谁做的，手段之果断狠绝，丝毫不给对方还手之力，说起来，倒是像静嫔自己的风格……

丝毫没有人怀疑到明玥宫头上。

是啊，一个失宠多年的软弱贵人，带着两个拖油瓶，简直集齐了弱病残，直接被无视了。

萧岚唯一担心的就是那个扔石子将此事告知她们的人，心里惦记着这件事，礼佛的时候都走神了，直到香灰落下来砸在她手背上，香灰烫手，烫得她一个激灵，才赶紧念了两声"阿弥陀佛"，把香插进香炉。

林非鹿在旁边瞅着，拉过她的手轻轻吹了吹，安慰她："母妃，不会有事儿的，都过去了。"

萧岚皱着眉轻声道："我总是不放心。宫里还有谁会帮我们呢？对方是好意还是恶意？为什么要这么做？"

林非鹿倒是不在意："无论是谁，无论他是好意还是恶意，如今事情已结，逝者已逝，就算他另有所图，也没证据拿我们怎么样，母妃宽心便是。"

其实她大概能猜到是谁，也知道对方没有恶意。

她在这宫中有好感度的人就那么几个，能半夜翻墙进来的必然身怀武功。她还记得宋惊澜掌心的茧，比从小在将军府习武的奚行疆还要厚。

他这些年能在宫中活下来，当然会有不为他人所知的保命技能。

只是没想到他会冒着风险来帮她，这可跟上次在太学殿前不一样。

他就因为她送的那几块银炭吗？

唉，真是一个知恩图报做好事不留名的美少年啊。

对方既然不愿意现身，她当然也不会去逼问，就当作不知道是谁好了。

做好事不留名的美少年并没有资格参加终年宴，当然也就没有目睹当夜那一切。随后宫中虽然封锁了消息，但有纪凉这个爱听墙角的第一剑客在，宋惊澜还是知道了事情的详细经过。

天冬听完都惊呆了："这是反噬吗？"

惊完之后他又看向自家殿下，迟疑着问："是殿下出手相助的吗？"

宋惊澜懒懒地靠着椅背翻书："我只是把静嫔的计划告诉她而已。"

他原本以为，那位五公主能避开这场祸事就好。她毕竟年龄小，能对付林熙，但对付不了静嫔，先避开这一次的陷害，今后再想办法找补回来。

但怎么也没想到，这位五公主艺高人胆大，居然借此机会将计就计，直接将对方灭了。

看来还是他小看那个小丫头了。

天冬压根儿不知道殿下口中的"她"说的是五公主，天真又感叹地说："没想到岚贵人如此厉害，这大林后宫的妃嫔们，果然没一个好惹的。"

宋惊澜笑了下，并没有拆穿，换了个舒服点儿的姿势，手指翻过书的下一页。


林非鹿因为侍卫的死萎靡了好几天，每天除了礼佛祈福，就是在房间里读书练字，连门都不大愿意出。

这日正在房间里教松雨写她的名字，半掩的窗户突然被石头砸响。

"砰砰砰"几声，像急雨似的，松雨性格安静内向，被这动静吓得不轻，

109

倒还记得护主，鼓起勇气立刻就想过去查看。林非鹿听这声响先是想到宋惊澜，后又转瞬否定。

这青天白日的，不像是"小漂亮"能做出来的事儿。

她把松雨叫回来，自己走过去打开窗。这会儿没再下雪，太阳难得地从云层里探出头来，薄薄地洒下几圈光晕。房檐与树枝上积雪未化，白茫茫一片，所以院墙之外一身黑衣坐在树上的奚行疆就格外显眼。

他手里又拿了一个弹弓，正瞄着她的窗户，见她开窗探身，才笑吟吟地收了弓，冲她吹了个口哨。

林非鹿气呼呼地骂："登徒子！"

奚行疆也不恼，两只脚悠闲地晃来晃去，笑眯眯地问："小豆丁，我的礼物呢？"

这段时间发生这么多事儿，她倒是把这件事给忘了。奚行疆见她有点儿心虚地垂下小脑袋，顿时大叫道："哇，你不会忘了吧？你这个小骗子。"

说完，奚行疆的脚掌朝树干一蹬，整个人便临风而下，从树上飞下来轻飘飘地落到她窗前。

他上半身扒着窗棂，抬手就去扯她头上的鬏鬏。

林非鹿捂着头连连后退，凶他："谁忘了！"

奚行疆毫不客气地伸手："那你给我！"

林非鹿瞪了她一眼，才转头吩咐旁边被这一幕惊吓到的松雨："去把我妆奁里的护手霜拿来。"

松雨很快就取了过来，奚行疆听她说护手霜就有些好奇，等拿到手上拧开一看，又香又软的，顿时一脸嫌弃："这是什么玩意儿？"

林非鹿说："护手霜！涂在手上保护手掌不被冻伤的！不要还给我！"

奚行疆瞅了她一眼，塞进自己怀里："谁说我不要了！"

他笑眯眯地凑过来，手肘撑着窗子支着头，上半身都趴在窗上："小豆丁，我听说你们这宫里前几天死人啦？"

他只是随口一问，没想到林非鹿听闻此言神情顿时有些不自在，连她身边的宫女都有些僵硬地垂下头去。

奚行疆一愣，之前还轻浮的姿态立刻变得有些无措，慌里慌张地说："不是，我就随便问问，你害怕啦？"他伸手摸她的小脑袋，用他直男式的思维安慰，"没事儿啊没事儿，不就死个人嘛，我在战场上见过可多死人了。"

林非鹿：……

这种人就是"注孤生"的存在。

她担心松雨难过，转头吩咐："去给世子煮杯热茶来。"

松雨领命去了，奚行疆还说："我不渴。"

林非鹿没搭理他，转而问起自己好奇的点："你上过战场？"

奚行疆语气不无骄傲："当然，我幼时曾随我爹在边关生活过几年。你知道边关吗？可比这儿冷多了，冰封三尺不化，冬天士兵都可在冰面上行走。"

他说起边关景象时眉飞色舞，不知是心中向往，还是为了转移之前让她害怕的话题，比说书先生还要口若悬河。

"雍国老惦记我们边疆那点地儿，时不时地就派人来骚扰一下。我爹决定给他们一个教训，率了三千骑兵去搞突袭，我便藏在配送粮草的军马里，等到了驻扎地才被我爹发现。那时候再送我回去已经来不及了，爹就让我待在营中不要出去。"

林非鹿插嘴道："我猜你肯定出去了。"

奚行疆瞪她："你不要打断我！"

林非鹿：……

他继续道："半夜的时候雍国人便来营地偷袭，他们不知道其实我爹是故意做出弱守的姿态，就等他们自投罗网好瓮中捉鳖！那一仗我们以三千兵马斩了雍国万余人，尸体、血水遍布整片雪原！"

林非鹿：呕……

奚行疆说着说着就跑偏了，看她被恶心到才意犹未尽地打住，不知想到什么，不无兴奋地问她："我带你去猎场骑马吧？你骑过马吗？"

她倒真没骑过。

林非鹿问："哪里有猎场？"

奚行疆说："宫中就有，就是平日你哥哥们练习骑射的地方，你没去过？走走走，我带你去！我还养了一匹小马驹在那儿呢，带你去见识见识。"

林非鹿也有段时间没出门了，闲着也是闲着，确实需要出去走走活动筋骨，倒也没拒绝，跟萧岚打了声招呼，便裹好自己的斗篷跟着奚行疆走了。

虽未再下雪，但寒风呼啸不止。天气冷，加上终年宴上那件事，各宫最近都不大愿意出来，整个皇宫显得十分寂静冷清。

猎场在外围，很是有些距离，林非鹿走到一半就后悔了。

111

太冷了，风刮得她脸疼。她不想去了，奚行疆可不答应，拽着她就是一顿长跑。

林非鹿就是常锻炼，哪比得上他日日习武，跑得上气不接下气，大口喘气时又喝进几口冷风，顿时呛得大咳不止，眼泪都咳出来了。

奚行疆这才手忙脚乱地松开手，蹲在她面前拽着自己的袖口笨手笨脚给她擦眼泪："不去就不去，你别哭啊！"

林非鹿气死了："谁哭了！我呛到了！"

奚行疆"噗"地笑出来，往她跟前一蹲："叫声'世子哥哥'，背你过去。"

林非鹿懒得理他，重新系好自己的小斗篷，迈着小短腿往前走去。

猎场外的高墙已经若隐若现，这个天气、这个时间，就是常练习骑射的皇子们也不会过来，除了几个守卫，猎场空荡荡的。有奚行疆在，守卫当然不会拦，只是好奇地打量了两眼缩在斗篷里的小女孩儿。

两个人方一进去，本来以为空无一人的猎场里突然传来一阵马蹄声，紧接着利箭划破空气，"噌"的一声朝着林非鹿身后那块箭靶而来。

射箭那人没想到突然有人进来，也是吓了一跳，但已经开弓，收箭来不及，只能厉喝一声："让开！"

千钧一发之际，只听到奚行疆说："别怕！你长得矮！"

林非鹿：？

然后那箭就从她头顶掠了过去，"噌"的一下插进了箭靶。

她确实被吓到了，毕竟也没经历过这种事，缓缓转头时，看见旁边的奚行疆咧着嘴笑得十分灿烂。

他说："你看，我就说你矮嘛。"

## 02

奚行疆还有心情逗她，当然是自信那支箭不会伤到她。

骑射之人高坐马背，箭靶又高高耸立，以小豆丁的个头，除非对方是个瞎子，把箭往地上射，才有可能射到她身上，不动反而安全。

只是用他这种直男方式说出来，林非鹿有点儿想跳起来打他膝盖。

她这头还在大眼瞪小眼，前方一阵"吁"声，马儿一声嘶鸣，前蹄高扬停住了，马背上的少年翻身跃下，疾步朝他们走来，急道："可有伤到？"

林非鹿这才看向来人。

他年纪跟奚行疆差不多大，身高也相差无几，穿一身暗红色的骑装，腰缠玉带，领绣云纹，打扮既贵气又利落，背上背着的箭囊金边镶嵌，连手握的弓箭都在冬日泛着漆黑的光，一看就知不是凡品。

林非鹿心中刚冒出一点儿猜测的念头，就被旁边的奚行疆证实了。

他拱手行了一礼："太子殿下。"又笑吟吟道，"没受伤，远着呢。"

果然是她的三皇兄，皇后的儿子，当今太子林倾。

林倾略一点头，见两人安然无恙地站着，俊朗眉眼间的急切才缓缓散了。林非鹿之前听宫人说起这位太子，赞他芝兰玉树、温良恭俭，又谦和好学，十分得林帝喜爱。

如今一见，确实如此。他虽身为太子，满身贵气，但举手投足很是儒雅知礼，一点儿都没有身居高位就目空一切的高傲狂妄。只是那双眼睛看人时有些深，像藏着许多心思在里面，有着不符合这个年纪的沉着。

林非鹿也学着奚行疆，乖乖朝他行礼，脆生生道："小五见过太子殿下。"

她方才在打量林倾，林倾当然也在打量她，见小女孩儿生得唇红齿白，粉雕玉琢，一双眼睛充满灵气，抿嘴一笑梨涡若隐若现，十分讨人喜爱。

他见林非鹿是奚行疆领来的，不由得问道："行疆，这是你妹妹？"

奚行疆一副见了鬼的样子："不是吧，殿下？自己妹妹都不认识啊？"

林倾一愣，又看了林非鹿一眼，不知想到什么，这才摇头笑道："倒是有几分眼熟，可是我五皇妹？"

林非鹿乖巧道："是。"

奚行疆抄着手站在旁边，啧啧两声："殿下有个这么可爱的妹妹居然不知道，真是让我好生嫉妒。我要是有这么个妹妹，肯定每天要抱抱举高高。"

林非鹿：……

林倾：……

他们感觉被恶心到了。

好在他没有继续这个话题，而是转头看向四周插满箭矢的箭靶，问林倾："天气这么冷，殿下怎么会独自来这里练习骑射？"

林倾微微一笑："不敢荒废功课。"

奚行疆大大咧咧的："不会是想偷偷进步，在开春狩猎上拔得头筹吧？"

林倾的眼神明显滞了一下，但只是一下，又很快恢复如常，垂眸笑道：

"行疆说笑了。"

林非鹿突然觉得，若林倾是君，奚行疆是臣，估计要不了多久，林倾就要砍他的脑袋。

奚行疆还想说什么，林非鹿缩在斗篷里打了个小喷嚏，两人果然中断对话朝她看来，林倾问："五妹可是受了凉？"他又无奈地对奚行疆道："天气寒冷，你带她来这里做什么？这儿的风比别的地方都要大些。"

奚行疆说："带她来看看我的小马驹，顺便教教她骑射。"

林倾半开玩笑半责备："胡闹，五妹年纪才多大，你自己顽劣就算了，还想带坏我妹妹。这会儿都受凉了，还不送她回去。"

奚行疆说："别啊，来都来了，要不殿下和我比试一番？"

林非鹿：……

这个人以后是怎么死的自己都不知道。

林倾没有说话，只是那双眸子越发地深，林非鹿看不下去了，扯了扯他的衣角奶声奶气地问："小马驹呢？"

奚行疆这才想起今天来的主要目的，终于没再作死，笑着跟林倾说："算了，我带小鹿看马驹去，择日再找殿下讨教。"

林倾还是那副谦谦君子的模样："随时恭候。"

林非鹿抱着小拳头，小身子歪歪扭扭地朝林倾行礼："小五告退。"

倒是一下子把林倾逗笑了，他虚手一扶："五妹不必多礼，看完马驹早些回去吧。"他想到什么，取下挂在腰间的一枚成色极好的玉佩递给她，"此玉受过高僧护持，寓意平安，初次见面匆促，便将此物赠予五妹吧。"

林非鹿抿着唇，看了看玉，又看了看他，眼睛扑闪扑闪的，双手接过之后才软声说："小五身上没有带东西，等下次再还殿下礼物。"

林倾笑道："不必，有心就好。"

这么一耽搁，林倾也没再继续练习，让侍卫把马牵回去，在两人的目送中离开了猎场。

林非鹿看了会儿玉佩，还闻见玉上有淡淡的檀香，太子所赐不能大意，玉又容易碎，她妥帖地放进怀里，拍了拍小胸口，抬头跟旁边的奚行疆说："太子殿下人真好。"

奚行疆正领着她往马厩走，闻言附和："我也觉得，是挺好的。"

林非鹿：……

你也觉得个屁你觉得。

你一句话得罪人家两三次，哪天死在人家手上都不知道为什么。

林非鹿觉得这是她进宫以来遇到过的最蠢的人了，林景渊都比他会看眼色。他还是镇北侯府的世子，以后还要接大将军的帅印，等将来林倾登基，他要还是现在这样没脑子，恐怕好日子就要到头了。

林非鹿感觉自己真是为这些NPC操碎了心。

奚行疆养在猎场的这匹马驹通身漆黑，品种极佳，见有人过来，身子都不带动一下，十分高傲地仰着头，连主子的账都不买，奚行疆伸手去摸它，被它喷了一脸鼻息。

他倒是不恼，还回头笑着跟林非鹿说："烈马要驯，等它长大了，我驯马给你看。驯服了再送予你，如何？"

林非鹿说："好啊。"

奚行疆就笑眯眯道："那你先叫声'世子哥哥'来听。说不定我一高兴，现在就把它送给你了。"

小豆丁气呼呼喊他名字："奚行疆！不要脸！"

奚行疆一愣，乐得不行："你骂我什么？你个目无尊长的小豆丁。"

林非鹿朝他做鬼脸。

早上方停的雪被寒风一扫又飘飘洒洒落下，太阳缩进云里，半点儿光线都不见。奚行疆担心一会儿雪下大了不好走，没再多逗留，拎着林非鹿斗篷上的帽子带她离开了猎场。

那日之后又下了几天的大雪，积雪都快堆了半人高，宫里四处都能听见扫雪的声音。

林非鹿跟着萧岚去给娴妃请安的时候听她念叨了几句，若雪再不停，民间恐要生雪灾了。林帝为此愁得不行，每日都与朝臣商议解决之法，因此许久没踏入后宫。

后宫妃嫔们当然不关心民计民生，只盼着皇帝能多进几次后宫，多翻几回牌子。

娴妃说着，不知话题怎么就转到萧岚身上，看了看她垂眸绣花的样子，突然笑着问："岚贵人也已经有许多年没见过陛下了吧？"

萧岚手指微微一颤，差点儿被针扎到，低声回道："回娘娘的话，是有

115

四五年了。"

娴妃又看向在旁边吃点心的林非鹿，叹气道："这么说来，就连小鹿也是多年未见她父皇了。"

娴妃缓声道："近两年未进新人，陛下来后宫的次数也少，多是些熟面孔，估计也乏了。你虽是宫中老人，容貌却不输当年，想来陛下见了也是喜欢的。"

萧岚仍是低声："娘娘说笑了。"

娴妃拉过她的手，意味深长地笑道："近日宫中红梅开得甚好，伴着大雪别有一番景致，寻个日子，你陪本宫赏梅去吧。"

林非鹿吃完了手上的点心，听见萧岚说："是。"

宫中妃嫔一直担心娴妃会把萧岚重新推到林帝眼前分宠。

她们担心的事，终是要发生了。

## 03

回明玥宫的路上，萧岚多是沉默。

从主动亲近娴妃那一刻开始，她其实就有心理准备，但当这一刻真的来临，心情多少还是有些复杂。可她心里明白，她应当立起来。为了两个孩子，她也该立起来。

袖下冰凉的手指被一双又暖又软的小手握住，女儿小声又关心地问她："母妃，你不愿意见父皇吗？"

萧岚愣了愣，将她的小手裹住，笑了下："哪有愿意不愿意的？陛下是君，岂是我们说了算？"

宫人方扫了雪，路面干干净净的，只枝头偶尔掉落几团积雪，声音碎在风里。林非鹿问："母妃，你之前告诉我，你进宫之前已有心仪之人，你是还挂念那位心仪之人所以才难过吗？"

萧岚没想到自己自言自语的倾诉被她听去还记了这么久，沉默半晌，才轻轻叹了口气，边走边道："刚进宫时是有些难过，这两年却已经释怀了。他早已娶妻，听闻他的妻子为他生下一双儿女，如今琴瑟和鸣儿女双全，娘很是为他高兴。"

她顿了顿，才又道："只是君恩难测，一旦踏入后宫争宠纷争，今后的日子，恐怕会不太平很多。"

她只是担心,凭她的能力,保护不好这两个孩子罢了。

林非鹿捏捏她的手指,笑着宽慰她:"母妃不怕,还有我呢。"

萧岚摸摸她的脑袋,心里感慨不已。儿子被人下药毒害变成痴傻,女儿却生得这样聪明伶俐,想来,也是老天对她的补偿吧。

大雪下了几天之后终于再次停了,只是积雪堆得厚,将梅园的树枝全都裹了起来。满院的殷红梅花就像从团团白雪中开出来,别有一番景致,十分好看。

林帝这些时日为了预防雪灾伤神伤脑,也许久没有出殿转转,听了宫人来报,决定去赏赏雪景梅花。

这大雪搞得他焦头烂额,也只能赏赏雪散散心找补回来了。

林帝其实是一个谨行俭用的皇帝,不喜欢摆排场。他最大的心愿就是后世写史时能把他写成一代明君,流芳百世,所以在位时很是注重自身行为,绝不给后世留下任何口诛笔伐议论是非的污点。

林帝去梅园赏景,身边便也只带了一个总管太监,是他的亲信,唤作彭满。

彭满是林帝身边的总管太监,手下带着三个徒弟,其中一个小徒弟便得了娴妃的恩惠,悄悄将林帝的行踪透露给了娴妃。

所以当林帝来到梅园时,娴妃已经带着萧岚在里面赏花了。

林帝倒也没起疑心,毕竟好景共赏,没有只许他来不许别人来的道理,在院墙外时便听见里面说笑的声音,彭满便道:"陛下,里头好像有人了。"

林帝略一挥手:"无妨,听这声,似是娴妃。朕也许久没考查景渊的功课了,问问也好。"

他便从拱门走了进去。

院内红梅开得极艳,像这冰天雪地里唯一的颜色,娴妃面朝拱门而立,正笑吟吟地说着什么。她面前也站了名女子,穿了身浅白色宫装,背影纤弱,盈盈而立,只是一个背影,便叫人浮想联翩了。

能与娴妃在此说笑的,必是宫中妃嫔,林帝瞧着这背影却觉得陌生得很,这两年他勤于国事没有选妃,竟不知宫中还有这等他不认识的美人?

他往前走了几步,娴妃便瞧见他,神情一惊,又涌上喜色,赶紧朝他行礼:"嫔妾拜见陛下,陛下怎的过来了?"

她身前那女子也转身行礼,因一直低着头,林帝也没看清模样,一边走近一边笑道:"就许你喜欢赏花,不许朕来?行了,都起来吧。"

两人这才起身。

萧岚仍是垂头，林帝便道："你抬起头来。"

萧岚这才缓缓抬头。

她并没有做过多打扮，不过略施粉黛，素衣墨发，眉如远山之黛，眼若含情秋波，竟是比这漫天冰雪还多出几分晶莹剔透之感。

恰头顶一株红梅探了出来，她就在这艳艳梅花之下勾唇浅笑，白得纯粹，红得明艳，可算是美得惊人了。

萧岚的美貌在宫中是顶尖的，不然也不至于哪怕失宠多年还被妃嫔们记恨针对。她当年入宫不过十六岁的年纪，如今也才二十有三，正是女子最好的年龄，岂不叫人心动。

别人动没动不知道，反正林帝心动了。

他看第一眼觉得陌生，心里还觉得奇怪，真的有个自己没见过的美人。

便问道："你是何人？"

萧岚轻声细语："嫔妾萧岚，见过陛下。"

林帝一愣，正回想，娴妃在旁边笑道："陛下竟连自己亲封的贵人都不记得了。"

萧岚，岚贵人？

林帝再看，终于觉得有些面熟了。

他想起来了，是给自己生了个痴傻儿子的岚贵人，脸色顿时沉了下来。

当年萧岚入宫，美貌惊人又有才情，虽然性格不讨喜，总是沉默寡言，强颜欢笑，但自己还是愿意宠幸她的。第二年她便为自己生下一子，林帝大悦，当即便给她晋了贵人位分。

以林帝的想法，最终给她晋到嫔位是没问题的，毕竟萧岚的父亲只是太常寺的一个小官，入宫第二年便封贵人已经算厉害了。

但不承想随着孩子长大，竟逐渐显出痴傻症状。虽说是早产，身体弱一点儿也便罢了，怎么脑子还出问题了呢？

林帝这样注重名声，如何能忍？

又有其他妃嫔吹枕边风，说林帝真龙天子，血脉高贵，瞧瞧前头那些孩子，哪个不是出类拔萃，怎的到了萧岚这里，便出了这种事？恐怕是她命里不祥，惹了神怒，才将此惩罚。

林帝信佛，不然也不会大力扶持护国寺，本就对痴傻儿子不喜，再听这么一说，顿觉有理，自此冷落萧岚，再未踏入明玥宫一步。

不过那时萧岚已经又有了身孕，只是月份浅还没察觉。后来他听宫人来报，说岚贵人诞下一女，他心里厌恶，觉得恐怕又是一个傻子，干脆将其无视，这一无视，就是五年。

五年了，如今再见，他竟一时没将萧岚认出来。

五年时间，并没有对她的美貌造成任何影响，反而眉眼之间还少了当年那股他不喜的郁郁之气，显得格外温婉毓秀。

美是美，心动是心动，但林帝向来不是个沉迷美色的昏君。

想到那个痴傻儿，他就喜欢不起来。

林帝的神情肉眼可见地沉了下来，娴妃心中惊了一下，还不待说话，便听林帝淡声道："梅花雪景，你们好赏，朕还有奏折等着批阅，走了。"

娴妃只能拜送。

等人一走，再看旁边的萧岚，她忍不住叹了声气。

她可没错过刚才陛下眼中的惊艳，可走得如此决绝，分明是想起那位六皇子，心中不喜。算是白费了她这一场精心安排，她心中不无遗憾。

这岚贵人恐怕是扶不起来了。

不过她喜爱林非鹿，倒也没有迁怒萧岚，还拉着萧岚的手宽慰："陛下国事繁忙，满心都扑在政事上。等这寒冬过去，本宫再安排妹妹与陛下见面。"

萧岚自己其实也清楚没可能了，倒也没有失落，笑着点了点头。

宫中人多口杂，林帝与萧岚梅园相遇的事情很快传了出去。后宫妃嫔都明白，这是娴妃安排的美人偶遇，但谁能想到陛下不买账啊。

听闻此事的嫔妃们都暗地里笑了几回，笑娴妃押错了宝，笑萧岚自取其辱。她们之前还怕萧岚复宠呢，现在可是半点儿都不担心了。只要有那个傻儿子在一日，陛下就绝无喜欢她的可能。

自以为抱到了娴妃的大腿就能重登高枝儿，还真是痴人说梦。

宫中这些嘲讽的风言风语把娴妃气得不行，还惩罚了几个讨论此事的宫女，但对萧岚没多大影响。她还是安静地做自己的事，只是减少了去娴妃宫中请安的次数。

对林非鹿就更没什么影响了，她原本就没对萧岚抱期待。

攻下宫内最大 NPC 这种事，还是得自己来。

不过这事儿不能急，毕竟在林帝之前，还有很多小 NPC 等着自己去攻呢，比如前不久刚刚认识的太子。

这位太子殿下跟她之前遇到的皇子们不一样，是个心机深厚之人。想来也正常，毕竟打小立了储君，被所有人都盯着看，万事不可踏错一步，自然要谨慎些。

这可不是她一个笑、一句哥哥就能拿下的人，有些难度。

不过她就喜欢挑战不可能，有趣多了。

之前林念知往她这儿送衣服的时候，还送了几盆兰花过来。林非鹿这几天没干别的，把那些兰花采了下来，试图做成干花，又让萧岚缝了一个十分精致的香囊。

雪停之后，太学又恢复了上课。

林景渊每天最痛苦的事情就是起床了。

好在他的小鹿妹妹每天早上都不辞辛苦跑来长明殿喊他起床。听着那一声声又软又甜的"景渊哥哥"，林景渊觉得自己还可以再活五百年！

有了林非鹿的监督，林景渊创下了连续七日没有迟到早退的纪录，深得太傅赞赏，今日放学还奖励了他一支做工非常精巧的毛笔。

虽然他并不喜欢这个奖励，但很想让小鹿看看他被夸奖了。

他一脸兴奋地从太学跑出去的时候，看到他的小鹿妹妹站在落满白雪的青柏下，正仰着头朝他三皇兄笑。

有风吹过，吹落青柏枝头的白雪。

有一团雪朝着她头顶落下来，林倾抬头帮她挡了一下，小女孩儿笑得更甜了。

林景渊：……

听，雪落下的声音。

是他心碎的声音。

## 04

林景渊迈着沉重的步子走向了谈笑风生的三哥和五妹，走近了，正看见林非鹿把一个做工精致的香囊递给了林倾。

她笑起来的时候眼睛像月牙儿一样，梨涡又甜又浅，令人心生好感。

"殿下，这是小五的回礼。"

林倾掸了掸方才落在手背上的雪花,笑道:"不是说不用吗?"

话是这么说,还是接过了那只香囊。萧岚的针线活儿比织锦坊的匠人还要好,做的香囊也十分别致精巧。林非鹿说了是赠给太子殿下的,萧岚就更用心了,用最好的丝线绣了玉兰修竹在上面。

香囊里鼓鼓的,他拿到鼻尖闻了闻,果然有一股十分清淡的兰花香,还混着其他香味,分不太清,但十分好闻,便笑道:"为何送我这个?"

林非鹿小手背在身后,半仰着头看他,眼眸灵动又纯粹:"《离骚》有云:扈江离与辟芷兮,纫秋兰以为佩。太子殿下芝兰玉树,当佩秋兰。"

林景渊:?

什么兮什么兰什么玩意儿说的这都是啥?

林倾眉梢微微挑了一下,似是没想到自己这个五妹竟熟读古书,谈吐如此不俗。世人都赞他芝兰玉树,林非鹿这几句彩虹屁拍得恰到好处,林倾心里对她的好感又多了几分,不由分说便将那香囊系在腰间。

看得林景渊眼眶要滴血了。

啊!好嫉妒啊!为什么他没有!

他不情不愿地拱手朝林倾行礼:"三哥。"

林倾这才看见他,笑道:"四弟出来了。对了,太傅方才留你做什么?你又没写功课?"

林景渊暴跳:"谁说的?!太傅留我是夸了我,还奖励我一支毛笔呢!"

他把毛笔从袖口拿出来给他看。

林倾拿过去打量一番,点头赞道:"好笔。"

林景渊:"三哥喜欢吗?喜欢的话,用你的香囊跟我换怎么样?"

林倾:……

林非鹿:……

林倾默默地把毛笔递回去,用行动表示了拒绝。

林景渊嘴巴噘得能挂水桶了,特别幽怨地看了林非鹿一眼。林非鹿抿了下唇,甜甜地喊:"景渊哥哥——"

他哼了一声。

林非鹿又蹭过去扯扯他衣角:"景渊哥哥——"

林景渊差一点儿就要投降了,但余光看见林倾腰间那个漂亮的香囊,想着那是小鹿送的,里面的兰花是她一朵一朵挑的,自己都没有这样的待遇,又气上了，昂着头不说话。

林倾忍不住笑道："你这是在跟五妹置什么气？"

林景渊心说你还有脸问，生气地大吼道："她都没有送过我礼物！"

林非鹿：？

我那本《论语》是喂了狗？

她忍不住小声反驳："我有送的，我送了你《论语》，还有……"

话还没说完，林景渊难以置信地打断她：《论语》也能叫礼物？！"

林倾：……

林非鹿：……

他既生气又委屈："就跟这支毛笔一样，只会让我头疼难受！"

熊孩子闹脾气怎么办？

别人：打一顿就好了。

林非鹿：演一场就行。

她眼眸一眨，眼眶就红了，眼泪挂在睫毛上要落不落，红着鼻子哽咽着说："景渊哥哥不喜欢，那就还给我吧。还有书里面的那朵海棠花，也一起还给我吧。"

林景渊：！

他顿时不敢闹别扭了，手忙脚乱地去哄妹妹："我……我不是不喜欢，我只是，哎呀！你别哭，四哥错了，四哥不凶你了啊！"

林非鹿吸吸鼻子，可怜兮兮地问："那你还生气吗？"

林景渊恨不得竖起手指发誓："不生气了，不生气了！《论语》也是极好的！"

林倾在一旁叹为观止。

林非鹿这才破涕为笑，三人便一道离开太学回宫去。

林倾身为太子，如今住在东宫，所有皇子中只有他有自己的封殿。三人倒是顺路，林倾在路上考了几句四弟的功课，发现他的确有长进，想到之前宫中传言五公主监督四皇子读书，不由得又对自己这个五妹高看了几分。

他喜欢聪明人，和聪明人交往既省心又省事。

这个年纪小小的五妹，倒是比他另外几个姐妹聪慧多了。

三人正说说笑笑的，经过小断桥时，架在冰湖上的亭台里突然传来争执的声音。

最近大雪封湖，这片夏季开满莲花的湖面也结了冰，枯萎的莲枝立在冰面上，很有些禅意，是以后宫的妃嫔们也爱来这里赏景。

抬眼看去，绾着白纱帘的亭台里站了四五个女子，而她们面前则跪着两个人。因都垂着头，林非鹿第一眼看过去，还没认出来是谁，只觉得有些眼熟，顿了顿才反应过来，可不就是她娘和青烟！

只听那为首着粉衣的女子趾高气扬道："我叫你跪着，你便得跪着，跪到我满意为止！"

青烟不住地朝她磕头："我们主子无意冲撞菱美人，请美人恕罪吧。"

萧岚低声阻止："青烟。"

青烟这才停了动作，默默流泪。

粉衣女子身边还有两个妃嫔，都掩着嘴笑，眼里不无嘲弄。

菱美人往前走了两步，在宫女的搀扶下半蹲下身子，把萧岚的手一把扯到眼前，边打量边问："听说你这双手倒是很巧，给娴妃娘娘做了不少漂亮衣服？"

说完，掰着萧岚的手指往下一使力，萧岚的手指弯曲成可怕的弧度，疼得脸色发白，硬是没吭一声。

菱美人讥笑一声，还要有动作，身后突然有个小身影横冲直撞地过来，一把推开了她。

菱美人半蹲着重心不稳，直接被推了个趔趄，要不是身边宫女眼疾手快扶着，就要撞上一旁的石桌子了。

周围人都是一声惊呼，手忙脚乱地去扶她，趁此期间，冲过来的林非鹿已经把萧岚拉起来了。

萧岚没想到会被女儿撞见这场面，脸色有些不好看。

她今日气闷，才让青烟出来陪她走走，听说这里的枯莲很有禅意，她又是向佛之人，便往这里来了，没想到刚到亭台就遇到位分比她高两阶的菱美人。上次梅园的事她沦为大家的笑柄，都知道她再无复宠可能，自然少不了人落井下石。

她想把女儿拉到身后去，林非鹿却挡在她身前纹丝不动，虽然个头小，张开双臂护着她时却气势汹汹的，小脸充满愤怒地瞪着对方。

菱美人大呼小叫地被扶起来，嗓音又尖又细："是哪个不长眼的东西竟敢如此放肆！"

话音刚落，就听见身后一声厉斥："本宫看你才放肆！"

众人转身一看，才瞧见是太子和四皇子，赶紧行礼。

林倾年龄虽然不大，但已有东宫风范，发起火来倒有几分林帝的模样："见公主不拜，欺压妃嫔扰乱后宫！母后平日的教导你们都当作耳边风了吗？！"

菱美人更是瑟瑟发抖，正想狡辩两句，抬眼一看，四皇子咬牙切齿地瞪着她，看样子恨不得冲过来扒她的皮，吓得赶紧低下头去。

林倾厉声道："父皇为前朝政事忙碌，母后操劳后宫琐事，身为妃嫔本该恪守宫纪维护安宁，你们却还兴风作浪，真当这宫中规矩是摆设吗？"

几名妃嫔纷纷求情："请太子殿下恕罪！"

林倾冷哼一声："此事我定当回禀母后，由她发落！"

等几人花容失色地离开，林非鹿才含着一眶眼泪转身拉着萧岚的手轻轻呼了两下："母妃，你的手没事儿吧？疼吗？"

林景渊也跑过来，看了两眼，急道："回去请太医看看！"

萧岚笑着安抚她："娘没事儿，不疼。"她又朝林景渊和林倾行礼："多谢太子殿下，多谢四皇子殿下。"

林倾略一点头，算是受了她的礼，撤去方才的威严，又变回谦和有礼的模样，对林非鹿道："小五，陪岚贵人回去，叫太医好生看看。"

林非鹿点头应了，水汪汪的眼睛里满满的都是感激。

林倾又安抚几句才独自离开，林景渊担心路上又遇到事，索性一道陪她们回去。

好在林非鹿推得及时，那菱美人还没来得及下狠手，萧岚的手指没有大碍，太医开了点儿活血化瘀的外涂药给她。

林景渊这才放下心，跟林瞻远一块儿玩了会儿兔子才离开，走之前还惦记着小鹿妹妹亲手做的那个香囊，期期艾艾道："我也不是不喜欢那本《论语》啦，但它跟亲手所做的意义不同，我……我也想要你亲手做的礼物。"

林非鹿满口答应："好！"

林景渊这才欢欢喜喜地走了。

再说那头，林倾离开后先去了皇后所在的长春宫，将今日之事禀明。

皇后虽说潜心礼佛，平日里都是两位贵妃在协助六宫。但既是太子遇见，出声训斥，自然要上心，一道懿旨下去，今日为难萧岚的那几名妃嫔便被罚了月供，禁足半月。

林倾这才回了东宫。

身为储君，他的功课比其他皇子都要重，他自己也深知不可懈怠，才能长久得父皇喜爱，所以对自己要求十分严格，一回宫就开始看书练字。

午膳时分，林帝恰好得空，便来东宫考查太子功课。

最近刚好闹雪灾，父子俩一问一答，谈的是民生之道，林帝对他的表现很满意，临走时倒是对他腰间那个与众不同的香囊起了兴趣。

林倾老老实实地摘下来递给父皇。

林帝闻了闻，觉得这香味十分清淡舒适，笑道："看样子还是崭新的，内务府新供的？"

林倾道："不是，是五妹赠予儿臣的。"

林帝愣了半天，愣是没想起来五妹是谁。

看他一脸茫然的样子，林倾不得不提醒："是岚贵人的女儿，父皇的五公主。"

哦，那个傻孩子。

林帝脸色淡了下去，看了看手中的香囊，突然觉得也不是那么别致了，兴味索然地还给了儿子，只是心里第一次对自己这个女儿有了印象，林非鹿在林帝这儿，终于不再是查无此人。

林倾重新把香囊挂回腰间。

他还挺喜欢的，每日都戴着，唯一的不好就是每次遇到四弟，都会接收到他幽怨的目光。

好在没过两天，林景渊也终于收到了小鹿妹妹亲手制作的礼物——一盒护手霜。

听她将制作护手霜的流程娓娓道来，林景渊顿时觉得满足了！这可比做香囊麻烦多了啊！自己果然还是小鹿妹妹最爱的人！

直到他在课堂上看见长姐林念知拿出一个同款盒子擦手，又闻到同桌奚行疆手上熟悉的白梅香味。

林景渊：她好像只是很短暂地爱了我一下。

05

太学一直快到过年时才终于停课。

林非鹿感觉这有点儿像放寒假的意思，更有意思的是，在放假之前，居然还有类似期末考的测验,在这里叫作年终考查。每年太傅出的题都不一样,今年的考题叫作"指物作诗"。学子们两两一组,互相给对方出题,指到什么就要以其为主题赋诗一首,共作九首。

最后由太学太傅们评出最佳,呈给林帝过目,前三名以示嘉奖。

林非鹿觉得这比当年要考七八门课的自己难多了。

诗那玩意儿,是说作就能作出来的吗?

很显然,林景渊也这么想,愁得小小的脑袋上全是大大的问号:"为什么今年不考背书了?不考辩论了?不考书法了?我背了书,准备了辩论,还练了字,结果最后考作诗?"

他可是打算今年好好表现让大家对他刮目相看啊!

太欺负人了。

他都想装病逃课了,到了考试那一天,还是在林非鹿的监督下才不情不愿地去了太学。

这一次大家没有进入太学殿内,太傅将考场设置在另一所庭院,冬日虽冷,但雪景甚好,既是作诗,自然要雅。

不用入大殿,林非鹿跟着也无妨。这还是她头一次完整地看到在太学读书的皇家贵族子弟们,有几十人。为了防止学子们作弊,伴读小厮也是不让带的。

林非鹿属实对古代的期末考试有点儿好奇,才想跟着去见识见识,进去的时候还被老太傅拦了一下。

好在林倾、林廷都在旁边,有太子和大皇子说情,太傅得知是小五公主,便也没拦,只交代她安静地站在一旁,不要打扰。

林非鹿乖乖应了,进去之后已有十多张案桌陈列在空旷的空地上,案桌上笔墨纸砚一应俱全。太傅让学子们自行两两组队坐下。

林倾看了林廷一眼,笑道:"皇兄,你我一起?"

林廷默了两秒,不知在想什么,最后还是点头。

林非鹿远远地看着林景渊不知在和奚行疆说什么,最后两个不学无术的纨绔子弟大眼瞪小眼地坐在了一起。

她在旁边瞅着的时候就觉得人数有点儿不对,粗略点了一下,好像是奇数。等各自组队纷纷落座,大家一看,果然单了一个人。

宋惊澜独自一人坐在最边上的案桌前,没人跟他一起。

太傅这才想起，名册上的三公主林熙早已离宫了。

其他人看了两眼，又随意收回目光，似乎对这样的情况司空见惯。在太学殿里，这位宋国的质子也是自己独坐，以前就是常爱缠着他的林熙上课时都不愿挨着他，觉得有辱身份。

大家说说笑笑，气氛友好，唯他这一方小天地安静又沉默。

他脸上却还挂着笑，眼眸低垂，挽着白色宽袖不急不缓地研墨，像极了以前上学时被班上同学拉帮结派孤立的小可怜。

是可忍，小五不能忍。

原本揣着小手炉站在树下旁观的林非鹿踩着小步子嗒嗒嗒地跑了过去，跑到太傅跟前，乖乖地举了下手："老师，这里少了一个人。"

太傅正愁呢，本来也打算叫个属下补上，见她过来，眼睛一亮，喜道："好好好，五公主便补在这里吧。"

林非鹿歪着小脑袋："可是我不会作诗。"

太傅道："无碍，你为他指物便可。"

林景渊当即不干了："太傅，我跟宋惊澜换！"

奚行疆：？

他也举手："我也要跟宋惊澜换！"

太傅看着这些问题学生就头疼："不许胡闹，四殿下与奚世子快坐好吧，考试马上便开始了。"

没见过五公主的其他人好奇地打量了两眼便也收回目光，林非鹿提溜下自己的斗篷，把衣角抱在怀里，开开心心地在宋惊澜对面坐了下来。

他研墨的手不知道什么时候停了，坐姿优雅又端正，正垂眸看着她。

林非鹿不太习惯跪坐，挪了好一会儿才找了个舒服的姿势，抬头对上他的视线，弯着眼睛笑起来："殿下，你穿白衣服真好看！"

宋惊澜也就笑了一下。

门口的官员敲响自己手上的锣，示意考试开始。

刚才还哄闹的庭院顿时安静下来，只偶尔寥寥几句小声交谈。

宋惊澜把宣纸在面前铺好，用一方砚台压住，执笔道："五公主，请吧。"

林非鹿觉得怪有趣的，眼眸晶亮，转着小脑袋东看西看，最后指着宋惊澜身后一枝枯萎的紫荆藤："就它吧。"

宋惊澜回头看了两眼，略一思索，提笔作诗。

林非鹿微微倾身，小手托着下巴，看他一笔一画，字迹如行云流水一般，有一气呵成的漂亮，跟上次扔石头进来的字迹不一样。

她忍不住想，难道他那次是用左手写的？

他很快就写完一首，提纸晾干放在一旁，又说："继续。"

林非鹿又指着不远处的枯井："那个。"

宋惊澜略一思索，不出片刻，又是一首。

他动作快得跟作诗就像吃白米饭一样简单，林非鹿趁着他写字的时候看了一圈，林景渊跟奚行疆还互瞪着，一个字都还没写出来。

又是一首之后，林非鹿忍不住问："殿下，你作诗这么容易吗？"

宋惊澜眉梢微微扬了一下，漂亮的深色眸子里笑意浅浅："随便写写而已。"

他说随便写写，好像真的只是随便写写。林非鹿伸手拿了其中一张过来看，字迹是漂亮，但诗句以她的文学修养来看确实一般了一点。

难道是自己背多了李白杜甫，才觉得他写得一般？

但是像"万紫嫣红花开遍"这样的，自己也会啊！

连作八首，都是这样十分浅显套路相通的诗句，以他这个写法，林非鹿觉得自己也可以现场表演一个作诗三百首。

宋惊澜铺开宣纸，用砚台压了压，笑意温和地看着她："最后一物。"

林非鹿用手指指了下自己。

宋惊澜愣了一下，听到她用小气音说："我。"

他执笔的手顿在半空中，有一滴墨从笔尖滴了下来，但又很快反应过来，摇头笑了下，将染墨的宣纸撤去，换了一张新的，铺好之后温声对她说："好。"

这一首用的时间并不比之前多多少。

林非鹿估计他就写了几句类似"小女童，白又白，蹦蹦跳跳真可爱"这种的吧。

写完之后她探着脑袋想看，宋惊澜却已经拿起宣纸，将这一张放在了最下面，然后将九张试卷交给了太傅。

学子们陆陆续续交卷。

林景渊和奚行疆拖到最后还在互掐，互相指责对方为难自己。奚行疆似乎觉得跟这个小自己几岁的小屁孩儿吵架有失风度，毛笔一扔不再理他，大大咧咧地朝不远处的林非鹿喊："小豆丁，去猎场骑马吗？"

林景渊更气了："这么冷的天，你想把我五妹冻死吗？！"

奚行疆看了他两眼，慢悠悠地嘲讽道："弱不禁风林景渊，写不出诗四皇子。"

气得林景渊哇哇大叫，扑上去想跟他干架，被林倾在旁边厉声喝止了。

一时十分吵闹。

林非鹿站起身揉揉跪麻了的小腿，还惦记着最后那首诗，问宋惊澜："殿下，你最后写了什么？"

宋惊澜整理好纸笔，还是那副温和笑着的模样："我才疏学浅，随手所作，公主不必在意。"

林非鹿噘了下嘴："第一次有人给我写诗呀，意义非凡。殿下没听过一首歌吗？"

宋惊澜好整以暇地看了看她："嗯？"

林非鹿清清嗓子，用她奶声奶气的声音唱："为你写诗，为你静止，为你做不可能的事。为你我学会弹琴写词，为你失去理智。"

宋惊澜：……

林非鹿：……

尴尬。

她该改改喜欢调戏漂亮小哥哥的毛病了。

宋惊澜着实愣了一会儿，然后摇头笑了起来。

他总是笑着，林非鹿也早见惯了他笑的样子，可此刻他这样笑出来，她才觉得原来笑是不一样的，好像眼睛有了温度。

太学放假之后，林非鹿也不用为了监督林景渊上学而早起了，尽情感受被窝的封印。

停了几天的雪又洋洋洒洒地飘下来，但不比之前大，恰好到赏雪的程度，林帝担心的雪灾没有发生，心情大好，连去后宫的次数都多了。

最近宫内忙忙碌碌，在为过年皇家团圆宴的宴席做准备。之前的终年宴是后宫妃嫔之间的宴会，大年三十那天晚上的团圆宴则会宴请所有皇亲国戚，规模十分盛大。

听萧岚说，团圆宴上会有九十九道菜，意味着九九归一，又称归一宴，是大林的传统，着实让林非鹿馋了一把。

可惜以她的身份，是去不了了。

没过几天，太学这一年的考试结果就出来了。

太傅们从上百首诗作中挑了十首呈给林帝,最后由林帝决出前三名。

都是匿名,也不知道是谁写的,但往年基本都被林廷和林倾包揽了前三。

林帝看完,毫不犹豫挑了十首之中写女童的一首,对太傅道:"这首不凡,当数首位。是朕哪位皇子所做?"

太傅翻过名册查看,有些惊讶:"回陛下,此诗乃宋国皇子宋惊澜所作。"

林帝一愣,又拿起来看了一遍:"宋国皇子?朕记得他才学平庸,往年从无佳作。"他神情略沉,"把他另外八首拿来给朕看看。"

太傅将另外八首呈上,回道:"说来奇怪,这位宋国皇子所作九首诗,其他八首皆平平,落入俗套,唯有写女童这一首出类拔萃,辞无所假。"

林帝一一看过,神色终有缓和,淡声道:"看来不过撞巧。"他沉思一番,"既如此,便将这首列为第三吧。该赏的还是要赏,别落了大林气度。"

太傅恭声领命:"是。"

## 06

太学考试的最终结果是太子林倾第一、大皇子林廷第二、宋惊澜第三,林帝的褒奖也依次送到了各宫。

宋惊澜在众人眼中不过泛泛之辈,这次突然冒出头,倒是令人震惊。不过林帝都说了是撞巧,惊讶过后也就不以为然,开开心心地准备过年了。

林廷和林倾是众皇子中最为优秀的,林帝又单独将他们叫到殿中夸奖一番,分别赏了两个儿子新贡的珍物。从养心殿离开时,外头冬阳铺了一地,林倾笑着对林廷说:"这次又略赢了皇兄一回,我还是更喜欢皇兄那首《咏梅》。"

林廷腼腆地笑了下:"不比三弟的《新竹》。"

林倾眼富深意地打量他,却发现自己这位皇长兄一如既往地真诚单纯,每次在这种时候心中生出的浅浅芥蒂和猜疑就在他温柔的笑容中消散了。

林倾踩着台阶笑语飞扬:"皇兄,开春围猎我们再比,你可不要让着我。"

林廷摇摇头:"你知道我不喜狩猎。"

林倾耸了下肩:"好吧,那到时候我给皇兄猎只山兔回来,给你的兔子做伴。"

林廷这才眼角弯弯地笑:"好。"

他得了父皇夸奖和赏赐，心中也是开心的，迈着轻快的步子回到瑶华宫时，发现宫里来了客。

每年过年前阮家都会遣人送些东西进来，阮贵妃虽然什么都不缺，但对母家的心意还是在乎的。这次来的是她一位姑母，两人拉着手高高兴兴地在殿中说话。

瞧见大皇子过来，阮氏姑母笑吟吟地朝他行礼，林廷虚收了，礼貌地将人扶起来。

阮贵妃瞧见他手上的东海玉砚台，笑着问："陛下赏的？"

林廷回："是。"

她又问："赏了太子什么？"

林廷抿了下唇，声音不自觉地低了几分："三弟和儿臣一样，只是多了一枚古玉扇坠。"

阮贵妃笑容淡了一些，阮氏姑母察言观色，赶紧笑着打圆场，对林廷道："丞相时刻惦记殿下，这不，知道殿下喜欢小动物，前阵子得了这只品相乖巧的小狗，一直在府里好生养着，就等着我进宫时给殿下送来。"

林廷起先还没注意，听她一说，才看见屋子墙角边上放着一个笼子，笼子里趴着一只纯白的小狗，模样状似狐狸，甚是乖巧可爱，看他看过来，欢喜地朝他摇尾巴。

林廷眼神滞了一下，像害怕似的，很快将目光收回来，垂下眸去。

阮贵妃看了他一眼，对着姑母笑道："父亲有心了。"

说了会儿话阮氏姑母便离开了，临走她笑吟吟地跟林廷说："殿下，这狗有名字的，叫长耳。"

等她一走，懒洋洋地倚在软榻上的阮贵妃便吩咐宫女："把狗送到大皇子房间去。"

林廷手指颤了颤，上前两步跪下了，低声说："母妃，儿臣不想养。"

阮贵妃睨着自己的指甲，淡声问："为何不养？你不是最爱这些？"

林廷跪着不说话。

阮贵妃看过去，声音逐渐严厉："怕我又让你杀了它，是吗？"

林廷后背绷得笔直，牙关紧咬，好半晌才鼓起勇气道："是。儿臣不想养，也不想杀，请母妃成全。"

阮贵妃被他气得笑了一声，端坐直身子看着他半晌，沉声道："廷儿，你

131

起来。"

林廷咬着牙缓缓站起身，抬头时，微红的眼眶里有着属于少年固执的倔强。

阮贵妃叹了一声气，伸手将他拉到身边，放轻了嗓音问："母妃上次让你杀了那只兔子，你心里记恨母妃吗？"

他不说话，只摇头。

阮贵妃看着他道："你现在觉得母妃心狠，是你还不理解皇家生存之道。你这般软弱心肠，生在寻常人家倒还好，可你生在皇家，这个人人都要拿刀佩剑的地方。你对别人心软，别人可不会善待你半分。你今后的一切，都要靠你自己去争，你不狠起心来，这样任人拿捏的性子，拿什么去争？拿什么去搏？"

林廷低声说："儿臣从来都不想争什么。"

阮贵妃自嘲似的笑了一下："你想争也好，不想争也罢，你生在这个位置，一切就都早已注定。"

林廷红着眼眶还想说什么，她挥了下手，又懒懒地坐回去："好了，我这几日犯了头疾，不与你多说。你既不想养，就拿去扔了吧。"

林廷心里一喜，这喜还没涌上眼睛，就听母妃冷冷地说："扔到兽园去。"她又吩咐身边的掌事太监："汪洋，你陪着殿下去，亲眼看着他扔，再回来禀告。"

兽园是宫中饲养凶禽猛兽的地方，这样一只弱小的小狗，扔进去只会变成猛兽的食粮。

林廷难以置信地看着自己敬爱的母妃，动了动唇，却一个字也说不出来了。

抱着小狗去兽园的路上，林廷一言不发。汪洋对阮贵妃忠心耿耿，自然不会违背命令，只能劝道："殿下，娘娘也是为了你好，等殿下今后长大便明白了。您就当这是个死物，闭着眼睛扔过去就完了。"

林廷没理他。那小狗乖乖地缩在他怀里，伸出粉色的小舌头舔他的手指。

他从小喜欢动物，动物也亲近他，无论是猫狗还是鸟雀，都愿意主动接近他。

可是他保护不好它们。

他眼睛红红的，把小狗往上抱了抱，亲亲它动来动去的小耳朵，细声说了几句什么。

汪洋走在前边，听到声儿回头看了两眼，又叹着气回过头去，心道，难怪娘娘要用这样的方式逼他，殿下实在是太心软了。

兽园的位置很偏，经过一座荒草杂生的庭院时，一直沉默的林廷突然将小狗从破败的院墙上扔了进去。

院里铺满了几层厚的枯枝落叶，小狗倒是没有摔伤，落地时呜嘤了两声，又蹬着小腿爬起来，两下跑没影了。

这附近又荒又偏，还有很多废弃的枯井，听说以前淹死过不少人，汪洋反应过来哪敢去追，急道："殿下！"

林廷冷冷地看着他："随便你怎么告诉母妃！"

说完，他转身就走。

汪洋看了看破败幽冷的院子，又看看走远的林廷，跺了跺脚，只能回宫复命。

瑶华宫内，阮贵妃正躺在软榻上休息，宫女跪在一旁给她按揉头上的穴位，听汪洋如实复命，丹凤眼尾微微一挑，竟也没有生气，只是懒笑着说了句："倒是硬气了一回。"

林廷没回瑶华宫，独自藏在某座遗弃的庭院里哭了小会儿，才擦干净眼泪往明玥宫走去。

快到时，他远远就听见院墙内传来小五和小六笑闹的声音，走近一看，原是他们在院子里打雪仗。

瞧见他推门进来，林非鹿毫不客气地把手中的雪球朝他砸过来，林廷愣愣地也不避，被砸了个满怀。

林瞻远在旁边拍着手笑："兔子哥哥输了！"

他原本低落难受的心情这才好转一些，林非鹿笑着跑过来拉他的手："大皇兄，给你看我堆的雪娃娃！"

这时候哪有什么雪人，林廷也是第一次见，觉得小五真是厉害极了。

他一进来林非鹿就发现他哭过，带着他玩了一会儿，见他眼里渐渐恢复笑意，才拉他进屋，小大人似的摸摸他脑袋问："大皇兄，你怎么啦？"

小五大概是这宫里他唯一愿意分享心事的人了。

林廷声音低落地把事情经过告诉她。

他心里不赞同母妃的说法，可不知如何反驳。他想孝顺听话，也想保护他心爱之物。

他是林帝的长子，是这宫里年龄最大的皇子，他在弟弟妹妹面前永远是温柔大哥哥的模样，可其实他也才十二三岁，是个大孩子罢了。

林非鹿听他讲完，并没有多说什么。

这是他自己的人生，有他母妃插手已经够多了。

她只是牵起他的手，笑着说："大皇兄，我们去把小狗找回来吧！"

林廷愣了愣："可是……那里十分偏远，小狗早已跑走，不知该去哪里找了。"

林非鹿牵着他的手往外走去："今天找不到，我们就明天再去找，明天找不到，就后天再去找，一直到我们找到为止！"

林瞻远还在院子里堆他歪歪扭扭的雪人，看见他们出门，嗒嗒嗒地跑过来，仰着小脸眼巴巴地问："兔子哥哥和妹妹去哪里？"

林非鹿笑眯眯地说："我们去找小狗，找回来陪你玩儿。"

林瞻远也不知道跟谁学的撒娇，去扯林廷的衣角："我也想去。"

林廷就拉过六弟冰凉的手握在掌心，一手牵着妹妹，一起拉着弟弟，又变成那个令人安心的温柔哥哥："好，一起去。"

## 07

林瞻远长这么大，离开明玥宫的次数屈指可数。

外面的风景于他而言是陌生又新奇的，他心里有些怕，牵着兔子哥哥的手亦步亦趋，小心翼翼地打量这个他没见过的新世界。

林廷便问他："六弟喜欢出来玩儿吗？"

他倒还知道他是六弟，用力地点点头："喜欢！"

林廷温声说："那以后常带你出来。"

林瞻远说："带妹妹！"

林廷笑起来："好，带妹妹一起。"

放走小狗的地方靠近皇宫外围，连巡逻的侍卫都异常严肃凶煞，林廷走到那破败庭院的门外，轻轻推开半敞的红木门，喊了两声"长耳"。

本想从这里开始找起，结果三人方一进去，一团小白影子就从堆积得厚厚的枯叶中拱出来，摇着尾巴冲到了林廷脚边，用小脑袋拱他的脚踝。

林廷又惊又喜，一把把它抱起来，也不在意它纯白茸毛上裹满的灰尘碎叶，开心地问："你是在这里等我吗？"

也不知它听懂没，只是尾巴摇得更欢了。

林廷鼻尖红红的，凑过去亲它，又转头压制着激动跟林非鹿说："找到它了。"

她笑眯眯地摸摸小狗的脑袋："长耳乖。"

林瞻远没见过这样乖巧好看的小狗，在旁边眼睛都看直了。林廷抱了一会儿，就把小狗递给他，轻声说："以后长耳就交给六弟照顾了。"

林瞻远难以置信地指指自己，听懂兔子哥哥的话，欢天喜地接过了小狗。

林廷一直到傍晚才回瑶华宫。

尽管心中难过，但他还是知礼，去向母妃请了安才回房。阮贵妃没对他多说什么，只是等他走了才问汪洋："你说殿下今儿下午都在哪里？"

汪洋恭声回道："回娘娘的话，明玥宫。"

"明玥宫？"阮贵妃对这个小宫殿实在没什么印象，直到旁边宫女提醒了一句梅园，才想起是那个不受宠的岚贵人住的地方。

汪洋继续道："殿下似乎与五公主相处甚好。"

她倒是知道那位年纪小小的五公主，听说四皇子就是在她的监督下才开始勤奋好学的，深得娴妃喜爱。阮贵妃对此倒不甚在意，止了话题未再多问。

年关越来越近，内务府也增加各宫用度以便过年之用，林非鹿又让青烟送了一筐银炭到翠竹居去。

青烟早习惯公主时不时给那头送温暖的举动，现在都跟守门的小厮熟识了，不再像头次那么慌张，还会跟小厮笑聊几句。

这是林非鹿来到这里后过的第一个年。她对过年没什么情怀，以前过年都是在世界各地旅游，没有年夜饭，也没有守岁走亲戚。

现在不一样了，萧岚老早就拉着她一起剪窗花贴对联，总是冷清的明玥宫也在冰天雪地间染上了几分喜庆。

就连院子里那两个歪歪扭扭的雪人儿，萧岚都用剩下的布料边角缝了一条红围巾，戴上之后怪可爱的。

林非鹿自从听她说了团圆宴会上的那九十九道归一宴，就有点儿馋。

归一宴是大林建国以来的传统，九十九道菜肴无一重复，能一直流传到现在，想必十分美味！

不过团圆宴除了邀请皇亲国戚，能去的妃嫔就只有皇后、贵妃以及四妃，皇子公主们也不是都能去，还是得林帝赐宴才有资格上殿。

她是没资格了，去长明殿给娴妃请安的时候，撒娇让林景渊到时候偷偷给她带出来尝尝。

林景渊满口答应了，又嫌弃地说：“其实归一宴很难吃的。”

林非鹿：？

他说："又油又腻，而且因为宴席太大，端上来放了太久，冷冰冰的，我每年吃了肚子都不舒服。"

林非鹿：……

那你们还每年都办？

似乎察觉她的疑惑，林景渊主动解释道："虽然味道不好，但因是祖宗们传下来的规矩，吃了归一宴来年国家才会风调雨顺，所以就算父皇不喜，每年也都会勉强自己每道菜都尝一口的。"

林非鹿惊讶了一下："父皇也不喜欢吃吗？"

林景渊："对啊，父皇跟我口味一样，吃不得太腻的。"说到这里，他压低声音偷偷给她分享小秘密，"父皇每年宴席中途都会离场，其实就是去宴殿对面的梅园吹风解腻去了。"

他偷偷跟过两次，还看见早有宫人在梅园设了茶台，煮茶让父皇解腻呢。

只是这种事不好对外人道，林帝都瞒着，只有林景渊这种胆大包天的人才敢跟踪。

林非鹿起先还在计划，等过完年，也该是时候想办法接触接触这个最大NPC了，没想到无意之中得知这个秘密，简直就像是老天双手奉上的机会，看林景渊的眼神不由得多了几分喜爱，真是自己的小福宝呀。

林景渊：小鹿妹妹好像更崇拜我了，害羞。

很快就到了大年三十那一天。

明玥宫喜气洋洋，萧岚还亲自下厨，跟云悠一起做了一桌子菜。吃过饭，天色渐渐暗下来，起先洋洋洒洒的细雪也有越下越大的趋势。

萧岚早早就让青烟关了殿门，屋内炭火燃得旺，准备跟大家一起守岁。

去喊林非鹿的时候才看到她换上了林念知送她的那件红斗篷，提着一个篮子，上面盖着布也不知装了些什么，一副出门的打扮。

萧岚一惊:"天都快黑了,你这是要去哪儿?"

林非鹿没跟她说实话:"我跟四皇兄约好了,他会带归一宴出来给我吃。"

萧岚哭笑不得:"你这小馋鬼,天又黑又冷的,为了口吃的往外跑。明日再吃不行吗?"

林非鹿严肃地摇头:"不行,明日冷了就不好吃了!"

萧岚道:"那我让青烟和松雨陪你过去。"

林非鹿摇头:"天还没黑呢,我自己去就行,宴殿那边人多口杂,叫旁人看见不好。今夜巡逻侍卫多,不会有事的。"

萧岚还想说什么,她已经提着花灯一路跑走了。

今夜宴殿灯火通明,歌舞升平,堪比春晚。参加宴会的皇亲国戚们陆陆续续进宫,殿内欢声笑语,贺声不断。

林帝是最后一个入场的,他来了,宴会才正式开始。敬完酒,归一宴上席。林帝端坐高位,看着九十九道菜肴一道道端上来,面上不做表露,心里已经开始叹气——又来了。

御膳房的厨子就不能把归一宴做得好吃些吗?怎么就能难吃到这个地步呢?

他生来便是太子,也就是从会说话开始就在吃这归一宴了,年复一年,三十多年了,想到今后还要再吃几十年,简直要命。

偏生这只是他口味的问题,除了他的老四,其他人似乎都觉得还不错。

不愧是模样最像他的老四,连口味都与自己一样,能体会到自己的心情。

思及此,林帝不由得看向坐在下方动来动去好像屁股上长了根刺的林景渊,端起酒杯夸了娴妃几句,把娴妃夸得满心发蒙。我做了什么?我为什么突然被夸?

等九十九道菜肴全部上齐,林帝一一尝过,完成今年的任务,就迫不及待离席了。

大家都习惯他每年中途离席休息的举动,林帝不在,皇亲国戚们反而自在些,殿内一片欢声笑语。

走到殿外,宫人已经提着灯等在外面了,细声询问:"陛下,还是去梅园吗?"

林帝忍着腹部的油腻之感,点了点头。

因今晚雪大，他也就没叫宫人提前去煮茶，打算吹吹风闻闻梅香就好，走到院墙外时，突然听到里面传来小小的说话声，雪花簌簌，那声音也细细碎碎的，听不大清。

身边的宫人正想出声赶人，林帝略一挥手止住了。

雪下得这么大，天又这么黑，他倒要看看，是谁这么好兴致来这儿赏梅。

他放轻脚步走进去，透过簇簇艳丽红梅，看见梅树下跪着一个裹着红斗篷的小女孩儿。

小小的一团，被斗篷裹起来，样子都看不清。

而她身后居然用雪堆着四个雪娃娃，从大到小，有鼻子、有眼睛，还缠着红围巾，有种煞有介事的可爱。

林帝还是头一次看见雪人，心中不无惊奇，正立在原地打量，就听到那小女孩儿跪在地上奶声奶气地许愿："神仙娘娘，你能听见吗？能听见的话，你就吹一吹风。"

雪夜本就有风，她这话一说，风声不停，于是一脸高兴道："神仙娘娘，你听见啦？那我开始许愿了哦！"

林帝：……

他只见小女孩儿认真地拜了拜，合在身前的小手冻得通红，一字一句道："一愿父皇圣体安康，世间清平。"

说一个愿望，她便磕头拜一拜。

"二愿母妃吉祥如意，笑颜常在。"

"三愿哥哥无忧无虑，无病无灾。"

林帝听到她说父皇时就惊讶地看了过去，心道：这竟是自己的孩子吗？可他怎么不记得……不对，是有一个，是岚贵人生的那个五公主。

他原以为她跟她哥哥一样是个傻孩子，可此刻看来，竟是口齿伶俐，丝毫没有痴傻症状。

他从未见过自己这个女儿，现在见到，听她诚心许的这三个愿望，竟是将自己排在第一位，小小年纪却愿世间清平，心中不无震惊。

这三个愿望许完，最后一个便轮到她自己。

林帝心道，朕倒要看看你所求的是什么，就听见小女孩儿吞了吞口水，一副馋得不行的样子，可怜巴巴地说："四愿……四愿小鹿可以尝一尝归一宴！神仙娘娘，一口就好！"

林帝没忍住,"噗"的一声笑出来了。

这笑声惊吓到她,她飞快地朝拱门处看了一眼,手忙脚乱地爬起来,转头就往梅林里钻。

林帝快步上前,开口道:"你别跑。"

身边的太监举起宫灯往前照去,林帝走到那四个雪人跟前,离得近了,才发现这四个雪人有大有小,有男有女,最大的那个好像就是自己?

他在梅林中找了一会儿不见人,直到听到头上的动静,抬头一看,才发现被惊吓到的小女孩不知何时爬上了树,正抱着一根粗壮的枝芽,小心翼翼地往下看。

斗篷从两边滑落,她抱树的姿势憨态可掬,看上去又笨又可爱,花灯映照下的眼眸水汪汪的,肤如雪白,小嘴巴抿成一条线,可怜巴巴地看着他。

林帝不由得乐道:"你爬上去做什么?不怕摔了?"

她抿着唇看了他一会儿,小声问:"你是谁?"

她不认识自己。倒也正常,她从未见过自己。

林帝有心逗她,便道:"我是神仙娘娘派来实现你愿望的。"

谁知她瞪着水灵灵的大眼睛奶凶奶凶地说:"我看上去那么好骗吗?!"

林帝哈哈大笑。

她撇了下嘴,不知是不是力气用光了,身子滑了一下,差点儿从树上掉下来。

林帝赶紧走到树下伸出手道:"你先下来。"

小女孩儿可怜极了:"我……我不敢。"

林帝说:"跳下来,我接着你。"

她眼巴巴地看着他,声音软软的,不确定地问:"真的吗?你真的会接住我吗?"

林帝说:"真的,来。"

只见她深吸了口气,做出一副英勇就义的表情,眼睛一闭松开手,小小的一团就朝他怀里落下来。

林帝也是习武之人,这梅树也不算高,接个小女孩儿还是没问题的。

满树梅花随着她的动作簌簌而落,小团子裹着红斗篷掉进他怀里,艳丽红梅落了她一身,像从梅花林里跑出来的小精灵。

她睁开眼,黑溜溜的眼珠子四下看了一圈,然后甜甜地朝他笑起来:"你接住我啦!"

那梨涡若隐若现,漂亮又乖巧,林帝突然有种自己白瞎了这么多年的悔感。

## 08

小团子在他怀里扭了扭,奶声奶气地说:"谢谢伯伯。"

林帝如今三十七八,是个正值壮年的魅力大叔,看他那几个儿女就知道他颜值不低,总的来说还是十分英明神武的。

他挑了下眉梢,把小团子放下来,丁点儿大个人儿,个头还不到他大腿高,红斗篷衬得肌肤似雪眉眼如星。

她一仰头,兜帽就从脑后滑下来,露出头顶两个小鬏鬏。鬏鬏上缠了两根红丝带,乖巧地垂在耳边,粉雕玉琢、玲珑可爱,简直像年画儿里走出来的小仙童。

他想起萧岚的美貌,这小团子倒是继承了十分。

林帝在她面前半蹲下来,摸摸她的小鬏鬏,笑问:"你叫小鹿?"

小团子点点头:"是呀。"

林帝又问:"这么晚了,又下着雪,你在这里做什么?"

小团子下意识地回答:"我在等……"她突地抿住唇,把后面的话憋了回去。

林帝失笑:"等什么?"

小团子紧抿着小嘴巴摇头,大眼睛扑闪扑闪的,不说话。

林帝想了想,又指了指旁边四个雪人:"这是你做的?"

她这才开口,声音软萌萌的:"对,这是雪娃娃!"

林帝仔细打量了几眼,发现雪娃娃的眼睛是果核,鼻子是一根胡萝卜,脖子上还缠着红围巾,有种又丑又怪的可爱之感,像是这小团子能做出来的事儿。

他指着那个最大的雪人问:"这是谁?"

小团子说:"那是我父皇。"她不等他继续问,自己迈着小短腿嗒嗒嗒地跑过去,挨个儿指给他看,"这是我母妃,这是我哥哥,这个是我。"

说完后,她非常自豪地说了一句:"一家四口,整整齐齐!"

林帝想起萧岚和那个傻儿子，眼底不由得有些复杂，但眼前的小团子又实在可爱，内心一时五味杂陈。

这时提灯的太监也走了过来，灯光照过来，驱散了大雪中的黑暗。小团子还自顾蹲在雪娃娃前兴奋地跟他说这雪人是怎么堆的，转过头来时，不知瞧见什么，神情突地顿住了。

林帝正偏头听着，见她停了，笑问："怎么了？"却见她目光落在自己衣服上。

今日团圆宴，他自是穿着正式，黑红衣袍上绣着龙纹。

小团子可爱的眉头渐渐锁起来，看了看龙纹，又看了看他，过了好半天，才迟疑着小声问："你……你是……陛下吗？"

真是个冰雪聪明的小团子啊。

林帝笑道："你说呢？"

小团子方才轻快可爱的神情顿时消失，她像是有些紧张，又有些害怕，愣愣地往后挪了挪，离得远了一些，远不如刚才同他的亲近，然后在雪地上跪下来，端端正正地朝他行礼。

"小五拜见父皇。"

细听，那奶声奶气的声音里还有些颤抖。

看来是自己把她吓着了，林帝走过去把她拉起来，蹲在她面前细细打量，感慨道："朕的五公主，原来长这个模样。"

刚才生动伶俐的小团子此时垂下了眸，再不敢像刚才那样同他说话，小身影缩在斗篷里，连头上的小鬏鬏都显得有些可怜。

林帝摸摸她的脑袋，不由得放柔声音道："朕是你父皇，你不必怕朕。"

她抬头看了他一眼，又飞快地低下头去。

旁边太监提醒道："陛下，时间到了，该回去了。"

毕竟是团圆宴，中途放风结束，还得回去继续参加。

林帝刚点了点头，就听小团子迫不及待地小声说："小五恭送父皇！"

林帝乐了："赶朕走呢？"

她垂着小脑袋摇头，一摇鬏鬏也跟着晃。

林帝站起身，掸了掸身上的落雪，吩咐身边的太监："找两个人，送五公主回宫。天黑路滑，小心照看。"

太监还没说话，小团子有些着急地说："我不回去！我还在等人！"

林帝瞅了她两眼："哦？等谁？"

她这下知道他是父皇，倒不敢隐瞒了，小声道："等四皇兄给我拿吃的出来……"

林帝差点儿笑出声。

这小团子是真的馋，难怪方才在殿上老四坐立不安地频频往外看，合着是两人约好了。

雪夜团年，倒不好扫了两个小家伙的兴。这小团子初见自己，本就有些害怕，还是不要留下让她更怕他的印象了。

过年巡逻侍卫多，宫中倒是安全，思及此，林帝便也没强求，嘱咐她几句之后便随着太监离开。等他回到殿上时，往娴妃的方向一看，林景渊果然已经离席。

他不由得脸上带了些笑意。

席间众人见陛下心情大好，又是一番敬酒祝贺，宴席之上好不欢乐。

而另一头，提着小食盒偷溜出来的林景渊也在约定的地方看见了林非鹿。

他有些高兴，步子都迈快了一些，跑到她身边时，却见她看着远处夜色在走神，连他来了都没发现。

林景渊伸手在她眼前虚晃了一下："小鹿！"

她吓了一跳，回神看到他，这才抿唇笑起来："景渊哥哥，你出来啦。"

林景渊在她身边坐下，赶紧把东西拿出来："你快尝尝，还热着，我挑的都是味道不错的那几样菜。"

林非鹿点点头，接过筷子吃起来，尝过之后软声对他说："好吃，谢谢景渊哥哥。"

话是这么说，但林景渊总觉得她好像一副心事重重的样子，她明明很期待归一宴的，如今尝到，怎么好像并不是很高兴呢？

他不由得问道："小鹿，你怎么啦？是不是有人欺负你了？"

林非鹿夹菜的动作一顿，抿了下唇，抬眸看了他一眼，像是想说什么，却欲言又止，最后只是勉励笑了一下，小声说："没有啦，就是有点儿冷。"

他虽然神经大条，但还是察觉她没说实话。但小鹿不愿意说，他也就没有追问，只道："那你快吃！吃完了我送你回去！"

林非鹿乖巧点头。

大年夜的雪翌日早上就停了，新年的第一天，天光放晴，是个好兆头。

昨夜守岁，大家都是凌晨才睡去。明玥宫一向门可罗雀无人拜访，萧岚也就不着急起床，大家一起睡懒觉。

没想到临近中午，紧闭的殿门突然被敲响，守夜的青烟赶紧披了衣服去开门，待看清来人，吓了一跳。

门外站的竟是在皇帝身边服侍的太监，身后还跟着一群宫人，手里都端着食盒，太监笑吟吟道："请姑娘的早，陛下赐了归一菜肴给五公主，御膳房刚做出来的，还热着呢。"

青烟眼睛都瞪大了，好在是宫里的老人，没失了仪态，赶紧将人迎进来，又急急去请萧岚。

萧岚也是一脸震惊，赶紧洗漱穿衣，稍微收拾妥帖出门的时候，那十几道菜肴已经摆上桌了，太监站在门口笑道："奴才们就不打扰公主用膳了，告退。"

萧岚这时回过神来，朝青烟使了个眼色，青烟掏出一袋银子递给了太监。

太监假意推托两下便收了，带着一群人离开。

待人一走，青烟才茫然地问萧岚："娘娘，这是什么情况啊？"

萧岚想到昨夜女儿的行为，心头一时十分复杂，吩咐青烟："去叫远儿起来吃饭吧。"

自己则走进林非鹿的房间去叫她。

林非鹿还睡着，被萧岚唤醒，刚揉了揉眼睛，便听萧岚问："鹿儿，你昨晚见到陛下了？"

林非鹿缓了一会儿，笑起来："父皇赏了什么给我？"

萧岚道："归一宴。"

她从床上爬起来，萧岚便给她穿衣，趁着洗漱期间，将昨夜的事情大概说了一遍。她没有告诉萧岚这是她故意为之，只说是在等林景渊的时候无意中撞见。

萧岚倒也没起疑，只叹着气摸摸她的头说："你生得这般聪明，娘也不知是好是坏。今后与陛下相处，要万事小心。"

林非鹿认真地点点头。

明玥宫今日的午膳便是归一宴了，她如愿以偿，每道菜都尝了一遍。这十几道菜是林帝从九十九道菜肴里挑出的他觉得不错的，又是新出锅的，味道自然极佳。

林非鹿大饱口福，心情倍儿爽，后宫却因为此事炸开了锅。

不是说萧岚绝无复宠的可能吗？怎么这开年第一天，陛下就往明玥宫赏东西了？！

更加叫人疑惑的是，赏的不是什么珍宝锦缎，而是十几道菜？

陛下这是什么路数，好叫人摸不着头脑啊！

直到午后时分才传出消息，说那十几道菜肴不是赏给岚贵人的，而是赏给五公主的。

众人一听，更加好奇。

这位五公主在陛下面前一向查无此人，怎么突然无声无息地就进入陛下视线，还受了赏赐？

虽说跟岚贵人无关，但一旦五公主获宠，母凭子贵，萧岚的好日子还会远吗？后宫之前落井下石的那些妃嫔一时有些惶惶。

娴妃听闻此事倒是很高兴，在宫里跟宫女聊了几句，恰好被林景渊听到。

林景渊本就一直在猜测昨晚小鹿妹妹的异样因何而起，此时听闻此事，联想到昨晚她的欲言又止，顿时坐不住了，一溜烟儿地跑去了明玥宫。

林非鹿正抱着长耳坐在门槛上给它喂食。

见他过来，林非鹿刚喊了一声"景渊哥哥"，就听他迫不及待地问："你昨晚见到父皇了？"

林非鹿本来笑吟吟的，听他这话，神情一怔，顿时有些紧张地低下头去，一副做错事手足无措的表情。她埋着小脑袋，小气音哽咽地传出来："景渊哥哥……对不起……"

她抬头看着他，眼眶有点儿红，小鼻梁也红红的，小奶音断断续续地说："我……我只是……想见一见父皇……我从来没有见过他……"

林景渊心疼死了，赶紧哄她："不哭哦不哭哦。"

她抽泣着道："我本来，本来昨晚就想告诉你……可我怕你生气……"

林景渊大声反驳："我怎么会生你的气！何况这有什么好生气的？！"他一副同仇敌忾的语气，"你自出生以来，就没见过父皇，连他长什么样都不知道，平日又总听我们说起，想见他也是情有可原啊！"

他说完，又挠了挠脑袋，忍不住问："那你是怎么见到父皇的？你们都说了什么？"

林非鹿睫毛湿润，挂着泪滴，认认真真道："我藏在梅园的树上，只想偷偷看一看父皇，但是没想到被他发现了。"

林景渊："你怎么能爬树！多危险啊！"

林非鹿省去一些步骤，把经过说给他听。

林景渊听完，一脸的不可思议："所以你见着父皇，就跟他说你想吃归一宴？"

林非鹿："对呀。"

林景渊恨铁不成钢地看着她："你是不是傻啊！有见父皇的机会，你要什么归一宴，你向他要入太学的资格啊！"他痛心疾首地看着自己的傻妹妹，"大好的机会，都被你浪费了！"

## 09

林帝一有什么风吹草动，就会被整个后宫注视。自从归一宴往明玥宫一赏，之前嘲讽踩踏萧岚的风向就变了。

不说交好，起码不再结仇，之前是看在几位皇子的面儿上才对这位五公主也恭恭敬敬的，现在倒是真心实意地将她当作公主看待起来。

感觉到宫里风向的转变，林非鹿倒还是平常心。万事不能操之过急，她没着急再去林帝面前刷熟脸，初遇是故意为之，后面就可以随缘了。

她近来也有事儿做，就是教林瞻远写字读书。

他是林帝的心中刺，日后两父子肯定有见面的时候。她不指望林帝能喜欢这个傻儿子，但至少不再像以前那么厌恶。林瞻远会长大，不可能一辈子生活在萧岚和她的庇护下，她总还是希望他能多一些倚仗的。

林瞻远不识字，萧岚也从未教过他，起初林非鹿教他，他还怪不情愿的。

他心智不过三四岁，只想玩儿，对于读书识字当然是抗拒的，林非鹿教了他两天，感同身受了幼师的无奈。

她先是佯装生气：哥哥不读书，我就不理哥哥了！

所谓威逼。

她后来又说：只要哥哥能学会自己的名字，我就带哥哥去滑雪。

所谓利诱。

一番威逼利诱之下，林瞻远总算有所进步，一大早就拿着写满名字的宣纸跑到妹妹的房间来，把她从温暖的被窝里拖出来："名字！滑雪！"

然后林非鹿就和他一人端着一个盆儿，来到了她早就选好的适合滑雪的场地。

就在她初遇长公主林念知那个亭子旁边的高坡上。这上面宫人不太好上去扫雪，也就没管，坡面积满了雪，坡度也不算陡，她那天试了试，用来滑雪刚好合适。

从大年初一那天开始雪就停了，现在这地方的积雪已经有融化的迹象。缓坡距离地面也就不到两米的距离，就算翻了问题也不大。

林非鹿兴致勃勃地拉着林瞻远爬上去，自己先坐在盆儿里，给他做了个示范，然后"哧溜"一下从坡上滑了下去。

林瞻远看得目瞪口呆，反应过来后兴奋地拍手，但有些怕，等林非鹿再次爬上坡来，才在妹妹的帮助下坐进盆儿里。

林非鹿在后面拽着他，大声问："准备好了吗！"

林瞻远："好了！"

然后她就笑着松开手，把他推了下去。

林瞻远兴奋地哇哇大叫，一到底就抱着盆儿重新往上爬。

两个人玩得不亦乐乎，笑声都飘出去好远。

宋惊澜跟天冬从内务府领了东西往回走的时候，就听见这飘在风里的笑语。

天冬倒是机灵，一下子就听出来了："好像是五公主的声音。"

宋惊澜透过亭台飞檐往那边看了看，听着笑声，倒是有些好奇："去看看。"

两人便绕过亭子走过去，方一走近，就看见高坡上五公主坐在盆子里，两只小手抓着边沿，从坡上一路风驰电掣般地飞滑下来。

天冬哪见过这种玩法，惊讶得眼珠子都瞪大了。

只可惜这一次她没把握好平衡，快到底的时候翻了车，盆儿一歪，她整个人就从盆里飞了出来，身子落在雪地上"哧溜"一下滑出去老远，然后摔在刚好走近的宋惊澜脚边。

宋惊澜：……

林非鹿：……

他忍住笑，半俯着身问："五公主，这是在做什么？"

林非鹿：……

她趴在地上可怜兮兮地看着他:"小鹿摔倒了,要殿下亲亲才能起来。"

宋惊澜:……

天冬:……

啊啊啊……殿下被调戏了!

宋惊澜好笑地摇了下头,半蹲下身子将她从雪地上拉了起来,又替她拍了拍沾在衣裳上的碎雪。他蹲下来的时候,身高刚好与她持平,平行对视时,林非鹿恰好能看到他温柔的眼睛。

他问:"好玩儿吗?"

林非鹿说:"好玩儿!殿下要不要试试?"

宋惊澜笑起来:"我就不试了,这盆装不下我。"

林非鹿"哦"了一声,看见天冬手上提的东西:"殿下去内务府了?"

他点点头:"是,去领了些份例。"

眼前的小姑娘立刻做出一副奶凶奶凶的表情,小手叉着腰问:"他们没有为难你吧?!"

宋惊澜失笑:"没有。"

林非鹿不放心地看着他:"以后殿下缺什么,告诉我就好了,我让人给你送来。内务府那帮人最会看菜下碟,殿下去了,免不了被他们克扣。"

她现在看他就跟看自己以前的偶像一样,只是不能冲上去喊"崽崽好帅"了。

宋惊澜微微垂了下眸,温声说:"公主送来的东西已经够多了,我什么也不缺。"

唉,多么懂事知足的好孩子啊。

宋惊澜:?

小不点儿眼里突然出现的犹如母爱般的怜惜是他看错了吗?

好在身后一路哇哇大叫滑下来的林瞻远打断了这诡异的气氛,他抱着盆儿嗒嗒嗒地跑过来,一边拍手一边开心地说:"妹妹好笨!妹妹摔倒了!"

林非鹿:"略略略……"

她见宋惊澜在打量林瞻远,笑着介绍道:"殿下,这是我哥哥,他叫林瞻远。"

她又跟林瞻远说:"哥哥,这是七殿下。"

林瞻远眨巴眨巴眼睛看了看他,突然开心地喊道:"弟弟!"

宋惊澜笑着挑了下眉，林非鹿纠正他："不是弟弟，是七殿下。"

林瞻远指指自己："六。"又指指宋惊澜，"七。"

他开心地拍手："七弟！"

宋惊澜失笑，对林非鹿道："你哥哥很可爱。"

林非鹿脑袋一歪，准备不乖，笑眯眯地问："那殿下觉得，是我哥哥可爱一点儿，还是我更可爱一点儿呢？"

没想到宋惊澜很镇定地说："五公主最可爱。"

本来调戏的人有种自己反被调戏的羞耻感。

林瞻远着急地扯她的衣角："滑雪！滑雪！"

宋惊澜笑了笑，站起身来，温声道："五公主去玩儿吧，小心一些，别再摔倒了。"

林非鹿近距离欣赏完神仙颜值，心满意足地挥挥手。

两人一直玩到午时，青烟来找他们回去吃饭，才意犹未尽地结束了这次的滑雪。第二天一早林非鹿还睡着，又被拿着写满自己名字宣纸的林瞻远摇醒了。

她痛苦地捂住脑袋："哥哥！这个约定已经过期了！写你的名字没用，要学新的字了！"

林瞻远："不管！滑雪！滑雪！"

林非鹿：突然体会到了养孩子的辛酸。

新年伊始，事事归纳重启，六部官员人事更迭，去年项目汇报进度，林帝只清闲两天，后面就开始忙起来了。他毕竟是一个想名垂青史的皇帝，在政事上是十分兢兢业业的，跟太子一样，对自己的要求十分严格。

自从大年夜那天晚上在梅园见过自己的五公主后，他就一直没机会再看到她。

毕竟他心里对于萧岚和林瞻远还是有所芥蒂，想到去了明玥宫就会见到他们，便不想去了。但他忙着，也不好传话把小团子叫过来，她知道自己的身份后就不太自在，若是贸然将她传来，估计会吓得哭。

这日太子来养心殿请安，林帝随口询问了他几句课业，突然瞥见他腰间佩的那个精致的香囊。

林帝想起来，上次太子说，这是五妹送的。

他状似不经意地开口问道："怎么次次见你都佩着这香囊？"

林倾也不明白为什么话题突然从功课转到了香囊上，但还是恭声回答："儿臣很是喜爱这只香囊的绣花和香味，所以便日日戴着。"

林帝干咳了一声："上次听你说，是五公主赠予你的？"

林倾说："是。"他主动解释道，"儿臣与五妹在猎场初遇，送了她一枚香玉，五妹便回赠了儿臣这只香囊。"

林帝："她亲手做的？"他淡声道，"取来给朕看看。"

林倾不得不取下香囊递过去，小心打量父皇的脸色，打量着打量着，就看见林帝一脸若无其事地把香囊系到了自己腰间。

林倾：？

他忍不住小声道："父皇……"

林帝拿起一本奏折开始批阅，沉声道："朕近来心绪不宁，闻这香囊味道，倒是清明醒目了不少。"

林倾：……

过了一会儿，他听到自己父皇奇怪地问："你还有什么事儿吗？"

林倾："……没有。"

林帝："哦，那便退下吧。"

林倾：……

他盯着那香囊看两眼，一脸幽怨地告退了。

太子一走，林帝立刻放下手上的奏折，取下香囊美滋滋地打量起来。朕的五公主还真是心灵手巧哪，既会堆雪人，又会做香囊！

他丝毫没觉得从自己儿子手里抢东西有什么不对。

林倾从养心殿出来时，看着外面晴天冷阳，忍不住开始怀疑人生。

他脚步沉重地往东宫走时，恰好在半路上碰到了林景渊。

这大冬天的，他却满头大汗，不知道又跑去了哪里疯玩儿，见到林倾先是行了个礼，然后下一刻果然眼神灼灼地扫向林倾腰间。

林倾只觉腰间一痛，就听见老四问："三哥，你那香囊呢？怎么不见你戴？你是不是不喜欢啦？不喜欢的话，送给我啊！"

林倾：！

这些人到底是怎么回事儿！怎么一个两个的都觊觎自己的香囊！

## 10

  林倾身为太子，一向少年老成，严于律己，此刻也不禁显露了几分属于这个年纪的活力，憋着坏儿怂恿林景渊："被父皇拿去了。你想要去找父皇要啊。"

  林景渊果然就不说话了，目不斜视地往前走去，边走边喃喃自语："还好我还有《论语》、海棠花和护手霜，我真幸福。"

  林倾：……

  他感觉受到一万点暴击。

  他不再搭理林景渊，一甩袖愤怒地回到了东宫。

  宫内的宫人本来恭恭敬敬地等着太子殿下，却见他一脸不高兴地回来了，还以为是他在林帝那边受了责骂，惶恐之下也不敢多问，只能更加小心地伺候。

  午睡过后，按照惯例，林倾便要起床读书，宫人们行走都轻手轻脚的，不敢发出动静打扰到太子学习。门口坐着的小太监正撑着脑袋打盹儿，突然有个小身影走进殿来，推了推他。

  太监一个惊醒，待看见眼前的人是谁，反应过来后，赶紧朝她行礼："奴才见过五公主，五公主吉祥。"

  林非鹿笑眯眯的，歪着头问："太子殿下可在？"

  太监道："在的，殿下正在读书，五公主随奴才来。"

  林非鹿点点头，小太监便领着她往里走。

  这还是她第一次来东宫，倒不如那些嫔妃的后宫奢华精致，反倒有点儿像太学，透着一股庄严肃穆之感。想到林倾也不过十来岁，一个人住在这样的地方，难怪性子养得那么沉着持重。

  林非鹿上了台阶，走到殿门外，小太监低声道："五公主在这里稍等片刻，奴才这就进去为公主通传。"

  林非鹿乖巧点头，小太监便提着衣角埋着头一路小跑进去。

  林倾睡了一觉之后心情倒是平复了很多，觉得自己为了区区一个香囊计较，难免失了大体，便不再去想，正坐在书桌前看书，瞧见小太监跑进来，淡声问："什么事儿？"

小太监恭声道:"殿下,五公主来了,在外面等着呢。"

林倾惊讶了一下,没叫他传,而是起身朝外走去。

走到前厅时,林倾就看见殿门外的小女孩儿两只小手正扒着门探头探脑地偷偷朝里看。

林倾忍不住笑起来:"五妹,进来吧。"

林非鹿在门口抿唇敛首朝他笑了下,才迈着小短腿跨过门槛走进来。

林倾吩咐太监去倒酥茶、拿点心、水果招待小五,领着她往里走,走到平日休息说话的软榻处,方一坐上去,便看见林非鹿正手脚并用地往上爬。

他失笑,起身过来把小五抱了上去。

林非鹿还是第一次被她的哥哥抱,略羞涩了一下,就找好位置跪坐好了。太监很快端了点心、水果上来,酥茶也正热着,林倾给她倒了一杯,笑着说:"五妹多吃一些,长高一些。"

林非鹿想起上一次在猎场奚行疆的话,噘着嘴问他:"太子殿下也觉得小五矮吗?"

林倾居然点头:"是有一些。"对上林非鹿幽怨的眼神,又笑着补充一句,"不过这并不影响五妹的可爱。"

林非鹿双手捧着一块点心啃,边啃边说:"我还小嘛,等我再长大一点儿,我就会长高啦。"

林倾因为香囊的事午膳没什么胃口,都没怎么吃,此刻见她吃点心吃得那么香,居然有了些食欲,两人便一起吃点心、喝酥茶。

吃饱喝足,林倾才问:"天还冷着,五妹大老远的怎么一个人过来了?"

林非鹿抹抹嘴角的点心,眨巴眨巴眼睛看着他道:"上午景渊哥哥跟我说,太子殿下的香囊被父皇抢走了,殿下很难过。"

林倾脸色顿时有些不自在:"老四这快嘴,真是欠收拾。"又恭敬地笑了笑,正色道,"父皇喜欢,做儿臣的自然要双手奉上,怎么能说抢呢?"

林非鹿:你眼神不是这么说的。

他说完,打量了小五两眼,忍不住问:"难道五妹又做了一只香囊,专程给我送来吗?"

林非鹿摇摇头,声音脆生生的:"送了香囊,万一又被别人看上要去了怎么办?"她在林倾失落的眼神中甜甜地笑起来,"这次小五送殿下一个别人抢不走的礼物!"

然后林倾就被她带到了"滑雪场"。

近来没再下雪，积雪已经渐渐融化了，唯有这高坡之上还有存货，不过估计也就这两天的事，趁着还没融雪，林非鹿要把这乐趣之地的最后价值利用起来。

林倾跟她出门时便满腹疑惑，来到此处，看着小五手脚并用爬上高坡，更加摸不着头脑了。

那坡因为积了雪不太好爬，深一脚浅一脚的，难免影响仪态，林倾站在下面不愿上去，远远地问道："五妹，这是要做什么？"

林非鹿站在坡顶朝他招手："太子殿下，你快上来呀。"

林倾有点儿抗拒："这……"

林非鹿双手捧在嘴边朝他喊："小五要送给殿下的礼物就在这上面，殿下上来便知道啦。"

林倾朝四处看了一眼。这地方冬天风大，地势又不平，九连环亭子落满了雪，几乎没人过来。他看了眼在坡上蹦蹦跳跳的小女孩儿，咬了咬牙，终于还是下定决心往上爬去。

因为不愿被人看见，他动作快了很多，爬上坡顶时倒是累得气喘吁吁，爬上来了，才看见坡上放着两个大盆儿，很是诙谐地摆在那里。

他忍不住问："这便是你要送给我的礼物？"

林非鹿笑着摇摇头，把最大的那盆儿搬过来，放在口子上，用软绵绵的声音开心地说："太子殿下，你坐进去。"

林倾：！

让他爬上来已经是他最大的让步，怎可再做出如此粗俗之事！

看他一脸抗拒，林非鹿抿了抿唇，软声说："太子殿下，这里没人会看见的。"

林倾还端着，脸上也涌上不悦："五妹到底要送我何物？"

林非鹿眨了眨水灵灵的眼睛，蹭过来轻轻拉他的衣角，声音又软又甜："小五不会骗你的。"

林倾满脸纠结，看了看她，又看了看盆儿，心道他如今来了，总不好拂了小五的面子。她年纪虽小，但是极聪敏，他也有心与她结交，反正也无人，试一试便试一试。

思及此，他牙一咬眼一闭，就往那盆子坐去。

林非鹿就站在他身后，等他坐好之后，教他两手抓着盆沿，开心地大声道："太子殿下，小五推你下去啦！"

林倾看了眼高坡，这才反应过来她想做什么，顿时大惊失色："等……"

话还没说完，小丫头也不知力气怎么那么大，往前一推，林倾便一路风驰电掣般地飞滑下去。

寒风吹起他的冠发，吹扬他的衣角，也吹起一路的雪花。他的心脏像是从高处坠落，一瞬间的紧绷之后，就是释放的愉悦和轻松。

这过程极短，可这感觉前所未有，有一股莫名的刺激与兴奋袭遍了全身。

盆子滑到底停下来的时候，林倾的双手还紧紧地拽着盆沿，坐在里面没回过神来，直到身后的山坡上传来小五开心的笑喊。

她说："太子殿下，小五送你的，是快乐呀！"

别人抢不走的礼物，是独属于他一人的快乐。

他自被立为太子，行事警惕，言行慎重，半步不敢踏错，生怕惹父皇不喜。

母后总是告诫他，这个位置无数人在盯着，满朝文武盯着，就连天下百姓也盯着，不仅不能犯错，还需德才兼备，谨言慎行，成为众皇子的榜样，才担得起"太子"二字。

他给自己立了一个框架，他要永远活在那个框架内，永远不会犯错。

这个框架为他挡住了很多恶意攻击，也挡住了他生而为人的自由和快乐。

身后又是一阵风声，林非鹿一路咯咯笑着滑下来，她人轻，滑得没有他远，停下来之后从盆里爬出来，跑过去拉他的衣角："太子殿下，走呀，我们爬上去再滑一次！"

林倾转过头来看她。

身后的小女孩儿穿着粉色的袄裙，头上扎着乖巧的鬏鬏，碎雪洒了她一身，她笑得开心又真诚，眼睛里好像有小星星。

林倾默了一下，发愣的脸上也终于展开一个笑来，起身后将那盆儿抱起来，兴致勃勃道："走！"

两人一直玩到傍晚，最后林非鹿实在累得不行了，小身子呈一个大字形趴在雪地上，有气无力软绵绵地说："太子殿下，小五太累了，一点儿力气都没有了。"

林倾哈哈大笑，将她从雪地上拉起来，体贴地拍拍她衣服上的雪："那回宫吧。"

两人离开"滑雪场",因东宫和明玥宫在两个不同的方向,林非鹿拖着两个重叠起来的盆儿放在脚边,小拳头拱在一起朝他行礼:"小五告退。"

林倾点了下头,待她要走,不知想到什么,又叫住她:"小五。"

林非鹿转过头来,两个小鬏鬏有点儿散了,软嗒嗒地趴在头顶。

林倾问:"你是怎么称呼老四的?"

林非鹿愣了一下,小声说:"……景渊哥哥。"

林倾又问:"那你叫我什么?"

林非鹿:"太子殿下。"

林倾默不作声地瞅着她。

林非鹿眼观鼻鼻观嘴,迟疑着:"太子……哥哥?"

林倾这才笑了下:"嗯。"

她也抿唇笑起来,乖乖地朝他挥手:"太子哥哥再见。"

林倾步履轻快地走了。

林非鹿则吭哧吭哧地拖着两个盆儿回明玥宫,好在她跟松雨交代好了,松雨掐着时间来接她,把滑雪盆接了过去。

回到明玥宫时,林瞻远就抱着长耳坐在门槛上,见她回来,怪不高兴地看着她,气呼呼地说:"妹妹滑雪不带我!"

林非鹿反问:"哥哥今天字写得怎么样?"

林瞻远羞涩地垂下了小脑袋。

林非鹿忍着笑摸摸他的头,牵着他的手往里走去。林瞻远问:"妹妹跟七弟滑雪吗?"

林非鹿还愣了下他说的七弟是谁,反应过来后哭笑不得地纠正他:"说过很多次啦,不是七弟,是七殿下。"

林瞻远还怪不服气的,大声反驳:"就是七弟!五六七!"

萧岚笑着走出来:"什么五六七?"

她看林非鹿一身的碎雪打湿了衣服,连责备声都温温柔柔的:"又去疯玩儿,受凉了怎么办?松雨,帮公主把衣服换了。"

林非鹿撒娇似的蹭了蹭她的胳膊。

那日之后,未再飞雪,天气放晴,太阳也常出来找存在感,这宫中的积雪就开始飞速融化了。林非鹿去滑雪场看了一眼,高坡湿答答地淌着水,看来今年是要告别滑雪游戏了。

阳光放晴，天气却反而更冷，林非鹿总算明白那句"化雪总比下雪冷，结束总比开始疼"是什么意思。

下雪时天冷还能赏雪景，化雪时更冷不说，连雪景都没的赏。整个皇宫比之前更冷清，大家没事儿都不愿出去走动，内务府连银炭的供给量都增加了不少。

林帝忙了一段时间，将近来政事都处理得差不多了，听太监回禀，说后宫娘娘都在说冷，略一思索，便决定去鹿山上的行宫度假泡温泉。

这也是每年冬天皇家的必备行程，但不是每个人都能去，比如阮贵妃和奚贵妃就只能去一个，因为需得留一个管理后宫。皇后礼佛不爱远行，往年也是不去的。

一般都是林帝点几个受宠的妃嫔，加上他的皇子公主们。

太监得了消息，便开始拟了随行人员的名单给林帝过目。

这名单大家心中都有数，往年都是那些人，不过稍有调整而已。

去年是阮贵妃随行的，今年便换成了奚贵妃。奚贵妃又素来疼爱她的侄儿，林帝便让太监把奚行疆也加上，最后数来数去，足有十九人之多。

林帝听太监念了一遍名单，点了点头，突然想到什么，又说："把五公主加上。"

太监一愣。

林帝政事繁忙，自赐归一宴后就没再提起这位五公主，而五公主又不像其他皇子公主那样常来请安，太监都快把她忘了，听林帝这么一说，赶紧应"是"，将她的名字加了进去。

随行的旨意很快就颁发到各宫，萧岚接到旨意，惊讶倒是比大年初一那天接到归一宴要小很多，只是回屋之后就开始不无担忧地嘱咐女儿要注意分寸和安全。

林非鹿一一应了，萧岚又打算让青烟和松雨都跟着去，被她拒绝了。

一来是萧岚和林瞻远留在宫中，身边没两个丫鬟伺候她不放心。

二来这次行宫之行去了那么多NPC，简直就是她的猎场，身边的人跟多了，反而不利于她发挥。

想到娴妃和林景渊也要去，萧岚便也没多说，临行时还专程去长明殿拜托娴妃替她照看女儿，娴妃当然是毫不推辞地答应了。

到了临行这天，萧岚一直把女儿送上等在殿外的马车，又忧心忡忡地嘱咐了她几句，才目送马车离去。

林非鹿起先还绷着，等马车一动，立刻兴奋开来。

来这儿这么久，她还从来没离开过皇宫，可把她憋死了。

马车摇摇晃晃，她跪坐在坐垫上掀了帘子往外看，前后都是车辇，浩浩荡荡，很是威风。

皇家出行，自然提前清场，离开皇宫穿过京城长街时，林非鹿并没能看到她想看到的热闹古街，除了护驾的侍卫，街上一个人都没有，家家户户房门紧闭，生怕冒犯圣驾。

看了一会儿，她也就百无聊赖地坐了回去。

马车实在是不怎么舒服的交通工具，对于坐惯了汽车、高铁、飞机的林非鹿来说，不到一个小时，她就感觉浑身快散架了。

偏偏行宫路远，在鹿山上，按照他们这个行进速度，一天都到不了，夜间会在驿站休息，第二天再继续赶路。

林非鹿：……

古代皇上度个假也不容易啊。

松雨瞧着五公主像浑身长了刺一样在空间不大的马车内扭来扭去，忍不住笑道："公主，奴婢给你按一按吧。"

林非鹿瞅着窗外骑马巡视的侍卫，羡慕道："好想出去骑马啊。"

出去透透气也好啊。

这话刚说完没多大会儿，就看见奚行疆骑着一匹黑鬃大马从马车边经过。

她也有些时日没见过奚行疆了，他毕竟不是皇子，太学停课，便也不常进宫来。此时再见，少年鲜衣怒马，很是帅气，一边策马一边朝车队探头，像在寻找什么。

林非鹿心想：他难不成是在找我？

她探出小半个身子，压着小气音喊："奚行疆！奚行疆！"

奚行疆朝着声音的方向看过来，待看见她，眼神一亮，顿时笑开："找到你了！"

他驱马走近，靠着马车微微俯下身子，笑眯眯地说："小豆丁，好久不见啊，想你世子哥哥没？"

林非鹿瞪他："登徒子！"

奚行疆斜她两眼："骂来骂去就会这几句。"他又朝她挤眼，"坐马车多闷啊，要不要出来骑马？"

林非鹿说："我不会。"

奚行疆心情大好地笑了两声，一手勒住缰绳，另一只手竟是朝她伸来："来，我带你。"

她人小，倒是能从马车窗口进出，但这车队还在行进中，就这么搞会不会太危险了？

她还在纠结，奚行疆却是已经一俯身，手臂从她腋下环过，将她搂住了。她本就半个身子探在外面，被他这么一捞，整个人瞬间被他从马车里捞出来，反应过来之后，人已经坐在马背上了。

松雨在里面吓得直喊"公主"，奚行疆挑了下唇，朝她道："本世子带你们公主去见识见识骑术，放心便是。"

林非鹿也是被他这个骚操作吓了一跳，心脏落定之后，他两只手勒着缰绳将她环在怀里，大喝一声："驾！"

马儿便撒蹄子飞奔起来。

林非鹿人小又轻，重心不稳往后一倒，撞在他胸口，小鬏鬏都撞散了。

冰凉又清新的空气迎面扑来，她小手紧紧拽着大马的鬃毛，生怕一个不注意摔下去摔成下半生残疾。偏偏奚行疆有意逗她，速度越来越快，林非鹿屁股快被颠成四瓣，忍不住大喊："奚行疆，你骑慢一点儿！"

少年清朗的笑声散在风中："慢了那还叫骑马吗？"

林非鹿恨不得咬死他。

林景渊正坐在马车内开开心心地吃桃酥，突然听到什么，忍不住问身边的康安："你听这像不像我五妹的声音？"

康安仔细听了一会儿："是有些像，但五公主不是在后面的马车上吗？"

林景渊爬到车窗口往外一看，恰好看见车队旁边一匹黑马飞驰而过，而马背之上则坐着奚行疆和他的小鹿妹妹。小鹿一路尖叫着，听声音似乎被吓得不轻。

林景渊登时大怒，把桃酥狠狠一摔，从马车上跳了下去，对旁边巡逻的侍卫大吼道："你下来！"

侍卫一惊，赶紧下马。

林景渊二话不说骑上马去，马鞭一挥就去追，边追边喊："奚行疆，你这个无耻之徒，还不把我妹妹放下来！"

好在这些皇子打小就学习骑射，林景渊骑术不错，他使了全力，但奚行疆因为带着林非鹿还是有所保留，很快就被他追上了。

两匹马驰骋寒风之中，林景渊边跑边大骂："奚行疆！你给我停下来！你要不要脸？！这么大个人欺负我妹妹！"

奚行疆斜了他两眼，吊儿郎当地说："呦，四殿下，骑术不错啊。"

林景渊快气死了，再一看缩在他怀里动都不敢动一下的小鹿，简直怒火中烧，气得哇哇大叫："你信不信我禀告父皇，砍你脑袋！"

奚行疆："驾！"

林景渊："啊啊啊……我杀了你！"

两人骑着马很快跑离队伍，没多会儿后面又是一阵马蹄声，两人回头一看，竟是太子林倾追了上来。

林景渊眼中一喜，便听林倾厉声道："行疆！不可胡闹！五妹年幼，快把她放下！"

奚行疆倒是买太子的面子，听他如此说，撇了下嘴，一勒缰绳，停了下来。

林非鹿已经被这猎猎寒风吹得万念俱灰了，表情都被冻僵了。

她再也不嫌弃马车了，马车挺好的，真的。

三人下马，奚行疆方一把她抱下来，就被林倾和林景渊接了过去，两人一番关切慰问，发现她只是被冻到了，并无大碍，才松了口气。

奚行疆看着两个皇子在旁边嘘寒问暖，嘴里叼了根狗尾巴草，慢慢悠悠道："我就是带她骑个马两位殿下就受不了了，那以后我若是要娶她，你们岂不是要找我拼命？"

林非鹿：？

林倾：？

林景渊愤怒地扑了上去："你想娶谁？老子现在就掐死你这个无耻之徒！"

## 11

奚行疆最后被林景渊掐得翻白眼。

他倒不是打不过林景渊，只是来之前姑姑耳提面命告诫过他不许闯祸，不许跟几位皇子起冲突，不然今后有什么出行就再也不带他了。

奚行疆只能忍了，翻着白眼大声道："我不过开个玩笑！谁要娶一个还没我腿长的小豆丁！"

林非鹿：？

很好，你得罪我两次了。

林倾在旁边喝止了林景渊，待扭打在一起的两人分开，又教训他们几句出行在外要守规矩，不可惊扰圣驾，才骑马带着林非鹿往回走去。

林倾骑马就平缓很多了，而且他的马具也较为柔软，林非鹿坐在他前面，屁股总算没那么痛。

马儿边走边吃草，林倾也不着急，勒着缰绳慢悠悠的，林非鹿这才能欣赏郊外的风景。

冬天的景致十分萧条，但野外空旷，万里无云，行进的车辇一眼望不到头，有种苍茫天地之间的辽阔感。

林倾在身后温声道："行疆素来顽劣，五妹不要与他计较。"

林非鹿乖巧点头，想了想，又问："太子哥哥，行宫里除了温泉，还有别的什么好玩儿的吗？"

林倾笑道："行宫位于山腰，景色别致，你去了一看便知。"

两人正低声说话，旁边车队中有驾精致的马车突然掀开了帘子，车内传来一道甜美轻柔的声音："太子殿下。"

林非鹿偏头看去，宽敞的马车内宫女跪在一旁撩开了车窗帘，窗口坐着一个清纯大美人儿，正笑盈盈地看着他们。

她不知这是谁，却听林倾道："梅妃娘娘。"

原来是四妃之一的梅妃，那个四妃之中唯一没有子嗣的妃子。

她看上去年岁不大，肤白貌美，眼波盈盈动人，不胜娇弱，跟萧岚的美貌有的一拼，难怪这些年备受林帝宠幸。

连声音都十分悦耳动听，她柔声问："妾身方才听见车外嘈杂，可是出了什么事儿？"

林倾道："四弟玩闹而已，梅妃娘娘不必忧心。"

梅妃点了点头，又看向与他同乘一匹马的小女孩儿，笑问："这位便是五公主吗？"

林非鹿脆生生开口："小五见过梅妃娘娘。"

梅妃掩嘴一笑，端的是温柔曼妙："头一次见，果然是个伶俐可爱的。行宫路远，五公主独自一人乘坐马车，可会害怕？不如和妾身一起，也好照料。"

这宫中妃嫔她或多或少也见了一些，这还是头一个没有缘由初次见面就对她释放善意的。

她可是听说过梅妃与惠妃交好，依照惠妃那个每次见到她都不掩厌恶的态度，梅妃此时的表现就有些反常了。

自己就是要去，也是去娴妃的车上吧？

可她笑盈盈的，眼神真挚又温柔，无论是语气还是神情都挑不出一点儿毛病。

林非鹿心中生出了一丝异样：好像闻到了同类的味道。

她在马背上歪歪扭扭地朝梅妃行了个礼，奶声奶气道："小五不敢叨扰梅妃娘娘。"

梅妃笑道："五公主哪里的话？妾身一见到公主便觉得喜爱，这大抵是眼缘，忍不住想与公主多相处片刻呢。"

林非鹿同过头怯生生地看了林倾一眼，水灵灵的眼睛里满是犹疑。

林倾知道五妹聪慧，她不愿意去，自然开口为她说话："多谢娘娘好意，不过我已与小五约好，去我车驾上喝酥茶，娘娘心意只好下次再领了。"

太子都发话了，梅妃自然不好再说什么，又笑语几句便放下帘子坐了回去。

林倾继续驱马往前，林非鹿拍拍心口，用只有两个人能听到的小气音说："吓死我了。"

林倾笑了下，又正色道："你是皇家公主，她不过一介妃嫔，你怕她做什么？"

林非鹿心道：你说得轻松，这年头不受宠的公主连个受宠的淑女都比不上好吧。

林倾说完，又安抚道："父皇的几位妃嫔中，梅妃娘娘性格最为良善温婉，你也不必怕她。"

大抵是因为梅妃虽然受宠但无子嗣，对将来的皇位构不成威胁，不管是皇后还是太子对她的观感都还不错。

林非鹿：果然是同类！

这个梅妃，不可小觑啊。

林倾话都说出口了，本来是打算送小五回去的，现在也只好把她带上自己的车驾。太子的座驾果然跟她的不一样，不仅宽敞了很多，坐垫也十分柔软暖和，平稳度也比她那个摇摇晃晃的马车要好。

随行的宫人得了吩咐很快送了酥茶上来，好茶喝着，点心吃着，舒适度成倍提升，这才叫旅行嘛。

刚坐下没多会儿，车外一阵"嗒嗒"的马蹄声，外面的宫人喊了声"四殿下"，帘子便被掀开。林景渊满身寒气地钻进来，毫不客气地一屁股坐在了林非鹿身边，拿起点心便吃，边吃边道："我还说带小鹿去母妃那儿呢，三哥怎么把她带到你这儿来了？"

林倾说："怎么？我这儿来不得？"

林景渊怪酸的："分明是我先去救五妹的，最后却被三哥抢了功劳。"

林倾：……

你争宠的样子是认真的吗？

林景渊才不管那么多，因为香囊的事儿，他已经嫉妒三哥很久了，吃完点心便拉过林非鹿的手："走，我们去母妃那儿，我备了好多你喜欢吃的东西呢。"

林非鹿看了林倾一眼，林倾按着额头一脸无奈地看着林景渊，只差没把"滚"字写在脸上。

她忍着笑拜别林倾，才跟林景渊一起去了娴妃的车驾。

林非鹿每天早上往长明殿跑，督促林景渊按时起床上学还是有作用的，娴妃现在简直把她当作亲生女儿一般疼爱，之后的路程林非鹿就没再回去过自己那辆摇摇晃晃的马车。

车队行至夜间，来到了过夜的驿站。

这是早就安排好的，驻守此地的官员老早就在路口迎接圣驾了。驿站规模不大，随行宫人就地扎营，妃嫔皇子公主则住进驿站的房间内休息。

林非鹿虽然只有一人带着一个侍女，但毕竟是林帝亲口交代下来的，也独占了一间。

一天舟车劳顿，林帝免了各人请安，吩咐下去大家用过晚膳便早些休息，明日尽早出发，要在天黑之前到达行宫。

驿站虽然并不破旧，取暖和饮食也早已安排周到，但比起皇宫还是简陋太多，各人住下之后便也不再出房，只等明日天亮便启程离开。

林非鹿在娴妃那儿用了饭，天黑之后便由松雨陪着回了自己的小房间。

她这房间在二楼最边上，窗外一棵枯树挨得很近，都能看清树枝上的鸟窝。侍女一般是在外间候着或者在主子床边打地铺，这样方便半夜主子有吩咐随叫随到。

但驿站取暖设备比不上宫中，林非鹿担心松雨睡地上感冒了，就让她跟自己一起睡床上。

松雨跟了五公主这么久，也知道五公主的性子，很是亲近随和，从不把她当下人看待。她心中十分感恩，听五公主说自己一个人睡会冷，便也灭了灯，小心翼翼地躺上床去。

林非鹿其实就把她当作一个小姐姐看待，蹭到她怀里把小手小脚都架在她身上，笑眯眯地说："松雨，你身上好暖和呀！"

松雨羞赧地笑了笑，尽心尽职当一个取暖机。

外头起先还有一些马儿嘶鸣、行人走动的声音，后来渐渐沉寂下来，就只剩下风声。

林非鹿坐了一天马车也确实有些累，趴在松雨身上埋着小脑袋很快进入梦乡。

不知过去多久，身边的松雨突然剧烈挣扎起来。

林非鹿起先还以为她做噩梦了，惊醒之后正要叫醒她，睁眼之时，透过半开的窗户透进来的暗淡的光，才看清床边站着一个人影。

那人手上拿着一个枕头，正死死地压在松雨脸上，要将她活活闷死。

林非鹿窒息了一秒，大脑"轰"的一声，放声尖叫。

正在行凶的人影被她的叫声吓了一大跳，似乎根本没想到被窝里还有个人。林非鹿睡觉习惯蒙住脑袋蜷成一团，人又小，之前缩在松雨身边，压根儿就没被人发现。

林非鹿边叫边往里爬，声嘶力竭地喊："救命啊！杀人啦！"

那人伸手想来抓她，但被松开的松雨此时也已经一跟头翻坐起来，不要命似的扑向他拳打脚踢。小女孩儿的叫声本来就尖锐，这么一叫，周围的人全部惊醒，那人眼见要暴露，只得松手，一个转身纵步从窗口跳了出去。

松雨也顾不上追，刚才被闷过还大口喘着气，哭着爬过来拉她："公主！公主没事儿吧？！"

林非鹿嗓子都喊劈了，此刻一停，弯着小身子剧烈咳嗽起来。

外面一阵哄闹，急促的脚步声由远及近，随即房门"砰"的一声被撞开，巡夜的两名侍卫率先跑了进来，急声道："可有刺客？！"

林非鹿还在咳，松雨边哭边道："从窗户逃了！"

侍卫赶紧冲向窗口，但楼下早已没了人影，对同伴道："带人下去搜！"

他询问松雨："可有看见刺客长相？"

松雨摇头："他蒙着面，天又太黑，没有看清。"

说着话，其他听到动静的人也赶了过来。奚行疆最先跑进来，手里还提着一把剑，不像平日里吊儿郎当的模样，神情很是严肃，冲进屋来看见林非鹿在床上咳得死去活来，吩咐那侍卫："你去请太医过来，我在这儿守着。"

松雨哭道："世子！有人要杀我们公主！"

奚行疆脸色冰冷，沉声道："先帮你们公主把衣服穿好。"

林非鹿跪坐在床上，只穿了件单衣，松雨反应过来，赶紧起身帮她把外套穿上。奚行疆半蹲在床边，伸手去摸她脑袋："小鹿，可有受伤？"

林非鹿惊吓之下那几嗓子喊得实在是太厉害，现在想想，简直跟十只尖叫鸡同时出声有的一拼，估计把声带都喊伤了，一顿大咳之后只感觉嗓子刀割似的疼，竟是一个字都说不出来了，只眼泪汪汪地摇了摇头。

说着话，娴妃和林景渊也在宫人的陪伴下急急地赶了过来，紧接着林廷和林倾也神色匆匆地跑进屋来，就是因为惠妃来不了的林念知都派了贴身侍女抱柚过来查看情况。

小小的屋子内瞬间挤满了人，松雨边哭边把刚才的情景说了一遍，又道："若不是公主担心奴婢睡外边会冷，叫奴婢睡到床上去，恐怕那刺客就会无声无息地将公主捂死了。"

估计刺客也没想到婢女会睡在床上，黑灯瞎火的，他拿了枕头便捂人，若那里睡的真是林非鹿这个不过五岁大的小女孩儿，估计都无力挣扎，便会被他无声无息地捂死。

众人思及此，纷纷后怕。

林景渊简直要气疯了："是谁竟敢在此行凶？！侍卫呢？！抓到那贼人了吗？"

林廷和林倾的脸色也很不好看，毕竟年长，心思也要细腻很多，小五头次出宫，年龄又小，不可能与人交恶，刺客怎么会冒着这么大的风险，来杀一个小女孩儿？

而且驿站周围侍卫驻守，若是外人根本进不来，这刺客多半是在随行人

163

员之中。

除了愤怒到失去理智的林景渊，在场其他人略一思考便都明白这个道理了。

这五公主，恐怕还是受了她娘亲那一辈恩怨的连累。

萧岚在宫里失宠多年，近来林帝对五公主另眼相看，某些人估计是担心萧岚因为女儿复宠，才坐不住了，想着趁着这次出行的机会，把这个苗头掐死。

林帝对这位五公主毕竟还不算十分宠爱，现在下手，做得干净一些，林帝就算震怒，一番追查之下没有线索，也不会追着不放。何况此处乃是驿站，作歇脚过夜之用，明日便会离开。

林帝总不能为了一个小小的五公主，在此处长久耽搁，只要一走，更是什么线索都断了。对方既然敢在皇帝眼皮子底下动手，必然是做得滴水不漏，估计此刻侍卫去追查，也查不到什么了。

主意打得好，只是没想到这位五公主不按常理出牌，竟让侍女与自己同睡一床。

也是她善良仁慈，才免遭了这一次的危机。

娴妃沉声道："这件事儿，还是要让陛下定夺。"

她刚说完，门口便跑进来一个太监，急声道："陛下宣五公主。"

林景渊迫不及待："我也去！我定要让父皇找出谋害小鹿的凶手！"

娴妃斥责道："胡闹！康安，送四殿下回去。"

她又对一旁众人道："太子殿下、大皇子、奚世子，你们也先回去吧，本宫陪五公主过去便好。"

林帝只宣了林非鹿，他们跟去反而不好，便都点头应了。

林帝那头通过侍卫的通报，已经知道发生了什么事儿。林非鹿进去的时候，他已经穿好外衣面色威怒坐在外间了。梅妃陪在他身边，也是一副匆忙梳洗的打扮，长发都散着。

见她进来，林帝还未开口，便听梅妃急切切道："听说五公主房间方才进了刺客？可有受伤？请随行太医瞧过了吗？"

林非鹿默不作声，只乖乖跪下小身子行礼。

娴妃在一旁道："五公主伤了嗓子，现失了声，说不出话来。"

林帝上次见她是在梅园，小团子裹着红色的斗篷，灵动可爱，头顶的小鬏鬏都显得生机勃勃，此刻却眼眶通红，衣发散乱，小脸煞白煞白的，半个字都说不出来。

小身子在下面行礼时，还有些小小的踉跄。

林帝简直怒火中烧，"嗖"的一下起身走过去将小团子从地上抱了起来，离得近了，看清她双眼含泪紧抿小唇的模样，更是心疼不已，尽量放柔声音道："别怕，父皇在这儿。"

林非鹿眼泪汪汪，小手搂住他的脖子，趴在他颈窝无声地哭起来，简直要把林帝一颗老父亲的心都哭碎了。

他抱着林非鹿走回去坐下，把她因为害怕而颤抖的小身子抱在怀里，宽大的手掌安抚地摸着她乱糟糟的头顶，声音却沉下来，问一同跟来的松雨："你将方才的情况再说一遍。"

松雨便又细致地说了一遍。

可惜她也是受害人，被捂了一遭，惊吓过度什么也没看清，根本提供不了什么有用的线索。去追查刺客的侍卫也很快过来复命，不出意料，他们什么也没追到。

林帝把在场的人全都一一审问一遍，一无所获，要不是顾着小五还在他怀里发抖，气得想掀案桌了："一群废物！在朕的眼皮子底下还能发生这种事儿，若刺客的行刺对象是朕，你们是不是也无能为力！"

底下黑泱泱一片全跪了下来，请求陛下恕罪。

林帝冷哼一声，又看向旁边的娴妃，问道："娴妃如何看待此事？"

娴妃垂手而立，缓声道："臣妾愚见，五公主年龄尚小，稚童天真，并无结仇，此事恐怕还是要往上一辈子来查。"

其实娴妃能想通的事儿，林帝哪能想不到。

必是这随行人员之中有人下的手，至于原因，或许是私仇，或许是得了主子的吩咐。这次随行宫人有上百人之多，还不包括侍卫，若真要一一排查，估计也如石沉大海般没有着落。

梅妃赶紧去倒了杯热茶过来让林帝消气，柔声道："陛下别气坏了自己的身子。"她顿了顿，一副欲言又止的模样。

林帝看了她一眼，喝了口热茶道："想说什么便说。"

梅妃这才盈盈点了下头，柔声说："臣妾也与娴妃姐姐的看法一样，五公主这样伶俐可爱，旁人喜欢都来不及，怎么会下此毒手？恐怕还是她娘亲的恩怨牵连到她身上，或许是曾经与岚贵人交恶的宫人，因与岚贵人结了仇，心中怨恨多年，便趁此机会报复。"

林帝沉着脸点了点头，似乎觉得此话在理。

　　林非鹿趴在林帝怀里，不动声色地看了她一眼。

　　梅妃笑语温柔，眉眼含了三分担忧，说出这番话，仿佛是真的在为林帝分忧一般。

　　可这三言两语，便将林帝对刺客的愤怒，转移到了萧岚身上。话里话外，都是萧岚自己的私怨牵连到自己女儿的意思。

　　林帝本就对萧岚不喜，经由此事，定然越发厌恶萧岚。

　　娴妃也抬眸看了梅妃一眼，不过什么也没说，又收回了视线。

　　林帝听她说完，脸色果然越发地沉，片刻之后吩咐侍卫道："带人去彻查此次随行宫人中有无与明玥宫岚贵人有恩怨的，即刻来报。"

　　侍卫领命而去。

　　闹了这么一番，夜已经很深了，林帝把蜷在他怀里的林非鹿抱到里间的床上，沉声道："今夜小五便在朕这里睡，朕倒要看看，谁还敢再来！"

　　他又吩咐跟进来的梅妃："今夜你便先回去吧。"

　　梅妃一愣，飞快地扫了一眼缩在被窝里的林非鹿，温柔地垂下头："是。"

　　林非鹿看着她施施然离开的背影，垂眸时，在心里冷笑了一声，都是满级的"绿茶"，你在这儿跟我装什么"白莲花"！

　　不出意外，就是她了。

# 第四章 副本升级

惊鹿

## 01

　　林非鹿一直自诩不是个好人。

　　她也确实干过一些好人干不出来的事儿，她知道那不对，但并不为此感到愧疚。所以她死的时候，自觉这是老天给的惩罚，倒还平静。

　　但就是再坏、再恶，她也从未涉及人命。

　　杀人这种事儿，是随随便便就能干得出来的吗？她是"绿茶"，又不是反社会变态。

　　可这万恶的封建时代，这个吃人不吐骨头的后宫，开局就下死手，一上来直接就要她的命，也太毒了。

　　相比之下，上一次静嫔的陷害居然还算委婉的了。

　　林非鹿觉得自己还是需要成长，结合新时代的"绿茶"手段，综合旧时代的风土人情，争取让自己"绿"得更加符合本土特色。

　　温饱问题已经解决了，接下来需要解决的就是生存危机了啊。

　　这个梅妃，有点儿意思，算是她进宫以来遇到的最难对付的 Boss。

　　她现在还没有确切的证据证明今晚刺杀她的人就是梅妃安排的，但出于对同类的嗅觉和敏感，她觉得这事儿就算不是梅妃安排的，也跟梅妃脱不了干系。

　　就冲梅妃刚才把仇恨转移到萧岚身上那几句话，林非鹿猜测，梅妃可能跟萧岚之间也有些不为人知的旧怨。

　　总之，难度升级，极具挑战性，需小心提防。

　　她缩在被窝东想西想的时候，外头林帝已经命人把床铺好了，就在她旁边的位置，隔着一帘纱帐，林帝身边的总管太监彭满有些担忧道："陛下，这新床不稳，要不奴才在这儿守着五公主，您还是去旁边的房间睡吧。"

　　林帝挥了下手："不必，小五今夜受了惊吓，朕陪陪她。"

他说着话，走到床边坐下，见小团子小手拽着被子蒙住半个脑袋，只留下一双黑溜溜的眼睛在外面，怯生生地打量他。那眼尾还红着，像受了欺负忍住不哭的小可怜，既漂亮又让人心疼。

林帝伸手摸摸她乱糟糟的脑袋，哄道："小鹿不怕，父皇守着你。"

她微微往上蹭了蹭，小脑袋蹭在他掌心，是依赖的表现，张了张嘴似乎想喊他，却只发出沙哑的一个音，听上去更可怜了。

林帝转头问："宣太医了没？"

彭满道："宣了，随行太医住在外头营帐内，过来需要些时间，奴才估摸着快到了。"

正说着，外头侍卫便通传太医来了，林帝便命人进来。

太医背着药箱也是一副急匆匆的模样，听说五公主遇刺，本来以为受伤见了血，把能带的行当都带上了，来了一看才知道她只是伤了嗓子，倒是松了口气。

除去开了修复嗓子的药，还开了一些安神助眠的，以免五公主受惊过度。

开了方子，林帝又命人去熬药，这一来二去耽搁不少时间，已经是半夜了。彭满担忧道："陛下，就让奴才守着，您去歇着吧，明日还有一天的路程呢。"

林帝打了个哈欠，正要说话，他的小团子从被窝爬起来，两只小手抱住他的胳膊，轻轻摇了摇。

她说不出话，只能发出小小的哑哑的气音："父皇，去睡吧。"

林帝不由得笑起来，手臂一提，就把小团子拎到了自己身上："朕不困，等朕的五公主喝了药安安稳稳地睡着了，朕再去睡。"

小团子眼巴巴地看着他，看样子感动坏了，一头扎进他怀里。

林帝没能挡住小女儿的撒娇攻势，感觉自己素来养成的坚硬心肠都软了半分。

他说到做到，果然等林非鹿喝了药睡下了才去歇息，皇帝住的地方，别说刺客，蚊子都飞不进来一只。林非鹿不再担心，加上药里的助眠成分，很快就沉沉睡去了。

第二天一早，外头传来车马拔营的声音。

林非鹿睁眼的时候，林帝已经在宫人的服侍下穿着洗漱完毕了。其实当皇帝并不轻松，她以前看纪录片看到一句话，说的是"朝臣待漏五更寒"，也就是说大臣们五更天就要上朝等皇帝朝见。

五更天大概五点，可以推算皇帝差不多凌晨四点就要起床，这简直比高三学生还要辛苦。

凌晨四点的洛杉矶是没可能见了，凌晨四点的皇宫倒是天天见。

林非鹿还是挺佩服这些皇帝的。

搁她这儿，就是把皇位送给她，她也不要。

皇位和懒觉之间，她选择懒觉。

林帝转身瞧见她黑溜溜四处打量的大眼睛，笑道："小五醒了。"他吩咐旁边的人："服侍五公主起身吧。"

林非鹿这才看见松雨候在旁边，她大概是一夜没睡，眼眶红红的，却朝自己露出如往常一样羞赧又恬静的笑。

林非鹿看着自己这个救命恩人，不由得想起她的哥哥，跟自己做约定的那个侍卫。林非鹿突然觉得这后宫种种，都早有命数。

车队整装完毕，拔营出发，这次林非鹿没回自己的马车，而是被林帝带到了圣驾之上。

如果说昨天太子林倾的车驾是宝马，那林帝的圣驾就是林肯，还是加长版的那种。

昨天她还心疼皇帝出游不易呢，今天就被打脸了。

果然当皇帝的是不会亏待自己的。

车马上路之后，昨晚查了一夜的侍卫来报，什么都没查出来。林非鹿倒是不意外这个结果，只是林帝脸色不太好看，命他继续追查。

林非鹿喝了两顿药，休息一晚，嗓子已经恢复一些，勉强能说话了，手脚并用地从坐垫上爬过来，抱着林帝的手臂软软地摇："父皇不要生气。"

她发现了，林帝跟林景渊一样，就吃撒娇这一套。她软乎乎地一撒娇，他脸上的怒意果然就散了，笑呵呵地把她抱到腿上，摸了摸她头上的小鬏鬏，又叹道："朕不生气，朕只是要给小鹿一个交代。"

小团子眨巴着眼睛软声说："小鹿不要交代。"

林帝挑眉笑问："那你要什么？"便见她伸出小手指，飞快地指了下旁边案几上摆着的糕点，怪不好意思地说："要那个。"

林帝哈哈大笑，刮了下她小巧的鼻尖："你这个小馋猫。"

说罢，他便让彭满把碟子端了过来，林非鹿双手捧着糕点，安静又乖巧地在旁边啃起来。她眼睛很亮，小脸鼓鼓的，边吃边摇头晃脑，像只可爱的小仓鼠。

林帝在旁边看着，越看心中越喜爱。他这几个女儿，长公主他虽然也很宠爱，但林念知性格过分活跃，有时候还是会让他觉得头疼。

二公主早夭，三公主自不必说，他现在想起就反感。

而四公主则太过木讷憨厚，见他时不掩惧意，很难有女儿承欢膝下的愉悦。

苏嫔的六公主如今才三岁，虽然也憨态可掬，但少了些小五身上的灵气，而且年龄太小，很多事全凭本能，说哭就哭，林帝去了几次都遇上她号哭不止，都有些怕了。

他平日更加看重皇子，空下来心思也都花在几位皇子身上，检查功课、抽查骑射。几位皇子敬他怕他，在他面前向来规规矩矩不敢放肆，就也少了父子之间的亲近感。

他跟女儿相处的时间并不多，此刻才恍然觉得，女儿要比他那几个儿子可爱得多啊！

女儿会撒娇，会软绵绵地喊"父皇"，还可以扎萌死人的小鬏鬏！

皇子能做到吗？！

不能！

林帝满眼不加掩饰的喜爱林非鹿当然也察觉了，她小手还捧着点心，埋着头在啃，小身子却微微往旁边侧了侧，只给林帝留了半个后脑勺儿。

林帝被她害羞的小乖样逗得哈哈大笑，感觉自己好久没有这样开心了。

林非鹿啃完点心，接过彭满递来的帕子擦了擦手，一副餍足的表情，小身子跟着马车摇晃的弧度微微晃动，不知道突然看到什么，水灵灵的眼睛都瞪大了。

林帝顺着她的目光看过去，原来是自己腰间佩的一只香囊。

只见她有些疑惑地歪了下脑袋，以为自己看错了，又凑近看了看，发现没错啊，就是自己送给太子殿下的那只香囊啊，怎么会在这里呢？她似乎有点儿怀疑人生，抓了抓自己的小鬏鬏，一脸迷茫地看向林帝。

林帝有点儿心虚，干咳了一声才说："这是你三皇兄送给朕的。"

小团子这才松开眉头，了然地眨了眨眼。

父女俩相处得十分融洽，没多会儿，马车稍微停了一下，外面宫人禀报道:"陛下,梅妃娘娘过来了。"

林帝笑道:"进来吧。"

车帘掀开,梅妃便裹着一阵香风弯腰走了进来,先是盈盈行了礼,才柔声道:"妾身来陪陛下下完昨日未完的那盘棋。"

林帝便把林非鹿抱到一旁坐下,笑吟吟道:"好,彭满,摆棋。朕今日要好好看看,你的棋艺到底进步没有。"

梅妃嗔道:"陛下又拿妾身取笑。"

两人笑聊了几句,梅妃又看向在一旁啃点心的林非鹿,一脸的关切:"五公主的嗓子今日可好些了?"

林非鹿乖巧地点头,附赠一个人畜无害的可爱笑容。

彭满很快就把昨日的棋局摆了上来,梅妃和林帝相对而坐,各执一子,开始对弈。林非鹿就坐在林帝身边,小手牵着他一方衣角,乖乖地看着。

林帝下着下着,就感觉旁边的小团子越凑越近。他转头一看,发现小团子正目不转睛地盯着棋盘,嘴角还沾着糕点碎末,小脸却全神贯注,像是看得入迷,令人忍俊不禁。

见他迟迟未落子,她还怪着急地转头看了看自己,小眼神里都是催促。

林帝终于没忍住笑了出来,揉她的小脑袋:"看得这么认真,喜欢这个啊?"

小团子有点儿不好意思地垂了下眸,报着唇轻轻点了点头。

林帝又问:"会下吗?"

她摇摇头。

林帝便笑道:"朕教你。"

他抬手便将棋局乱了,吩咐彭满把黑白子分拣出来,然后对愣住的梅妃道:"今日不下了,朕教教小五,你先回去吧。"

梅妃:……

她不露痕迹地看了一眼林帝身边那个天真可爱的小女孩儿,终是什么也没说,柔声笑道:"是,那妾身就先回去了。"

她一走,林帝就开开心心地教起女儿下棋来。

林非鹿倒真不会下围棋,但架不住人聪明,林帝一解释她就懂,一上午的时间就把基本规则和定式都搞明白了。等到用过午膳再次上路,她已经能磕磕绊绊地跟林帝对弈了。

虽然不过几子就被林帝绞杀,但五岁的孩子能聪明到这个程度,还是令林帝大为震惊。

震惊之后他又是惊喜。

他一向惜才，大林也是重文轻武，后宫但凡有个饱读诗书满腹才情的妃嫔都会得他宠幸。他对几个皇子的要求就更为严格，所以太子才会压力那么大。

虽然他对公主没什么要求，但林念知就因为聪明伶俐才深得他喜爱，就更别说此时令他另眼相看的林非鹿了。

他想起在梅园初见小团子时，她许愿世间清平，那时他就该明白，这孩子与旁人是不同的。

没想到萧岚给他生了个痴傻儿子，却生了个这么天资聪颖的小公主。

这大概就是上天垂怜吧。

林帝一时之间感慨连连，看着还在认真研究棋局的林非鹿，心中对她母妃的厌恶都不知不觉散了几分。

傍晚时分，行进的车队终于摇摇晃晃到达了山腰上的行宫。行宫也是常年有人驻守的，早已将各殿打扫干净，配置齐全，就等主子入住。

林非鹿住的地方叫听雨阁，林帝见她身边只有一个松雨跟着，便指派了身边的一个太监——叫作孔福的过去伺候；又拨了一队保护自己的禁军驻扎在听雨阁，以免之前的贼子再次行凶。

禁军的战斗力那可是数一数二的，往听雨阁四周一站，连宫人都要绕道走。

此时天色已晚，两日舟车劳顿，自然是要先休整一夜。听雨阁里已经有两个伺候的宫女，加上松雨和孔福就是四个人，照顾林非鹿绰绰有余。

这一天时间大家都知道五公主是随圣驾上山的，又看禁卫军那架势，暗地里都在说这五公主因祸得福，反而得了陛下宠爱。

林非鹿吃过晚饭在四周转了一圈，看着那些肃然而立的禁卫军，心安不少。

对方一击未中，林帝又在彻查此事，有禁卫军站岗，应该不敢再贸然动手。她不大担忧，松雨倒是很紧张，悄声跟她说："公主，晚上奴婢还是跟你睡一张床吧。"

林非鹿笑道："对方又不傻，要真是再来，肯定不会再上当啦。放心吧，有禁卫军在，他不敢再来的。"

松雨忧心道："奴婢心里总还是不放心的。临行时娘娘交代奴婢要好生照看公主，没想到还是出了这样的差池……"说着说着又要哭了。

林非鹿拉过她的手:"你已经把我照顾得很好啦,如果没有你,我昨晚就死了。"

松雨急急道:"公主不许说那不吉利的字!公主吉人天相,一定会平平安安长大的!"

两人边走边聊,刚进院子,就听外面禁卫军一声厉喝:"什么人胆敢翻墙!拿下!"

别说松雨,林非鹿都被吓了一跳,心道:不是吧,这天才刚黑呢,对方就这么迫不及待地想要她的命?

没想到一阵慌乱之后,传出奚行疆略微狼狈的声音:"是我是我!把你的刀放下,看清本世子是谁没有?!"

外头一阵匆忙:"见过世子殿下,世子殿下这是……"

林非鹿觉得奇了怪了,迈步走出去,就看见奚行疆抱着铺盖卷儿站在墙角,有些尴尬地摸自己的鼻头。

她真是又生气又好笑,嗓音沙哑地喊他:"奚行疆!你在这儿做什么?"

禁卫军见是误会一场,又纷纷纪律分明地站回原岗位。奚行疆抱着铺盖卷儿走过来,下巴抬得高高的,但是难掩尴尬,磕磕绊绊地说:"我……我担心昨晚那刺客又来,在这儿巡视!"

林非鹿:"巡视那你抱着铺盖卷儿做什么?要是遇见刺客,你打算用被子捂死他吗?"

奚行疆:……

他气得抬手揉她头上的小鬏鬏:"我这是担心谁?你还挤对我!"他推她往里走,"走走走,先进去。"

进到院内,他抬手便把院门关上,里头的宫人瞧见他纷纷行礼。奚行疆随手一挥,跟着林非鹿走进房间,然后径直把抱在怀里的铺盖卷儿扔在了林非鹿床边的地上。

林非鹿:?

松雨眼见他开始打地铺,急忙道:"世子这是要做什么?!"

奚行疆头也不抬地把铺盖卷儿铺好:"看不出来?打地铺呢。"

松雨又急又怕:"奴婢知道世子是在打地铺,可世子在这里打地铺做什么?难不成要在这里过夜吗?!"

奚行疆:"嗯啊。"

松雨当即就给他跪下了："世子万万不可！我们公主……我们公主虽然年幼，但是女子，男女授受不亲，世子若是在公主房中过夜，传出去公主的清誉可就毁了！"

奚行疆抬头怪不高兴地瞪了她一眼："命都快没了，还顾及清誉做什么？回宫之前，本世子就守在这里了，若是贼人再敢来，来一个杀一个，来两个杀一双！"

林非鹿：……

松雨本来就担心刺客，听他这么一说，倒是愣住了，开始在公主的清誉和生命危险之间反复纠结。

奚行疆打好地铺，美滋滋地往上一躺，以手枕头，跷起二郎腿："行了，洗洗睡吧。"

林非鹿："……你给我滚出去。"

他半抬了下身子，从下往上斜了她一眼，教训道："女孩子不可如此粗俗！"他优哉游哉地跷着二郎腿，"欸，小豆丁，我就奇怪了，你在你皇兄面前的那股软萌劲儿，怎么在我这儿半点儿都没了呢？"

林非鹿："一滴都不给你！起来！"

她越是奶凶，他越乐，两人正胶着着，屋外又传来一阵脚步声，很快就听见宫人行礼："见过四殿下。"

林景渊一路喊着"小鹿"跑进来。

方一进屋，他看见躺在地上的奚行疆，眼珠子一瞪，顿时大怒，张牙舞爪地朝他扑过来："你这无耻之徒！又在我妹妹房间里做什么？！"

然后林非鹿就看着两个人又开始掐架。

两个熊孩子的破坏力简直是成倍的。

最后还是奚行疆从被子里摸出一把短刀大吼道"我是来保护小鹿的"，才得以终止这场"战争"。

林景渊看看他那短刀，又看看站在一旁的五妹，眼珠子一转，然后就往地铺上一躺："那我也睡这儿，我也要保护我五妹！"

奚行疆嗤笑道："就你那三脚猫功夫？"

林景渊大怒："你不要看不起人！"

眼见两人又要掐起来，林非鹿正打算出声，门外突然又进来一人，脚步匆匆的，看着眼生，进来先是给林非鹿和林景渊请了安，才急声道："世子，娘娘传话。"

奚行疆的身子一顿，脸上露出一丝别扭，干咳了一声才问："姑姑怎么知道我在这儿？"

那人垂首道："娘娘说，她不仅知道你在这儿，还知道你要做什么。若你一盏茶的工夫没有出现在她眼前，她就亲自过来打断你一条腿。"

奚行疆：……

林非鹿：……

林景渊："哈哈哈……"

奚行疆一脸懊恼地瞪着那太监，听见林景渊放肆的嘲笑声又有些讪讪，还想讨价还价："你回去告诉姑姑，我要留下来保护五公主。"

那太监仍是垂着头，尽职尽责地重复道："娘娘说，这儿有禁卫军驻扎，不需要你的保护。你如果执意要留下来，那就……那就滚到廊檐上去睡。"

奚行疆：……

天气仍是寒冬，这山腰气温更低，要是在屋外廊檐上睡一晚，他明天早上估计就被冻死了。

他气急败坏地瞪了一眼放肆嘲笑的林景渊，又把铺好的被子卷起来，抱在怀里气势汹汹地往外走。林景渊狂笑道："被子留给我啊！"

奚行疆回头恶狠狠道："自己回屋拿！"

林非鹿也想笑，但看在他其实只是想保护自己的心意上，还是很给面子地憋住了，朝他挥了挥手："世子慢走。"

奚行疆：……

他一向猖狂嚣张的背影此刻居然显出了几分狼狈。

他一走，林景渊愣是在屋内拍桌子狂笑了五分钟，最后还是林非鹿问道："景渊哥哥，方才说的娘娘，是奚贵妃娘娘吗？"

林景渊边笑边道："不然还能是谁制得住奚行疆？"

林非鹿回想刚才太监重复的那几句传话，觉得这位素未谋面的奚贵妃，怪有趣的。

林景渊还在为奚行疆吃瘪的事儿狂笑不止，就听林非鹿说："景渊哥哥，你也回去吧，不然一会儿娴妃娘娘也要派人来了。"

林景渊：……

突然他就笑不出来了。

## 02

林景渊喝了一盏茶后就灰溜溜地走了,但是走之前让康安留了下来,跟孔福他们一起在外头伺候。

林非鹿喝的药里有安神助眠的成分,早就困得不行,打发走了俩熊孩子正打算睡觉,又有宫人来敲门。松雨和孔福一道去看了,回来禀告说:"是大皇子殿下和太子殿下派了人过来,说要跟奴婢们一起守夜。"

林非鹿觉得自己以后要是穿回去了,说不定可以写本小说什么的,就叫《被三个皇子哥哥宠爱的日子》。

有禁军和宫人的双重守护,林非鹿美美地睡了一觉,梦都没做一个,翌日醒来,松雨正服侍她梳洗,林念知身边的贴身婢女抱柚就过来了,手里还提着一碗热粥,里面加了一些润嗓补身的补品,有股淡淡的药味。

抱柚笑着说:"长公主天不亮就吩咐奴婢熬粥,熬了得有两个时辰,五公主快趁热吃了吧。"

抱柚又为难地说:"长公主让奴婢转告五公主,惠妃娘娘看得严,她不太方便过来看你,让你自个儿注意些。"

林非鹿认真地点点头,乖巧地谢过了皇长姐,吃完早饭,就去林帝所在的中和殿请安。她现在在林帝那里存在感十足,再像以前一样不去请安就说不过去了。

在殿外的时候遇到也来请安的林廷,她远远地就跳着跟他挥手打招呼。

林廷笑着站在原地等她,等她走近了才温声问:"昨晚睡得好吗?"

林非鹿笑眯眯地点头,小声道:"大皇兄,阮贵妃娘娘这次没有一起来行宫呢。"

她眼神既灵动又狡黠,林廷忍不住笑道:"所以?"

她声音还未完全恢复,说话时带着一丝丝沙哑,但难掩兴奋:"我们可以去山上找小动物玩儿啦!我听说这山上还有小狐狸呢。"

林廷的心头一暖,替她理了理乖巧的刘海儿:"好。"

两人进去的时候,发现林倾和林景渊已经在了。但神奇的是,林倾是坐在一旁的,林景渊是跪在堂下的,垂着脑袋像霜打了的茄子,蔫儿得不行。

林帝坐在上方的榻上,手上拿着一本书,梅妃陪在一旁,正垂眸安静地剥着水果。

林帝道:"方才考过了你三哥,现在朕考考你。听说你年前在太学表现甚好,朕检查一下太傅所言是否属实。"

林景渊不自在地动了下身子,小声嘟囔:"我就是来请个安,也能被抽查功课,我太难了。"

恰好林廷领着林非鹿进来,林帝一看见扎着小鬏鬏裹着红斗篷迈着小短腿进来的小团子,脸色顿时柔和了很多。

林非鹿歪歪扭扭地行礼:"小五给父皇请安。"

林帝笑道:"听这声音,比昨日好许多了。"

林廷也请了安,林帝便道:"廷儿也跟老四一起吧,考完他,朕再考你。"

林廷恭声应"是",端正地跪在堂下。

林帝正要让人给五公主赐座,就看见小团子左看看大皇兄,右看看四皇兄,对了对小手指,也乖乖地跪好了。

他失笑,便也没叫她起来。

林景渊悄悄瞅了眼旁边的林廷,小声求救:"大皇兄帮帮我!"

林廷抿唇笑了下,垂眸不说话。

林景渊呜噜了两声,就听林帝道:"老四,朕问你,太康失邦,昆弟五人须于洛汭,述大禹之戒作《五子之歌》,是何五言?"

其实他考林景渊的内容相对而言算简单了,毕竟这个儿子什么德行他也清楚,说复杂了,说不定林景渊连题目都听不懂。

没想到自己这么简单的问题,底下的林景渊还是一副抓耳挠腮的样子。

林帝简直想将手边的砚台砸他头上,看能不能把他的脑袋砸灵光些。

林景渊其实有背过这段,他知道是《尚书·夏书》篇里的内容,但俗话说得好,万事开头难,他一时紧张,愣是想不起第一句是什么,急得连连向林廷求救:"皇兄!大皇兄!皇长兄!第一句是什么来着?!"

林廷向来守规矩,当然不可能当着父皇的面帮他作弊,为难地看了他一眼,垂下头去。

林景渊正急得不行,就听见旁边有道小气音悄悄提醒他:"其一曰,皇祖有训,民可近,不可下。"

林景渊瞬间有种醍醐灌顶的感觉,在林帝发飙之前大声道:"其一曰:皇祖有训,民可近,不可下,民惟邦本,本固邦宁。予视天下愚夫愚妇一能胜予，一人三失，怨岂在明，不见是图。予临兆民，懔乎若朽索之驭六马，为人上者，奈何不敬？"

林帝惊讶地挑了下眉，脸色渐渐缓和，目露赞许地听着他背完了后面的内容。

等他背完，林帝便点头道："不错，看来太傅所言非虚，有长进，去旁边坐着吧。"

林景渊有种死里逃生的感觉，抹了把汗，磕头之后正要起身，就听上位的梅妃掩唇一笑，十分好奇地问："五公主方才跟四殿下说了什么？怎么四殿下一点就通？"

林帝方才注意力都在林景渊身上，倒没注意一旁的小团子，听梅妃这么一说，才挑眉看过去。

林景渊：我要杀梅妃。

林非鹿也是一脸没料到帮皇兄作弊会被当场点出来的慌张，飞快地扫了父皇一眼，裹在斗篷里的身子本来就小巧，现在缩成一团埋下小脑袋，看上去像是恨不得把自己藏起来，浑身都透出一股"看不见我看不见我"的信息。

林帝被萌得心肝颤。

他故意威严道："小五，你方才跟老四说什么了？"

小团子一抖，不情不愿地抬起头来，小脸皱巴巴的，蔫蔫儿地开口："我……我说……"她吸吸鼻子，大概是因为害怕，居然吓得打起嗝来，一边打嗝一边说，"其……嗝……其一……嗝……"

林帝再也忍不住，哈哈大笑。

梅妃眼里的笑意倒是淡了很多。

小团子快被吓哭了，一边打嗝一边吸鼻涕，要多可怜有多可怜，林景渊又气又心疼，顿时大声道："父皇！不怪五妹！是儿臣愚笨，五妹才不得已提醒我的！请父皇责罚儿臣，儿臣愿意领罚！"

没想到林帝只是嫌弃地斜了他一眼，说："一边儿去。"

然后林景渊就眼睁睁地看着他敬爱的父皇走下来，把偷偷抹眼泪的五妹抱了起来，坐回了榻上。

小团子坐在他腿上，小手拽着他的袖口，偷偷观察他半天，底气不足地小声问："父皇不生气吗？"

林帝笑眯眯地把梅妃刚才费心剥的水果拿起来喂给她："父皇不气，甜吗？"

小团子咂咂嘴,这才弯着唇笑:"甜。"

梅妃:……

林帝又问:"小五会背《尚书》吗?"

小团子两根小手指软软地捏在一起,比画说:"会背一点点。"

林帝早知她聪明,却不知她还会读书识字,《尚书》对于在太学上了几年学的林景渊很简单,可对于一个从未去过太学五岁的小女孩儿就很难了。

林帝这才骤然想起,萧岚是识字的。

记得当年入宫,他听宫人回报,有位岚淑女带了几个大箱子进宫,箱子里不是别的,全是书笔。他就是因为这件事,才会在新人中第一个翻了萧岚的牌子。

美貌惊人又富有才情,简直是按照他的喜好长的。

萧岚唯一的缺点是性格不讨喜,太过沉闷,从不主动与他说话,一问一答,仿佛一字都不愿多说。按说这样的性子,放别人身上,早被他厌烦了。

但萧岚愣是凭借美貌和才情承宠三年,直到林瞻远渐渐显露痴傻,才触了林帝的逆鳞,一朝失宠。

看来萧岚,把她这个女儿教得很好。

他心中一时有些感慨,突然想到什么,转头问一旁的梅妃:"朕记得,你与小五的母妃是同一年入宫的吧?"

梅妃一愣,又很快恢复如常,柔声笑道:"是,时间可真快啊,妾身已经陪在陛下身边七年了。"

林帝也笑着点了点头。

他抱着林非鹿考完了林廷的功课,林廷自然是没什么问题,在林帝满意的目光中坐到了林倾身边。

林倾偏头低声对他笑道:"要不是有小五在,我看老四今天免不了一顿板子。"

林廷也忍不住笑:"五妹的确聪明,等开了春,应该能和我们一起去太学了。"

请完了安,皇子们便告退,林非鹿本来也想走,结果林帝笑眯眯地问:"昨天没学完的棋还要学吗?"

她眼眸晶亮地点头:"要!"

林帝便让彭满摆了棋盘,继续教小团子下棋。

梅妃不出所料又被晾在一边。

这次林帝倒是没叫她退下，而是笑吟吟地对她道："刚才剥的水果不错，小五喜欢，你再剥一些来。"

梅妃：……

林非鹿不露痕迹地看了她一眼。

不愧是高手，都这样了表情管理还是很完美，梅妃盈盈一笑揶揄道："是，妾身也借着五公主的福，再跟陛下学学棋。妾身当年跟陛下学棋的时候，陛下对妾身可没这样的耐心呢。"

林帝笑道："你又胡说，朕对你还没耐心？"

梅妃嗔道："陛下的耐心可不在棋上，明明教着教着便……"

她说着，像恍然想起林非鹿还在，一脸羞红地停住了，只是眼波流转，娇媚地望着林帝。

林非鹿：我怀疑你不正经并且掌握了证据。

林帝似乎也想起了当年的事，女儿还在，脸色有些讪讪，责怪地看了梅妃一眼，但明显开始有些心不在焉。林非鹿跟他下了两局，泪眼蒙眬地打了个哈欠。

林帝便问："困了？"

还不等林非鹿回答，他便对彭满道："送五公主回去休息吧。"

然后林非鹿就被带走了。

踏出殿门时，听到里头传来了梅妃娇俏的笑声。

这梅妃，是有些手段，三言两语便把林帝的心思勾回了自己身上，难怪这么多年承宠不断。

算了，她回房补觉去。

这一觉便睡到中午，她用了午膳，便有宫人来传话，说温泉已经备好，下午就可以泡温泉了。

林非鹿以前冬天就喜欢去温泉酒店度假，高兴地把头发全扎起来，在头顶绾了个丸子，兴致勃勃出门泡温泉去。

行宫温泉甚多，各宫都得了一个泉眼。禁军得了林帝的吩咐，五公主走哪儿他们便跟哪儿，但温泉这种涉及隐私的地方，除了贴身婢女，其余人是不可出入的。

林非鹿心想，不可能自己泡个温泉也能被刺客溺死在水里吧？

但也不是不可能，她一时之间有些纠结。

恰好此时彭满找了过来，见她便道："五公主，陛下寻你呢，快随奴才来吧。"

林非鹿跟着彭满过去，林帝一瞧见她的丸子头，顿时爱不释手，揉了又揉，还逗她："两个小鬏鬏合二为一了。"

林非鹿：……作为皇帝你这么幼稚真的好吗？

她的脸上倒还是一派天真乖巧："父皇，我们去哪里呀？"

林帝牵着她的手道："你一个人泡温泉朕不放心，带你去个安全的地方。"

林非鹿还以为林帝要把他自己的温泉让出来给自己呢，没想到他居然把自己带到了奚贵妃那里。

奚贵妃一身单衣迎出来的时候，林非鹿都有些愣了。

林非鹿第一次见到这位传说中的将门之后，她并不如后宫妃嫔明艳貌美，相反眉眼生得有些淡，眸色冷厉，身段并不纤弱，有股夺人的飒意。

见到林帝过来，她不卑不亢地行了个礼，冷厉的眸子淡淡地扫了一眼林帝旁边的小女孩儿。

林非鹿：有被飒到！

林帝笑道："檀儿，朕带小五过来，让她跟你一起泡温泉。驿站的事儿你也知晓，朕不放心她一个人。"

林非鹿眨巴眨巴眼睛，正要使出卖萌攻击，就听奚贵妃淡声说："怎么，陛下把臣妾当护卫打手吗？"

林帝讪讪一笑，似乎习惯她这样的语气，也不恼，把林非鹿往前推了推："交给别人朕不放心，朕最相信你了。"

奚贵妃不置可否地笑了下，又瞟了林非鹿一眼。

林非鹿立刻乖乖行礼，奶声奶气道："小五拜见奚贵妃娘娘。"

林帝说："朕的小五这样可爱，檀儿你肯定也会喜欢她的。"

奚贵妃还是那副冷然的模样，朝林帝屈了下身："臣妾领命。"

林帝便欢天喜地地走了。

他一走，殿内便只剩下林非鹿和奚贵妃，以及她们各自的侍女。奚贵妃转身往前走去，也没回头，像是知道林非鹿没动似的，淡声道："跟上来。"

林非鹿这才迈着小短腿跟上去，并在心里狂吹"彩虹屁"：这位娘娘好帅啊！

俗话说得好，容貌不是最重要的，气质才是！这位奚贵妃的气质简直绝了！

林非鹿之前为了攻下奚贵妃，暗自打听了不少关于她的消息。听说她出生在边关，自小在边关长大，习得一身武艺，本来有成为一代女将的潜质，不知为何最后却进了宫，当了贵妃。

　　她性格冷傲，不屑争宠，入宫便封了嫔，就算至今没有子嗣，却因为家族稳坐贵妃之位，很得林帝的信任和喜爱。

　　这不就是宫斗剧里的女主角吗？！跟梅妃那种妖艳的女人一点儿都不一样！

　　上了台阶，穿过重重纱帘，后面就是热气蒸腾的温泉了。

　　已经有侍女候在两边，奚贵妃只穿了件单衣，站在池边衣服一褪，露出后背漂亮的蝴蝶骨和修长的细腿，不紧不慢地踩着台阶走进了温泉。

　　林非鹿小步走过去，在松雨的服侍下脱了外衣，但里面还裹着她提前备好的浴巾，先在池边伸脚试了试温度，然后才慢慢地把小身子藏进水里。

　　啊，舒服，久违的温泉。

　　她正眯着眼享受，听到奚贵妃淡声道："别往中间去，水深。"

　　林非鹿偏头看过去，她背靠着池沿，容貌被热气一蒸，透出些红润，倒比刚才多了些温度，看上去没那么冷淡了，精致的锁骨隐隐约约浮在水面，天鹅颈漂亮得惹眼，不愧是自小习武的身材！

　　林非鹿恨不得拍水长叹：这么好看的小姐姐为什么便宜了她那个爹！

　　她老老实实"哦"了一声，小短腿踩着水，慢腾腾地走到了奚贵妃身边，往奚贵妃身边一蹲。

　　过了会儿奚贵妃睁开眼，打量了两眼旁边的小豆丁，她亮晶晶的眼眸里盛满了水汽，一眨不眨地看着自己。

　　奚贵妃问："看什么呢？"

　　林非鹿说："娘娘真好看！"

　　奚贵妃不屑一顾："小骗子，这么小就会恭维人。"

　　林非鹿恨不得掏出自己的心脏以表忠心："小鹿没有骗人！就是很好看！"

　　奚贵妃饶有兴趣地看着她："哦？那你说说哪里好看？"

　　林非鹿："娘娘的锁骨很好看，性感又清晰！还有颈子，细长优雅，像天鹅一样漂亮！还有这腰，娘娘杀人不用刀，全靠腰啊！"

　　奚贵妃：？

　　小鹿看到美人一时情难自已，接收到奚贵妃迷惑的目光才克制住了，又露出属于小孩儿的乖巧："反正就是很好看啦！"

奚贵妃打量小豆丁半天，终于笑了一声，伸手拨了下她的丸子头："倒是跟行疆形容的一样，是个有趣的小姑娘。"

林非鹿羞赧地一笑。

奚贵妃高冷话少，林非鹿想获取她的好感度，当然也不能聒噪，安静地在一旁乖乖泡温泉。殿内一时很安静，林非鹿被热气熏得昏昏欲睡，这具身体毕竟年纪小，不适合长时间泡着。

奚贵妃看了小豆丁一眼，吩咐侍女："带五公主出去吧。"

林非鹿清醒过来，一把抱住她纤长的手臂。

奚贵妃：？

小豆丁眼巴巴地看着她："我还想跟娘娘再一起泡一会儿。"

奚贵妃问："为什么？"

林非鹿："跟娘娘多泡泡，说不定就可以和娘娘一样有长长的腿了，奚行疆总骂我矮。"

奚贵妃冷冷道："你不用管他，等我把他的腿打断，你就比他高了。"

## 03

最后林非鹿还是没能如愿以偿多泡一会儿，被侍女从温泉池里抱了起来。

奚贵妃见她眼巴巴的样子，勾了下眉："明儿再来泡，这池子又不会跑了。"

林非鹿趴在侍女肩头，小身子裹着湿透的浴巾，答答地滴着水，整张小脸蒸得透红，碎发贴在额头，显得水灵灵的眼睛尤为大，期待地问："那明天我还可以跟娘娘一起泡吗？"

奚贵妃不咸不淡地说："你想来便来。"

林非鹿这才美滋滋地被侍女抱下去了。

换好衣服之后，奚贵妃身边的宫女又带她去旁边的殿内喝酥茶。不知道是不是泡了温泉的缘故，林非鹿肚子饿得咕咕叫，坐在凳子上一手酥茶一手点心吃得津津有味，一边吃一边左右四顾，两条小短腿还前后地晃，差点儿把旁边的宫女给萌死。

她悄声对一旁的松雨道："你们五公主好可爱啊！"

松雨既骄傲又高兴："是的！我们五公主是天底下最可爱的小女孩儿了！"

林非鹿就听着两个十几岁的小姐姐在旁边狂吹自己的"彩虹屁"，听得心安理得。

咯，她其实有时候也觉得自己怪可爱的。

见她吃东西的时候一直在四处打量，等她一吃完，那宫女便蹲下身柔声道："五公主，奴婢带你在这里四处转转吧？这是陛下御赐给娘娘的温泉殿，除了娘娘，旁的人不得吩咐都不许进来呢。"

林非鹿也觉得这地儿不错，疏韵雅致，不过分奢华，也不过分简洁，有种置身水墨画的大气幽静之感。

她点了点头，从凳子上跳下来，跟着宫女开始参观。

温泉行宫就是皇帝修来度假用的，风光当然好，这座温泉殿又是其中翘楚，可见林帝对于奚贵妃是十分看重的。

但据她以往收集到的消息，林帝其实不常翻奚贵妃的牌子，至少在选择美人侍寝上，他更偏爱明艳夺目的阮贵妃和娇弱动人的梅妃。

奚贵妃不是传统美人那种长相，再加上气质冷冷清清的，看上去有些不好接触，估计林帝不爱这种。

不过这样倒是减轻了她心中的遗憾，她对奚贵妃的观感很好，这种气质大美人少侍几次寝，她觉得是大美人赚到了！

她正胡思乱想，她们进来的这座偏殿的房顶突然传来两声清脆的动静，像是瓦片被撞开的声音，吓了大家一跳。

宫女往上看了两眼，正要说话，那声音又接连一串噼里啪啦在头顶乍响，还夹着几声类似乌鸦的鸣叫。

宫女吓得不行，赶紧领着林非鹿出去，几人走到院子里往上看，但因房屋修得高，什么也看不见，只听见那声音不停，宫女白着脸道："公主先去主殿吧，奴婢去叫侍卫来看看。"

正说话，泡完温泉的奚贵妃也出来了，见她们都站在院子里朝上打量，淡声问："看什么呢？"

宫女把事情说了一遍，奚贵妃还是那副冷然的模样，若无其事地说了句"本宫上去看看"，然后脚尖一点，就往房顶飞上去了。

林非鹿：？

飞上去了？

这可比当初奚行疆飞的那棵树高多了！

这一家子都这么会飞的吗？

不是，这是什么反牛顿定律的武功？

林非鹿目瞪口呆地看着奚贵妃轻飘飘地落在了房顶，弯腰不知捡了什么东西，又轻飘飘地飞了下来，然后把东西往地上一扔。

"一只断了翅的乌鸦罢了，拿出去扔了吧。"

她说完便要回去洗手，正要走，大腿一下子被人抱住了。

奚贵妃回头一看，小豆丁又露出了那种眼巴巴的表情，但眼眸亮晶晶的，闪烁着兴奋的光芒。

奚贵妃："又做什么？"

林非鹿："我想学！"

奚贵妃挑了下眉，还是那副淡然的语气："你才多大，学这个做什么？又无须上战场。"

林非鹿："我要学我要学我要学！"

撒娇撒泼是小孩子的利器！

奚贵妃看了林非鹿几眼，小豆丁刚才泡温泉的丸子头已经梳成了两个小鬏鬏，缠着漂亮的红丝带，像只小狗似的蹭在她脚边，正努力地散发萌感，企图攻略她的心神。

她不由得想起年前奚行疆进宫给她请安时，眉飞色舞地说起他偶然遇见的五公主："姑姑，你是没看到那两个鬏鬏！啊，太可爱了，让人又想保护又忍不住破坏！"

嗯……

这不学无术的侄儿形容得还挺到位。

林非鹿眨巴眨巴眼睛，听到大美人说："行。"

她还没来得及高兴，就听大美人继续道："习武先打基础，就从今日开始吧，你先在这院子里扎两个时辰的马步。"

林非鹿：？

奚贵妃："不会扎马步？"

她给林非鹿示范了一下，姿势非常标准，像以前香港功夫片里开武馆的老师父。

林非鹿：……

然后奚贵妃就进殿喝茶去了，留下林非鹿在寒风中孤独地扎马步。

她虽然平时多有锻炼，但那跟扎马步能比吗？别说两个时辰，十分钟她就不行了，感觉比她第一次去健身房，被教练逼着做平板支撑还要痛苦。

松雨在旁边看她双腿打抖，小脸都憋白了，心疼道："公主，要不算了吧。你别看娘娘现在厉害，当年肯定也是吃了不少苦头的，你年纪还小，哪里受得住这些。"

林非鹿奶声奶气地大声道："不行！奚贵妃娘娘好不容易才答应教我的，我不能半途而废！"她伸直两只小短手，"哼哈！"

坐在殿内慢悠悠喝茶的奚贵妃：……

这小东西，故意说给她听呢。

旁边那宫女也忍不住道："娘娘，五公主还小呢，您若真是有心教她，也慢慢来吧，别头一次就伤了身子。"

奚贵妃朝外看了两眼，撇了撇茶沫，声音还是冷冷淡淡，唇角却勾了抹笑："这还是第一个说想跟本宫学武的，自然要考考资质和恒心。"

正说着话，不知道上哪儿去浪的奚行疆步伐轻快地跑了回来，方一进殿，看见在院中扎马步的小豆丁，还以为自己走错了地方。

他左右环视了一圈，又揉了下眼睛，发现自己没走错也没看错，再一看双腿抖成筛子的林非鹿，差点儿笑晕过去。

林非鹿还有力气瞪他。

奚行疆走过去蹲在她面前，稀奇道："小豆丁，你也被我姑姑罚啦？"

这个"也"字就用得很生动。

林非鹿不甘示弱道："我在跟娘娘学武！"

奚行疆惊讶地挑了下眉，挑完了又不无遗憾地摸摸她颤抖的小鬏鬏："你说你，年纪轻轻的，怎么这么想不开呢？"他凑近一些，压低声音道，"你知道以前我姑姑在边关的时候，外号叫什么吗？"

林非鹿问："叫什么？"

奚行疆："女阎罗。"

林非鹿：……

她气呼呼地大声反驳："你胡说！娘娘才不是女阎罗！娘娘是仙女！"

奚行疆脸色一白，果然，殿内立刻传出奚贵妃冷冰冰的声音："给我滚进来！"

奚行疆咬牙切齿地戳了下她的鬏鬏："下次找你算账！"然后愁眉苦脸地进去了。

有奚行疆闹了这么一出转移注意力，林非鹿又多坚持了一会儿，最后实在脱力，一屁股坐在了地上。

松雨立刻心疼地给她揉腿，奚贵妃从殿内走了出来，小豆丁一看见她，垂头丧气道："娘娘，小鹿尽力了。"

奚贵妃没说话，转头吩咐松雨一会儿回去了该怎么给她放松按摩，松雨连连称"是"。

林非鹿眼巴巴地看了她一会儿，等她说完才扯扯她的袖子，委屈地问："娘娘，我是不是没通过测试啊？"

奚贵妃说："离开行宫之前，把这两个时辰的马步扎完，一刻都不能少。"

林非鹿：！

她们要在行宫待上很多天，那岂不是把两个时辰分成了很多分钟！

小豆丁又来抱她的腿，边蹭边说："娘娘你真好，果然是人美心善的仙女儿呢！"

奚贵妃："本宫是不是仙女不好说，你是马屁精倒是真的。"

林非鹿：……

突然觉得林帝不爱去奚贵妃宫里，可能是因为她撑人太厉害了。

从温泉殿离开的时候，林非鹿看到奚行疆还在屋内跪着，幸灾乐祸地朝他做了个鬼脸，在奚行疆咬牙切齿的神情中一蹦一跳地跑走了。

不过也只蹦了几步，腿太酸了，她最后还是被松雨抱回去的。

晚上松雨按照奚贵妃教她的办法给林非鹿做了按摩放松，果然很有效，第二天起来双腿只有一点点酸疼感。

这次她学聪明了，先在听雨阁把马步扎了再去泡温泉，这样利用温泉放松效果更佳。

听雨阁的宫人眼睁睁看着五公主在院子里扎起了马步，你看看我，我看看你，最后纷纷把疑惑的目光投向了松雨。

松雨："……这件事，要从一只断了翅的乌鸦说起。"

有孔福在身边，林帝也很快知道了自己的小五在跟奚贵妃学武的事儿。

他一听就很不赞同，宫里已经有一个提刀就能杀人的贵妃还不够吗？！

想当年奚贵妃刚进宫的时候被他册封为嫔，受到了当时某位妃子的刁难，别的人受了刁难，要么自己忍了，今后再暗自报复回去；要么找陛下做主，求个公道。

奚檀倒好，一个人干翻了妃子宫中所有侍卫，然后拎着妃子飞到了房顶，把人扔在上面，又拍拍手飞下去，若无其事地走了。

那妃子愣是在房顶瑟瑟发抖蹲了几个时辰，当时是三伏天，太阳毒得不行，最后晒得那妃子眼泪都流不出来，直接脱水了。

虽然最后那妃子因为恶意刁难被他贬到冷宫，奚檀也被罚禁足三个月，但他自此对奚檀的战斗力有了一个非常深刻的认知。

不愧是当年在边关被称作女阎罗的奇女子！

他想起来都心痛。

不行不行，朕萌萌的小五不能变成下一个女阎罗！

林帝急切切地去找奚贵妃，进了殿中还没说话，就被奚贵妃先发制人："陛下是来告诉臣妾，不要教五公主练武的吗？"

林帝刚点了下头，就听她继续不咸不淡地道："臣妾护得了她一时，护不了她一世，若这后宫中有人有心加害她，也不过是时间问题，学些傍身的功夫，总比什么都不会好。"

林帝倒是被她说愣了。

他的那些皇子都有学习骑射，平日在围场也有专门的武将教习功夫，不只为了强身健体，也是为了在必要时自保。

只是公主们就没有这些规矩了，毕竟在皇家，公主几乎是对任何人都没有威胁的存在，只需德才兼备，长大之后安稳嫁人就行了。

如今还不得知上次谋害小五的人是谁，今后还会不会动手，确实是个隐患。

林帝略一思考，毕竟是个杀伐果决的皇帝，很快做出决定："檀儿所言有理，那朕便把小五交给你。"说罢又干咳一声，交代，"只是，学些傍身的武功就行了，那些打打杀杀的东西……喀，还是不要教给她了，危险。"

奚贵妃看了他一眼，唇角勾了个笑："臣妾遵旨。"

然后林非鹿就开始了每天扎马步、泡温泉的日常。

几天下来，本来就光滑的皮肤比之前更好了，水灵灵、粉嘟嘟，难怪以前大家都说运动是变美的不二法门。

除了扎马步、泡温泉，林非鹿还喜欢跟着林廷往山上跑。行宫修在山腰，古时候的深山未经开发，有种非常原始的森林美，她去了几次，就发现了许多种没有见过的野花，在冬天也开得非常恣意。

林廷似乎天生有种吸引小动物的特质，他们不敢深入，只是在边儿上转一转，但每次总有小动物偷偷溜出来，被林廷一逗，就乖乖上前了。

林非鹿觉得她这个大皇兄要是不当皇子，也可以开个动物园发家致富。

去了好几天，这一次，终于让林非鹿遇到了她一直想看到的狐狸。

她以前小时候去动物园看到过狐狸，只记得人多又挤，那狐狸有些年纪，皮毛粗糙开了叉，不怎么好看。

这野生狐狸倒是第一次见，且通身雪白，简直是用来做成皮裘冬天取暖的不二之选（不是……）。

只不过小狐狸的状况不太好，前腿不知为何受了伤，血凝在白毛上，虚弱地趴在草丛中。都说狐狸通人性，有灵气，它瞧见有人过来，不知是否被林廷身上的特质吸引，也不怕，呜嘤地朝他叫，像在求救。

林廷顿时就不行了，心疼地把小狐狸抱出来，查看了它的伤口，对林非鹿道："五妹，我们把它带回去，让太医治治伤吧。"

林非鹿点了点头，两人便抱着狐狸下山去。

它不知在草丛中趴了多久，那草的叶子上带着细微的小刺，像苍耳似的全部粘在它毛上，林非鹿扒了一路，也没把草叶扒完。

下到行宫，林廷不知想到什么，为难地跟林非鹿说："五妹，这狐狸还是抱去你的听雨阁吧，我那里，不太方便。"

他身边跟着的太监宫女都是阮贵妃的人，回去把这事儿跟阮贵妃一说，估计他又要受罚。

林非鹿理解地点头，从他怀里接过小狐狸，笑眯眯地摸摸它的脑袋："小狐狸，我带你回去治伤，你要乖乖的哦。"

狐狸把小脑袋软软地搁在她手臂上，呜嘤了一声。

回到听雨阁，林非鹿便让松雨去请太医，提前说明了是给狐狸治伤，太医的准备倒也充分，把它受伤的那只腿周围的茸毛剪了，清理了伤口涂上药，便包扎起来。

小狐狸不叫不动的，连太医都称奇："五公主上哪儿捡的这只狐狸？看上去很通人性呢。"

林非鹿笑眯眯道："那就麻烦陈太医把小狐狸治好啦。"

一人一狐，一个赛一个可爱，太医笑着称"是"。

如此过了几天，太医日日都来给狐狸换药，林非鹿还让松雨用补药熬鸡给它吃，小狐狸腿上的伤很快就开始愈合，能满地跑了。

虽是只狐狸，倒是跟狗一样黏人，总喜欢往林非鹿怀里跳。但它从山上捡回来，身上沾了不少草叶灰尘，松雨担心不干净，便道："公主，我们给它洗个澡吧，你抱着也安心。"

林非鹿便让松雨去备了热水，两个人蹲在院子里给狐狸洗澡。

本来也不是多大个事儿，洗个澡而已，小狐狸也听话，安安静静地蹲在水盆里，谁承想热水一沾它身，一股恶心的臭味顿时散发开来，就像穿了七天七夜没洗的袜子，差点儿把蹲在跟前的林非鹿和松雨熏晕过去。

松雨的眼泪都快被熏出来了，捂着鼻子哭丧着说："公主，奴婢常听人说狐臭，就是这味儿吗？"

林非鹿：……

不，你不要侮辱狐臭。

狐臭才没这么臭。

小白狐一脸无辜地坐在盆子里。

林非鹿看了两眼，发现之前沾在它身上的没能全部摘下来的草叶子现在都自动脱落浮在了水面上，她让松雨把小狐狸抱出来，闻了闻，发现那臭味原来是草叶上的。

松雨也发现了，赶紧去换了盆水重新给小狐狸洗澡，这下果然就没有臭味了。

洗干净之后，松雨抱着小狐狸进屋去火炉边烘干。林非鹿发了会儿神，不知想到什么，走到院子里把洗澡前从小狐狸身上摘的草叶子全部捡了起来。

这叶子呈淡青色，脆脆的，一捏就碎，叶面有绒绒的小刺，凑近了闻一点儿味道都没有，但是她一扔到热水里，顿时散发出浓浓的恶臭，也不知道是什么品种。

趁着松雨给小狐狸烘干皮毛的时间，她把捡回来的臭叶子包在手帕里，然后拿了只茶杯来回碾了碾，直至把这些臭叶子全部碾成了碎末，才用手帕包好塞进了袖口里。

洗过澡的小白狐看上去更漂亮了，而且眼睛是非常稀奇的碧绿色，看上去很有灵性，每一个见到它的人都啧啧称奇。

翌日用过午膳，林非鹿在房间休息一会儿，掐着时间抱着小白狐去了林帝的中和殿。

进到前殿，彭满便笑着迎出来道："五公主，陛下正在午睡呢。"

林非鹿歪着脑袋问："父皇一个人吗？"

彭满道："梅妃娘娘陪着呢。"

林非鹿说："我想给父皇看看我的小白狐，我在这里等他可以吗？我乖乖的，不吵。"

彭满自然知道如今林非鹿在林帝心中的地位，倒也没阻止，轻手轻脚地将她领到内殿坐下，还让人上了点心和水果，笑着道："那公主就在这儿等着，等陛下醒了，奴才来叫你。"

她摸着小狐狸的脑袋乖乖点头。

彭满便又退到殿外守着了。

她吃了些点心，还掰碎给小狐狸也吃了一点儿，凑在它耳朵旁小声说："小狐，他们都说你通人性，你能听懂我说的话吗？"

小白狐吃着点心，用碧绿的眼睛看了她一眼。

林非鹿笑眯眯地往内间指了指："看到那里面没？吃完点心，你就往那里面跑，跑到床边钻进床底去，行不行？你同意的话，我以后天天做鸡给你吃。"

小白狐慢条斯理地吃完点心，然后从她怀里蹦了出来。它腿伤还没好，跑起来一瘸一拐的，速度却不慢。

林非鹿慌张地喊道："小狐！别乱跑！"喊完便跳下来，往里面追了过去。

守在内间的宫女骤然看到一只白狐跑进来，吓了一跳，但想到陛下和娘娘还在午休，倒是没叫出声，只急急地走过去。

那狐狸一溜烟儿就钻进了床底下，紧接着五公主也着急地跑了进来，小声问宫女："你看到我的狐狸没？"

宫女惊慌地指了下床底。

林非鹿便爬过去，撅着屁股往里面看，小声喊："小狐，快出来！"

宫女生怕陛下被吵醒降罪，赶紧出去喊彭总管。

林非鹿听见脚步声远去，转头看了眼摆在旁边的绣鞋，从袖子里掏出手帕，飞快地把包在里面的粉末撒了一些进去。

等彭满火急火燎地跟着宫女进来时，林非鹿已经抱着小白狐在往外走了。

她一副做错事的表情，垂着头懊恼道："彭公公，我的小狐不听话，差点儿吵醒父皇，我回去后好好教育它！"

彭满见林帝没被吵醒也松了口气,笑道:"小动物爱乱跑,公主多看着些便好。"

林非鹿乖巧地点头,又坐回去继续吃点心,没多会儿林帝便睡醒了,在梅妃的服侍下起床洗漱,听彭满说五公主等在外面,倒是很高兴。

林非鹿给他炫耀完自己的狐狸就回宫了,林帝则带着梅妃去泡温泉。这是他每天午睡之后的日常,每位妃嫔轮流陪他鸳鸯戏水,今天刚好轮到梅妃。

皇帝泡温泉,除了随侍的妃嫔,旁人都得回避,将一切准备好便退下了。梅妃只穿了件纱衣,身材曲线若隐若现,既妩媚又勾魂。

林帝就爱身娇体软这一款,梅妃这些年将自己的身材和肌肤保养十分得体,像无骨美人似的,每次都能令林帝兴致大发。她能承宠多年,跟这也有很大的关系。

此刻披着纱衣缓缓入水,水气缭绕,媚眼如丝,勾得林帝心痒痒的,突然,一股恶臭传了出来。

林帝一愣,当即捂住鼻子,本来以为是外面飘来的什么味道,但这温泉殿只有头顶的天窗开着,这臭味却近在咫尺。

他往周围嗅了嗅,最后目光缓缓迟疑地落在了梅妃身上。

梅妃当然也闻到了,捂着鼻子朝林帝走过去:"陛下,这是什么味儿啊?"

她一走近,林帝差点儿被熏晕过去。

林帝惊恐地瞪大眼睛,往踩在水面的那双玉足看去。

梅妃脚所在的那一圈水都不如其他地方清澈,有些淡淡的浅色的混浊,就像好久没洗脚似的。

林帝本来是坐在水里,见她越走越近,那团混浊也溢了过来,吓得手忙脚乱地从水里爬了起来。

他觉得自己这辈子都忘不掉这股脚臭味儿了。

梅妃啊梅妃!你实在太让朕失望了!

## 04

不过一下午的时间,整个行宫的人都知道梅妃陪林帝去泡温泉的时候不知为何触了圣怒,林帝方一进去就脸色沉沉地出来了,回到中和殿后一下午没见人。

林帝到底还是顾及梅妃的面子，什么也没说，梅妃自己就更不可能告诉别人她是因为脚臭活生生地把陛下臭走的，回到殿中之后就崩溃地大哭了一场。

脚臭啊！脚臭啊！

她经营了七年的清雅出尘的气质，就被这么一个打死她都想不到的小毛病毁于一旦了啊！

看林帝当时惊恐的眼神和崩溃的神情她就知道，不管今后她再怎么挽回形象，这个污点也会在林帝心中留一辈子，成为他永远的心理阴影了。

杀人诛心啊！

她再也不是他心里那个冰清玉洁、完美无瑕的女人了。

梅妃太崩溃了，这简直比搞宫斗失败还让人崩溃。

她身边的人都不知道发生了什么，还以为是陛下斥责了娘娘才让娘娘这么伤心，拿出平时那些奉承的话来安慰，结果被梅妃全部赶了出去。

不过梅妃能在宫中屹立多年，心性比她的外表看上去坚强多了。

哭完之后，她就开始怀疑这次的事情她是被人陷害了。

作为一个对自己身材容貌管理严格的精致女人，她每天都务必保证自己从头到脚要香香的。她封号为梅，就是因为当年她一曲"献梅舞"获得林帝青睐，林帝当时赞她"人比梅娇，香风满堂"，因此赐了封号。

她从来没有脚臭的毛病，每晚洗漱沐浴都毫无臭味，怎么今天就在陛下面前出了丑？

她回宫之后就让婢女打了热水来洗澡，这时候臭味就已经没了，她检查了自己的双足，嫩白细滑，也毫无脚疾的症状。

梅妃越想越觉得不对劲儿，目光看向自己那双绣鞋时，愣了一下。片刻，她将那双鞋拿到面前，仔细检查一番后，发现鞋内和袜底，有一点点残留的淡青色的粉末。

梅妃神情一凝，毫不犹豫地将鞋袜扔进了旁边的热水盆，一股熟悉的脚臭味传了出来。

果然有人陷害！

这招实在是太毒了！

简直比她杀人的手段还要毒！

梅妃气得差点儿咬碎了牙，但事已至此，根本没办法向林帝解释，别说没有证据，就是有谁会相信有人陷害她脚臭！林帝只会认为这是她最后的挽尊罢了！

到底是谁？！

此次随行的妃嫔中，除了统一战线的那几个和置身事外的奚贵妃，其他人都曾是她的手下败将，而且鞋袜这种私密物，需得靠近她才能下手，她身边都是可信之人……

不！不对！

今日在中和殿午睡时，林非鹿来过！

有那么一瞬间，梅妃都觉得是自己多心了。

一个五岁大的黄毛丫头而已，她虽然厌恶，但并不忌惮。上次的事失了手，她并不着急，回宫之后有的是机会对付林非鹿，压根儿就没放在心上。

可除了林非鹿，这期间再没别人有机会接触她的鞋袜！

梅妃感觉自己后背都出了一层细汗，五岁大的小丫头，居然如此有心机、有手段？！

也不一定，林非鹿背后……可还有一个娴妃啊！

这娴妃跟惠妃势如水火，跟自己的关系也十分恶劣，难不成是娴妃在背后教唆？五岁大的小丫头哪能想出如此恶毒的法子？！

梅妃越想越觉得有可能。

这种手段和心机，必须是有丰富宫斗经验的妃子才能使得出来的！

梅妃一时气血翻涌，恨不得当场去找娴妃拼命了，可最后还是忍了下来，将此仇狠狠地在心里记了一笔，然后收拾妥当，去了惠妃的宫中。

惠妃也听闻了中午的事，本就心存疑惑，见她过来，立刻将她拉到内间，屏退下人后方问道："到底发生了何事？妹妹如何就惹怒了陛下？"

梅妃虽然难以启齿，但还是咬着牙把被陷害的经过说了一遍，说完之后，泪都要落下来了："娴妃这毒妇！杀人诛心，是我们往常太小瞧她了！我今后与她势不两立！"

惠妃简直听得目瞪口呆。

宫斗这么多年，这种手段还真是第一次见。

她不由得扫了一眼梅妃的脚，稍微想了下当时的场面，就感觉快窒息了。

她握着梅妃的手同仇敌忾："我之前跟你说，那五公主虽然年纪小，但不是个简单的，你瞧瞧我那丫头被她蛊惑成什么样了？你还说是我多想了，现在着了她的道，才明白了吧？"

梅妃悔不该当初，咬牙切齿："在驿站的时候就该一鼓作气了结了她！"

惠妃做了个嘘声的动作，压低声音："当时时间紧迫，准备不够充分，失了手也情有可原。近来陛下护她护得紧，她平日又常待在奚贵妃身边，确实不好下手，待回了宫，有的是机会。"

梅妃咬牙道："萧岚那个贱人心思愚笨，生个女儿倒是比她聪明，傍上了娴妃这个毒妇不说，还把这些皇子公主哄得团团转，现在连陛下都十分宠爱她！不能再拖了，这个祸患必须尽早解决！"

惠妃道："你一向稳重，该知道有些事急不得，越着急越容易露出马脚，别为了一个小丫头，把自己搭进去。"

梅妃深吸一口气，冷静了一些："姐姐说得对，是我被气乱了心性。"

两人又在房内说了会儿话，梅妃离开时已经十分心平气和了。

林非鹿并不知道自己干的这一票让无辜的娴妃娘娘背了锅，听说林帝黑着脸离开温泉殿就知道计划成功了，赞许地摸了摸小狐狸的脑袋，信守承诺地开始给它做鸡吃。

那之后，林帝就再也没召过梅妃，不管是泡温泉还是侍寝，梅妃也知道需要给林帝一些冷静期让他遗忘这件事，也没主动去找存在感。

林非鹿眼不见为净，每天抱着小狐狸开开心心地跟林帝学下棋，父女的关系又亲近了不少。

在行宫待了十多天，温泉度假就结束了，车队拔营，整队回宫。

离开的前一天，林非鹿抱着小白狐和林廷一起，爬到山上去放生。

小白狐吃了这么多天的鸡，比初见时圆润了不少，腿伤也好了，周围长出的新肉粉嫩嫩的。林非鹿去了当初捡到它的地方，把它放了下去。

她蹲在它面前摸摸它的脑袋，笑道："我们就在这里说再见啦。"

小白狐蹲坐在地上，歪着脑袋看她。

两人跟它挥挥手，转身下山，走了没几步，就发现小白狐跟了上来。

林非鹿转身道："你是野生的狐狸，属于山林，不要跟着我啦。"

林廷笑道："它舍不得你。"

林非鹿又说："不出意外的话，我明年还会来。明年的这个时候，你还在这里等我，我再上山来接你，好不好？"

小白狐抬起自己的爪子舔了舔，这次两人再走，它就没有跟了。

翌日回宫，林非鹿没独自坐马车，而是跟奚贵妃一道。要说这次行宫之旅最大的收获是什么，那当然是攻下了奚贵妃这个非常厉害的NPC。

虽然这个女人又高冷又毒舌，五句话有三句话是在撑人，口头禅是"信不信本宫打断你的腿"，但林非鹿真的太喜欢她了。个人口味问题，男孩子林非鹿喜欢漂漂亮亮、温温柔柔的，女孩子她就喜欢又飒又帅气的这一款。

而且奚檀还会武功！飞檐走壁哼哼哈嘿！对于一个从小就喜欢看金庸小说的人来说，实在是太有诱惑力了。

本来以为自己拿的是宫斗剧本，现在发现她可能还会触发武侠支线，简直美滋滋的。

娴妃对她好是因为她可以监督林景渊进步，得了娴妃的赏识。

但奚贵妃对她好是没有原因的，无须从她身上获得什么，仅仅是单纯地喜欢她而已。虽然奚贵妃的喜欢并不浮于表面，平时还是那副冷冷淡淡的模样，不大能看出来，但……"绿茶"应该自信。

经过两天的长途奔波，林非鹿平安并且近乎散架地回到了皇宫。

萧岚得了圣驾回宫的消息，早早就在路口候着。古时信息闭塞，萧岚并不知道她在驿站被谋害的事儿，见着女儿回来，高兴地从松雨手中接过来，抱在怀里好一阵亲昵。

林非鹿搂着她吧唧了好几口，把萧岚的心都亲化了。

松雨一见娘娘，想起驿站的事儿，眼眶顿时红了，一路埋着头回到明玥宫，萧岚才发现她不对劲儿，柔声问："松雨这是怎么了？"

松雨泪珠子一落，在她面前跪了下来："奴婢有负娘娘所托！没有照顾好公主，是奴婢失职，请娘娘责罚！"

萧岚大惊失色，把林非鹿从怀里放下来，赶紧将她扶了起来："发生了何事？"

松雨一边哭一边将驿站的事儿告诉她，萧岚本来欣喜的脸色渐渐白了下去，听松雨说完之后，手指已然掐在一起，后怕地看了一眼旁边完好无损的女儿，嘴唇血色尽失。

林非鹿倒还是安慰她："母妃，我没事儿，那人后面就没有再出现过了。"

萧岚勉强笑了一下，回想刚才松雨所说，若不是陛下安排了禁卫军全天保护，小鹿又一直跟在奚贵妃身边，行凶之人恐怕早就下第二次手了。

等将行李整理完毕，林非鹿睡了几个时辰醒来之后，萧岚才独自来到她的房间，指尖有些颤抖地摸了摸女儿的脑袋。

林非鹿揉揉眼睛坐起来，拉着她的手说："母妃，我真的没事儿，别担心呀。"

萧岚眼眶红红的，嗓音有些低："是娘无能，护不了你。"

林非鹿拍拍自己的小胸脯："我可以保护好自己，也可以保护好母妃和哥哥！"她顿了顿，朝外看了一眼，这才小声问，"母妃，你和梅妃娘娘有过旧怨吗？"

萧岚不知她为何突然问起这个，神情有些恍惚，片刻之后摇了摇头："没有。"

她想了想又说："我与梅妃同年入宫，当时都被陛下封为淑女，又因性格相投，还交好过一段时间。只是后来我失了宠，身边的人便渐渐淡了关系，同她也没有再往来，这也是人之常情。"

她看着女儿皱眉问："怎么突然问起这个？你在行宫与梅妃有过接触了吗？她为难了你？"

林非鹿觉得自己这个娘真是个当之无愧的"傻白柔"。

她这个性格，真的不适合宫斗，放在现代的宫斗剧里，活不过三集。想当年她居然还能在承宠的情况下顺利诞下皇子，可见那时候林帝还是有心护着她的。

林非鹿没将自己的英勇事迹告诉自己柔弱的娘，而是问起另一件事："母妃，我听青烟说，哥哥当年早产，是因为你被人下了药？"

萧岚平时不愿意让孩子知道这些，听她问起，略皱了下眉，顿了顿才说："是。那药下得极为隐秘，连每日问诊的太医都没发现不对，我也是这些年慢慢才回过味来，那应当是一种药效很慢的毒药，一日一日积少成多。只是不知对方是想直接害我小产，还是阴差阳错损了你哥哥的神智。"

她说完，这才反应过来什么，有些惊诧道："鹿儿，你是怀疑这件事是……梅妃做的？"

林非鹿倒是没避讳："对啊。她和母妃你是同款美人，又和你同年入宫，你俩还交好，你怀上皇子，她却毫无动静，出于嫉妒争宠，对你下毒手也是很正常的吧？"

萧岚震惊地看着她，有种这些年的悬案被女儿一语点破的骇然。

萧岚性格软弱又善良，不争不抢，没什么上进心，那时候一心惦记自己的意中人，为自己不公的命运自怨自艾，连林帝都不想去笼络，更别说去研究身边人的心思。

太过善良的人，看待这世界的目光也格外单纯。

也是最后生下两个孩子，为母则刚，她才比之前成长了一些，能在这后宫苟活下来。

林非鹿觉得怪来怪去，就怪萧岚投错了胎，她这性格和长相要是生在现代，那得是多少人捧在掌心呵护的"傻白甜"啊。

萧岚震惊了好一会儿，才喃喃道："梅妃性格纯良，待人温和，怎会……"说着说着没了声，她估计怀疑人生去了。

看看，这就是"绿茶"的手段，林非鹿并不意外，甚至非常熟悉。

唉，对比一下梅妃，她觉得以前的自己真的好讨厌哦。

不过讨厌归讨厌，对付"绿茶"，就得比她更"绿"。没有人比林非鹿更清楚怎么让一个"绿茶"原形毕露了。脚臭算什么啊？对于"绿茶"而言，名声臭了那才是最大的打击。

萧岚看着女儿眼眸里灵动狡黠的光，知女莫若母，相处久了，也熟悉女儿的操作了，迟疑又担忧地道："鹿儿，梅妃不比旁人，深得陛下圣宠，就算当年的事与她有关，可事情过去这么多年早没了证据。我们若是与她对上，恐怕一时讨不了好。"

林非鹿看她这迟疑软弱的模样，就知道要下一剂重药了，说："母妃，我怀疑驿站的事，也是梅妃下的手。"

萧岚眼中果然瞬间迸发出了战斗的光芒！

林非鹿非常满意。

她跟萧岚撒了会儿娇，让萧岚不至于太担心，又兴致勃勃地说起自己跟奚贵妃习武的事。

萧岚已经对女儿人见人爱的特性见怪不怪了，只是嘱咐道："贵妃娘娘既然看重你，你便不要让她失望。"

林非鹿认真地点点头。

现在扎马步已经成了她的日常，翌日早上起来，青烟几人看着在院中哼哼哈嘿扎马步的小公主，露出了迷茫的神情。

松雨："……这件事，还是要从一只断了翅的乌鸦说起。"

林瞻远许久不见妹妹，除了睡觉以外都缠着她，见着妹妹扎马步，好奇地问:"妹妹在便便吗?"

林非鹿纠正他:"妹妹在练武!哼!哈!"

林瞻远更疑惑了:"什么是练武?"

林非鹿说:"练了武就会变得很厉害,打倒一切坏人,保护哥哥!"

林瞻远立刻在旁边有样学样地扎起马步来,嘴里还念叨:"哥哥也要练武保护妹妹!"结果坚持不到两分钟就一屁股坐在地上了,他委屈得不行,还骂自己,"哥哥笨死了!"

骂完了,他又噘着嘴爬起来,继续扎。

林非鹿觉得自己现在越来越接受自己五岁小可爱的设定,很大原因是受了这个傻哥哥的影响。

下午时分,扎完马步做完放松的林非鹿就踢踏踢踏地跑去找奚贵妃了。

奚贵妃住在锦云宫,她还是第一次来,不愧是地位仅次于皇后的贵妃,宫殿规模比起四妃所在的宫殿要大气精致得多。

在行宫那几日奚贵妃身边的宫人都跟她混熟了,此刻一见到五公主,立刻欢欢喜喜地把她迎了进来。奚贵妃至今没有子嗣,往日宫人看见其他娘娘有孩子承欢膝下,都很是羡慕。

如今来了个五公主,虽不是娘娘的孩子,但同娘娘格外亲近,又生得十分可爱,自然是满宫喜爱了。

林非鹿一进屋,就被屋内的温度热出一身汗,赶紧把自己的斗篷脱了。之前在行宫也是,奚贵妃房间里的炭炉总是烧得十分旺。

"我本来以为像奚贵妃这样的习武之人身体素质会很好,不太怕冷呢。估计是体内寒气过重,导致手脚冰凉所致,看来需要找太医开点方子调理一下。"

小豆丁严肃地说完这番话,屋子里安静了几秒。

奚贵妃倒是没什么反应,还是淡淡托着茶盏,旁边两名宫女神情倒是有些难过,想说什么,最后还是什么也没说,只笑道:"五公主关心娘娘呢。"

奚贵妃看了小豆丁一眼,不咸不淡地开口:"本宫不是怕冷,体内没有寒气,手脚也不冰凉。"

林非鹿:……

干吗呀!拆台啊!

林非鹿正噘嘴,又听她淡声道:"只是年轻时受了伤,伤到筋脉,天气一冷就会疼,所以需得暖和一些。"

林非鹿起先还疑惑,这样的奇女子,威风凛凛的女将军不当,入宫来做什么。现在听她这样一说,林非鹿才骤然明白,这大概就是原因了。

她三言两语说得轻便,但伤到筋脉,连冷天都受不了,想必伤势很严重吧。

林非鹿顿时又心疼又遗憾。

奚贵妃瞟了她两眼,放下茶盏:"你做出这副表情是要做什么?出去踩桩去!"

林非鹿:……踩桩?

奚贵妃略一示意,宫女便领着她往外走去。走到旁边的小院,林非鹿才看到空旷的院中竖着许多根木桩,高矮不一,呈不规则排列。

林非鹿顿时有点儿兴奋:"这就是传说中的梅花桩吗?!"

奚贵妃挑眉:"懂得还挺多。"她懒洋洋的声音从殿中传出来,"上去站半个时辰再下来。若是中途掉下来,就从头计时。"

林非鹿心想,这可比扎马步轻松多了!兴致勃勃地爬上去,结果站了还没两分钟就摔了下来。

好在地面是泥地,不至于擦到磕到,林非鹿灰头土脸,再次默默地爬了上去,没多会儿又摔了下来。

就这么反复很多次,整个人都摔成小泥娃了。

林非鹿:回去之后平衡瑜伽该练起来了。

最后她颤颤巍巍、勉勉强强地在桩子上蹲满了时间,下来的时候路都快不会走了,有种踩在云端飘着的感觉。

奚贵妃看着萌萌的小豆丁变成了灰头土脸的小泥娃,神情还是淡淡的,但眼角像藏着笑,有种讽意的风情:"明日再来。"

林非鹿乖乖告退。

锦云宫虽然又大又豪华,但其实地理位置并不好,有些偏僻。对于后宫妃嫔来说,越是靠近林帝的养心殿,位置越好,锦云宫就离养心殿很远。

不过偏僻就清静,冬天的痕迹已经渐渐消退,春意悄然而至,路边的花草树木都冒出了嫩绿的新芽。她一路看着新生的花花草草,心情都愉悦了很多。

经过三岔路时,林非鹿看到不远处那片翠竹林也郁郁葱葱,经过风雪的洗礼之后,越发青翠。

锦云宫离养心殿很远,距离宋惊澜的翠竹居倒是蛮近嘛。

她也很久没见小漂亮了,高高兴兴地转道走了过去,还未走进翠竹居,就在竹林里遇到了正跟天冬一起挖春笋的宋惊澜。

听到嗒嗒的脚步声，他意有所感地抬头看过来，对上小姑娘亮晶晶的视线，先是一愣，然后忍不住笑了，起身朝她走来："五公主这是刚滑完泥回来吗？"

林非鹿想起上次的滑雪，抓了抓脑壳："不是啦……我在跟奚贵妃娘娘习武呢，这是踩梅花桩摔的。"

宋惊澜惊讶地挑了下眉，倒是没说什么，而是将手中挖春笋的刀递给天冬，然后自然而然地牵过了她脏兮兮的泥手，温声说："走吧，去洗一洗。"

然后林非鹿就傻乎乎地被他牵进了翠竹居。

宋惊澜让她在屋内等着，然后转身去倒热水。端着水盆回来时，小姑娘却从屋内跑了出来，坐在了门外的台阶上，眼睛弯弯地说："把水溅到屋子里就不好啦。"

宋惊澜笑了下没说话，走过来将水盆放在一旁，然后在她面前半蹲下来。

他拿起盆里的帕子稍微拧干了水，一手按住她的小脑袋，一手拿着帕子帮她擦脸。

林非鹿有点儿不好意思："殿下，我自己洗。"

他笑了下："你手脏，越洗越脏。"

林非鹿嘬了下嘴，趁着他给自己擦脸，两只小手不安分地往前伸，抓住他的白衣服后，使劲儿蹭了两下。

宋惊澜低头看了眼衣服上的小手印，又看了眼坏事得逞摇头晃脑的小姑娘，什么也没说，只是垂眸笑了笑。

## 05

小漂亮温柔惹人爱，林非鹿心安理得地享受完他的照顾，换了两盆水后，泥娃娃终于又变回了瓷娃娃。

此时天冬也提着挖好的春笋回来了，宋惊澜便吩咐："拿篮子给五公主分一些。"他说完又转身对林非鹿道："这笋清脆可口，公主若是喜欢，下次让宫女过来拿。"

内务府总是克扣翠竹居的吃食，他住在这片竹林边上，每年春天倒是可以尝到新鲜的竹笋。

林非鹿高高兴兴地应了，落日还未倾斜，也不着急回去，跟着宋惊澜进屋时，发现屋内又冷冰冰的，没有炭炉取暖。

她顿时问："殿下的银炭用完了吗？"

宋惊澜正用热水冲花茶给她，闻言温声道："没有，只是雪化了，天气开春，已经不大冷了，打算将剩下的留着明年用。"

听得林非鹿心里怪不是滋味的。

小漂亮多像冬天存粮的松鼠啊！这就是缺乏安全感的表现啊，同学们！

她接过热茶杯捧在手上，眼眸被茶雾熏得湿漉漉的："银碳放到明年受了潮就不能用啦，明年冬天我再给殿下送新的来。"她小大人似的拍胸，一副"我罩你"的语气，"不是还有我嘛！"

宋惊澜温朗一笑，抬手替她拂去头顶的一片碎竹："嗯，听公主的，一会儿我就让天冬把炭炉点上。"

林非鹿美滋滋地点头，又同他说了会儿去行宫度假遇到的趣事，比如在山上捡到一只小狐狸。

宋惊澜也不嫌她话多，她说话时他便看着她的眼睛，神情既温柔又认真。

林非鹿突然想起以前看过的一句话，如果有人在你说话时看着你的眼睛认真倾听，那他一定是个很温柔的人。

她以前就最受不了这样温柔的男孩子，渣都不渣这样的，因为舍不得迫害。

于是宋惊澜发现小女孩儿雪白的耳根悄悄爬上绯红，自己止了话头，告别之后提着春笋嗒嗒嗒地跑走了。

天冬在一边好奇地问："殿下，五公主是害羞了吗？我看到她耳朵红了。"

宋惊澜扫了他一眼，这眼神并不冷厉，但天冬还是脑袋一缩，乖乖闭嘴了。

随着大地回春，冬日的气息越来越薄弱，终于在某个阳光灿烂的日子彻底失去踪迹。春日的阳光虽还带着些凉意，但宫中众人基本都换下了冬衣。

林非鹿也脱下了她的可爱无敌战袍——红色斗篷，换上了萧岚给她做的漂亮小裙子。如今明玥宫不缺锦缎，萧岚换着样式地给她做裙子，女人永远不嫌自己的衣服多！女孩子也一样！

她的生日在春末，过完这个春天，她就六岁了。往年生日都是萧岚几个人给她过，煮碗面就算是庆祝了，但今年肯定不能再像往年那样随意。

彭满在林帝身边伺候多年，是个心思玲珑的，最会揣摩圣意，开春之后便在林帝耳边提了一嘴，说五公主的生辰快到了。

林帝回想之前那五年自己对小五的不闻不问视而不见，内心泛起了一丝丝愧疚，当即大手一挥吩咐下去，今年五公主的生辰宴必须大肆操办！要办得响亮，办得盛大！

这宫中许多人没见过朕乖巧可爱的小五，天下百姓更有甚者连他有个五公主都不知道。趁着这次的生辰宴，让小五亮亮相，也算给她正名。

于是宫中提前两个月便开始为五公主的生辰宴做准备，皇宫众人得了这个信号，都知道这五公主如今是得宠了，再不可同日而语。

但令人奇怪的是，林帝这宠爱就只给五公主一人，半点儿都不分给生她的岚贵人。而这五公主也甚是奇特，能得陛下宠爱必然聪明伶俐，却从不为自己母妃说上半句话邀宠。

宫中的人心思各异，有的遗憾，有的旁观，有的幸灾乐祸，但对当事人没有任何影响。

萧岚就不用说了，本来就不爱出门交际，现在出门遛弯也不担心会受到刁难，生活一如既往地平静。而林非鹿在前不久得了林帝入太学读书的旨意，正高高兴兴地准备上学呢。

大型NPC聚集地，她来了！

上学这种事，一回生二回熟，她从幼儿园念到研究生，如今又要在不同的时代体验一回，还是很有新鲜感的。

一般人都要配书童或者伴读，林非鹿没要，只让萧岚给她缝了个小书包，装上内务府送来的笔墨纸砚，等太学第一天开学，带着松雨先去长明殿叫林景渊起床，然后再跟他一起去上课。

林景渊打着哈欠，迈着沉重的步伐，忍着内心不想上学的痛苦，看着旁边蹦蹦跳跳的五妹，郁闷道："也不知道去上学有什么好开心的，唉，你都不知道你失去了什么。"

林非鹿背着小书包笑眯眯的："上学就是很开心啊，可以读书写字、答疑解惑，还可以认识很多新朋友！"

林景渊瞬间清醒："哪有什么新朋友？都是一群与我不相上下的纨绔！你去了离他们远一些，挨着我坐！"

林非鹿：……

你倒是对自己的认知很准确。

到了太学，周围这些锦衣华服的少年少女果然通通一脸痛苦，不想开学还真是古往今来逃不掉的灾难。

下人不能入殿，走上台阶之后松雨便去偏殿候着了，林景渊牵着林非鹿的小手，背脊挺得直直的，把周围悄然打量的目光全都瞪了回去："看什么看！"

比起大皇子和太子，众人其实更怵这位顽劣蛮横的四皇子，都赶紧收回目光。

林非鹿觉得他要是生在现代，那必然是个校霸。

宫内宫外消息互通，其实大家都早已知道五公主得了圣宠，被陛下赐了入太学读书的资格。他们年前就见过这位常陪在四皇子身边的小公主，瞧她总是乖巧笑着，对她印象还是挺好的。

只是她跟四皇子在一起时，就像恶霸和民女一样，令人心痛。

在太学读书的人都是皇亲国戚，还有一些格外受林帝重视的朝臣的子女，但殿内的座位并不按照身份地位来排。

靠后的座位极为抢手，除了那几个好学的，没人愿意坐在前排，比如林景渊和奚行疆的座位就在倒数第二排，林倾和林廷的则在第一排。

此时铜钟还没敲响，上课时间没到，殿内闹哄哄的，像极了寒假开学后的班级。

林景渊一进去便把同桌奚行疆的东西全部搬到了另一边的空位，然后把林非鹿按在了奚行疆原本的座位上："你就坐这儿！"

林非鹿环视一圈，自己大概是太学内年龄最小、个头最矮的一个。这古时的课桌不比现在，都是那种低矮的案几，人则跪坐在蒲团上，她往那儿一坐，小小的一团，案桌都快比她高了，啥都看不见。

林景渊还怪得意的："这样多好啊，随便你吃东西还是睡觉，太傅都看不见。"

林非鹿：……

这个校霸加学渣！

林倾恰好从外面进来，听这话毫不客气地斥责道："胡闹！五妹一心向学，哪像你这般不上进！"

他是知道自己这个五妹好学又熟读古文的，俯身把林非鹿从蒲团上抱起来站好，又拎过她的小书包："到前面来。"

林景渊嘴噘得能挂水桶了，又不敢跟自己的三哥叫板，目光幽怨地看着林倾把林非鹿拉到了前面。

众人一看五公主身边的人换成了太子殿下，这下不怕了，纷纷上前来请安行礼。

林非鹿歪着脑袋看他们，任谁来问都甜甜一笑。

在太学读书的公主只有长公主林念知和四公主林琢玉，长公主刁蛮，四公主木讷，以前那位三公主更是不讨喜，如今这位乖巧可爱的五公主简直令人意外又备生好感。

不过一小会儿时间，林非鹿就认识了不少人，什么丞相家的二公子、皇叔家的堂兄、姑姑家的表姐。这古时的家族人员构成太复杂了，她觉得自己需要画一个树状图来梳理这些人物关系。

虽然太学的官员早知五公主要来上课，但想着不过五岁大的小女孩儿，来这儿也不是真的求学，便把她的位置安排在靠后的地方，跟另外两位公主挨在一起。

就像转学生来了新班级前面没空位一样，太学前排暂时也没林非鹿的位置。

林倾看了一圈，出门去吩咐官员重新给五公主排位，再进来的时候，就看见林非鹿抱着自己的小书包，乖乖地坐在了第一排最边上的位置。

那位置四周的案桌都隔得远远的，像被单独孤立出来，从来都只有一个人坐。

林倾微一皱眉，走过去道："五妹，我已吩咐了他们重新安排座位，过来吧。"

林非鹿摇摇头，小声说："不用麻烦啦，我觉得这里挺好的，又近又宽敞。"她眨眨眼，七分乖巧三分天真，"太子哥哥，我可以坐这里吗？"

林倾虽然知她聪明，但也知道她年纪小，国与国之间的恩怨对于五岁大的小女孩儿而言还是为时过早了。他身为大林太子，当然也说不出这是宋国质子的位置，你不要跟他坐一起这种话，便只能委婉道："这位置有人坐的，你与他不熟，要与他坐在一起吗？"

林非鹿开心地点点头："要的！正好可以认识新朋友！"

他们正说着话，身后有人走近，回头一看，是那位宋国质子来了。

他仍是那副不急不缓逢人便笑的温雅模样，走到身边略一行礼，对于自己位置旁边突然坐了个人也不惊讶，温声道："太子殿下，五公主。"

林非鹿仰着小脑袋看他，眼睛弯弯的："是你呀！"

林倾想起之前太学考核作诗时五妹帮他搭档过，倒也不意外他们认识，当着宋惊澜的面再说什么落了大林气度就不好了，只好嘱咐林非鹿几句就坐回去了。

宋惊澜目送他离开，一撩衣摆跪坐下来，开始整理案桌。

林非鹿歪着脑袋看他，用小气音偷偷说："殿下，以后我们就是同桌啦！"

宋惊澜倒是第一次听说"同桌"这个词。

他自入太学以来，一直都是一个人坐，没人愿意接近他，也无人真心与他交好，就连太傅对他都不甚关注。不过他对此也并不在意，毕竟身在敌国，能平安活着就足矣，并不奢求别的什么。

通过纪凉他也早已得知小姑娘要来太学读书的事，只是没想到进来后会看到她坐在自己身边。

以这位五公主的聪明才智，不会不知道自己的质子身份意味着什么，这跟她一个人偷偷来翠竹居不一样，大庭广众之下的接近，终归是不明智的。

但她还是坐在了这里，一脸高兴地跟他说，他们以后就是同桌了。

同，桌。

一个新奇又亲密的词语。

宋惊澜朝她笑了笑："嗯。"

林非鹿故意眼巴巴的："殿下，你学习好吗？如果太傅抽我回答问题我答不上来你会帮我吗？我上课偷偷睡觉你会给我把风吗？我功课没做完你会帮我做吗？考核的时候你能借我抄抄答案吗？"

他挑了下眉："这是身为同桌必须要做的事吗？"

林非鹿重重地点头："当然了！这就是同桌存在的意义啊！"

宋惊澜笑起来："好，我记住了，我会的。"

林非鹿快溺死在小哥哥的温柔里了。

她当年上学要是有这么个同桌，估计就早恋了吧，嘻。

太学殿中的案桌前渐渐坐满了人，随着殿外一声铜钟响，今日的课程便开始了。林非鹿回头打量了几眼，前排学子正襟危坐，姿势端正，后排有些座位空着，最后一排林景渊趴在案桌上像是睡着了，他身边的奚行疆还没来。

多么熟悉又亲切的课堂啊！

今日教学的太傅官至一品，品级虽高，但其实并无实权，不过学术名声很大，皇帝见了也会敬重三分。

他往新来的五公主的方向望了一眼，见她居然跟宋国质子坐在一起，心中倒是惊讶了一番，不过什么也没说，便开始今日的讲学。

古时上课自然没有物化生政史地这些，不过就是古文讲解，传授儒家仁义之道。

林非鹿认真地听了一会儿，算是明白林景渊为啥那么不喜欢上学了。

太无聊、太枯燥了，这太傅讲书的声音又慢又沉，之乎者也，简直是催眠利器，林非鹿书都翻到第十页了，他上面还在讲第一页。

困就一个字，她只说一次。

然后宋惊澜就发现刚才还兴致勃勃听讲的小姑娘突然脑袋一歪趴在了案桌上，小身子呈一个奇怪的姿势扭着，书还搭在脑门儿上。

书页恰好盖在她眼睛的位置，露出长而浓密的睫毛，她小脸堆成一团，连小嘴巴都有点儿翘。

他忍住笑意，轻轻把书拿下来，搁在一边放好，然后稍微前倾身子，左手拿书时，白色的宽袖刚好垂落下来，挡住了她睡觉的小脑袋。

上课上到一半，差生奚行疆才姗姗来迟，进来一看，发现自己的书都被扔到了一旁的空位上，登时大怒："谁乱动我的东西？！"

周围人瑟瑟发抖，纷纷看向还在睡觉的林景渊。

奚行疆真是恨不得踹他一脚，太傅在前面严肃道："世子今日又来迟，还不速速坐好！"

奚行疆撇着嘴把书搬回来，重重地往林景渊身边一坐。

林景渊被他这动静弄醒，愤怒地抬头瞪了他一眼。两人互瞪了半天，最后还是奚行疆觉得不能与比自己小的人计较，先开口转移话题道："不是说小鹿来太学了？坐哪儿呢？"

林景渊不耐烦："你这么关心我妹妹做什么？她坐哪里关你何事？"

奚行疆嗤了一声，不跟这个护妹的人计较，往前边张望一番，突地愣了一下，拐拐又趴下去的林景渊："小鹿怎么跟宋惊澜坐在一起？"

林景渊"噌"的一下坐直身子，待看见前边那两个身影，简直委屈死了："什么嘛，让小鹿跟他坐都不跟我坐！三哥怎么可以这样！"

前边儿上课打瞌睡的林非鹿已经因为奚行疆刚才的动静醒了。

宋惊澜看到小姑娘把小脑袋抬起来后，先偷偷用手指抹了下嘴角，发现没有流口水，明显松了口气。

他忍俊不禁，这才将一直抬着的手放下来，林非鹿重新坐好，低声问："殿下，我刚才没被发现吧？"

宋惊澜也低声回答："没有。"

她心满意足，打了个哈欠，用小气音小声嘟囔："这个太傅讲课好无聊啊，一点儿都不幽默风趣。"

宋惊澜说："罗太傅年纪大，德高望重，讲课便会厚重一些。另外两位太傅年轻时曾周游天下，阅历多，讲课便会引经据典，到时你便不会觉得无聊了。"

林非鹿这才有了些精神。

太学上课中途也会下课，只不过是一个时辰鸣钟休息一次，能休息一炷香的时间。

这时候倒不存在拖堂，方一鸣钟，太傅连没读完的句子都不读了，略一行礼直接离开。殿中顿时热闹起来，林非鹿还百无聊赖地趴在桌子上翻书，林景渊就火急火燎地冲到前边儿来了。

他来了也不说话，就往林非鹿身边一坐，用幽怨的目光看着她。

林非鹿：……

奚行疆也跟了过来，在旁边吊儿郎当地嘲讽："小豆丁，你四皇兄心里委屈呢，还不快安慰他两句。"

林景渊瞪着他狠狠地说："换位置！你坐这儿，小鹿跟我去后边坐！"

奚行疆毫不留情地拒绝："不行，那我还怎么睡觉？"

林景渊痛心疾首："太学是拿来给你睡觉的地方吗？！"

奚行疆："……你也有脸说这句话！"

林非鹿每次看到这俩人，就感觉是在看俩熊孩子掐架，其中一个还是她哥，怪丢脸的。她偷偷瞄了眼宋惊澜，发现他就像没看见一样，依旧若无其事地做着自己的事，十分淡然。

两人还在掐，旁边突然插进来一道十分高调的声音："听说五妹入太学了，怎么坐在这里？"

林非鹿抬头看去，才看见后边不知何时走来一个身高体壮的少年，眉眼与林帝也有几分相像，但比起她另外几个哥哥相貌要平凡不少，但眉眼间的傲气倒是不比任何人少。

她听到林景渊喊了一声"二哥"，便知这是二皇子林济文了。

林济文是四妃之一淑妃的儿子，之前她一直有所耳闻，这位二皇子天生蛮力，十分擅武，年前因为练武的时候自视过高非要举一块巨石，结果砸到自己的脚，伤得不轻，养了几个月没出门，是以她也一直没机会遇到。

此刻一见，果然与传言一致，生得一副蛮相。

她从蒲团上站起来，规规矩矩行了礼："小五见过二皇兄。"

林济文这段时间虽然在殿中养伤，但对宫中发生的事情倒是了解得一件不落，知道以往爱奉承他的三妹被罚去了皇陵守陵，以前名不见经传的五公主得了父皇的宠爱，跟他几个兄弟的关系都不错。

今日来太学前，他母妃淑妃还专程交代过他，最近五公主在父皇面前风头正盛，又与其他几位皇子交好，他也要多跟这位五公主亲近才好。

是以一下课，他就过来了。

一来便听见林景渊在跟奚行疆因为座位的事争吵，林济文是一向看不起孱弱的宋国送来的这个孱弱质子的，平日连同他说一句话都觉得有失身份，此刻见林非鹿跟他坐在一起，想也不想便道："五妹贵为我大林公主，怎可与此人同坐？简直有辱皇家脸面，我这就让他们重新安排。"

林非鹿：？

这是个什么没头脑的玩意儿？

知道你看不起人，但是你看不起人还当着别人的面侮辱人家，是不是有点儿过分了？跟宫中那些为了争宠什么下作手段都使得出来的妃嫔有什么区别？

林倾贵为太子，方才就算不想自己坐在这里，都只委婉相劝，你算个什么东西就敢这样当着我的面践踏我的小漂亮？

林非鹿眼神顿时就沉了下来。

但她还是笑着，唇角弯弯的，看着林济文问："原来在二皇兄眼中，我大林朝的皇家脸面就这么容易被辱呀？那二皇兄也未免太轻看我们皇家的脸面了吧？"

林济文直觉她这话不对，好像是在针对自己，但一向头脑简单四肢发达，又自视过高，一时半会儿愣是没想通这句话该如何反驳，不过还是下意识道："我的意思是……"

不等他说完，林非鹿就继续道："那照你这么说，坐一下就辱了皇家脸面,那你看他一眼辱不辱?你跟他听同一个太傅讲课辱不辱?你跟他吃同一口井的水、呼吸同一片蓝天下的空气、看的是同一个月亮辱不辱?这一来二去的,二皇兄还剩几分脸面给人家辱啊?"

林济文:?

林景渊:?

奚行疆:?

## 06

小姑娘奶声奶气的,凶起人来也奶凶奶凶的,但几个人就是被她这惊人的逻辑和伶俐的口齿惊呆了。

偏偏她说这番话时,还是甜甜笑着的,眼神既真挚又单纯,林济文竟一时之间分辨不出她是在嘲讽自己还是真的在对此发问。

反倒是林景渊看着平日在自己面前乖巧软糯的小鹿在别人面前张牙舞爪的模样,露出了"我果然才是小鹿妹妹最爱的哥哥"的得意表情。

小鹿妹妹的乖巧都给了我一个人!

独享温柔!不愧是我!

奚行疆早知这小豆丁伶牙俐齿,在她皇兄面前乖得不行,当着自己的面就一滴都没,现在终于又出现一个跟自己相同待遇的人,非常乐见其成,简直恨不得她能再撑几句,最好撑得林济文怀疑人生,好叫他尝尝自己尝过的滋味。

旁边两个人看戏意图太明显,本来就郁闷的林济文更郁闷了,以他有限的智商,实在不知如何反驳这段话。

他一向拣软柿子捏,看了垂眸不语的宋惊澜一眼,颇有些恼羞成怒的意味:"不过一个弱国质子而已,宋国终有一日会臣服我大林,届时他便是阶下囚、亡国种!别说太学,天牢都没他的位置!"

他这话一出,连林景渊都变了脸色,跟奚行疆同时出声道:"二哥慎言!"

"二殿下慎言!"

宋国如今虽然屡弱,但立国时间远比大林久远,又因地处南方,一向被天下文人称作正统。想当初大林高祖建国时还被视作乱臣贼子,只不过一代复一代,大林逐渐强大,与宋国分淮河以治,才渐渐扭转了局面和名声。

如今天下大环境重文重名，尊儒守礼，林帝更是一心以仁君之名名垂青史，所以哪怕他十分垂涎宋国的富饶，也从不展露出侵略者的意图，把自己的仁义形象维护得特别好。

林济文当着宋国皇子的面把话说得这么明显，简直是在打道貌岸然的林帝和尊儒奉佛的大林朝的脸。

林景渊平日就是再顽劣也知有些话说不得，太学这么多人，听了这话若是传出去，传到林帝耳中，大不了一顿责罚；若是传到民间，传得尽人皆知，那才是真的损了这皇家脸面。

他跟林济文其实不大亲近，此刻也顾不上了，拉着林济文的胳膊连推带拽："二哥你回去吧，我觉得五妹坐这儿挺好的，你别干扰五妹读书！"

林济文此时也知道自己说错了话，梗着脖子红着脸，拂袖而去。

林非鹿冷漠地看着他的背影，余光察觉奚行疆打量的视线，转头冲他莞尔一笑，又朝林济文的背影做了个鬼脸。

作为"绿茶婊"中的"战斗婊"，"嘴炮"一流，掐架满级，文能嘴撕"白莲"，武能手撕"渣男"，卖得了萌掐得了架那可不是自夸的。

奚行疆也挑眼一笑，冲她比了个加油打气的动作。

这里发生的小矛盾似乎并没有引起其他人的注意，林非鹿理了理裙摆，重新坐回蒲团上，看见宋惊澜正执笔在写书上的注解，神态自若，姿势优雅，好像对刚才那些话一点儿都不在意。

大概是因为他听过很多很多回了吧。

她心中叹息，稍稍往他身边靠了靠，撑着小下巴安慰他："殿下，那些话不要放在心上。"

他笔尖一顿，偏头看过来，对上她好像含着怜惜的目光，眼神有些淡，像不解似的，低声问："公主为何替我出头？"

林非鹿眨了眨眼，一板一眼地解释："刚才上课的时候太傅才讲过，己欲立而先立人，己欲达而先达人，本就是二皇兄不对。"

宋惊澜看着她无辜的眼神，又低头看了看书，然后说："这句话在书里的第七页。"林非鹿一愣，就见他轻笑了下，"太傅方才才讲到第二页。"

林非鹿：……她捏着小拳头撑住下巴，幽幽地叹了口气，借坡下驴道："唉，都怪我太冰雪聪明。"

宋惊澜忍不住笑起来。

太学的课程一上午就结束了，上午是文课，下午便是武课。皇宫的禁军平日都在围场练兵，高门贵族也会将嫡子送入军中历练，皇子们平日除了练习骑射，就是在围场跟着武将习武。

不过公主是不参加武课的，毕竟这个时代舞枪弄剑的女孩子实在少，奚贵妃算其中异类。尽管林非鹿现在在跟她习武，林帝也没准自己萌哒哒的小五跑去刀剑无眼的铁血练兵场受罪。

用过午膳，林非鹿就自觉地去奚贵妃的锦云宫报到了。

经过一个月的练习，她现在终于可以在梅花桩上站半个时辰不摔下来，不过奚贵妃还是嫌她站的姿势不端正、腿不够直、腰杆不够挺。

大多时候奚贵妃是在屋内喝茶，让宫女监督，偶尔自己也会亲自来盯着，手里还拿着一条鞭子，若无其事地往地上一甩，"啪"的一声脆响，惊起漫空的灰尘。

林非鹿："……"

一时竟不知奚贵妃更像大学时军训的教官，还是《还珠格格》里棋社的黑心婆子。

她今日在太学听了林济文那番话，对于以前不大关注的两国之间的关系也有了些好奇。

奚贵妃自小在边关长大，听说还带兵打过仗，林非鹿规规矩矩地站在梅花桩上，眼神却往下瞟，好奇地问："娘娘，你跟宋国士兵打过仗吗？"

奚贵妃正翻一本兵书，闻言没有抬头，不咸不淡地回答："打过。"

林非鹿又问："那他们厉害吗？"她在桩子上站得笔直，小脑袋却一晃一晃的，自顾奶声奶气地说着，"我今天在太学听他们说，宋国十分孱弱，宋国的士兵也弱不禁风，娘娘是不是可以一个打十个？"

很少有人问起她以前在边关的生活，宫女们不愿提及她受伤的伤心事儿，其他人又有所忌惮，林非鹿还是这些年宫中第一个提及此事的人。

不过……

奚贵妃把书一合，冷声教训道："战场最忌轻敌，宋国孱弱是当今国君荒淫政事所致，他们曾经称霸中原，高祖败于淮野，雍国折损三万精兵于淮河岸。当过狼的人，不会真的变成狗。"

她冷飕飕地扫了木桩上的小豆丁一眼："你这样的，本宫倒是可以一个打十个。"

林非鹿：……

我太难了。

后半截林非鹿就老老实实闭嘴不找撑了，从梅花桩上跳下来的时候，不知道是不是错觉，感觉身子比以前轻了不少。

奚贵妃虽然撑她毫不留情，但对她也是真的喜爱。她站桩的时候就命宫女给她熬了雪参燕窝粥，还配了锦云宫小厨房近来研制的糖心桃花酥。

这酥点有点儿像她在现代吃的蛋黄酥，只不过里面的蛋黄是桃花馅儿，她一边吃一边不忘跟奚贵妃说："娘娘，下次可以让你的私厨试试把里面的馅儿换成蛋黄，加上蜂蜜和牛奶。"

旁边宫女笑道："听着就好吃，公主的心思真巧。"

奚贵妃面色淡淡的，却叫人吩咐下去。

吃饱喝足，盘子里还剩了两个桃花酥，林非鹿想了想，从怀里掏出干净的手帕，把剩下的桃花酥包了起来，跟奚贵妃告别之后就蹦蹦跳跳地跑走了。

后边儿传来奚贵妃冷飕飕的声音："不仅要吃，还要往外拿。"

林非鹿：……

没猜错的话，娘娘今天应该是来"大姨妈"了。

惹不起，溜了溜了。

走到三岔路的时候，不远处的翠竹林在夕阳的映照下泛出浅浅的光晕，林非鹿摸摸怀里鼓鼓的桃花酥，一蹦一跳地跑过去敲翠竹居的门。

平日天冬应门是很及时的，但今日不知为何，她直敲了三次里头才传来急匆匆的脚步声。

"吱呀"一声，竹门从里面拉开，天冬的脸色似乎不太好，看见门外是她才勉强露出一个笑，朝她行礼："五公主。"

林非鹿下意识地朝里面看，问了句："怎么了？"

天冬咬了下唇，声音既低沉又气愤："殿下受伤了。"

林非鹿一愣。

他上午不还好好的吗？

她往里走了两步，就闻到院子里浓重的药味，是天冬在煎药。主屋的房门半掩着，她径直走过去，天冬在身后急急道："公主，殿下刚才在上药……"

走到门口时，宋惊澜已经从屋内走了出来。

他披了件白色的外衣，总是用玉簪束着的头发散下来，掩着有些苍白的病容。

林非鹿一眼就看见他脸上的伤，在颧骨的位置，红肿得十分严重，布满了瘀青，若是再往上一点儿，伤的就是眼睛了。

她听到自己心脏咚咚两声响，气得快要跳出喉咙，但嗓音倒还是平静，看着他问："谁干的？"

宋惊澜笑了下，伸手摸摸她的头，像在安抚："擂台比武，技不如人而已，不碍事儿。"

林非鹿问："是不是林济文？"

宋惊澜正要说话，突地用拳头掩嘴咳嗽起来。他一咳，容色就更加苍白，天冬赶紧跑过来扶他，咬牙切齿地对林非鹿说："我们殿下身上全是伤，刚才请了太医来看，说伤到了肺腑，刚刚还咳血了！"

林非鹿表情很平静，把怀里鼓鼓的桃花酥拿出来，拉过宋惊澜的手，放在了他手上，然后转身就走。

宋惊澜忍住咳嗽，声音有些哑："五公主要去哪里？"

林非鹿面无表情地说："我去把林济文的头砍下来给殿下赔罪。"

身后传来一声轻笑，宋惊澜把手里用小帕子包着的糕点放进袖口，然后走过来拉住了她纤弱的手腕。

其实他并未用力，但林非鹿还是乖乖地被他拉进了房间。

屋内也有一股金疮药的味道。

他回过头，看到身后小姑娘明明很生气但强装淡定的模样，不由得好笑。

林非鹿说："你还笑？"

宋惊澜笑意更盛，伸手揉了揉她被风吹乱的刘海。

他笑着说："虽然知道公主刚才那句话是在开玩笑，但我还是很高兴。"

很高兴在这样一个地方，还有这么一个人维护我。

## 07

林帝这样注重名声的人，是不会让大林朝传出轻视虐待宋国质子的传言的。相反地，他得让所有人知道，这位宋国质子在大林皇宫的生活十分优越，跟大林皇子们的待遇也别无二样。

所以赐他入太学读书，赐他入围场习武，平日有什么大型国宴，也都会邀他一起出席，让全天下人都称赞大林是一个对质子都会以礼相待的礼仪之邦。

面子功夫做得很到位，但只有当事人知道这下面包藏了怎样的祸心。

宋惊澜年幼入宫，群狼环伺，早已习惯藏巧于拙。无论是在太学还是在围场，他都是最不显眼的那一个。

林济文今日在太学受了林非鹿的嘲讽，自然怪罪到他身上，在围场练武的时候，指名点姓要与他上擂台较量。

这也是平日练习的一个环节，宋惊澜自然无法拒绝，大庭广众之下，更不可能显露跟随纪凉所学的功夫，只能防守。林济文生得一身蛮力，摆明了要给他一个教训，招招都是死手。

最后要不是奚行疆飞身上擂台阻止，恐怕今日不会善了。

好在他并不如表面看上去那么孱弱，伤得不算严重，方才咳血也只是将堵在胸肺的瘀血顺了出来。天冬一向大惊小怪，连累小姑娘也担了心。

她生气的时候，软乎乎的小脸有些鼓，像咬着牙一样，总是水灵的眼睛像藏着刀片，又凶又奶，有种别样的可爱。

她跟这宫内所有人都不一样，天真之下不掩心机，乖巧之中又含顽劣。

那些矛盾又复杂的特点在她身上完美融合，最终成了独一无二的小姑娘。

宋惊澜将放在袖口里鼓鼓的小帕子拿了出来，打开之后，包在里面的两个桃花酥已经有些碎了，但闻起来十分香甜。他笑着问："这是什么？"

林非鹿还是那副没什么表情的样子，小脸微微绷着："糖心桃花酥，新品种，拿过来给殿下尝尝。"

宋惊澜了然地一点头，拿起一个咬了一口，吃完之后，食指揩了下嘴角的碎屑，笑吟吟地："很好吃。"

不管什么时候，他总是这样笑着的。

林非鹿心中的愤怒，突然就在这笑容里化成了郁闷和无奈。

能怎么办呢？这就是他在这里活下去的方式。

哪怕知道他其实不是真的开心，哪怕知道他或许并不喜欢笑，但生在这样的时代，哪个人没有无可奈何，她自己不也还在努力"打副本"吗？

林非鹿看着他把剩下的桃花酥吃完，突然开口问："殿下，你在宋国排第七吗？你有六个哥哥？"

宋惊澜正端着茶杯，指腹滑过茶盏，微微摩擦了一下："是。我父皇后宫妃嫔众多,在我之后还有八个弟弟。"

"那为什么是你?"林非鹿问,"因为你跟我一样,母妃都不受宠吗?"

来到这里后从来没有人问过他,为什么是你?

大家都默认,他是被抛弃的那一个。

少年漂亮又苍白的脸上露出一个很奇怪的笑容:"不,我母亲位至妃位,母家势力庞大,曾出过两位皇后。"

林非鹿有些不可思议:"那你……"

他垂眸看着手中茶盏微微荡漾的水纹,挑唇笑了下:"之所以是我,是因为抓阄抓到了我的名字。"他若无其事地说,"父皇身边的美人提议,用抓阄的方式选择送往大林的皇子,我比较倒霉,被抓中了。"

林非鹿脸上露出荒谬的神色。

虽然早听说宋国的皇帝荒淫无道,但她也实在没想到他能荒谬到这个地步。

她想起刚才在锦云宫奚贵妃说起曾经的宋国,士兵骁勇善战,将领精通排兵布阵,大败大林高祖于淮野,三千人马斩雍国三万精兵于淮河。

这样辉煌的国家如今交到这样一个昏庸的国君手里,估计离亡国也不远了。

林非鹿觉得小漂亮实在是有点儿惨。

不过现在说什么安慰的话也没用,毕竟人都来这儿了。她没再继续这个话题,又看着他脸上的伤问:"刚才来给殿下问诊的太医是谁?"

宋惊澜说了一个名字,林非鹿连听都没听过,又看了看屋内的金疮药,瓶口居然都长了一圈霉点,不知是放了多久的过期药。

看来太医院敷衍的态度跟对自己当初一样。

她努力打了这么久的"副本",当然有所收获,现在说话做事比当初有底气多了,装弱小装可怜已经不是现阶段唯一适用的技能,也该适时强硬一下。

嘱咐了几句小漂亮好好养伤,离开翠竹居后,她便直奔太医院而去。

太医院也是一个跟后宫妃嫔不分家的地方,各宫妃嫔都有自己最为信任的太医,互为一体。林非鹿暂时没这方面的人脉,平时给她看病的都是娴妃交代的陈太医。

这地方倒是比其他宫殿清静,当差的各司其职,太医们不得传召,便在自己的小房间里研读医书。

她一直进到院子里才碰见人,忙朝她行礼道:"五公主怎么过来了?可是需要传召太医？"

林非鹿点点头，奶声奶气地说："我要找最擅长治疗跌打损伤的太医。"

官员便问："公主可是受了伤？"

孰料小女孩儿气鼓鼓道："难道我没有受伤就不可以找这样的太医吗？"

小萌娃生气也是可爱的，官员便笑道："自然可以，公主稍等，下官这就为公主传召。"

说罢他便进去了，没多会儿就有个年轻太医背着药箱走出来，林非鹿看了他两眼，觉得有点儿眼熟，想了想，这不是当初给自己治疗风寒的那个太医吗？

难怪那时候娴妃、大皇子、长公主接连派了太医过来重新给她看病，原来太医院果然很敷衍啊，居然派了个擅长治伤的太医来给自己治风寒。

年轻太医朝她行礼："见过五公主，可是岚贵人受了伤？"

林非鹿小大人似的："你跟我来吧。"说罢便转身往前走去。

年轻太医跟在她身后，走到路口时，小女孩儿突然偏头问他："大哥哥，你叫什么名字呀？"

年轻太医一副受到惊吓的表情："下官孟扶疾，当不起公主这样的称呼。"

林非鹿莞尔一笑，风吹过刘海儿，碎发下一双眼眸亮晶晶的："大哥哥，你的名字真别致，救死扶伤，治疗顽疾，你一定是个很好很好的大夫！"

孟扶疾道："公主谬赞，下官不敢当。"

他抬眸看了看，发现这条路好像并不是前往明玥宫，正要开口询问，却又听小女孩儿道："大哥哥，我以前在医书上看过一段话。"

孟扶疾下意识道："什么话？"

就听她说："凡为医者，无论至于何处，遇男或女，贵人及奴婢，余之唯一目的，为病家谋幸福，并检点吾身，不为种种堕落害人之败行，尤不为诱奸之事。凡余所见所闻，无论有无业务之牵连，余以为不应泄露者，愿守口如瓶。倘余严守上述誓词，愿神仅仅使余之生命及医术，得无上光荣，苟违此誓，天地鬼神共殛之。"

孟扶疾听闻此话，顿时心神一震。

他孟家世代行医，至他这一辈才终于有幸进入太医院。孟父常将"医者父母心"挂在嘴边，对于他进宫其实并不赞成。

孟父说，君王身边不缺医术高超的大夫，倒是这天下苍生多疾病，更需要他们,所以当初才会给他取名为扶疾。

可年轻人总是希望自己能一展宏图的,进宫之后父亲对自己似乎有些失望,父子俩的关系也不如从前亲近。

孟扶疾年纪轻轻,自然比不上宫中资历深厚的太医,其实并不得重用,有时候也会怀疑自己选的这条路错了。

此刻突听林非鹿一番话,方觉那正是身为医者该有的本心,跟父亲当初教导自己的理念不谋而合。

不知是哪位前辈,竟能有如此令人敬仰的观念和觉悟。

孟扶疾忙问:"不知公主看的是哪本医书?可否借下官一阅?"

林非鹿乖巧道:"我回去后找一找,若是能找到,便赠予大哥哥。"她眨了眨眼,歪着头天真地问,"不过大哥哥,你们医者,都像这本书中所说,会遵循这样的誓言吗?"

孟扶疾面对小女孩儿既真诚又崇拜的眼神有些汗颜,不过还是诚实地回答道:"下官比不上这位医德高尚的前辈,但下官会将其视作榜样,严律克己。"

小女孩儿漂亮的眼睛水汪汪的,左右看了一下,发现四周无人,悄悄朝他招了招手,小声说:"大哥哥,你趴下来,我偷偷告诉你。"

孟扶疾对于她的萌态有些忍俊不禁,依言俯下身去。

小女孩儿便踮起脚附在他耳边,用软乎乎的小气音悄悄地说:"大哥哥,我刚才看见宋国的那位质子受了伤,他好可怜的,可是之前的太医都没有好好给他治伤,你可以帮帮他吗?"

她说完,两只小手合在一起,软乎乎地说:"拜托拜托。"

孟扶疾刚被她那一番医者誓言震动心神,本就在重新思考人生,此时又见她年龄虽小,心地却如此善良,顿时当仁不让道:"自然!医者仁心,理应如此!"

小公主水汪汪的眼睛一眨不眨地看着她:"大哥哥,你果然是个很好很好的大夫!"

孟扶疾都被她夸得有些不好意思了。

他不知五公主跟这位质子关系亲近,走到竹林边时便道:"公主,下官进去为他医治便是,你身份不便,先回去吧。公主大可放心,下官必不负所托。"

林非鹿开心地一点头,蹦蹦跳跳地走了。

219

孟扶疾这才理了理衣冠，敲响了翠竹居的门。

第二日林非鹿去太学上课，宋惊澜请假没来，不知要在屋内养多久的伤，后边林济文居然还在大声吹嘘昨日自己几拳将宋国质子打趴下的英勇事迹。

林景渊抱着书蹭到前面来，往林非鹿身边一坐，看到她闷闷不乐的样子，戳戳她的小鬏鬏："小鹿，你怎么啦？"

林非鹿两只手叠在案桌上，下巴搁在上面趴着，气呼呼地说："我不喜欢他！"

林景渊往后看了一眼："你说二哥？他就是这样的人，咱们不理他就是了。"

林非鹿噘着嘴，声音闷闷的："我们不应该仗势欺人，这是不对的，我们应该做一个好孩子。"

林景渊想起自己以前欺负宋惊澜的行为有点儿心虚，连连点头："嗯嗯嗯，要做好孩子！"

小鹿妹妹可真是又乖巧又善良又听话啊，在这仗势欺人的皇宫仿若一股清流！这么善良的妹妹，一定是神仙赐给他的小天使吧。

为了逗妹妹开心，厌学的林景渊愣是在第一排坐了一上午，陪着林非鹿听课，惊讶得太傅连连往这边看，心道四皇子这是转性了？来，抽他起来回答问题试试看。

结果林景渊特别诚恳地跟他说："我虽然人坐在这儿，但我的心还是在最后一排，太傅您就当看不见我吧。"

太傅：……

转个屁的性！

上午课程结束，林非鹿收拾好自己的小书包，跟哥哥姐姐们一一礼貌道别。

林念知不知道最近是不是傲娇属性更严重了，林非鹿好几次跟她打招呼她都假装没看见。这次听到林非鹿说"皇长姐再见"，她居然很别扭地别过头去，匆匆挥下手就跑了。

倒是她没怎么接触过的四皇姐林琢玉有些内向地回应了她的招呼。

林济文还在跟平日爱奉承他的那几个贵族子弟吹嘘自己多厉害，看到林非鹿背着小书包走过来，很是高傲地抬着脑袋，就等她挥着手跟自己说"二皇兄再见"。

他刚刚可都看见了!

结果小姑娘昂首挺胸,目不斜视地从他身边走了过去,一个眼神都没给他。

林济文有些恼怒,冲着她的背影挥了下拳头,被林廷逮个正着。

林廷虽然没他高,也没他壮,但身为皇长子,母妃又是在宫中势力十分庞大的阮贵妃,他在林廷面前还是很规矩的。

林廷倒还是一派温驯的模样,告诫他:"五妹年幼,你不可欺负她。"

林济文心想,她欺负我的时候你咋不说?

他很是不情不愿地点了下头。

离开太学,林非鹿回明玥宫去。她现在的生活十分规律,上午去太学上课,下午去奚贵妃那里练武,傍晚自由行动,有种上班打卡感。

正跟松雨说说笑笑地走进宫里,突然听见里面闹哄哄的,还夹着林瞻远的哭声,林非鹿直觉不妙,加快步子跑进去,刚到院子里就看见端着一盆热水的云悠。

看见她回来,云悠哭过的眼眶又是一红,喊了声"公主"。

林非鹿问:"怎么了?哥哥怎么了?"

云悠哽咽道:"六殿下无事,是娘娘……"

林非鹿跟着她匆匆走进屋去,才发现屋内还有位太医在问诊,萧岚脸色惨白地躺在床上,昏迷不醒,裸露在外的手臂和脸上还有几个很显眼的红色肿块。

太医正说道:"贵人身上的蜂毒下官已经为她清理了,只是贵人落了水,寒气入体又受惊过重,还需要长久调理。这是下官开的药方,快去抓药来吧。"

青烟道过谢拿了药方便往外走,看见林非鹿回来了,眼圈一红正要说话,林非鹿便道:"先去拿药吧。"

青烟点点头出门去了,林瞻远趴在床边哭得不行,林非鹿走过去安抚了半天,让松雨把他带出去了,才问云悠:"发生什么事了?"

云悠抹抹眼泪,这才将事情道来。

原来今日上午,萧岚接到了梅妃的邀约,邀请她一起去御花园踏青赏花。萧岚虽然知道来者不善,但对方是妃,她是贵人,宫戒律分森严,她不能拒绝,只能赴约。

梅妃自从行宫回来后就没被林帝翻过牌子,宫中一度传言她失了宠,但毕竟位分在，平日形象良好，对待身边的妃嫔们也不错，倒是没人落井下石。

这次踏青赏花，梅妃还邀了好几个妃嫔。多年未见，梅妃早已不比当年，见着她却还是拉着她的手亲切地喊"姐姐"。

萧岚一想到当年下药之人多半是她，心中就是一阵恶寒，整个过程都不敢放松警惕，神经一直紧绷着，却不想还是着了道。

经过一片花林时，不知是哪里来的一群蜜蜂飞了出来，密密麻麻地便往她身上扑来。这群蜜蜂谁都不蜇，单追着她一个人咬，萧岚惊慌失措四下奔逃，蜜蜂紧追不舍，最后是她跳入了前边的湖中，溺在水里，才终于逃过一劫。

虽是春日，湖水却依旧冰凉，她受了惊，又在水中溺了太久，被救上来时便已经昏迷不醒了。

林非鹿听云悠一边哭一边说完，气得太阳穴突突地跳。

太医此时已经离开，她沉声问云悠："赏花的时候，可有什么异样？为何蜜蜂只追着我母妃？"

云悠啜泣道："当时不知，现在回想是有些奇怪，奴婢陪着娘娘去的时候，闻到其他人身上都有一股艾草熏过的味道。当时奴婢还以为是因为春季到来，用艾草熏衣驱蚊，现在想来，大概是因为蜜蜂不喜艾草味。"

林非鹿冷静听完，想了想，又问："母妃去赏花穿的那件衣服在哪里？"

云悠道："奴婢给娘娘换了下来，就在外头盆子里，还没来得及洗。"

林非鹿让她带路，走过去之后拿起湿透的衣裙闻了闻，哪怕被湖水泡过，也难掩衣服上的一股花粉香味。

云悠也闻了闻，大惊道："这香味很陌生，不是娘娘常用的香！"

林非鹿已然知晓，看来是梅妃趁萧岚不备，往她身上撒了吸引蜜蜂的花粉，才引得蜜蜂只追她一人。若是萧岚不跳入水中，估计会被蜇到毁容。

这女人，实在是太毒了！

云悠气愤道："公主！我们去找皇后娘娘求个公道！"

林非鹿反问她："你有证据是梅妃干的吗？你亲眼看到她往母妃身上撒花粉了吗？"

云悠一时语塞。

林非鹿淡声道："今日同她一起赏花的，应该都是她的亲信，她既然做了万全的准备，就不会留下把柄。"

云悠边哭边道："都怪奴婢愚笨，没有保护好娘娘。"

林非鹿叹了声气:"别哭了,去照顾母妃吧,人没事就好。"

云悠抹抹眼泪,不由得有些发狠:"公主,这件事就这么算了吗?"

林非鹿笑了一声:"算了?"她把湿透的衣裙扔进盆里,揩了揩手上的水,若无其事地说,"不整死她,这事儿不算完。"

云悠:!

她突觉公主气场两米八!

## 08

青烟很快抓了药回来,跟云悠一起开始熬药。

林瞻远现在不哭了,但眼睛红得像他怀里的小兔子,蹲在床边看看萧岚,又看看林非鹿,哽咽着问:"妹妹,娘亲死了吗?"

林非鹿拉着他的手探进被窝,握住萧岚的手:"死人是没有温度的,你摸一摸,娘的手是不是很暖和?"

林瞻远红着眼摸了半天,一下子笑出来:"暖和!"

林非鹿也笑起来:"所以娘没有死,只是睡着了,很快就会醒的。"

林瞻远竖起一根手指在唇边嘘了两声,悄悄道:"那我们不要吵到娘亲睡觉。妹妹,我们出去玩儿吧。"

林非鹿点点头,牵着他的手离开了房间。

林瞻远现在有小兔子和长耳陪,日子比以前快乐了很多,性格也比她刚来时开朗活泼了些。他只是被今早萧岚湿淋淋救回来的场面吓到了,才大哭不止。

现在知道娘亲没事,他很快又开开心心地在院子里玩了起来。

林非鹿坐在门槛上看着他,唇角也不自觉地带了些弧度。日光渐渐倾斜,昏迷的萧岚终于转醒,林非鹿听到里头云悠的喊声,起身走了进去。

萧岚看上去仍然十分虚弱,这一趟受惊不小,估计会重病一场。青烟喂她喝完药,又扶着她躺下去。她看着坐在床边的女儿,嗓音有些哑:"又让鹿儿担心了。"

林非鹿摇摇头:"母妃好好养伤。"

萧岚伸手想摸脸上刺疼的地方,被林非鹿伸手按住了:"母妃,刚敷了药,别碰。"

萧岚哑声问："我的脸……"

她抿唇笑笑："问题不大，放心吧，会好起来的。"

萧岚闭了闭眼，只觉心中一口恶气堵得她心塞，过了好一会儿才平复下情绪，嗓音微有些颤抖："梅妃是想害我毁容，这一计未成，她恐怕不会善罢甘休。"

林非鹿握着她的手，声音很平静："就等着她呢。"

萧岚手指收紧，定定地看着女儿，最后只哑声交代一句："万事小心。"

林非鹿笑着一点头。

出了这样的事儿，她短时间内是不可能再离开明玥宫了。林帝的恩宠都是给她的，萧岚只要一日不被宠幸，就永远会有人上门欺辱。

林非鹿觉得自己现在有点儿像明玥宫的镇物，有她在，才能保证这一宫人的安全。

到了下午该去锦云宫打卡的时间，奚贵妃睡完午觉起来没看见小豆丁，冷冷淡淡地问身边的宫女："那丫头今日偷懒了？"

宫女道："娘娘，奴婢刚才听说今日上午五公主的生母岚贵人在御花园撞了蜂包，被那蜂子追着跳进了湖里，救起来的时候人都快不行了。"

奚贵妃端茶的手一顿，眉头锁起来："跟谁一起？"

宫女回道："听说是梅妃娘娘发给各宫赏花的邀帖，去了好些人呢。"她压低声音道，"说来也奇怪，当时那么多人在，蜂子偏不蜇旁人，单追岚贵人一个，这中间恐怕有些蹊跷。"

奚檀进宫以来是没搞过宫斗的，谁跟她搞宫斗，她就让谁睡坟头。

不过见得多了，她也知道这宫中妃嫔没几个是干净的，小五最近风头正盛，难免有人眼红。

奚檀吩咐道："你送一些补身子的补品过去，哥哥送进来的那些本宫用不着，都一并送过去吧。"

宫女领命而去，拿了东西还没走出殿门，就遇到了被林非鹿派来捎话的松雨。奚檀听完，淡淡颔首，让松雨把东西都拿着，又淡声道："回去告诉小五，有什么事儿别怕，本宫给她撑着。"

松雨领命而去。

奚檀这里知道了，其他宫里自然也都知道了，娴妃那里不说，其他怀揣着讨好五公主心思的人也都纷纷向明玥宫这边送东西。

就连梅妃宫中都派了人过来，说"我们娘娘今早也受了惊吓，如今卧床不起，但心里惦记岚贵人，也十分愧疚，不能亲自过来探望，只能送些补品，希望萧岚早日痊愈"。

林非鹿笑吟吟地让宫女收下，人一走云悠就气愤得要拿去扔了。

林非鹿制止她："扔了干吗？留着吃，好东西不能浪费。"

云悠恨恨道："猫哭耗子假慈悲，说不定这些东西里都下了毒！"

林非鹿让她们把东西都收起来："她的人亲自送来的，出了什么事她择不掉，梅妃这么爱惜名声的人，不会做这种事的。"

梅妃如此爱惜名声，在人前塑造温柔良善的形象，蜜蜂袭人这件事自然也不会让自己沾上半分。

没过多久，关注这件事的人便纷纷议论，蜜蜂之所以只追着岚贵人一个人蜇，是因为岚贵人听说前往赏花的妃嫔众多，可能还会偶遇陛下，为了出风头，所以在身上抹了许多香粉。

结果陛下没遇到，遇到蜜蜂，不仅丢了脸，还差点儿丢了命。

这件事成了宫人饭后茶余的笑料，青烟几人听闻后，又是大气一场，林非鹿倒不是很在意。

嘴长在别人身上，又有梅妃故意散播，信则信，不信反驳也没用，闲言碎语而已，能伤到的只有在乎的人。

等林帝知道这件事的时候，林非鹿已经两天没去太学了，彭满倒是没乱说宫中传言，只是告诉他五公主母妃落水病重，五公主最近正在榻前照顾，说罢，又小心翼翼地问了句："陛下，要摆驾明玥宫吗？"

说实话，林帝现在还没做好见到萧岚和她那个傻儿子的心理准备。

他低头批着折子，没说话，彭满便明白陛下的意思了，未再多言。过了没多会儿，林帝突然抬头问："明玥宫里有几个人伺候？"

这彭满一时也不知道，赶紧找人拿名册来翻，查阅之后回禀道："如今明玥宫里只岚贵人身边两名宫女，五公主身边一名婢女，还有一位年事已高的嬷嬷。"

林帝皱眉道："这么些人，怎么伺候得过来？小五才多大，还要她侍母床前。"他想了想，吩咐道，"告诉内务府，按照贵人的位份，重拨一批宫人过去伺候，不可有任何差池。"

按照正常的贵人位分来说，萧岚身边该有两名贴身婢女、一位掌事宫女、两个使唤丫鬟、两个太监。

之前萧岚失宠，身边宫人趋炎附势，走的走，散的散。现在林帝下了旨，内务府自然不敢怠慢，立刻清点如今没有当差的宫人，选好之后送到了明玥宫中。

林帝跨不过心里那道坎，不愿意去明玥宫，东西倒是不少，一样接一样地往宫中赏。除了绫罗绸缎，基本都是补品。这补品可不是给五公主的，明眼人都知道是赏给萧岚的。

再加上调过去的宫人，一时之间嫉妒连连，都在说萧岚因祸得福。

听闻此事的梅妃在自己宫中摔碎了三只茶盏，咬牙恨声道："因祸得福，也要看她有没有命来享这个福！"

随她一起进宫的陪嫁丫鬟惜香是梅妃最信任的人，一边唤人来收拾屋子，一边低声安慰道："娘娘何必为这种不入眼的人生气。"她轻轻按着梅妃的额角，低笑着说，"我们的人已经安排进去了，她们的一举一动今后都掌握在娘娘手中，何愁不能将之玩于股掌之上。"

梅妃睁开眼，这才勾唇笑了一下。

明玥宫内突然多了这么多人，青烟和云悠都一时有些不适应。萧岚如今还病着，反倒是林非鹿有条不紊地把这些人都安排好了。

宫人们在来之前就听闻五公主乖巧伶俐，很得圣宠，却也没想到在这宫里居然是一个五岁大的小女孩儿做主。听她用清脆的童音告诫他们要忠心护主，都赶紧应"是"。

挥退宫人后，林非鹿把青烟和云悠叫进屋去，低声道："贴身的事情暂时不要交给他们，先警惕一些。"

青烟一惊："公主是担心这中间有人包藏祸心吗？"

"谁知道呢？"林非鹿回忆了一下自己看过的宫斗剧，甜甜地一笑，"小心一点儿总没错。"

孰料当天晚上，睡梦中的林非鹿就又听见了小石头砸她窗户的声音。

她愣了一下，披着外套爬起来，轻手轻脚地走到窗边，等了等，趁着那石头响起的瞬间，猛的一下拉开窗。

春夜的寒气透进来，屋外银月如纱，围墙外的草簇微微摇晃，她抿着嘴忍住笑，压低气音朝外说："殿下，我看见你了。"

等了一会儿没动静，她终于没忍住笑起来，小手扒着窗户探出身子："殿下，别藏了，我好冷呀。"

院墙之外传来一点儿动静。

一阵风声之后，一身黑衣的宋惊澜踏着夜风飞落下来，隔着一扇窗站在她面前，脸上有无奈的笑。

她见多了他穿白衣温润清雅的模样，现在一身黑装墨发高束，倒有几分平日难见的少年意气，先小小地欣赏了下，才撑着下巴笑眯眯道："殿下半夜不睡觉在宫里乱跑，也不怕被侍卫抓到。"

宋惊澜微微低头，碎发掠在眼角："侍卫抓不到，被你抓到了。"

林非鹿一摊手："这种事，想想也知道是谁干的啦。"她双手交叉握在一起抵着下巴，眨眨眼睛，"殿下又有什么情报送给我？"

宋惊澜看了她一会儿，好笑地摇了下头，才低声说："小心你宫里今日新来的那个眉心有颗痣的宫女。"

林非鹿早有所警惕，听到他提醒倒是不意外，不过好奇道："殿下是怎么发现的？"

宋惊澜想了想，语气试探着回答："我看见了？"

林非鹿："……说假话就不要用疑问的语气了吧？"

少年垂眸笑起来，笑完抬手将大开的窗户掩了过去，嗓音温柔："去睡觉吧，我回去了。"

林非鹿打了个哈欠，乖乖地朝他挥手："殿下晚安。"

"晚安？"他重复了一句，又笑起来，"嗯，晚安。"

他转过身，脚尖一点，飞身上了墙垣，林非鹿看着他的身影，突然喊："殿下！"

少年站在墙上半回过身，脚边是匍匐的紫风铃草，看见小姑娘笑着说："你这样穿好帅呀！"

他飞下墙垣，回头看时，沉寂的眸子映着夜色一点星光，溢出幽幽笑意。

翌日起床，林非鹿开始注意那个眉心有颗痣的宫女。她叫雨音，年龄跟青烟差不多，生得一副低眉顺眼的老实样，做起事来也兢兢业业、勤勤恳恳，若不是宋惊澜提醒，估计林非鹿一时半会儿很难发现异常。

虽然小漂亮没说这人是谁安排的，但林非鹿用她聪明的脑袋瓜一想就知道，是梅妃没跑了。

林非鹿没把这件事告诉别人，担心她们露出异样，包括萧岚。

青烟和云悠得了她的吩咐，本身就很警惕，雨音刚来明玥宫，也正是需要获取信任的时候，估计暂时不会轻举妄动。

敌不动我不动，林非鹿不打算打草惊蛇，先观察一段时间再说。

## 09

心怀鬼胎之人，就算装得再好，再若无其事，在某些时刻她的反应和表现也是跟正常人不一样的。

林非鹿观察了一段时间就发现，雨音会对萧岚的生活起居格外关注。

青烟和云悠不让她们进屋伺候，贴身之事也从不经她们的手，另一个宫女就会去其他地方候着。但雨音不会，她还是会候在门外，一副随时等候吩咐的忠厚模样，但其实眼神会偷偷朝屋内瞟。

萧岚吃了什么、做了什么、说了些什么话，似乎都是她的监视内容。

除此之外，她倒也没有别的动作。

雨音每天不动声色地监视萧岚，林非鹿每天不动声色地监视雨音，觉得还怪有意思的。最近不怎么出门本来还觉得挺无聊的，现在倒是给她的生活增添了不少乐趣。

春雨连绵，本来回暖的天气渐渐又降了温。好不容易停了一天雨，好久没见小鹿妹妹的林景渊就飞奔而至了。

他知道因为萧岚的事小鹿最近心情不大好，平日有什么好玩的都让康安往这边送。

今日一过来就拉着她道："听说最近内务府新引进了许多奇花异草，我母妃前天去看过了，说很是奇妙有趣，我带你去赏赏花散散心吧！"

萧岚近来病体渐渐恢复，已经能下地走了，看着林非鹿柔声笑道："跟四殿下去看看吧。你好久没出去玩儿了，别闷出病来。"

林非鹿不好扫了林景渊的兴致，点头答应了。

林景渊便开心地拉着她去赏花。

皇宫看上去什么都不缺，但其实按照现代人的生活理念，什么都缺。

就拿这花来说，赏来赏去其实也就常见的那些，稍微有没见过的品种，就会被奉为奇花，引进宫来供林帝和各位娘娘欣赏。

内务府这次一共引进了四种奇花，都是以前从未见过的。林非鹿虽然对花没什么研究，但她看着花草棚里那几株叶子硕大根茎粗壮的大白花，还是露出了匪夷所思的神情。

等等？这不是巨型猪草吗？

以前姥姥还在世时，她每年暑假都会回乡下陪陪姥姥，那个小乡村里随处可见这种大白花，姥姥说这叫大猪草，不能碰，碰了皮肤会烂。

她不信邪，摘了一株，还把汁水流了一手，到了第二天下午，手掌就开始火辣辣地疼，渐渐红肿过敏起了水疱，后来虽然治好了，但因为她当时抓破了皮，手背还是留了疤痕，长大之后用医美才消除了。

她当时上网查了查，得知这种植物学名叫巨型猪草，是一种剧毒植物，它的汁液中含有呋喃香豆素，一旦接触到皮肤，就会导致日照性皮炎，两日内结合阳光就会产生灼烧感出现水疱。

当然每个人的体质不同，有的人接触后会出现无痛的红色疙瘩，之后可能会变成持续数年的紫色或棕色的疤痕，开始对阳光敏感，甚至如果这种汁液进入眼睛，还可能导致失明。

总而言之，剧毒！毒得要死！

偏偏它的繁殖能力特别强，生命力旺盛，乡下路旁随处可见。

烧都烧不死，春风吹又生。

这内务府还真是个人才啊，居然把这种剧毒植物当成奇花异草引进宫来，还打算种植？是想皇宫被这种侵略性植物攻占吗？

不过想想也觉得不奇怪，这大猪草长得还是挺具有迷惑性的，白花簇簇，当初欧洲、英国等地也把它当成观赏植物引进繁殖过呢。

林景渊见她一直盯着那几株大白花看，不由得问道："小鹿，你喜欢这个花啊？"不等她回答，他便吩咐旁边的宫人："送几株到明玥宫去！"

林非鹿正打算拒绝，谁要养这有毒的玩意儿啊？但脑子里突然灵光一闪，她想到什么，便把话咽了回去，笑眯眯地看着宫人把大白花装盆，往明玥宫搬去。

大猪草长得还是很好看的，一搬到明玥宫，就把大家都吸引过来，围在一旁边看边称奇。

林非鹿吩咐青烟："日后要好生照看这几株花，千万不要磕着碰着，它的汁液可是很宝贵的。"

青烟好奇地问："这花的汁液有什么功效吗？"

林非鹿却没再说，只抿唇神秘地笑了一下。

青烟得了吩咐，将这几盆花养在廊下，按照公主的要求，半点儿都不磕着。傍晚时分，林非鹿便拿了一把剪刀，走到花盆前，剪了一段枝叶下来。

青烟惊了一下："公主这是在做什么？"

林非鹿朝她"嘘"了一声，把剪下来的枝叶放在捣臼里，又抱着捣臼嗒嗒嗒地跑进了萧岚的房间。

屋子里很快就传出捣臼的声音，青烟好奇，眼线雨音就更好奇了，假装在扫廊檐，实则一直在注意屋内的动静。

大约过去一炷香的时间，便听见林非鹿在里面喊："青烟，打一盆热水进来。"

青烟领命，很快将热水端了进去，雨音不得吩咐不能进屋，只听见青烟惊奇笑道："娘娘脸上这是敷的什么？"

应该是被林非鹿止了声音，屋内一时没了动静。

过了一会儿，青烟便端着水盆出来，雨音扫着地往那盆里一看，却见水面漂着许多青绿色的碎末。她朝廊下那几株大白花看了看，又联想到刚才听到的话，便知道她们在做什么了。

原来五公主捣碎了这奇花用来给岚贵人敷脸呀？

这奇花她是第一次见，并不知道功效，难道这对皮肤有什么好处？

雨音将疑惑压在心里，继续观察。

之后她便发现，五公主每天早晚两次，都会剪一段大白花的汁液，捣碎之后给萧岚敷脸。

萧岚脸上之前被蜜蜂蜇了几个红印，虽然不至于毁容，但印子一直未消。但过了一周之后，雨音便发现萧岚脸上的红印子消失不见了！

不仅红印消失，皮肤好像都比之前水嫩白皙了许多，像能掐出水来似的！

她不由得又看了一眼那几株养在廊下，已经被五公主剪得只剩下孤零零一个花骨朵的大白花。

难怪那天花搬回来时，五公主说这汁液宝贵，没想到敷在脸上竟然对皮肤有这样的好处！

雨音自来到明玥宫便一直监视萧岚的生活起居，但萧岚实在是个非常无趣的人，半步都不踏出院子，在房间也只是看书绣花陪儿子玩，她一点儿有用的情报都没打探到，梅妃娘娘那边已经有稍许不满了。

此时得了这个消息，简直开心得不行，用过午膳之后，她随便找了个借口离开明玥宫，通过之前与梅妃那边商量好的法子，将这件事转告了梅妃。

林非鹿从房间出来没看到自己的监视对象，转头问青烟："雨音呢？"

青烟回道："她不小心丢了半副耳环，出去找了。"

林非鹿看着廊檐落雨，打了个哈欠："这雨什么时候停啊？"

青烟笑道："奴婢昨天听他们说，钦天监的人推算就是这两天了，是该出出太阳了，被子都有点儿霉味了呢。"

她看了眼廊下被雨水打湿的大白花，又笑着说："这花被公主剪的只剩下花盏了，说来奇怪，奴婢总觉得这花的枝叶捣碎后有股胡瓜的味道。"

胡瓜就是黄瓜，为了避讳"皇帝"的"皇"字，所以叫作胡瓜。

林非鹿笑了下没答话，心想，本来就是黄瓜，能不像黄瓜味儿吗？

她每天早早地就把黄瓜藏在萧岚房间，剪了大猪草拿进去后，其实捣的是黄瓜。萧岚脸上的红印有些炎症，补补水消消炎就好了，黄瓜护肤补水一流，当然好使了。

只是都是青绿色的，捣碎之后看不出来，她没跟青烟说实话，只偷偷告诉了萧岚，青烟还一直以为她真的在用大猪草敷脸呢。

萧岚底子本来就好，其实皮肤状态更多的是取决于心情。

眼见着梅妃马上就要遭殃了，她心情能不好吗？

每天敷着黄瓜面膜，又有儿女在侧，吃得好，睡得好，心情好，她皮肤不变好才怪了。

半个时辰之后，雨音就回来了。林非鹿抱着长耳在廊下跟林瞻远玩，抬头看她撑着伞小跑进来，笑着问："雨音，你的耳坠找到了吗？"

雨音羞赧地一笑："找到了，多谢公主关心。"

林非鹿觉得这宫中的演技派，其实还是挺多的。

雨音这头安全地回到明玥宫，梅妃那头也收到了她传递的消息。

屋外小雨连绵，梅妃侧坐在榻上，疑惑地看着惜香："真有此事？本宫怎么从未听过？那小丫头是如何知道的？"

惜香想了想道："雨音可信，此事应该作不了假。奴婢之前听闻五公主跟太医院一位叫作孟扶疾的新晋太医走得很近，听闻那孟扶疾父辈都是乡野郎中，见多识广，兴许是那孟扶疾告诉她的，也未可知。"

梅妃若有所思地点点头，思忖半晌，吩咐道："命人去内务府取几盆这花来。"

惜香领命而去，大白花很快就被搬到梅妃宫中。

这白花样子的确奇妙，花盏是由无数朵小白花组成的，团团簇簇挤在枝头，煞是好看。梅妃观赏了一会儿，吩咐身边的宫女："你取一截枝叶，捣碎了敷脸试试药性。"

宫女领命，按照吩咐将捣碎的青绿色碎液敷在了脸上，敷完之后用水洗去，便回来复命："娘娘，奴婢脸上并无任何不适。"

梅妃凑近了打量她半天，喃喃道："也没见变嫩。"

惜香在一旁笑道："哪有这么快呢？雨音不是说，萧岚也早晚一次足足用了七日才见成效吗？娘娘若是不放心，明日再唤她来看看。"

虽然雨音可信，明玥宫那头也绝无可能知道宫里有她的眼线，但以梅妃多年宫斗的警惕心，还是没有立即使用。

等到第二日下午，她才又唤婢女来看。

这大猪草的毒性非要跟阳光结合才能发作，但最近春雨不断，半点阳光的影子都见不着，宫女脸上自然没有任何不适。

从温泉行宫回来后，林帝就再也没翻过她的牌子，虽然时不时地派人赏东西来，但一次也没踏进她的宫殿。后日便是梅妃的生辰，按照往年的习惯，林帝是会过来陪她用午膳的。

梅妃因为失宠最近人有些憔悴，肌肤也不如以前白皙，见试药的宫女无碍，自然不再迟疑，当晚便让惜香捣碎了大白花，厚厚地敷了整整一脸。

雨音可是说了，林非鹿舍不得用，每次只取小小一截。

那她多用一些，起效应该会快一些，等后日陛下来时，务必让他被自己的美貌惊艳！

如此一日，等到她生辰这天，梅妃早早就起来打扮了。

洗漱前还是照常用大白花敷了一次脸，惜香一边给她梳妆一边笑道："今日是娘娘的生辰，连天气都放晴了呢，一会儿等陛下过来吃过午膳，娘娘还可陪陛下去御花园逛逛。"

梅妃脸上忍不住溢出笑意。

林帝虽然还没忘记脚臭那一幕，但时隔已久，毕竟还是他十分宠爱的梅妃，自然不可能一直晾着。这么久过去，爱妃的脚臭肯定已经治好了，今日是她的生辰，他说什么都该过去看看她了。

于是早朝一结束，林帝就来到了梅妃的银霜殿。

梅妃早已做好准备，一身青色纱衣盈盈娇弱，妆容清纯动人，一见着林帝，眼里并无半分被他冷落许久的埋怨，只有对他无尽的思念与娇羞。

林帝心情大好，陪她用过午膳，赏了不少东西，吃完饭，梅妃便提议道："陛下，今日天光大好，臣妾陪你去赏赏花吧？"

林帝哪有不愿的，当即拉过爱妃柔软的小手，带着她出门。

今日天光的确很好，天空湛蓝，万里无云，阳光没有一丝遮挡地洒下来，落在皮肤上，有股暖暖的感觉。

两人一路赏花说笑，梅妃还戏起了蝶，那身段之妖娆、笑声之动听，林帝已经完全忘记她的脚臭了。

戏着戏着，林帝突然发现，咦，爱妃白皙的脸上怎么突然冒了好多红疙瘩？

他一开始还以为自己看错了，等梅妃戏完蝶停下来，走近一看，惊得瞳孔都放大了。

梅妃早上见着还白皙娇嫩的脸上突然长满了密密麻麻的红疙瘩，深深浅浅、大大小小，密集恐惧症见了都要落荒而逃。林帝只看了一眼，当场就要反胃。

这简直比当初的脚臭还要让人难以忍受！

梅妃看着林帝的表情，心里一个咯噔，但并不知道发生了什么事，还迟疑着问："陛下，怎么了？"

直到旁边惜香惊慌失措地喊出来："娘娘！你的脸！"

梅妃滞了一下，反应过来什么，手指颤抖地摸了摸自己的脸。她一点儿痛感都没有，却能摸到脸上密密麻麻的疙瘩，惨叫一声，差点儿当场晕过去。

林帝立即吩咐宫人将她带回银霜殿，又让人传太医，自己却脚步匆匆地回了养心殿，半眼都不想再看见那张会让他做噩梦的脸了。

太医很快去了银霜殿，问诊之后，又询问她最近的吃食和外用。梅妃回来照了镜子后整个人已经崩溃了，大哭不止，还是惜香突然想起来什么，领着太医去看那株大白花。

太医并不识这花，取了一截后放进药箱，说要回去研究。这症状前所未闻，太医只能暂时给梅妃开一些药方便告退了。

接下来两日，梅妃都卧床不起，吃药敷药，脸上的红疙瘩却丝毫不见消退。

太医院的大夫们集体研究那株大白花，也没研究出什么名堂来，最后只得出此花有毒的结论。

回禀林帝后，林帝都惊呆了，不可思议道："她是疯了吗，为什么要用这来路不明的东西敷脸？"

太医：……

梅妃得知这花居然有毒后，整个人又崩溃了一次。宫中藏不住秘密，梅妃用了毒花敷脸导致毁容的事很快就传开，大家听闻后都跟林帝一个反应：她是疯了吗？！

梅妃的确快疯了。她足足在房内关了十日，太医每天进出，她脸上的红疙瘩终于渐渐消退，却留下了可怖的紫色疤痕，抹几层粉都盖不住的丑陋和恐怖。

十日之后，梅妃命人把雨音带到了银霜殿。

雨音早先听说这件事后，就一直惶惶不可终日。可宫中不比其他地方，她想跑也跑不了。

偏偏她什么都不能说，什么都不能问，明玥宫的人都是一副好像什么都没发生的样子，对她的态度也跟之前没有区别。

雨音便一直心存侥幸，想着五公主心善，自己求一求她，终归是能活命的，没想到还没来得及求，就被梅妃的人绑到了银霜殿。

青烟把院子里的大白花都还到了内务府，交由他们一并处理。回来的时候，林非鹿在廊下喂兔子，她走过去低声道："公主，雨音被带到那边已经有一个时辰了。"

雨音的事，是梅妃毁容之后林非鹿告诉她们的。

青烟和云悠一方面感到后怕，另一方面对小公主的敬意又上了几个层次。

林非鹿喂完兔子，拍拍手，吩咐她："你去请父皇，我现在过去。"

青烟欲言又止，最后只担忧道："公主千万小心。"

林非鹿点点头，从明玥宫离开后，一路直奔银霜殿。

到的时候，殿门紧闭，她重重地拍了拍门，等了一会儿便有人来开门。门一开，宫人还没来得及开口，她便一侧身从缝隙间钻了进去，一边往里跑一边大喊："梅妃娘娘！把我的宫女还给我！"

院中的地板上有血被清理过后的痕迹，雨音不见踪影。

听到喊声，宫人们急急地走了出来，林非鹿就站在院中，气愤地看着他们："雨音呢？把雨音还给我！"

其中一人道："五公主所说之人并不在我们宫中，许是找错了吧？"

林非鹿大声道："不可能！我亲眼看见她被你们的人带走了！快把她交出来！"

她在外面大吵大闹，里头梅妃再也坐不住，用一张白纱覆面，在惜香的搀扶下走了出来。

哪怕用面纱遮着，她的额头和鼻梁也难掩紫色疤痕。事到如今，她哪能不明白是着了林非鹿的道，眼见着林非鹿还敢跑来自己宫里撒泼，真是恨不得亲手将林非鹿掐死。

但梅妃尚存的理智告知自己不能这么做，只咬着牙冷声道："五公主这是在做什么？当本宫的银霜殿是什么地方，随你胡闹？"

林非鹿可怜兮兮地看着她："梅妃娘娘，你为什么要抓走雨音？她是父皇赏给我的宫女，你把她还给我吧。"

梅妃恨声道："本宫不知道你说的是谁，她也不在本宫这里！"

林非鹿眼泪汪汪的，哽咽着说："我都看见了，是他们把她带走的。"

她伸手指着旁边两名太监。

那俩太监浑身一抖，心虚地低下头去。

梅妃冷声道："你看错了。本宫需要静养，五公主还请回去吧。"

林非鹿一副要哭的样子，梅妃越看越气愤，真是想把这么小就这么会装的林非鹿的脸皮撕下来。她转过身深吸两口气，恶声道："惜香，送客！"

惜香刚往前走了两步，站在院中的林非鹿突然朝前跑过来，跑到梅妃脚边一把抱住了她的腿，不依不饶道："还给我！把雨音还给我！你为什么要抓走我的宫女！你这个坏女人！"

梅妃简直被气得七窍生烟，理智全无，想也不想，一脚蹬了过去。

其实也不算蹬，她就是甩了下腿，想把她甩开。

没想到小女孩儿惨叫一声倒在地上，蜷着身子哭了起来。

梅妃还没反应过来，就听院门口一声怒斥："放肆！"

梅妃抬头一看，看见疾步逼近的林帝，双腿一软，登时跪了下来。周围宫人全部瑟瑟发抖地跪下，林帝直冲倒在地上的林非鹿而去，将她抱起来时才发现她满头大汗，脸色苍白，一副又怕又难受的模样。

林帝真是又气又心疼，转头看了眼跪在一旁的梅妃，待看见她脸上可怖的疤痕，又一个哆嗦收回视线。

小五在他怀里一边哭一边颤声说："父皇，你让梅妃娘娘把雨音还给我好不好？"

青烟去请林帝的时候已经把事情说明，梅妃的人带走了明玥宫的宫女，这宫女跟五公主关系好，五公主上门去讨要了。

此时听她这么说，林帝当即便问："人在哪儿？还不交出来！"

梅妃身子一抖，抵死不认："臣妾不认识公主所说之人，也没见过她！"

小孩子的话当然比大人更具真实性。

林帝抱着小团子站起身，冷声吩咐跟来的侍卫："给朕搜！活要见人，死要见尸！"

梅妃听闻此话，身子一软，当即瘫了下去。

林帝冷冷地扫了她一眼，抱着小五大步走出了银霜殿。

他直接将人带到了养心殿，又传了太医来给林非鹿看诊，好在小五只是受了惊吓，并无大碍。林帝等她喝了药睡着之后，便走到了外间，听彭满小心翼翼地回道："陛下，在银霜殿旁边不远处的井里找到了那位宫女的尸体，是死后投井，背、腿被打烂，应是杖刑而死。"

林帝虽然早有预料，但听此回报，还是恶寒了一下。

梅妃在他心中一向温婉良善，柔弱娇羞，对待下人连一句重话都不会说，可没想到居然会做出如此心狠手辣之事。

那宫女不知如何得罪了她，竟然落得如此下场。

想到一会儿小五醒来听闻此事必然大哭，林帝心头好不烦躁，又问："梅妃如何解释？"

彭满道："梅妃娘娘大喊冤枉，说此事与她无关，让陛下明察。"

林帝气得把砚台砸了下去："还需朕如何明察？！院子里那摊清理过血液的痕迹犹在，你当朕是眼瞎吗？！"

可她抵死不认，只有小五一人看见，真要降罪，又缺少证据。何况梅妃的父亲如今正在江南帮他治理水患，若真按照杀刑来降罪，恐怕寒了老臣的心。

林帝到底还是一个以国事为重的皇帝，过了气头，便也平复下来，淡声吩咐道："传旨下去，梅妃德不配位，即日起褫去妃位，降为嫔位，禁足三个月，好好反省！"

彭满领旨而去。

旨意一下，整个后宫都震惊了。

梅妃得宠多年不衰，前不久虽然有失圣宠，但生辰这日陛下还赏了许多东西，陪着一起吃饭逛御花园，虽然半途出事毁了容，但这么惨，按理说应该慰问吧？怎么没有慰问，她反而被降了位分呢？

就因为变丑了，就把人位分降了？

陛下未免也太无情了吧？

直到翌日，渐渐才有消息传出来，说梅妃是因为打死了五公主宫中的一位宫女，又伤了前去讨要的五公主，才因此获罪。

原来陛下还是怜惜她的，这事儿要搁在别人身上，估计就不是降一阶位分能善了的了。

后宫众人心思各异，却都明白了一个事实。

梅妃根本不是什么温婉良善之辈，这后宫中人，谁都不比谁干净。

## 10

梅妃变梅嫔，有人喜，有人忧。

不过大家都明白了一个道理，那就是五公主惹不得。

梅嫔到现在还是抵死不认宫女的死跟她有关，就更不可能承认这宫女是她派去明玥宫的眼线。宫里便只猜测，大概是这宫女因为什么得罪了梅嫔才落得如此下场。

其实宫里死一两个下人并不是什么稀罕事，只不过都是暗中操作，没有闹到明面上来。那宫女被害后，还有五公主为她讨公道。不过陛下能狠得下心，估计也跟梅嫔毁容有关。

现在那张布满紫色疤痕的脸他看一眼都要做噩梦，这可跟脚臭不一样。

太医说了，那些疤痕恐怕会长期留在梅嫔的脸上，基本没有治愈的可能。

虽然林帝曾经很爱梅嫔的身娇体软，但本质上还是看中容貌，后宫又不缺美人，何必委屈自己。

位分一降，之前梅嫔身边亲近的那些妃嫔就纷纷明哲保身地远离了她。最热门的银霜殿就这么冷落下来，林帝还是留了情面，没有让她搬出去。

梅嫔几乎在床上不吃不喝躺了三天，泪都流干了。

她知道，自己这次彻底栽了。

美貌是后宫女人最大的利器，现在这把利器没了，无论她再怎么努力，都无法挽回陛下的心。

好啊，好一个萧岚。

以其人之道，还治其人之身，自己让她差点儿毁容，她便以牙还牙让自己毁容。

以前还当她愚笨，是自己太轻敌了。

梅嫔思及此，悔恨交加，满心怨恨，又捶床痛哭起来。这段时间，银霜殿内的宫人能走的全走了，让她尝尽了萧岚当初尝过的人情冷暖，只有惜香还留在她身边。

没多会儿，惜香便进来唤她："娘娘，惠妃娘娘过来了。"

出事以后，这还是第一个来探望她的人。

此时天色已暗，惠妃穿着斗篷，一副小心打扮脚步匆匆的模样，似乎也不想被人知道她来了这里。

梅嫔披头散发地从床上坐起来，脸上还挂着泪，惠妃一进屋看到她那个模样心口一震，虽早知她毁了容，却还是被这副"尊容"吓得不轻。

梅嫔嗓音沙哑地喊了声"姐姐"。

惠妃压住心中惊吓，走过去坐在床边握住她的手："妹妹病着，该好好养着才是，怎么又哭成这样？"

梅嫔哑声道："我现在这模样，还能怎么养呢？恐怕姐姐见了都觉得怕吧。"

惠妃安慰道："虽然如此，但你母族还在，你父亲刘大人如今在江南治理水患，既得民心又得圣心，你好生将养，总比任由自己堕落得强。"

梅嫔苦笑道："若不是父亲，陛下恐怕就不会只降我的位分了。"

惠妃叹了声气："我平日里总跟你说，行事不可冒进，要万分小心，你怎么就……唉。"

说着梅嫔的眼泪又掉了下来,边哭边咬牙道:"姐姐不记得当年陛下是如何宠幸萧岚的吗?陛下爱她貌美,喜她才情,连她沉闷无趣的性子都能忍受!我自行宫回来,陛下便再未翻过牌子,对五公主的宠爱却日益深,我若不早做准备,萧岚复宠指日可待,我们当年所做的一切就全都白费了!"

她和萧岚当年入宫时,惠妃已经是妃位了。若没有惠妃暗中相助,她也不能神不知鬼不觉地给萧岚下药,害萧岚早产失宠。

两人这些年绑在一条船上,惠妃有长公主,梅嫔有美貌,两人各取所需互帮互助,才能在这百花斗艳的后宫屹立不倒。

如今梅嫔一倒,惠妃便如断臂,就是再要避嫌,也不得不来这银霜殿走一趟。

若梅嫔狗急跳墙,又闹出什么事来,死了倒干净,若是没死,还把以前两人种种抖搂出来,连她都会被拖下水。

惠妃不得不耐着性子安慰她:"妹妹别忘了,陛下厌恶她的根源是什么。是萧岚自身吗?"她轻声道,"不,是那个傻儿子啊。只要有那个傻儿子在一日,陛下心中的芥蒂就永远不会消失,萧岚就算复宠,也绝无可能到达当年那个地步。那个傻儿子会长大,他越大,痴傻就会越明显,依陛下的性子,是无论如何也无法忍受的。"

梅嫔黯淡无神的眼中渐渐溢出犹如蛇吐芯子般的恶毒,一把抓住了惠妃的手:"姐姐!我知我今后都复宠无望了,我这张脸……可萧岚不能过得比我好!我就是死,也要拉着她一起下地狱!还有那个五公主,年纪如此小心思便如此之深,万万留她不得!"

惠妃早知此女狠毒,此时听她说出这样的话,心中却仍是一凉。

"拉着她一起下地狱……"

她若是疯起来,岂不是也要拉着自己下地狱?

惠妃不动声色地将自己的手抽回来,柔声宽慰道:"你放心便是,有我在,不会让她好过。你如今最重要的是养好身子,切记,此时此地更要慎重,千万不可冒失行事了。"

梅嫔似乎在惠妃的保证中重新找到了支撑的信念,重重地点了点头:"我一定谨记姐姐的话!"

惠妃笑道:"那我便放心了。时辰不早,我先回去了,改日再来看你。"

梅妃点点头，又洒泪说了几句姐妹知心话，便目送惠妃离去。

等惜香将惠妃送到殿外再折身回来时，就看见坐在床上的娘娘脸上已无泪意，眼神冷冰冰地盯着门口。

惜香吓了一跳，迟疑着走过来小声问："娘娘，你在看什么呢？"

过了好一会儿，惜香才听见梅嫔哑声说："惠妃这是要断臂自保了。"惜香一惊，便看她冰冷又怨毒的视线缓缓移了过来，一字一句说，"惜香，只能靠我们自己了。"

在婢女的陪伴下脚步匆匆地回了瑶华宫，踏进殿门，惠妃才松了口气，婢女也低声道："这一路没遇上人，娘娘不必担心。"

去看梅嫔这一趟，她可是冒着风险的，若是传到陛下耳中，必然不喜。

惠妃点点头，刚走进院子，便看见女儿站在门口看着她。

夜色已经很深，惠妃奇怪道："都这个时辰了，你不就寝还在这里站着做什么？"

林念知翻年之后个子又往上蹿了一些，出落得越发像个大姑娘，但形态举止时而还是像个没长大的孩子，总跟她闹脾气，此刻便一副咬牙不高兴的模样，等她走近才闷闷开口："母妃去哪里了？"

惠妃走进房中取下斗篷："出去透了透气。"

林念知跟进来："骗人！分明就是去找梅嫔了！"

惠妃神情一凝，回头斥她："胡说什么？！还不回房去！"

林念知两三步走过来，不依不饶："母妃为何要同那个蛇蝎心肠的女人来往？！她不是个好人，还撺掇母妃跟她干一些令人不齿的坏事！现在她落得这般田地都是自作自受，母妃早该与她划清界限！"

惠妃难掩怒色："你这是在胡说什么？！"

林念知袖下的手指紧紧捏在一起，咬牙道："我都听见了！上次去行宫的路上，五妹在驿站遇刺，就是梅嫔和母妃你谋划的！每每想到此事，我都无颜面对五妹！"

惠妃大惊大怒之下，抬手就是一巴掌扇在她脸上："你给我闭嘴！"

林念知长这么大，金枝玉叶，万千宠爱，哪里挨过打，此时捂着脸震惊地看着眼前的母妃，仿佛不认识她一般，嘴唇都咬出了血，哭着跑了出去。

惠妃气得胸口起伏不止，沉声吩咐："把她给我看好了！没我的吩咐，不准她踏出房门一步！"

宫人大气不敢出，小声应"是"。

解决完梅嫔之后，萧岚的病也渐渐痊愈，而且因为心情大好，整个人比病之前气色还要好，连总是沉压压的气质都消减不少，多出一些明丽的生气来。

但对于林非鹿来说，梅嫔只是降了位分毁了容，人还在宫中，母族势力又不弱，这次被她这么摆了一道，结下的可算是死仇，像颗定时炸弹一样，不彻底解决便不能放下戒备。

不过梅嫔如今在宫中倒台，想要兴风作浪恐怕很难，林非鹿不必再每日关在明玥宫里当镇宫之宝，又恢复了上课。

接连去太学上了几天课，她都没看见林念知。

从行宫回来之后这位皇长姐就开始跟自己闹别扭，打招呼视而不见，见着自己就溜。林非鹿思来想去也不知道自己哪里得罪了她，本来打算好好哄一哄，结果几天都没见到人。

打听了一下，说皇长姐是生病请了假，林非鹿想了想，回去让萧岚帮着做了一个香包，又去太医院找孟扶疾配了一服药，有安神助眠之用，打碎装入香包之后，送去了瑶华宫。

虽然往日她来瑶华宫总被惠妃刁难，但殿门总还是能进的。结果这次不知为何，宫人一脸为难地把她拦在了殿外，说是太医交代长公主需要静养，不见人。

林非鹿只得把东西交给宫人让她转交。

她人一走，宫人立刻将香包呈到了惠妃面前，惠妃看都没看一眼，冷声交代："扔了。"

林非鹿还不知道自己现在已经彻底上了瑶华宫的黑名单，蹦蹦跳跳地回到明玥宫时，萧岚正跟林瞻远坐在院子里编兔子。

萧岚手巧，不仅针线活儿好，手工也厉害。春日草叶茂盛，云悠采了不少回来，萧岚便能用这些花花草草枝叶编小动物。

自那日天晴之后，春雨没再落下过，阳光日趋温暖，此时像一层柔软的轻纱落下来，将院子里几个人笼罩。

林瞻远怀里抱着小兔子，脚边趴着长耳，乖乖地坐在小马扎上，认真地看着萧岚编兔子。

地上已经放了十几个大大小小的青绿色草兔子，还可爱地摆成了一个爱心的形状。这当然是林非鹿教的，见她一回来，林瞻远便开心道："妹妹！绿兔子！"

林非鹿进去洗了个手，然后抬着小马扎也坐到萧岚身边，下巴搁在她柔软的腿上："母妃，你给我编个小老虎吧！"

萧岚失笑："娘不会这个。"见女儿期待的眼神，还是拿起一捆青草，"那娘试试吧。"

林瞻远在旁边兴奋地拍手："小脑斧！小脑斧！"

林非鹿戳他脸颊："哥哥，你高兴什么？今天的九九乘法表背了吗？"

林瞻远顿时苦下脸来。

林非鹿说："快背！背不完，这些绿兔子就全是我的了！"

林瞻远一听这话，眼泪都快出来了，可怜兮兮地吸吸鼻子，小背影坐得笔直，委委屈屈地开始背："一一得一，一二得二，一三得三……"

林帝迈着迟疑又缓慢的步子走到明玥宫门口时，林瞻远才背到五六三十。

彭满正要通报，他略一挥手止住，站在门口凝神朝内看去。

金色又柔软的阳光暖暖地洒满了院子，将那个笑意盈盈的美貌女子轻轻笼罩。她手里拿着青草，神情有些疑惑，眉眼却温柔，白皙手指穿梭其间，绾了一个结后又抽出来，小老虎已经初见雏形。

小五就坐在她身边，小脑袋趴在她腿上，而另一边，俊俏漂亮的小男孩儿眼睛有些红，一副要哭不哭的模样。他看看旁边的妹妹，又看看怀里的兔子，继续打起精神背："五七三十五，五八四十，五九……"

他一卡壳，就偷偷去看妹妹的反应。

林非鹿冲他比了下小拳头："哥哥是最聪明的！你可以！加油！"

林瞻远用胖乎乎的小手揉了下眼睛，吸吸鼻子，努力想了半天，才继续背："五九……五九四十五！"

萧岚忍不住笑起来，手里的小老虎也终于成形，手指捻着老虎蹭了蹭林非鹿的鼻尖："你要的小老虎。"

这样温暖的一幕，让林帝之前来时的脚步，突然没那么沉重了。

## 11

萧岚这一对儿女，完美地继承了她的美貌。

女儿粉雕玉琢，儿子俊俏可爱，一左一右依偎身旁，不可谓不养眼。林帝对于这个六皇子的印象只停留在他三岁，显露痴傻时的模样。

五年过去，小孩儿已经长高了许多，他想象中的歪着脑袋流口水憨憨傻笑的画面并没有出现。

笼在光晕之中的小男孩儿眼神十分纯真，笑起来的时候和他妹妹一样，唇边有个小小的梨涡。他或许并不像正常孩子那么机灵聪慧，但也没有自己想象中那么让人讨厌。

而且还会背九九表！

林帝就那么默默地站在门口，听他磕磕绊绊地背完了九九表，然后邀功似的对小五说："我完成了！"

林非鹿伸出一只手摸他的脑袋："哥哥真棒，那些小兔子就都是你的啦。"

林瞻远开心得直拍手，起身跑过去捡草兔子时，突然发现不远处的门口站了个陌生人。他一向是怕陌生人的，立刻原地掉了个头，紧张兮兮地跑回萧岚身后，躲在她背后时，小心翼翼地探出半个小脑袋往门口打量，跟小五当初见着自己被吓到时的神情一模一样。

不愧是兄妹。

萧岚这才发现门口有人，抬眼看去，神情滞了一下，但很快反应过来，立刻起身行礼："妾身拜见陛下，不知陛下驾到，有失远迎。"

林非鹿已经喊着"父皇"开心地跑过去了。

林帝笑起来，等她跑近时一俯身把她抱起来，然后朝院中走去，走到萧岚身边时，闻到她身上淡淡的清香，跟自己从太子那里要来的香囊的味道有异曲同工之妙。

林帝一手抱着女儿，一手虚扶："起来吧。"

萧岚又行了礼才起来，林瞻远还扯着她的衣角躲在她身后。萧岚抿了下唇，柔声说："远儿，给你父皇行礼。"

林瞻远偷偷地看了这个陌生男人一眼，又看向他怀里的妹妹。

林非鹿无声地朝他做了个口型：爹爹。

林瞻远一下子明白了，这是妹妹经常跟自己玩的游戏！

只要她不出声说出这两个字时，自己就要按照她教的动作行礼，还要说……

林帝就见着之前还害怕的小男孩儿慢慢地从萧岚身后走了出来，乖乖朝他行了礼，稚声道："儿臣拜见父皇。"

林帝略惊讶地一挑眉，不仅会背九九表，还会行礼，看上去不疯不傻，还挺乖巧。

当你对一件事抱了最坏的打算，最后却发现并没有自己想象得那么糟糕时，就非常容易满足。

他语气还算温和："起来吧。"

不过皇帝当久了，身上有股不怒自威的气势，林瞻远对每个人身上的气息十分敏感，起来后又有些害怕地躲了回去。

林帝看看萧岚，又看看这个好奇地打量自己的儿子，回想当年种种，内心一时感慨万千。林非鹿搂着他的脖子甜甜地问："父皇，你怎么过来啦？是太想我了所以专程来看我吗？"

林帝笑呵呵地说："是啊，想朕的小五了，小五有没有想父皇啊？"

林非鹿眨巴眨巴眼睛："想了，可想啦！"她又小声问，"那父皇给我带上次说过的御膳房的烧鸡了吗？"

林帝哈哈大笑，用自己的胡须扎她软乎乎的脸："你这丫头，整天就惦记那口吃的。朕看你想的压根儿就不是朕，而是朕的御膳房。"

小团子被看破，立刻不好意思地埋在他肩窝撒娇。

林帝抱够了软糯糯的小团子，把她放下来后又看了看满地的青草花叶，问萧岚："这是在做什么？"

萧岚微垂着眸，唇角弯着温柔的弧度，连声音都十分柔软动听："用这些花草给孩子们编一些小动物玩。"

林帝俯身拿了一只草兔子看了看，怅然似的："朕记得你是手巧。"他拿起自己挂在腰间的那个香囊，"这只香囊朕初见便觉得眼熟，是你绣的吧？"

萧岚抬眸看了一眼，眼眸中流露出了一丝惊讶，点了点头："是。"

林帝笑着点头："朕戴着甚好。"全然不提这是他从太子那儿抢来的。

萧岚也温婉地笑了下，林帝又问："朕听闻你前不久落水受了凉，身子可大好些了？"

萧岚回道："谢陛下关心，已经好了。"她顿了顿，抬眸看了看林帝，眼神极尽温柔，"多亏陛下送来的补物，妾身才能恢复得这么快。"

现在的萧岚，比当年的萧岚让他觉得顺眼懂事多了。

当年的萧岚，他就是赏再多东西，也从不得她一个温柔的笑、一句真心实意的谢恩。林帝有时候都觉得自己面前是一个没有灵魂的木偶，空有一副美貌。

而如今，她渐渐鲜活起来，大概是当了母亲，整个人身上有了温暖的气息。

萧岚将小五教得这样好，连这个傻儿子都出人意料地乖巧，再一看她不输当年的美貌，林帝之前来时心中的三分好感、七分迟疑已经变成了七分好感、三分悔意。

他抬步朝房中走去："进来说话吧，别都站着。"

萧岚应"是"，便领着两个孩子跟着他进屋。

虽然明玥宫如今的生活品质已经比林非鹿刚来那会儿高了不少，但毕竟是个十分偏远又古旧的宫殿，虽然收拾得十分干净整洁，还有宜人花香，但林帝进去一眼就觉得这地儿简洁得过于简陋了。

想到母子三人这些年就是在这样的环境下生活，而且这个境地还是自己造成的，林帝心中稍微生起了那么一丝丝愧疚。

萧岚走过去铺好软榻，服侍他坐下后，又吩咐候在一旁的青烟去泡了热茶来。

这茶跟其他茶不一样，是以干花为主，入口之后没有茶味，只有一股淡淡的花香。林帝午时用膳吃得比较油腻，喝了一杯干花茶刚好解了腻，忍不住点了点头，问道："内务府今年似乎没有供这种茶，是你自己做的？"

萧岚点头，将制作干花茶的步骤简略说了一遍，林帝一边听着一边又喝了一盏，等她说完笑吟吟道："不枉朕夸你手巧。"

两人聊得十分融洽，林非鹿和林瞻远则在另一边的小榻上吃点心嗑瓜子儿。

林瞻远现在还是对这个陌生人很好奇，偷偷问妹妹："娘亲为什么对他笑？"

林非鹿说："因为娘亲喜欢爹爹，看到爹爹当然会笑啦。"

林瞻远噘着嘴："娘亲喜欢我和妹妹！"

在他的小脑袋里，没有爹爹这个意识。

林非鹿教训他："没有爹爹就没有我和哥哥，所以也要喜欢爹爹哦，一家四口，整整齐齐才是最好的。"

林帝身为习武之人，耳力自然过人，听到他这句话，抬眼扫过去，见小男孩儿白嫩俊俏的小脸气呼呼的，被小五叉着腰教训一顿后，又委委屈屈地噘着嘴缩了回去。

他自来了明玥宫，除去刚才院中的行礼，一直在有意识地避开有关这个傻儿子的一切。本来按照他今天的想法，他只是打算在外面看一看，进都不会进来的，毕竟还没完全做好心理准备。

结果现在不仅人坐进来了，听了林瞻远说话，他甚至还想跟林瞻远说几句话。

萧岚察觉他视线，心中微微一凛，正准备说点儿什么转移话题，却听林帝沉声道："老六，你过来。"

萧岚抿了下唇，眸中不掩担忧。

林瞻远还傻乎乎地在那儿嗑瓜子，林非鹿戳戳他："哥哥，父皇在叫你。"

林瞻远扭头看了一眼，认认真真地解释："我不叫老六，我叫林瞻远。"

林帝一声笑："倒是记得自己的名字。"

林瞻远这次倒是听懂了，特别骄傲地说："我还会写呢！"

林帝挑了下眉："哦？"

他看了萧岚一眼："你教的？"

萧岚垂眸道："是小鹿教的。"

林帝觉得还挺有趣，便吩咐："取笔墨纸砚来。"

青烟领命而去，很快将纸墨拿来铺好，林帝从榻上走下来，走到案几边，淡淡看着林瞻远："写几个字给朕看看。"

林瞻远有点儿怕，微微敛着身子，林非鹿摸摸他的脑袋，小声安抚："哥哥别怕，写字给父皇看。"

他一向听妹妹的话，看了妹妹一眼，接收到她鼓励的眼神，这才小心翼翼地挪到了案几边。

林非鹿这么久以来的教学成果当然是有成效的。

林瞻远的字迹虽然难掩稚嫩轻浮，但笔画流畅，字峰已经初现端倪。林帝看了几眼，觉得这傻儿子写的三个字，甚至比老四写的字还好。

那个不学无术的狗东西！比谁都不足！

林帝向来爱才，单是从这几个字，对自己这个傻儿子的印象便有了几分改观，看了看又问："除了你的名字，还会写其他字吗？"

林瞻远怕怕地看了他两眼，感觉这个逼自己写字的父皇跟妹妹真的好像哦。

他委委屈屈地拿着笔，又开始写学过的其他字。

林帝看着纸上渐渐出现的字迹，神情逐渐凝了起来。

这傻儿子写的是：太平盛世、玉宇一清。

萧岚方才说，他的字是小五教的。

林帝眉眼一凛，看向旁边的林非鹿。

小团子就站在他身后几步远的地方，正踮着脚往这边看，对上他打量的视线，脖子缩了一下，有点儿心虚地垂下头去。

林帝沉声道："小五，为何教你哥哥写这八个字？"

他岂能看不出这其中讨好的意味。

小团子被他一句话吓得一抖，嗫嚅不敢抬头，整个人恨不得缩成一团，头上的小鬏鬏都好像害怕地蜷了起来。

林帝不由得有点儿后悔自己刚才的语气过于严厉，往前走了两步，在小团子面前蹲下来，这才看见她小声地哭了，眼眶通红，睫毛湿润，泪珠子从小脸一路滚落，看上去可怜极了。

林帝一颗老父亲的心顿时就软得不行了，抬手擦擦她脸上的泪，放柔声音道："朕没有凶你，别哭了。"

她抿着唇一点点抬头，鼻尖粉红粉红的，哽咽着说："父皇，你不要讨厌哥哥好不好？"

林帝一愣。

小团子怯怯地来扯他的袖口，一边哭一边祈求着说："他们都说哥哥是傻子，父皇最讨厌傻子了。哥哥不傻的，哥哥会写字，父皇可不可以不要讨厌他？"

林帝听这哭诉，哪还有不明白的！

小五是怀着什么样的心情教她哥哥写下这八个字的？这五年来，自己的视而不见对他们造成了多少伤害？

连宫人都能毫不避讳地辱骂皇子是"傻子"，她还这么小，听到这些话，唯一能想出来的办法就是教哥哥写字，希望自己在看到这些字的时候，能稍微不那么讨厌他。

而自己刚才都做了什么？

林崇玄啊林崇玄，你还是个人吗？！

# 第五章 风云涌动

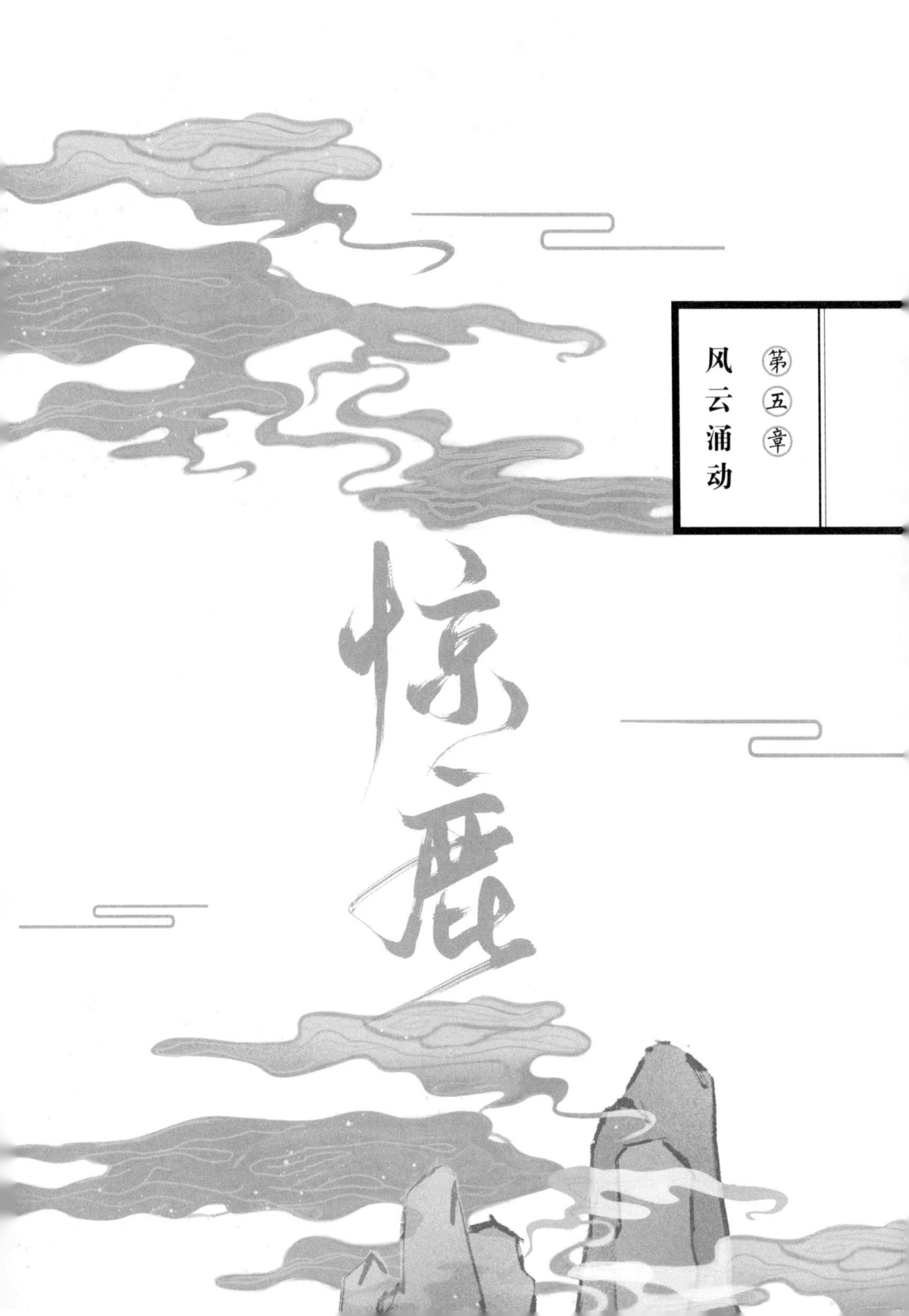

惊鹿

## 01

如果说林帝之前只有一丝丝愧疚，那此时此刻，这一丝丝愧疚已经无限扩大，快把他的老父亲心脏都裹起来了。

小团子还在抹眼泪，林瞻远看到妹妹哭，又着急又难过，把笔一扔就跑了过来。

他以为是这个看上去很严厉的伯伯把妹妹凶哭的，自己明明也很怕他，但还是张开双臂挡在妹妹前面，鼓起勇气看着他说："不……不准欺负妹妹！"

他生得白净俊俏，林帝所有的儿子中，谁都没有这样一双清澈纯粹的眼睛，只是眼眶红红的，像他脚边的兔子，十分委屈伤心。

林帝手指有些僵，看着俩小孩儿半晌，叹着气伸出手掌，分别落在自己这一对儿女头上，安抚地摸了摸："好了，两个小哭包。"

萧岚此时也走了过来，欠身道："陛下，是妾身有失教导。"

林帝转头看她，语气难得地郑重："不，你把这两个孩子教得很好。"

他一手牵起一个孩子，拉到软榻旁，先把林非鹿抱上去，看了眼旁边紧张兮兮的林瞻远，又俯身把林瞻远也抱上软榻，掂了掂，笑起来："还挺沉。"

小团子趴到他腿边，仰着小脑袋看了他一会儿，小声问："父皇不讨厌哥哥吗？"

林帝干咳了一下，掩饰心虚："朕跟旁人不一样，当然不会。"

小团子欢呼一声，突然凑过来搂住他的脖子，在他脸上吧唧了一口："父皇是这个世界上最好最好的人！"

林帝什么时候跟子女这么亲近过，都被女儿亲愣了，但看见小团子开心的模样，复而笑开，心道：女儿不愧是贴心小棉袄！

他看了旁边的萧岚一眼，她似乎也被这一幕感动，眼尾染着一丝红，唇角笑意却温柔，有种别样的风情。

林帝拉过她的手，长叹一声气："这些年，是朕冷落你了。"

萧岚微抿了下唇，眼里泪光涟涟，看着他时却不掩真心："妾身没有怪过陛下。"她垂眸一笑，"而且有这两个孩子陪在身边，妾身这些年其实过得很好。"

萧岚不怨不妒，落落大方，林帝心中很是满意。

屋内的气氛比之前融洽了很多。

林帝想起初见小五时，她在梅园里堆的那四个雪人，此刻再看看围绕自己身边的儿女妻子，正是应了那句"一家四口，整整齐齐"。

他子女无数，此刻却仿佛头一遭，像这天底下的寻常男子一样，生出了家的感觉。这种平淡又温馨的氛围，是他在其他任何妃嫔宫里都感受不到的。

皇帝总说自己是孤家寡人，孤寡之意，只有自己能体会，在这个位置坐久了，时而也会怀念温情。

萧岚的温柔，女儿的亲昵，儿子的天真，恰好弥补了他缺失的情感。

林帝已经全然忘记今日来之前心中的抗拒与迟疑，沉浸在这难能可贵的温情之中了。他许久没教林非鹿下棋，此刻让人摆了棋盘对弈两局，惊讶地发现这小团子的棋艺进步了不少，棋路也有自己的风格了。

他想到什么，问萧岚："朕记得你的棋艺不错？"

萧岚道："陛下谬赞，只不过略学过一些。"

林帝兴致大增："来，与朕杀一盘。"

林非鹿便把位置让出来，乖巧地坐在一边围观两人对弈。

萧岚不负才女之名，琴棋书画样样精通。小五的棋路果然是跟她学的，柔软中带着一丝韧劲，眼见就能将她杀个片甲不留，下一步她却能出其不意地拉回一子。

后宫妃嫔中能与他对弈的人很少，以前还有个梅妃，那棋艺也跟萧岚没的比。

不过到底还是不如他，在他的猛攻之下萧岚的柔韧也招架不住，最后败北，林帝只觉这一局酣畅淋漓，兴致不减道："再来一局。"

萧岚看了眼窗外天色，柔声问："陛下要留下来用晚膳吗？"

林帝想也不想："自然要。"

萧岚便道："那妾身要去做准备了。"

林帝说："让御膳房送来便是，哪需要你动手？"

萧岚垂眸羞赧地笑了一下："陛下许久不来，妾身想亲自下厨。"

林帝想了想，倒也没反对，刚一点头，林非鹿就手脚并用地爬了过来："该我了该我了！父皇，该我和你下了！"

林帝哈哈大笑："好，来！"

于是萧岚便去下厨，父女两人下棋，林瞻远在屋内跟兔子玩。

林帝不认识这兔子，看了两眼笑道："老大也养了一只兔子，你们兄弟俩倒是有共同的爱好。"

林非鹿边下棋边说："这就是大皇兄的兔子呀！"

林帝有点儿惊讶，不过只以为是林廷送给老六的，倒是没多问什么。

傍晚时分，萧岚亲自下厨做的饭菜便端上桌。她这些年厨艺锻炼得很好，跟御膳房的大鱼大肉精致菜品不是一个风格，有种家常小菜的温馨感，而且能让林非鹿这种挑食的人满意，味道自然不差。

她早通过女儿得知林帝不爱吃腻的，这几道菜便做得清新可口，林帝吃惯了御膳房的膳食，骤然换了种口味，尝过之后赞不绝口。

用完膳，天色便渐渐暗下来，又同他们说了会儿话，林帝便心满意足地走出明玥宫的殿门。

萧岚跟两个孩子在门口恭送他离开，等林帝的背影消失在路口，青烟和云悠才难掩激动地低声道："恭喜娘娘！"

今日这一趟，谁都明白，萧岚这是要复宠了。

她却只是很淡地笑了一下，拉着两个孩子的手朝屋内走去。

翌日，林帝在明玥宫待了一下午还用了晚膳的消息便在后宫中传开。五公主获宠已久，陛下却迟迟不愿去明玥宫，大家都知道他是介意那个傻儿子，私下还议论说估计有那个傻儿子在一日，陛下就一日不会踏进明玥宫。

没想到林帝不仅身体力行地打了她们的脸，没过两日，还翻了萧岚的牌子。

这牌子一翻，复宠的信号就很明显了。

梅嫔听闻此事后，又砸了一套茶杯。但她如今仍在禁足期，连殿门都走不出半步。宫内的宫人也走了不少，只留下两三个服侍的，跑腿的人手都不够。

前不久父亲也传了信给她，说陛下的性格她当明白，如今正在气头上，任何动作都是多余，让她千万少安毋躁，先静养身体。等他治理完水患从江南回来，有功傍身，再和家里一起帮她想办法。

所以再气再急，她如今也做不了什么，只能寄希望于惠妃。

但惠妃为人谨慎，多年种种都是站在他人背后，从不自己出面，当年会对萧岚动手，也是因为萧岚圣宠在身又怀了身孕，若是诞下皇子势必影响自己的地位。

如今萧岚不过刚刚复宠，以惠妃的性格，不会那么快有动作。

敌对势力按兵不动，中立人士作壁上观，只有跟萧岚交好的娴妃一派纷纷上门祝贺。萧岚以前不爱人际交往，所以被陷害时也无人帮忙，如今倒比之前圆滑了很多。

前朝局势向来跟后宫风云息息相关。

就比如梅嫔倒台后，她母家那一派在朝中的地位就消减了许多，林帝也因为一件小事贬了刘家一位子弟的官，以前爱跟刘家交好的朝官们现在都不大登门了。

萧家当年因为萧岚得宠，也是受过一些好处的，只不过这些好处都随着失宠消失。萧家这些年早就放弃了萧岚，之前还送过萧岚的一位表妹进宫，企图重获圣宠。

只可惜表妹不争气，进宫多年见过林帝的次数不超过三次，位至淑女，还不如萧岚位分高。

萧家把这也怪罪在萧岚身上，觉得林帝是因为她才迁怒萧家女子，这些年别说照应，连书信都没来过一封。

萧岚起初还日夜落泪，觉得父母薄情，如今两个儿女常伴身边，倒是想开了。

如今她复宠的消息一传出，萧家那边立刻有了动静。其实早在林非鹿随林帝一起去行宫度假时，萧家那边就有些蠢蠢欲动了。

毕竟五公主可是他们萧家的外孙女。

只不过想到还有林瞻远那个智障在，陛下喜怒无常，五公主也不知能否长久获宠，萧家便暂时按捺住了。

直到如今，萧家才算是彻底安心。

于是先是一封家书送进了宫来。

曾经无数个落泪的夜晚，萧岚都在想，如果父亲母亲能安慰她一句就好了，能告诉她一句，"你还有我们"，就好了，哪怕只是骗她呢？

可是什么也没有，外人避她不及，家人也避她不及。

她曾托人给父母送信，却只得到一句：就当萧家没养过你这个女儿。你自己失宠便也算了，千万不能再连累母家。

痛得久了，她便也麻木了。

父母没有给她的，她便悉数给到自己的孩子身上。

如今多年过去，突然又收到家书，看着纸上熟悉的字体，那些包含问候和关切的话语，萧岚却并不如自己想象中那么激动。

她很平静地看完了信，折起来后，丢进了林非鹿用来炙烤干花的火盆里。

萧家没有收到女儿回信，过了几日，又送了一封信进来。如此几次，始终没有消息，萧母便忧心忡忡地对萧父道："恐是岚儿还在怨恨我们这些年对她不闻不问。"

萧父不掩怒意："身为子女，哪有记恨父母的道理！我看这不孝女是进宫太久，心也跟着硬了！"

萧母想了想道："下月便是小五的生辰，届时我们进宫赴宴，见着岚儿了再当面与她细说吧。这孩子从小心软，她现在恼怒，等见到我们，总不至于还视而不见。"

春日的气息由浅至浓，又由浓至浅。

春末叶绿的时候，林非鹿六岁的生辰终于到了。

林帝下令大肆操办，宫内自然不敢怠慢，全然是按照国宴的标准来办了，皇亲国戚皆受了邀请，备了礼物。

不仅如此，林帝还亲自给远在五台山修佛的太后去了一封信，信中言明正值小五生辰，您老人家离宫也一年有余，是该回来看看了。

太后晚年礼佛，很多年前就搬到了五台山常居。

作为上一届的宫斗冠军，她看着儿子后宫这些明争暗斗很是心烦，人都老了，不想再参与这些，自从离宫之后，不遇到什么大事，基本一两年才回来一次。

看着儿子这封言辞恳切的书信，太后不禁开始怀疑，是自己老了，记性不好使了吗？

小五是谁啊？

她上一次回宫的时候，没听说有这么个人啊？

也不怪太后。

宫中皇子公主众多，她完全不操心皇帝的子嗣问题，很少过问，又鲜少回宫，不知道一个不受宠的贵人生的公主也正常。

太后想了想，决定打包回宫，看看皇帝为了区区一个小公主就大肆操办国宴的小五，到底是谁。

## 02

太后回宫，对于后宫而言又是一件大事。

虽然本届太后并不插手后宫之事，又很少待在宫中，但毕竟是皇帝的母后，权力不比皇后小。有些妃嫔在皇帝面前没有门路，都会去太后面前找存在感。

若是能得太后喜爱，就算没有圣宠，在这深宫之中也算有份保障。

而且别看太后虽然不大管事，但若真是有悬案冤案闹到她面前，她还是会出面解决，手段十分厉害，令人敬畏。

但你要说这宫中有几个人是真心实意地喜欢太后，那也不见得。

毕竟是上一届的宫斗冠军，不是什么良善之辈，当年手中沾了多少人命和鲜血，恐怕连她自己都记不清了。皇室中人，坐拥无尽的富贵和权力，却永远无法享受到寻常人拥有的亲情与温暖。

太后晚年礼佛，也是人到老年，回忆当年种种，开始觉得后怕和愧疚了。特别是佛家讲究因果报应，太后现在总担心自己死后要下地狱。

林帝刚登基那会儿，她其实是有心留在后宫帮衬一把的，毕竟她是了解这些女人能翻出什么样的大风大浪来的。有她坐镇，妃嫔总归能安分一些。

但大概是皇帝登基了了最大的心愿，整个人一松懈下来，她就开始梦见当年死在自己手上的那些人，夜不能寐，令人恐慌，最后听了高僧的建议，才一狠心直接搬到了大佛坐镇的五台山。不知道是真的有用还是心理原因，她果然不再做噩梦，于是渐渐在五台山住下来，潜心礼佛抵消罪孽。

她年轻时生得美艳，是十分张扬的美貌，现在人老了，皮肤松弛下来，五官看上去就十分突出，尤显得颧骨高，露出几分刻薄尖锐之相，让人一见便觉得害怕。

太后记得，自己当年还吓哭过她的小孙子。她一抱，小孙子就哭，搞得妃嫔们都很惶恐。

后来孙子们逐渐长大，虽然不再哭闹，在她面前却是毕恭毕敬，跟她半点儿都不贴身、不亲近。

看来这也是她的命，老年享不了儿孙福。

不过常伴青灯古佛这么多年，太后也看开了，倒也没往心里去。

经历过一番长途跋涉后，太后终于回到了阔别已久的皇宫。

林帝自然带着一众妃嫔和皇子公主们迎接，太后从车辇上下来时，随便扫了两眼，发现她的小孙子们都长高了不少。

只是老四和太子身边站了她眼生的小女孩儿，个头是所有孩子中最矮的，头顶还扎着两个鬏鬏，正睁着一双灵动的眼睛偷偷朝她这边打量。

其他儿孙都低着头垂着眸，一副恭敬模样，只有她好像什么也不怕，对上自己的视线时，像受惊的小动物一样往后躲了躲，眼神中却并无惧意，只有好奇。

太后心道，这难道就是皇帝信中所说的小五？

她没来得及细看，众人便一一行礼。太后年老喜静，又长途跋涉，等她受完礼之后，便腰酸背疼地回到了颐清宫，下了口谕，没什么事不用来请安，以免人多心烦。

她今日刚回宫，身体劳累，众人自然不敢去冒犯，有什么事儿也等以后再说，接完之后便各自回去了。

林景渊陪着林非鹿回明玥宫，还随手折了一枝花枝在手上乱舞，边舞边道："小鹿，怎么样？皇祖母是不是很可怕？"

林非鹿说："没有呀。"

林景渊不服气："怎么会没有啊！我们这些小辈中没有不怕她的，不信你问大皇兄！"他喊走在前面的林廷："大皇兄！你是不是也很害怕皇祖母？"

林廷回过身温声责备道："不可胡说，皇祖母待我们极好，身为晚辈只会心存敬畏而已。"

林景渊摊了下手："你听吧，大皇兄这就是害怕的委婉说法。"

林廷无奈地笑了一下，倒是没反驳。

林非鹿伸手拂过路边的花丛，软绵绵地说了句："反正我不怕。"

林景渊爱怜地看着她，叹着气幽幽道："不知者无畏啊。"

他心思转得快，很快就把这个话题抛之脑后，转而兴奋道："小鹿，还有两日就是你的生辰了，你猜我给你准备了什么礼物？"

林非鹿认真地想了想："毛笔？砚台？古书？镏金墨？"

林景渊："……原来这些可怕的东西对你来说是礼物吗？"

他想了想自己宫中那盏花了大心思从宫外搞进来的九层流光走马灯，觉得这次的礼物恐怕要让小鹿妹妹失望了。

林非鹿一看到他懊恼的神情就知道他在想什么，蹭过来拉他的手，弯着眼睛甜甜道："景渊哥哥送什么我都喜欢！"

林景渊一脸满足地挺直了腰杆。

太后虽有口谕，一般人不得去打扰，但翌日一早，皇后和两位贵妃还是带着孩子去请安了。

奚贵妃还是那副冷冷清清的模样，虽然没有子嗣，又无争宠心思，但奚家满门将才，太后待她还是十分宽厚的。

林倾和林廷是太后最喜欢的孙子，一个温顺，一个儒雅，又都知礼好学，堪称皇室子弟标杆。

两人在下面行了礼，便垂首站到一旁，就连太后把人叫到跟前来拉着手打量时，两人也是一副垂眸谨慎的模样。太后倒也没在意，嘱咐几句便叫他们退下了，又询问皇后和两位贵妃近一年来后宫有无什么大事。

要说大事，那估计只有梅妃被降位分了。

皇后便简略说了一遍。

皇帝有多宠爱梅妃，太后那是知道的。她其实不太喜欢梅妃这样的女子，以前在后宫，这种柔弱小白花似的女人她不知道对付过多少个，所以看着梅妃就会想起以前那些糟糕事。

但架不住儿子喜欢，她这个老太太也不想讨人嫌，也就没多说什么。

现在听说梅妃居然失宠，她倒是惊讶了一番。她是了解自己儿子的，听皇后说完事情经过后，很快从中抓到了重点——容貌尽毁。

嗯，她明白了。

下午时分，三妃也领着孩子过来了。

曾经的四妃变三妃，太后觉得顺眼了很多。林济文和林景渊平日里张牙舞爪嚣张跋扈的，到了皇祖母面前规矩得跟小猫似的，说话的声音都不敢大了。

太后问候完两个皇孙，又笑着看一旁的林念知："一年多没见，念知倒是比之前文静了许多，只是脸色看着不太好，是身子不大好吗？"

林念知抬头看了皇祖母一眼，又很快低下头去："谢皇祖母关怀，孙女只是最近休息得不太好，无碍的。"

太后凝神道："休息不好可不是什么小事儿，惠妃，你这个当娘的也该多上点儿心，一会儿回宫叫太医来看看，开些安神助眠的药。"

惠妃恭敬应"是"。

以前四妃之中，太后是最喜欢惠妃的。一是因为她最先给皇帝诞下子嗣，虽是个公主，但也十分讨人喜欢。二来太后很欣赏惠妃不争不抢沉稳低调的性子，后宫中若是多一些像她这样的妃嫔，会安宁很多。

等娴妃和淑妃告退后，太后照常是把惠妃留下来说会儿话。

惠妃一坐下来眼眶便有些红，温声说："您也该多回宫来，五台山太过冷清，连个陪您说话的人都没有。"

太后盘腿坐在软榻上，腿上盖了张毛毯，手里捏着佛珠，笑吟吟道："人老了，就爱清静，住在这宫里，反而觉得闹腾。"

两人说了几句话，太后便问："皇帝还是不常去你宫里？"

惠妃垂眸笑了下："陛下政事繁忙，这一年去后宫的次数都不多。不过有念知在，陛下每月还是会来一次的。"

太后道："这样也不错，念知虽是公主，但常言道女儿贴心，比起老四那闹腾家伙不知好了多少倍。你入东宫早，陪在皇帝身边也有些年岁了，今后也要好好协助才是。"

惠妃点头应"是"。

她一向是知道太后喜欢她什么的，行事绝不逾矩，说话间便也只挑太后喜欢的说。

太后突然问起："你见过五公主吗？"

惠妃一愣，点了点头："见过。五公主与念知交好，常来我宫里。"不等太后再问，她便笑吟吟道，"五公主总往瑶华宫送东西，什么护手霜香包之类的。念知收到妹妹的礼物心中喜欢，便也送她锦缎金玉，两个孩子倒是姐妹情深。"

　　她这话说得很妙，太后却听出了另一层意思，五公主送的都是些不值钱的小东西，林念知回的却都是珍贵之物，难免有占便宜之嫌。

　　太后在回宫的路上已经从身边照料的宫人那里打听清楚，原来五公主就是当初生下痴傻皇子的岚贵人的女儿。之前一直查无此人，可见这位五公主在宫中无论是地位还是生活都不尽如人意。

　　那她讨好林念知的举动也就不奇怪了。

　　只是年纪小小，就有这样的心机，太后听来，难免不喜，又想到不过一年时间，便能从籍籍无名的公主一跃成为让皇帝为其大肆操办国宴的心头好，眼神越发淡下去。

　　惠妃并没有多说什么，行事向来警惕，见太后眼中溢出不喜，今日的目的就算达到了。一盏茶的工夫之后，她便告退离开。

　　今日接见了妃位以上的妃子，颐清宫就不再放人进来了，以免打扰太后休息。

　　用过晚膳，太后在宫人的搀扶下出门散步消食。

　　春末的皇宫花团锦簇，景致很是优美。在五台山见惯了冷清景象，偶尔看看这人间富贵，也十分满足。

　　经过海棠园时，却听见一阵争执声，那声音细细碎碎的，听着有点儿像小姑娘的声音。

　　太后慢悠悠地走过去，看到海棠花影后有个小小的身影，头顶扎着两个鬏鬏，有些眼熟。

　　只是此时这小身影正在抹眼泪，一边打着嗝哭，一边用小奶音断断续续地说："你有……有九十八天没有理过我了，呜呜呜。"

　　太后不知道前面还有人，惊讶地换了个位置，才看到不远处还站着一个人，看背影，倒像是林念知。

　　她正打量着，果然传出林念知闷闷的声音："我没有不理你。"

　　那小奶音抽泣着反驳她："你有！我跟你挥手你不理我！我喊你你也不理我！刚才看到我，你还跑……"

　　她越说越难过，最后往地上一坐，捂着脸呜呜大哭起来。

　　林念知跺了两下脚，不得不转身走回来，走到小女孩儿面前时，蹲下身掏出怀里的手绢给她擦眼泪:"哎呀,你别哭了!别哭了……林非鹿!不准哭了!"

哭声一下子就停了,小女孩儿委屈地抿着唇,仰着头可怜巴巴地看着她。

林念知脸上的神情复杂极了,捏着手绢把她的眼泪擦干净,又把她从地上拉起来,替她拍拍屁股上的灰。

林非鹿扯她袖口,眼巴巴地:"姐姐……你不生我的气了吗?"

林念知不耐烦道:"我没有生你的气,我生我自己的气!"

她像是听不懂,歪着脑袋看林念知。

林念知气急败坏地看了她一会儿,最后气馁地牵住她的手:"算了,我送你回去吧。"转而又教训她,"你跟着我跑这么远,也不怕被坏人抓起来!"

小女孩儿高兴地牵住她的手,哭过的眼睛水汪汪的,却不掩开心:"有皇长姐在,我才不怕!"

林念知:"哼!"

林非鹿:"嘿嘿。"

两人渐渐走远,太后站在海棠花影后,唇角不知何时弯了起来。

她回头跟身边服侍多年的宫人说:"这两个孩子,倒是让我想起当年的我和莹姐姐。"她语气转而低沉下去,"只可惜莹姐姐被奸人所害,走得太早……"

她不愿多说,转过身来:"回去吧。"

## 03

服侍太后的婢女叫作柳枝,在她身边有几十年了,是从太后刚进宫时就陪在她身边的贴身心腹。

两人虽为主仆,这些年却也情分深厚,说话也不避讳太多。

柳枝搀着太后边走边道:"奴婢方才瞧着两位公主的样子,倒是跟惠妃娘娘之前所说的不大一样。"

五公主萌态自然,对长公主的亲密和依赖作不得假,两个孩子的情绪都很真实。

何况林念知什么性格太后可太清楚了,她以前虽然跟三公主交好,却也总是颐指气使的,对待小五看上去虽然一副不耐烦的样子,但实则耐心体贴得多。

林念知娇生惯养，又是高高在上的金枝玉叶，若是真对谁有几分真心，那必然是对方也交予了真心。

也不知是惠妃说者无心自己听者有意，还是惠妃对这位五公主有意见。

太后懒懒地应了一声，倒是没多说什么。

回宫之后一夜无话，翌日用过早膳，外面的宫人便来通传："太后娘娘，五公主和六殿下前来请安。"

林非鹿会来太后并不意外，但听她居然还把自己那个傻哥哥带上了，太后就有点儿意想不到了。

当年岚贵人为皇家添了子嗣，虽是早产，孩子看上去孱弱了些，但生得白白净净，她抱过两次，小孩子不哭不闹，心中还是很喜欢的。

后来她回了五台山，修行两年再回宫时，就听闻六皇子痴傻的消息。

宫中都说是萧岚命里不祥惹了神怒，才报应在子女身上。太后初听跟皇帝一样，心中不喜，自此未再见过六皇子。但前日回宫的路上，她倒是看破了这一层。

若真是这样，那萧岚后面生的这位五公主，也该跟前一个一样痴傻。

可偏偏这样聪慧机灵，连皇帝都能放下芥蒂，可见什么神怒都是无稽之谈。

她还是老样子，坐在软榻上，吃着一盅参莲粥，余光瞟见扎着两个小鬏鬏的小女孩儿，牵着一个白净俊秀的男孩儿走了进来。

走到榻边后，两人跪下行礼，林非鹿嗓音脆生生的："小五给皇祖母请安，皇祖母万福金安。"

另一个也怯生生地跟着说："小六给皇祖母请安，皇祖母福寿安康。"

太后淡声说："起来吧。柳枝，让两个孩子坐上来。"

片刻之后，林非鹿和林瞻远排排坐，乖乖地坐在了太后对面。林瞻远一直都怕陌生人，今天能跟着妹妹出来，已经是鼓足了勇气，此刻埋着小脑袋缩着身子，还偷偷往妹妹身后躲，完全不敢抬头。

林非鹿倒是大大方方的，只是一双大眼睛骨碌骨碌地转，充满了好奇和灵动。

这还是第一个见着她不害怕的孙孙。

太后想到她昨天坐在地上撒泼大哭的模样，不由得有些想笑，浅声问：

261

"吃过早膳了吗？"

林非鹿乖乖点头："吃过了。"

话是这么说，眼睛却往她面前的食盘里瞟。

太后记得前天皇帝说过，小五别的毛病没有，就是贪吃，便吩咐柳枝："去给五公主盛一碗粥来。"

对面的小女孩儿发现自己的意图被察觉，怪不好意思地低下头去，耳垂红红的。

柳枝很快把粥端了过来，太后看见她吞了下口水，礼貌地接过碗之后，吃相倒是很端正。她吃了两口想起什么，又小声问旁边："哥哥，你要不要？"

林瞻远对着小手指玩："不要，妹妹吃，妹妹长高高！"

她弯着眼睛一笑，露出颊边两个小梨涡，这才放心地吃起来。

一碗粥很快见了底，小姑娘一脸满足地摸摸小肚子，还不留意地打了个嗝。

打完之后自己也被吓到了，她慌张地看了太后一眼，飞快地垂下头去，头顶的小鬏鬏像也要耷下来。

太后问："吃饱了？"

她小气音奶奶的："皇祖母，我饱了。"

太后榻上起身："那陪哀家出去走走吧。"

林非鹿赶紧扯扯林瞻远的袖子，领着他跟在太后身边走出殿去。

这个时候的天气是最好的，不冷不热，阳光充裕，清晨的花枝还残留昨夜的露水，有蝴蝶一点即过，抖落几滴露珠。林瞻远孩子心性，起先还怕，相处这么一会儿，太后也不大跟他说话，已经完全忘了太后的存在，自顾自地追蝴蝶玩了。

林非鹿看上去有点儿紧张，似乎想喊他，太后淡声道："无妨，让他玩儿吧。"

她老老实实地"哦"了一声，太后看了她两眼，又问："怀里鼓鼓的，装的什么？"

小女孩儿飞快地看了她一眼，然后从怀里摸出一个小盒子来，小声说："是送给皇祖母的见面礼。"她把盒子打开，"这是我和母妃一起做的佛丸。"

佛丸就是用檀香做的香丸，放在香炉里可以燃烧出香味。

太后昨日才听惠妃说她爱送东西，现在看到自己也有，微一挑唇，面上倒是不做显露，接过盒子闻了闻，发现除了檀香的味道，还有淡淡的兰香和竹香，闻上去十分清雅。

小姑娘仰着小脑袋看她，眼眸亮晶晶的，见她看过来，有点儿紧张又有点儿期待地问："皇祖母，你喜欢吗？"

太后没回答，只是问："你喜欢做这些？"

小女孩儿弯着眼睛认真地点了两下头，头顶的小鬏鬏也跟着一上一下地晃，声音虽然软乎乎的，但是充满了骄傲："自己手工做的东西很有满足感呀！"

太后笑了笑，又问："那还做过什么？"

她便掰着手指给她数："护手霜，锦囊，干花，香包，书签，小脑虎！"

太后声音里都是笑："小脑虎是什么？"

小姑娘骄傲地说："是我和我母妃一起用小草编的脑虎！"

太后想起来，萧岚的手是很巧，针线女红比起织锦坊的宫人也不逊色，原来这小丫头是受了她娘的影响。

其实皇宫中人哪里会缺什么呢，倒是这些自己亲手做的东西，反而显得珍贵。

太后把盒子盖起来交给柳枝，声音也比起先柔和了不少："哀家很喜欢。"

小女孩儿一下子开心了，早上来到这里之后一直有些紧张巴巴的不自在也消失了不少，一笑便来拉她的手："皇祖母，我还会用花瓣和蜂蜜做护手霜，大家用着都可喜欢啦！"

太后虽然保养得当，但人老了，手也跟着老，干皱皱的，此时被这双又软又暖的小手拉住，指尖都颤了一下。

她的孙孙们都怕她，说句话都畏畏缩缩的，别说拉手了。

她目含审视打量身边的小姑娘。

小姑娘笑起来可爱极了，两个梨涡若隐若现，眼睛也弯弯的，眼神清澈又自然，是小孩子最真实单纯的模样。

只是接收到她审视的目光，小姑娘顿时有些紧张，粉红的鼻头皱了一下，睫毛微微下垂，怯生生地将自己的手缩了回去，又变回早上刚来时那副拘谨的样子。

太后又把她的手拉回来："是吗？那改天给哀家也送一盒吧。"

不远处追蝴蝶的林瞻远大呼小叫地跑了回来,兴奋地喊:"妹妹!妹妹!"

他跑到跟前来,额头上都是汗,眼睛却亮晶晶的,双手捧在一起,献宝似的伸到林非鹿面前:"送给妹妹!"

他一松开手,两只蓝色的蝴蝶便扇着翅膀飞了出来。

他高兴地问:"妹妹喜欢吗?"

林非鹿抿了下唇,语气开心又坚定:"喜欢!"

太后想起她刚才问自己喜不喜欢的样子,坚硬了许多年的心肠,突地柔软了一下。

她看了自己这个傻孙孙两眼,故意问:"哀家的呢?"

林瞻远这才想起旁边还有个人呢!

他一下子站得笔直,神情肉眼可见地紧张起来,敛着小脑袋巴巴地看着眼前有点儿凶的奶奶,表情既委屈又可爱。

他五官本就长得好,这样细看,白白净净的模样跟皇帝小时候倒有几分像。

太后没林帝那么在乎名声,也就不像他那样厌恶这个傻皇子,看他一副被自己吓到的模样,不由得放柔声音,换了种方式笑着问:"你妹妹都送了礼物给我,你没有准备吗?"

林瞻远一听,妹妹都送了,那自己怎么能落后呢!

他小脸皱了一下,转而又舒展开,紧接着双手突然合在一起,放到自己心脏的位置,抠抠搜搜半天,一下子伸到太后面前,高兴地说:"送给奶奶!"

太后看着他空无一物的手掌,笑着问:"是什么?"

林瞻远说:"是心呀!"

这是林非鹿常跟他玩的游戏,居然被他给复制下来,现学现卖了。

别说太后,连林非鹿都被惊呆了。

这个傻哥哥,模仿能力还挺强的嘛。

太后哪里见过这些,反应过来后,发出了不属于她这个年龄的欢畅笑声。柳枝在旁边也是笑得不行,还顾着来扶太后,边笑边道:"太后娘娘别闪着腰。"

两人笑着,听到小姑娘用小气音悄悄教训:"哥哥,你不能用我们玩的游戏来忽悠皇祖母!"

林瞻远:"是心呀是心呀是心呀!"

太后笑得眼泪花儿都出来了。

264

她笑完了，微微俯下身，伸手摸了摸林瞻远白嫩的小脸："嗯，哀家收到乖孙孙的心意了。"

林瞻远是个只对气息敏感的人，太后虽然面相严厉，但常年念佛，周身气质其实温和得多，现在又对他笑，林瞻远感觉自己一点儿都不怕她了。

想起这两天妹妹一直教他的话，他开心地扑过去抱住她："喜欢奶奶！"

他是个智力障碍者，他说喜欢，那就是真的喜欢。

太后从未跟孙孙这么亲近过，人一老便向往亲情和陪伴，回想这些年在五台山的清修，一时竟潸然泪下。

柳枝也是感触不已，抹着泪道："六殿下跟太后贴心呢。"

太后笑着摸了摸林瞻远的头。

散完步，两个孩子又陪她回到颐清宫才乖乖告退。太后给两个孙孙一人赏了一枚东海血玉手镯，小孩子手腕细，现在戴着还太大，林非鹿便妥帖地装进怀里，林瞻远有样学样，装进去后还拍了拍。

太后忍俊不禁，拉着他的手道："小六闲来无事，平时可以多来颐清宫陪哀家说说话。"

林瞻远听不懂，转头看妹妹。

林非鹿翻译："奶奶让你多来找她玩儿！"

说到玩儿，那他就很乐意了，开心地一点头："玩儿！跟奶奶玩儿！"

等俩小孩儿一走，柳枝便一边给太后捶腿一边道："这一趟回宫，太后大概能多待一段时间了。"

以往回来，后宫中除了请安就是找事儿，跟在五台山上也没甚区别，所以她待不了多久就会离开。但现在不一样，有了个愿意亲近她的皇孙，倒是了了老人家的一桩心愿。

太后也微微含笑点头。

柳枝怅然道："六皇子生得这般俊俏可爱，讨人喜欢，若是当年岚贵人没有早产……"她顿了一下，收了话头，"是奴婢失言了。"

太后略挥了下手："无妨。"她微眯着眼，倒是被柳枝这句话勾起了话题，回忆道，"先帝在时，也有几位妃嫔早产，或致产妇身亡，或致胎儿窒息，像萧岚这样的情况，导致孩子痴傻，大林立朝以来，倒是头一例。"

柳枝道："可不是嘛，所以陛下才格外在意呢。"

太后不知想到什么，问柳枝："萧岚当年怀孕时，可出现过什么异样？"

柳枝在她身边这么多年，也是陪着她从后宫一步步厮杀出来的，什么手段没见过，听她一问这话，便知她是什么意思："娘娘是怀疑，岚贵人当年遭了人暗算？"

圣宠在身，又有身孕，不被人记恨暗算，都不正常。

上一届宫斗冠军对此深有体会。

若是搁在以前，这件事太后是半点儿都不会理会的，毕竟时隔多年，木已成舟，就算是查，又有什么用！

但今日她见了林瞻远，她的小孙孙这样乖巧，又与她亲近，一口一个奶奶喊得她心都化了。

此时跟柳枝这么一聊，发现当年事情可能另有隐情，乖孙孙若是天生痴傻便也算了，可如果是有人暗算，人为所致，那无论如何她也是要查一查的。

思及此，太后便耳语吩咐了柳枝几句，柳枝听完领命而去。

第二日便是林非鹿的生辰。

一大早，礼物便络绎不绝地送进明玥宫来。五公主如今风头正盛，萧岚又复了宠，已然是宫中红人。各宫都备了厚礼，不管交不交好、敌不敌对，表面功夫还是要做的。

林非鹿就喜欢收礼物，一上午啥也没做，都在兴高采烈地拆礼物。

奚贵妃送了她一把宝剑，剑身都快有她长了，说是给她以后长高了练剑用。只是剑的颜值不是很高，剑柄也平淡无奇，不像电视剧里那样镶着漂亮的蓝宝石。

奚贵妃听小豆丁嘀咕完，淡淡地斜了她一眼："要那些花里胡哨的东西做什么？这剑曾经斩过雍国三千兵马、两位将帅，削铁如泥……"

话还没说完，林非鹿"哐当"一声把剑扔得老远，小脸都吓白了。

奚贵妃嫌她不争气，瞪了她一眼。

"利剑出鞘，恶鬼都怕！捡起来收好，悬在床梁，辟邪！"

林非鹿："呜呜呜……"

她现在知道女阎王的名声是怎么来的了。

林景渊除了那盏九层流光走马灯，那天听了她的话之后，又给她补了一块镏金墨。那墨研开之后写字，墨色中会带一些镏金，十分好看，还有淡淡的清香。

林廷则送了她一只蓝眼睛的波斯猫，是他偷偷托人从宫外买进来的，林非鹿怀疑他想在自己这儿开个动物园。

林倾送了她一把古琴，琴身用了凤凰木，琴弦用了冰蚕丝，十分不凡。

林念知送了她一只九连环，超级复杂的那种，林非鹿看了两眼，觉得自己没个两三年应该解不开。

奚行疆送了她一把弓箭，虽然一眼看去就会让人赞一句"好弓"，但林非鹿真的拿不动，实在是太重了。

奚家这些打打杀杀的人太可怕了，她生怕奚行疆下一句就要说"这把弓箭曾经射杀过万名士兵"，忙不迭地让松雨把弓跟奚贵妃那把宝剑一起放进了偏殿。

其他各宫的礼物大同小异，首饰、锦缎、金玉，快把林非鹿的眼睛闪瞎了。

生辰宴设在中午，收完礼物，松雨和青烟便开始给林非鹿梳妆打扮。像这种大型国宴的主人公都是要盛装出席的，但林非鹿实在太小又太矮，林帝让织锦坊的人给她做了盛装，穿上之后小身子被重重的羽衣裹在里面，路都快走不动了。

不得已只能换上稍微华丽的常服，小鬏鬏倒是梳下来了，绾了玉簪，十分灵动。

早上收完各宫的礼物，生辰宴上便要收赴宴的皇亲国戚的礼物了。

太后因为身体不好，向来不参加这种烦琐的宴会。

高位之上坐的便是林帝和皇后，林非鹿作为今日的主人公，位置就在他们之下，十分显眼。

林帝举办这场国宴的目的，就是要让全天下的人知道小五的存在，让所有人都看看他的小五有多么乖巧可爱，天真烂漫，惹人喜爱！下面的人越夸，他就越高兴。

看看，这么可爱的小五，是朕的女儿，羡慕吧！

众人终于见到传闻中的五公主，见她模样乖巧，神态稚嫩，实打实还是个小孩子，之前心里各种猜想便也消减了不少。

林非鹿一边吃一边听着唱礼官在那儿宣读谁谁谁又送了什么什么给她，觉得自己这次是要发达了。

以后要是在皇宫混不下去了，她带着这些家当出宫也可以一辈子不愁吃穿了。

她正胡思乱想地到处乱看，目光所过，突然接收到一抹十分热切的视线。

她定睛看去，是坐在下方的一对中年夫妇，看模样，倒是跟萧岚有几分相像。此时见她看过去，那妇女还忍着激动跟她挥了挥手。

林非鹿假装没看见，若无其事地收回目光，现场给他们表演了一个什么叫曾经的我你爱答不理，现在的我你高攀不起。

## 04

下午时分，国宴才结束。

经过这一场生辰宴，林非鹿算是正式在皇亲国戚面前亮了相。

皇宫的风向民间时刻都注意着，参加宴会的人出去一说，起先不识五公主的百姓们也都知道皇宫中还有这样一位冰雪伶俐、乖巧可爱的公主了。

林帝赏了不少东西，前些天还派了工部的人去重新修缮明玥宫破旧的宫殿。明玥宫之前没什么可供观赏的花草，这次工部的官员便按照五公主的要求在殿内院中开辟了一块花田，种了不少内务府新培育的花。

五公主还给他们画了一张图纸，官员按照图纸在花田周围竖了白色的篱笆，又在篱笆旁边搭建了两座给小猫和小狗住的小木房以及兔子窝。

虽然看上去奇奇怪怪的，但五公主喜欢嘛，他们自然是照做。

林非鹿以前住的独栋小别墅就有一块自己的花园，现在照着记忆中的模样一修整，感觉有了很多以前的氛围，也算慰藉她在这个陌生时空的孤寂感了。

长耳目前还小，看到新来的波斯猫也不跟它打架，就是摇着尾巴围着它转。波斯猫对它理都不理，优雅地舔自己的小爪爪。

林非鹿正跟林瞻远蹲在旁边商量给新来的小猫取个什么名字，松雨便走过来说："公主，外面的宫人来通报，说萧大人和萧夫人前来拜见。"

林非鹿早就从萧岚口中得知萧家在萧岚失宠后不闻不问的态度，别说她本来就不是萧家的外孙女，就算她是，被忽视这么多年，也没有一复宠就冰释前嫌的道理。

萧岚今日也出席了宴会，小主人公太小不得饮酒，萧岚便替女儿饮了些，酒量浅，回来之后就在青烟的服侍下睡了。

她今日在宴会上也看到了父母，大概是知道宴会结束他们会过来，还特意嘱咐了林非鹿几句。

听说人来了,林非鹿看了眼正努力给波斯猫想名字的林瞻远,倒是什么也没说,只抬眼示意了松雨一下。

松雨跟在她身边这么久,当然知道公主是什么意思,了然一点头便出去了,跟候着的宫人说:"娘娘饮酒不适歇下了,让他们改日再来吧。"

宫人领命而去,没多会儿又进来了。因是萧岚的父母,他也不敢轻视,进来如实禀报:"松雨姐姐,萧大人和萧夫人说他们难得入一次宫,娘娘既然睡下了,他们想见见公主。"

松雨冲他笑了笑:"公主不在宫里,只有殿下在,你去问问萧大人和萧夫人愿不愿见。"

宫人哪能不知道公主在不在里面,见这态度,就知道是里头不愿意见了,赶紧退出去,对等在外面的二老道:"萧大人、萧夫人,今儿是公主生辰,各宫都邀公主去玩,如今人不在宫里,也不知何时回来。两位若实在要见,我们殿下现正在里面,奴才可代为通传。"

殿下?

不就是那个傻皇子。

萧大人和萧夫人对视一眼,他们来这一趟,就是为了跟女儿冰释前嫌的,连说辞都想好了。自己的女儿养了十几年,他们自然知道萧岚是什么性格,就是心中再有怨恨,见着父母的面了,听他们哭诉苦衷,总是会心软的。

就算见不到女儿,那他们在外孙女面前露露脸,展现一下长辈的慈爱与关怀,也是好的。毕竟萧岚是靠着这个女儿才复了宠,五公主人还小,看上去又稚嫩单纯,正是培养感情的时候。

但跟那个傻外孙有什么好说的?说了他也听不懂啊!难道指望他帮忙修复与女儿的关系吗,白白糟蹋他们的一番苦心。

萧母神色几经变换,转头低声跟萧父说:"恐是娘娘不愿意见我们。"

现在在皇宫,萧父当然不敢骂什么不孝女没良心,脸色沉了又沉,在宫人面不改色的笑脸下只得离开。

两人一走,松雨便进去回禀。

林瞻远已经把名字想好了,高兴地指着小狗说:"它叫长耳!"又指着波斯猫,"它叫短耳!"

林非鹿跟他据理力争,最后没争过,只能抱着短耳叹着气接受了这个

269

名字。

松雨回禀完，又有些担忧道："公主，萧大人和萧夫人毕竟是娘娘的父母，这次吃了闭门羹，若出去说些难听的话，影响娘娘和你的名声该如何是好？"

林非鹿摸摸短耳的脑袋，它舒服地眯起了眼睛："放心吧，他们没胆子乱说的。"

没猜错的话，萧家现阶段还是要先进行怀柔政策，等再吃几次闭门羹，可能才会采取煽动舆论的方法。

在这之前，先让他们尝尝萧岚这些年备受冷落的滋味。

反正林非鹿是最喜欢以牙还牙的。

松雨了然地点点头，又羞赧地从袖口里拿出一个香包，不好意思地递过来，小声说："公主，这是奴婢给你准备的生辰礼物。之前一直忙着没机会给你。"

林非鹿把短耳交给林瞻远，高兴地接过来："是什么呀？"

她打开香包，里头是一串用小珠子穿起来的手链，有点儿像粉紫色的水晶，在阳光下闪闪发光。

松雨说："奴婢没什么好东西，这水珠子是奴婢跟宫里的姑姑买的，奴婢穿好之后将它放在佛龛里供奉了七七四十九天，日日念经祈祷，希望这珠子能保佑公主平安长大，如意健康。"

这种紫水晶在这里叫水珠子，是很常见的首饰，但以松雨的份银，估计花光了她的积蓄，虽然比不上各宫送来的翡翠珠玉，其中的心意却胜过了一切。

林非鹿二话不说戴在手腕上，扑过去抱住松雨的腰："谢谢松雨！你对我真好！"

松雨眼眶红红的，低声说："是公主待奴婢好，奴婢都记在心里。这不是什么贵重的东西，公主喜欢就好。"

林非鹿举着手腕问林瞻远："哥哥，好看吗？"

水晶折射着阳光，林瞻远一点头："好看！"

她今天收到了超多礼物，那些皇亲国戚送来的东西现在还摆在殿内，青烟做完了记录，又一一来报给她听，基本各宫都送了礼物，连惠妃都有。

林非鹿听完之后，脑袋上冒出一个小小的问号。

怎么没有小漂亮的呢？

难道他不知道今天是自己的生日吗？

不会吧？他连自己宫中有奸细都知道，能不知道最近各宫都在议论的生辰宴？

唉，她倒也不是觊觎他什么，哪怕是一篮竹笋呢。

只是在林非鹿心中，他们都算是这深宫之中同病相怜的异乡人，虽然一开始只是花痴人家的美色，但这么久以来她也是真心诚意地把小漂亮当朋友了。

毕竟温柔又漂亮的小哥哥谁不爱呢。

能被她当作朋友的人实在很少，此时心里难免泛出一丢丢失落。

忙了一天，林非鹿感觉自己比在奚贵妃宫中踩一下午桩还累，天将一黑就在松雨的服侍下洗漱睡觉了。

也不知道睡了多久，迷迷糊糊中，她听见小石头敲窗子的声音。

她一下子惊醒过来，连鞋都来不及穿，光着脚嗒嗒嗒地跑到了窗边，推开窗时，不远处的墙垣上果然坐着黑衣墨发的少年。清月银辉尽数落在他身上，连月色下的紫风铃都好像比往常要美。

林非鹿盯着他看了一会儿，扑哧一下笑出来了。

宋惊澜轻飘飘地飞下来，脚步比夜色还轻："笑什么？"

林非鹿说："殿下总是半夜敲窗的举动，让我想起了罗密欧与朱丽叶。"

宋惊澜做出一个疑惑的表情。

林非鹿说完，又觉得这个比喻有点儿不吉利，"呸呸"了两下，然后朝窗外的少年伸出小手："我的礼物呢？"

宋惊澜一下笑起来："公主怎么知道我是来送你礼物的？"

林非鹿说："那不然你是来干什么的？"她歪着脑袋，"难道我宫里又出了奸细？"

他摇头笑了下，温柔的月色盈满眼睛，伸手从怀里拿了一只小小的木雕出来："公主，生辰快乐。"

那木雕雕的是她，鼻子，眼睛，嘴巴，笑容，连头上两个小鬏鬏都栩栩如生。

林非鹿还不知道他有这技能，看看自己的小木雕，又看看他，都惊呆了。这手艺要是放在现代，那妥妥的央美教授啊。

她不由得看向他的手。

那双手手指修长有力，因常年握剑，指腹有浅浅的茧，冬日被冻伤的伤口已经痊愈，只是还留着淡淡的粉色的痕迹。

271

宋惊澜见她不说话，低声问："不喜欢吗？"

林非鹿严肃地拍拍他胳膊："对自己的手艺自信点儿！"

他笑起来，眼睫也微微垂下："喜欢就好，我没什么可送给公主的，只有这些不值钱的小玩意儿。"

"谁说的？"林非鹿反驳道，"这根木头，它确实不值钱，但它现在雕成了我的样子，那它就是无价之宝！我要把它当作传家宝，子子孙孙地传下去！"

宋惊澜失笑摇头："木头是会朽的。"

林非鹿想了想："那殿下以后有钱了，给我雕个玉质的吧，那样就可以放很久了。"

他看着她的眼睛，轻笑着点了下头："好。"

## 05

林非鹿的生辰一过，气温回升了不少。春日的气息已经很淡了，各宫都在为即将到来的炎炎夏日做准备。

林帝最近政事繁忙，很少再去后宫，心思都扑在前朝上，还是彭满趁着他批完奏折的空当回禀道："陛下，太后娘娘这段时间传了不少太医去颐清宫，恐怕是身体不大好。"

林帝挺孝顺的，听闻此事立刻放下政务，摆驾颐清宫。

过去的时候林帝惊讶地发现他的傻儿子也在。

林帝现在对林瞻远的态度已经好了很多，虽然谈不上多喜爱，但至少不再厌恶。有时候看到他那双清澈纯真的眼睛，他也会觉得难得。

只是他没想到太后居然这么喜欢这个傻孙子，林瞻远在院子里跟长耳转圈圈玩，太后就躺在院中的藤椅上笑吟吟地看着，神情十分惬意。

林帝一进来就看见林瞻远跑得满头都是汗，太后朝他招手道："远儿，来奶奶这儿，喝点儿酥茶。"

林瞻远顶着红扑扑的小脸跑过去，抱着小碗喝完了，又开心地往回跑。一转身看到进来的林帝，神情就有些紧张起来，他记着妹妹教他的话乖乖行礼："儿臣拜见父皇。"

他朝林帝行礼，林帝也要朝太后行礼。

太后从藤椅上坐起来，把怯生生地躲回来的孙子抱在怀里："皇帝怎么过来了？"

宫人很快搬了椅子过来，林帝坐在一旁笑道："来陪陪母后。"

太后拿着手绢给林瞻远擦额头上的汗："有远儿陪着哀家就行了。"

林帝看着祖孙俩亲近的模样，略有些惊讶："儿臣倒是不知道老六跟母后这么亲近。"

太后悠悠地看了他一眼："比你跟哀家亲多了。"

林帝有些讪讪，转而又说起今日来的原因，语气郑重："儿臣听他们说，母后最近召见了不少太医，可是身体不适？太医怎么说？"

太后擦汗的手顿了顿，没立即回答。

等给林瞻远擦干净汗，太后笑着摸摸他的脑袋，柔声道："乖孙孙去找长耳玩吧。"

林瞻远抿着唇小心地看了林帝一眼，才埋头跑走了。

太后眯眼看着他跟小狗在院子里追逐的身影，眼神很温和，说话的语气却淡淡的："哀家身体很好，宣太医是为了询问一些陈年旧事。"

林帝接话道："哦？"

太后将目光收回来，看着他道："哀家这次回宫，看到远儿，倒是想起了当年先皇在时的一些事。先皇当年子嗣少，许多妃嫔孕中早产，流掉了不少胎儿。当时都说是先皇福薄，没有子女缘，但其实这后宫是非种种，哀家都看在眼里。皇帝能平安长大，哀家当年也是煞费苦心。"

林帝当然记得上一届他父皇的后宫斗得有多厉害，这也是为什么他如今格外偏爱温婉良善、富有才情的女子。

听太后突然说起旧事，林帝还以为她是人老了多思，便安慰道："儿臣福泽深厚，子女也多，如今个个都十分优秀，母后不必为此担心。"

太后便看向院中的林瞻远："若萧岚当年能平安生下孩子，远儿如今也该是个聪明优秀的皇子。哀家记得，皇帝那时候很是宠爱萧岚吧？"

林帝有点儿讪讪地笑了一下。

太后问道："那时她有孕在身，皇帝可有好生照看？既然后来能将小五生得这样健康聪慧，没道理头一胎却早产受损。"

太后铺垫了这么久，林帝哪还能不明白她什么意思，神情顿时有些凝重，迟疑道："母后是怀疑，当年有人加害岚贵人才导致她早产，以至于老六痴傻？"

273

太后淡声道:"哀家只是怀疑,传召的太医,也是当年给萧岚问诊的。"

林帝急道:"那母后可问出什么来了?"

太后道:"未曾。不过太医说萧岚当年怀孕时不见异样,孕体也很健康,本不该出现早产迹象。"她看向林帝,语气严肃,"这件事,还得查。谋害皇嗣,是大罪。"

林帝本来就因为自己冷落萧岚和小五这么多年有些愧疚,此刻得知当年此事可能另有隐情,萧岚若是被人加害才导致早产生了个痴傻孩子,那他这些年的行为岂不是被人戏耍?!

他就说,他的小五生得那样聪明机灵,哥哥怎么可能愚笨!

真是岂有此理!

好像突然为自己的愧疚找到了宣泄口,林帝心中顿时轻松了,轻松过后便是震怒,沉声道:"母后放心,此事既然有蹊跷,儿臣肯定要追查到底!"

太后点点头,听着林瞻远开心轻快的笑声,嘴角也挂上了笑:"远儿吃了这么多年的苦,你当父皇的,别让他再受委屈了。"

林帝郑重其事地点点头。

回到养心殿后,林帝略一思忖,便将太后宣召过的太医又都找来问了一遍话,还让他们取出当年记载的病例案宗细细查看,并吩咐彭满,去内务府将当年服侍萧岚的宫人资料全部调出来,看看如今在何处当值,有无异样。

皇帝一查,动静就大了。

内务府和太医院都在忙这件事,消息当然瞒不住。

后宫中人很快就知道,陛下似乎在追查当年岚贵人早产一事的真相。

早产其实不是什么大事,除了萧岚,后宫还有几位妃嫔也早产过。不过不像萧岚命好,还把孩子生下来了,母子平安,另外几位妃嫔生的可都是死胎。

可转念想想,萧岚这真叫命好吗?

她这一胎若是死了,当初可能还不会失宠,陛下反而会怜惜她,说不定因此晋位分,今后还有的是机会怀上龙脉。

可就是因为她生了下来,生了个傻儿子,才导致一朝失宠,凄风苦雨地过了这么多年啊。

这件事若真是有人背后加害,这一招不可谓不毒。

不过大家也都是私底下议论几句,毕竟事情已经过去这么多年,很难再查出什么了。

跟此事无关的当然就当看了个热闹，但真正的幕后黑手听闻此事，就没那么坐得住了。

惠妃惊得差点儿摔了手中的茶杯，一向镇定沉稳的人此刻也不免惊慌："陛下怎么突然想起来调查这件事了？"

贴身婢女道："听闻是太后最先查的。自太后回宫后，六皇子深得太后喜爱，恐怕就是因为这样……"

惠妃紧紧捏着茶杯，心里七上八下的。

虽然这件事过去了这么多年，做得神不知鬼不觉，她也没有出面，下药操作那些都是经的梅嫔的手，但是……

那导致胎儿痴傻的药是她找来的啊！

这药是民间害人的方子，宫中没有，她也是让母家多番打听之下才找到的，偷偷带进宫来后，暗中转交给了当时跟萧岚以姐妹相称的梅嫔。

若陛下真调查到梅嫔头上，以梅嫔的性格，必然会把自己也咬出来。

如果陛下从药方上面着手，民间使用此方的人毕竟少，也不是不可能查到她母家头上。

不管是哪种结果，她都脱不了干系。

惠妃顿时一阵心烦意乱，捏着茶杯在屋内踱了几个来回，到底是稳坐妃位多年的人，很快让自己冷静下来，吩咐婢女道："你马上传话给宫外，让他们把当年参与寻药的相关人等全部控制起来，必须立刻把给药的那乡下郎中找到……"

她使了一个眼神，婢女立刻明白她的意思，点了点头就要出门。

惠妃又想到什么，神色变得晦暗起来，叫住婢女后对她耳语几句，才沉声道："去吧，这件事要做得利索，万不能拖泥带水留下痕迹。"

林非鹿听说林帝在查当年的事，倒是有些意外。

她虽然怀疑这事儿百分之九十是梅嫔干的，但没有证据，也不好去林帝面前胡说，便只是捧着林瞻远胖乎乎的小脸重重地亲了一口，夸他："都是哥哥的功劳呀。"

林瞻远惊呆了，反应过来，尖叫着跑进萧岚的屋子："妹妹亲我！"

萧岚又好笑又责备，温声训斥完全没有男女授受不亲概念的林非鹿："鹿儿今年已经六岁了,不可再像这样没规矩。"

啧,这古板守旧的封建时代。

林非鹿心中腹诽,面上倒是乖乖点头。

林帝是个雷厉风行的皇帝,说要做什么事,那是一定要做的。以前就有过耿直的谏臣说他刚愎自用,他也确实是高傲自负那一类型的皇帝,觉得全天下数他最牛。

这样的性格有时候好,有时候不好,比如放在现在,那就是大大的好。

有了林帝穷追不舍的调查,惠妃真是日日胆战心惊,生怕哪一日一道圣旨过来,就要将她抓去大理寺刑审。

好在在等来圣旨前,她等到了母家传来的消息。

之前给他们那副药方的郎中已经被找到了,他们派人做成了失足落水的假象,郎中已死,当年找药买药的人中有两名都是母家亲信,绝对可信,另外两个不能完全放心的,也已经处理了。

寻药这条线总算是被全盘斩断,惠妃不再担心,母家却还传来另一条消息。

他们在寻找郎中斩断线索的途中,还察觉了另一拨也在调查此事的人马。一开始本来以为是陛下的人,但他们暗自跟踪调查一番才发现,居然是刘家的人!

惠妃心中一凝,是梅嫔的母家!

他们为什么会去追查这条线索?!

惠妃只是稍微一迟疑,就想通了这件事的关键。

梅嫔一定也知道了陛下在调查当年的事,她是当年直接下药人,比起惠妃,她被查到的风险更大。一旦查到她头上,以她的性格,势必会把惠妃也供出来,拉着惠妃一起下地狱。

而要让陛下相信惠妃也参与其中,就需要证据,最好的证据就是那包药的来源。

她早知梅嫔不是什么省油的灯,也一直在防范梅嫔狗急跳墙咬自己下水,没想到梅嫔的心思如此深厚,果然已经开始备后手了。

只是梅嫔如今实力大不如从前,棋差一招,还是被自己抢了先。郎中已死,寻药线索已断,如今唯一的威胁,就只剩下一个梅嫔了……

惠妃望着窗外青天白日,眼神渐渐深了下来。

曾经春风得意的银霜殿此刻只剩下萧条的冷清。

一到夏日，阳光愈烈，梅嫔发现自己的脸更难受了。那些紫色的疤痕不见消退便也算了，她在房间里待得太久，偶尔想出去晒晒太阳呼吸一下新鲜空气，皮肤却在一接触到阳光时就疼痛难耐。

她召了太医来看，说是阳光不耐受。

也就是说，她这一辈子，都得活在阴暗里了。

每每思及此事，她都恨不得把明玥宫那一大一小千刀万剐。她做了两个巫蛊娃娃，每日都躲在房间里扎针，扎一千针，一万针，也不足以泄她心头之恨。

特别是在得知陛下开始调查萧岚当年早产的事时，她心中的怨恨便全都化作了惶恐。

这件事一旦查到她头上，以陛下如今对她的态度，她连喊冤的机会都没有。梅嫔跟在林帝身边多年，太清楚他有多无情了。

但父亲目前仍在江南，家中也因为她失宠势力不如从前，她的动作自然比不上惠妃，久久都没有收到回信。

如今银霜殿只剩下两个宫女和一个太监，都是刘家的人，不然也不会在这样的境地下还对她忠心耿耿。梅嫔到底是个聪明人，开始察觉到了危机。

当时在驿站刺杀林非鹿的人就是她身边这个太监，唤作刘三，身上带了些功夫，这些年也帮她做了很多见不得光的事儿。

梅嫔便吩咐惜香："叫刘三来本宫房间里守着。"

惜香领命而去，出去寻了一圈都不见刘三的影子，想起早上他去内务府领份例了，便也没多想。但一直等到傍晚，仍不见刘三的影子，惜香才有些慌了。

匆匆回禀梅嫔之后，她的脸色果然灰白下来，看了眼窗外渐渐暗下来的天色，心中涌出浓烈的不安。

"本宫不能待在这里！"她猛地站起身来，神情已然有些癫狂，"刘三肯定出事了！惠妃要杀人灭口，本宫要去求陛下救命！"

她说着便往外跑，但林帝封了她禁足，银霜殿不远处就有侍卫守着，不准她出入。

她大喊大叫的，侍卫见多了冷宫中疯了的妃嫔，对她口中喊的那些话也置之不理。

惜香和另一名宫女好说歹说才把梅嫔拉回房中，惜香安慰她："娘娘，不会有事的！这是皇宫，外面又有侍卫驻守，她就是有天大的胆子也不敢在这里动手。娘娘平日的吃食奴婢们都小心检查着，娘娘不必担心。明日一早奴婢就去寻刘三！"

梅嫔还是不安，让她们拿了把剪刀过来放在枕头底下，缩在被窝里惊恐地睁着眼睛，直到夜深都不敢入睡。

她闹得这么厉害，惜香和宫女也不敢睡，一直趴在床边守着。

只是随着夜色浓烈，困意渐渐袭来，两人便撑着脑袋开始打瞌睡。

屋内摇晃的烛光不知何时突然灭了，空气中传来一股奇怪的幽香，两个打瞌睡的婢女身子渐渐软了下去。

梅嫔的神经本来就高度紧张，几近疯狂地警惕着夜里的动静，她对香味敏感，刚一闻到这香就觉得不对劲儿，猛地用被子捂住了嘴鼻，惊恐地尖叫起来。

还等在外面的黑衣人被这尖叫声吓了一大跳。

他还没进去，怎么里面就叫上了？

这万一引来巡逻的侍卫，今晚不就下不了手了？娘娘可有交代，今晚必须了结梅嫔！

黑衣人不再迟疑，用刀片一撬推开房门，只冲床上的梅嫔而去。他身上带了功夫，动作也奇快，等梅妃反应过来的时候，嘴鼻已经被一只冰冷的大手捂住。与此同时，他拿出了怀中的一条白绫，摆明了是要勒死她。

梅嫔惊恐地瞪大了眼睛，全身都开始奋力挣扎起来。

但她的力气比不过黑衣人，眼见着那白绫就要缠上脖子，梅嫔突然摸出了藏在枕头下的剪刀，狠狠地插进了黑衣人的手臂。

黑衣人也没料到她居然有此一招，吃痛之下不由得松手，梅妃手脚并用地爬下床去，经过趴在床边的惜香身边时，用剪刀在她肩头狠狠戳了一下。

惜香被迷香迷晕，此时被这么一扎顿时醒了过来。

人还迷糊着，就听见梅嫔大喊"救命"的惨叫声，她一下子抬起头，顾不上肩上的疼痛，看到黑衣人还要往门口追去，到底是从小跟在梅嫔身边的忠仆，想也不想便扑了上去，一把抱住了黑衣人的腿，大喊道："娘娘快跑！"

梅嫔趁机夺门而出。

她的思绪从来没有这么清晰过。

黑衣人是惠妃派来的，要杀她灭口。这是在皇宫，惠妃胆子再大也要小心行事，所以才让黑衣人偷偷用迷香迷晕她们，再潜进屋来勒死她，做成上吊自尽的假象。她不能确定巡逻的侍卫中有无惠妃的人，不敢贸然求救。

如今这整个皇宫之中，唯一愿意保她性命的，只有明玥宫，只有她们在意当年的真相。

梅妃想也不想，冲出殿门后，直奔明玥宫而去。

夜色中的皇宫像潜伏的猛兽，好像到处都是吃人的陷阱。而此时唯一能救她，唯一愿意救她的，居然是她的仇人。

梅嫔只觉得可笑又可悲，脚步却不停，一辈子也没跑这么快过。也不知是上天注定还是老天给她最后的怜悯，她这一路跑来刚好错过了巡逻的侍卫，待跑到明玥宫殿前时，用力砸向了老旧的殿门。

砰砰砰的砸门声在这深夜惊动了守门的小太监，他一溜烟儿爬起来开门，待看到门外衣衫凌乱连鞋都没穿的梅嫔，差点儿吓晕过去。

话还没说出口，梅嫔已经一把推开他冲进了殿内，一边跑一边哭着大喊："五公主救命！惠妃要杀我！求五公主救救我！"

林非鹿在睡梦中被吵醒。

门外闹闹嚷嚷的，守夜的宫人都起来了，惊慌又不可思议地看着像个疯子一样痛哭流涕的梅嫔。

萧岚比林非鹿动作快，已经在青烟的服侍下起身了，走出门看到梅妃披头散发站在门外，还以为自己看错了，半晌才惊讶道："梅嫔姐姐，这是在做什么？"

梅妃看见她，就仿佛看见了生的希望，一下子扑上去抓住了萧岚的手："妹妹救救我！惠妃要杀我，她派了人来杀我！是我对不起你，可是我不想死，我不想死……"

萧岚心中惊疑不定，刚将她拉进屋去，林非鹿就打着哈欠过来了。

看见梅嫔那样，她就知道是发生什么事了。

狗咬狗，好玩儿呀。

她转头慢悠悠地吩咐青烟："去请父皇过来。"

## 06

林帝今夜没有翻妃嫔的牌子，独自宿在自己的养心殿，睡得正香突然被彭满叫醒，本来满心怒意，但听彭满回禀几句，瞌睡一下子就没了。

宫人迅速服侍他起身穿衣，提着宫灯出去时，青烟等在外面。

彭满只是简要说了几句，此时见着青烟，林帝便问："你仔细将刚才的事情说来听听。"

青烟便将梅嫔踏进明玥宫后的所言所行一一回禀。林帝最近本来就在大力追查当年的线索，此时听梅嫔这些话，哪能还不明白发生了什么，心中登时又惊又气，一边朝明玥宫去，一边吩咐彭满："去把惠妃叫过来！"想了想又说，"再派人去一趟银霜殿，死的活的都一并带来！"

彭满带着人领命而去，林帝则匆匆赶到明玥宫。

进去的时候，梅嫔已经镇定下来了，身上披着萧岚的外衣，正捧着一杯热水在喝。

她脸上的疤痕本就唬人，这深更半夜的，还披头散发满脸泪痕，简直比女鬼还可怕。林帝只看了一眼，真是一颗心堵在了嗓子眼儿，赶紧将目光移到了旁边温婉素雅的萧岚身上。

看看，这才是朕的爱妃。

真正的温婉良善、满身才情，明知道梅嫔是当年下毒加害自己的凶手，却还体贴地为她拿了外套、倒了热水。

这一对比，林帝心中对萧岚的喜爱越发深了。

梅嫔一见他过来，登时就跪下了，先是"咚咚咚"磕了三个响头，然后伏在地上哭道："陛下，妾身自知罪孽深重，死有余辜，但妾身不愿陛下被奸人蒙蔽，哪怕是死，也要死在陛下手中，死个清楚明白！"

林帝没说话，冷冷地看跪在地上的身影一眼，拉着萧岚坐到了软榻上。林非鹿也跑过来，睡眼惺忪地爬进他怀里，瓮声瓮气地问："父皇，梅嫔娘娘说有人要杀她，是真的吗？"

林帝摸摸她的小脑袋，沉着脸看过去："你且跪着，好好想想当年真相的全部细节，等惠妃来了，再一起说。"

梅嫔哭着应"是"。

她也知道陛下现在不喜这张脸，一直伏在地上没有抬头。

没过一会儿，惠妃就过来了。

今夜她本就难以安眠，突听有人叫门，说陛下传她问话。

惠妃心中一个咯噔，就知大事不妙了。临到关头，反而比平时沉得住气，耳语吩咐贴身婢女之后，她就匆匆出门了，只是没想到来的竟然是明玥宫，进来一看到跪在地上的梅嫔,再一看林帝那气势,表面就算再沉着心里也惊慌起来。

从门口走到堂中那几步路,愣是走出她一身的冷汗,在林帝逼人的视线下缓缓下跪,她尽量保持嗓音平静:"臣妾拜见陛下,这个时辰,不知陛下唤臣妾前来是有何事?"

林帝冷声道:"看到梅嫔在这里,你竟不觉得惊讶吗?"

惠妃勉强一笑:"是有些惊讶,正等陛下吩咐。"

林帝便道:"梅嫔,你且将今夜发生之事再说一遍。"

梅嫔缓缓抬起身子,深深地看了一眼身边的惠妃,红肿的眼睛里闪过一抹阴毒,看得惠妃顿时起了一身鸡皮疙瘩。

梅嫔便将今夜发生的事事无巨细地说了一遍,包括她派人去寻刘三寻不到、在枕头下藏了剪刀、屋子里莫名的香味和破门而入的黑衣人。

梅嫔每说一句,惠妃的脸便白一分。

说到最后,她转过身来,看着惠妃一字一句道:"惠妃姐姐这是要杀人灭口啊。"

惠妃尖声道:"你血口喷人!我平日与你无冤无仇,与你姐妹相待,怎会有此恶行!你不知得罪了何人,引来杀身之祸,竟嫁祸到我头上!"说罢,朝林帝磕头道,"求陛下为臣妾主持公道!"

林帝的脸色也很难看。

虽然他不喜梅嫔,但在他的皇宫,竟然发生了行刺妃嫔一事,幕后主使如此胆大妄为,岂曾将他这个皇帝放在眼里?!

他盯着梅嫔,沉声问:"你且说说,惠妃为何要杀你灭口?"

这话一问,惠妃只觉身子一软,就要瘫下去,但硬生生掐着袖下的手指忍了下来。

梅嫔闭了闭眼,嘴角浮起一抹诡异的微笑,配着她脸上的疤痕,越发恐怖。她看了林帝身边的萧岚一眼,缓缓道:"这件事,还要从八年前说起。"

在这个深夜,六皇子林瞻远痴傻的真相,终于缓缓地浮出水面。

哪有什么生母命中不祥惹了神怒,不过是因为争宠导致的一场谋害。老六本该是一个健康聪明的皇子,萧岚也本该顺利晋为嫔位。

这一切都因为底下那两个毒妇而葬送了。

林帝听她说完最后一个字,再也忍不住,狠狠地将案几上的茶杯砸了下去。

茶杯砸得粉碎,溅起的碎片划在了梅嫔的手背上。她丝毫不在意地拂去鲜血,嘴角反而挂着一抹笑。

事已至此,惠妃不会放过她的。

就算是死,她也要拉着惠妃垫背!

惠妃早已冷汗涔涔,只不停地重复:"你血口喷人!我根本不知道你说的那个药!陛下!求陛下做主,还臣妾清白啊陛下!"

梅嫔幽幽地看着她,一字一句:"陛下,人之将死,其言也善啊。"

就算没有证据又怎么样呢?她身处绝路,现在是在用命换当年的真相,有没有证据不重要,林帝会不会信才是最重要的。

此时,前去银霜殿检查的侍卫也回来了。

彭满进来回禀道:"陛下,银霜殿空无一人,刺客不知所终,只有两具尸体,是银霜殿的宫女。怕惊扰贵人和公主,老奴已让他们抬去杂役房了。"

林帝沉声问:"死因是什么?"

彭满回道:"剪刀戳穿胸口致死。"

这就跟梅嫔刚才所说的一切连上了,看来是那刺客见梅嫔逃脱,才用那把剪刀把两名宫女灭了口。

事到如今,岂能有假,林帝岂止是震怒,他现在就想把底下那个喊冤的毒妇活生生掐死。

惠妃满脸泪痕,跟当初的梅嫔一样抵死不认,甚至指天发誓:"不是我!陛下,臣妾没有做过此事!若有假话不得好死!"

她是料定了梅嫔拿不出当年下药的证据,而今刺客都跑了,也无法证明是她派的人。不管林帝信也好,不信也好,没有证据,就不可能真的拿她怎么样。

梅嫔等她狡辩完,又开口道:"陛下,那刺客被妾身在手臂上刺了一刀。只要现在去各宫搜查手臂上有伤的人,一审便知!"

惠妃紧紧地咬着牙跪在地上不说话。

林帝便沉声吩咐彭满先去将惠妃宫中所有人提审出来,检查有无伤口。若没有,再挨个儿提审其他宫中的宫人和侍卫,就是把这皇宫翻个遍,也要把行刺之人找出来!

闹了这一场,夜已经很深,梅嫔笑容诡异,惠妃哭着喊冤,林帝听得头疼不已,再一看旁边沉默不语眼眶通红的萧岚,顿时既愧疚又心疼。

若不是这两人加害,她这些年岂会过得如此艰辛?

林帝不由得伸手将她揽进怀里,低声问:"等事情水落石出,岚儿希望朕如何处置她们?"

萧岚在他怀里缓缓抬眸,眼尾泛着红,楚楚可怜,却努力朝他露出一个笑:"但凭陛下吩咐。"

林帝拍了拍她纤弱的后背,长长地叹了一声气。

追查各宫宫人是项大工程,一晚上时间肯定不够。林帝命人将梅嫔和惠妃各自带下去,看押在永巷,等查出线索再提审。

等人一走,他也懒得再回养心殿,直接宿在了萧岚这里,刚好趁此机会安抚她一番。

翌日一早,昨夜发生的这惊心动魄的一幕便开始在后宫中疯传。毕竟彭满带人查刺客的动静不小,惠妃的瑶华宫最先被查,但遍查里外,也没找到手臂受伤的刺客。

惠妃行事警惕,自然不会用自己宫中的人。

太后听闻当年真相有了线索,派人来问了一趟,宫人回去之后回禀此事,太后得知其中竟然有惠妃参与,很是沉默了一会儿,良久,自嘲似的笑了一下:"看来哀家也有看走眼的时候。"

林念知自从上次被惠妃打了一巴掌关了禁闭之后,直到现在也没跟惠妃讲过话。

她脾气一向大,心中虽然埋怨,却也知道这种谋害皇子的事儿说出去会引来什么样的后果,一边想保护母妃,一边对小五感到愧疚,整个人也不如以前活跃。

昨天半夜宫人来传惠妃,林念知因为吃了安神药睡得太熟,直到今日才知道昨晚发生了什么。

永巷是关押宫中罪嫔的地方,惠妃被关押到那里,什么意思不言而喻。

她因为小五的事已经很愧疚了,现在又得知六弟痴傻也跟母妃当年下药有关,心中简直又气又恨又难过,竟然急火攻心晕了过去。

宫里闹得天翻地覆的,源头所在的明玥宫倒是一如既往地平静。

早上林帝走了没多久,就有宫人送了不少赏赐之物过来。

林帝以往只是赏林非鹿和萧岚,这一次却连同林瞻远一起赏了,赐了他文房四宝、弓箭骑装，其他皇子赏过的东西，一上午的时间，全给他补齐了。

林非鹿蹲在花田旁边浇花，看着林瞻远围着赏赐兴奋地跑圈圈，边跑还边说："是我的！都是给我的！"

他从来没收到过这么多礼物。

虽然是个傻傻的小孩子，却也知道父皇是这里最厉害的人，所有人都要听父皇的话。现在最厉害的人送了他这么多东西，他当然开心。

萧岚笑着坐在一旁，眉眼依旧温婉，并没有那种大仇得报后扬眉吐气的得意之感。

她就是这样的性格，哪怕立起来，也抹不掉心中的那份柔软。倒是青烟和云悠很高兴，说话做事都喜气洋洋的。

云悠一边缩线一边问萧岚："娘娘，你说陛下会怎么处置梅嫔和惠妃？谋害皇子可是死罪呢。"

萧岚责备地看了她一眼："这些事陛下自有主张，不用你多嘴。"

云悠吐了下舌头，她是跟着萧岚一起进宫的，从小陪着萧岚一起长大，性子比起青烟烂漫很多，过了会儿又跑到林非鹿身边来，帮着林非鹿浇花："公主，你觉得陛下会下旨处死梅嫔吗？"

林非鹿把藏在花丛中的一株杂草拔起来，扔在一旁，脆生生的嗓音有些漫不经心："梅嫔的父亲不是还在江南治理水患吗？顶多打入冷宫吧。"

公主一向聪慧，她这么说，那肯定八九不离十了。

云悠有些不解气，又问："那惠妃娘娘呢？"

林非鹿用帕子擦擦手："顶多降个位分禁个足吧。"

云悠失声道："啊？就这样啊？那也太便宜她们了吧？"

萧岚在一旁斥责她："云悠，慎言。"

云悠撇了下嘴，没再多说什么了。

三日之后，搜寻刺客的侍卫终于有所收获，但人已经死了，被扔在一口枯井中，手臂被剪刀戳伤的伤口都已经腐烂了。与此同时，侍卫还发现了另一具尸体，正是银霜殿失踪的太监刘三。

刘三是直接参与刺杀林非鹿一事的人，他一死，惠妃就将自己彻底从这件事中择了出去。

死掉的刺客也查明了身份，只是宫中巡逻侍卫中的一员，跟惠妃毫无关系。现在人都死了，梅嫔口说无凭，根本无法证明这人是惠妃派来的。

惠妃做事狠绝快，将凡是跟自己有关的线索斩得一干二净。

林帝其实那晚在听梅嫔哭诉时就知道她说的都是实话，惠妃虽然将证据全部毁灭，却更加在林帝心中坐实了罪行。

他现在才知道自己这位妃子，居然是一个如此有心机、有谋略又心狠手辣的女人。这些年她在宫中安分守己不争不抢，连太后都赞她宽仁，还真是把这宫里的人都耍得团团转啊！

林帝真是气得七窍生烟，但就跟梅嫔那次的事件一样，他就是再气，再想杀人，也得顾及朝廷重臣。

惠妃的父亲如今官至户部侍郎，是充盈国库的一员猛将，她母家不少子弟在各地为官，将地方经济发展得非常好，每年上交国库的银税在全国都排在前十。

而且她还为自己生下了长公主，这是林帝的第一个孩子。

谋害皇子虽然是大罪，但惠妃做得太干净，哪怕梅嫔攀咬指证，可拿不出证据，林帝不可能真的把她怎么样。

跟林非鹿猜得一样，林帝在经过几日彻查审问之后，就下了旨意。

梅嫔被褫去位分，打入冷宫；惠妃被降为嫔位，禁足半年，即刻搬出瑶华宫主殿。

林帝不能降罪惩罚她，就只能在其他地方出出气。比如他新赐给惠妃的住所是先皇在时就被废弃的宫殿，在宫里久有闹鬼的传言。

以前叫作明萃宫，林帝在惠嫔搬过去之前让人改了名字，改成了悔省堂，悔过反省，非常直白地打惠嫔的脸。

惠嫔在宫人的搀扶下搬过去时，看到阳光照射之下那个崭新的牌匾，差点儿一口血吐出来。

人是一种很奇怪的动物，这么闹了一场，她对萧岚的恨意反而消减了不少，大多数怨恨被梅嫔夺走了。

梅嫔也一样，自从搬入冷宫后，就不扎萧岚和林非鹿的娃娃了，每天只扎惠嫔的，诅咒她不得好死。

伴随着这两人的降罪旨意，还有另一道晋封旨意，是传到明玥宫的。旨意言明萧氏蕙质兰心，生育皇子皇女有功，擢为昭仪。

昭仪再往上，就是嫔了。

林帝本来是打算直接给她升到嫔的，但想起当年就是因为自己过于宠爱才导致萧岚被加害，所以就缓了一手，不让她太过引人注目；本来还想给萧岚赐居新的宫殿，但萧岚以两个孩子都习惯这里的环境为由婉拒了。

林非鹿的花田才搞上，现在花农事业正进行得如火如荼，林帝一看便也就没强求。

萧岚这一下子直接跃了四个位分，虽然当年的事情水落石出，大家都知道这是林帝对她的补偿，但一下子晋升这么多，后宫众人还是有些意外。

如今四妃之位只余两妃，后宫美人们的心思又开始活络了。以前四妃的位置被霸占得死死的，她们最多也就奋斗到嫔位，现在终于有机会往上晋升，当然都跃跃欲试。

后宫一时之间风起云涌。

从岚贵人变成了岚昭仪的萧岚还是一如既往地沉静。

她现在跟以前相比，的确聪明了很多，知道如何讨林帝喜欢，知道如何利用自己的优势。

可她并不想争宠，她只希望自己做的这些，能让两个孩子平安长大。

林非鹿倒是跟她想的不一样。

都走到这个地步了，他们不争也得争。

反正也要争，那他们不如争个大的。

她觉得妃位就挺好。

## 07

林帝虽然下旨将惠嫔移居到了悔省堂，却让林念知依旧留在了瑶华宫。

大林的传统是皇子公主们成年之后便出宫建府，在这之前都随生母而居。

林帝到底还是疼爱自己这个长公主的，虽然厌恶惠嫔，却没迁怒到她身上，也舍不得她跟着惠嫔去受苦。

瑶华宫现在暂时空了下来，林帝让内务府重新调了一批宫人过去伺候，林念知算是提前享受到了成年后的独居生活。

她自从那一次急火攻心晕倒之后，就一直卧病在床，病来如山倒，病去如抽丝，又得知母亲被降了位分，整个人萎靡了很多，再不似之前活泼。

病好之后，林念知才在抱柚的陪伴下去了悔省堂。

惠嫔被禁足半年，自己不得出来，外人也不得拜访。

林念知就在殿门口站了很久，惠嫔的贴身婢女出来低声道："公主，娘娘让你回去，以后不要再来了。"

林念知红着眼睛问："我就想见见母妃，她还好吗？"

婢女道："娘娘很好，公主不必担忧，今后多保重自己。"

林念知透过半开的殿门朝里面张望了几眼，也知道母妃这是为了保护她不受牵连，抬手抹抹眼泪，在门口行了一礼，才转身回去。

走在路上，她还是忍不住哭起来，边哭边道："我就说让她不要同梅嫔来往，那能是什么好人？母妃受了她的挑拨，到最后还要被她反咬一口，落得今天这个下场！"看得抱柚心疼不已，一路劝了好久，临近瑶华宫时林念知才渐渐止了哭意。

抱柚突然说："公主，那边站的，好像是五公主？"

林念知心神一凝，抬头看去，果然看见路口的那棵大树下站着一个小身影。她就藏在树后面，朝着瑶华宫的位置探头探脑，似乎想过去，又有些迟疑。

踟蹰良久，最后还是垂着脑袋转过身来，她看了看手里粉色的香包，神情有些郁闷地离开了。

刚走了没几步，她就看见站在路口的林念知。

小女孩儿的神情肉眼可见地紧张起来，她左右看了一眼，似乎想找地方躲起来，但这附近只有那棵大树，显然藏不下她。

林非鹿呆呆地立在了原地，不敢前进，也不敢后退，甚至不敢看她。

抱柚之前问过她：公主，你会怨恨五公主吗？

林念知那时候在病中，身体、心里都难受，恨恨地想，怎么不恨？！我恨死她了！恨死明玥宫了！

可在病床上躺了好久，每天没什么事儿做，她就睁着眼胡思乱想。想她跟小五的初遇，想小五一直以来对她的好，想起那次在海棠园，小五撒泼一样坐在地上又哭又蹬腿，质问自己为什么要躲着她的可怜样。

其实小五又做错了什么呢？

小五生下来的时候，八年前的那场下药阴谋早就发生了。她甚至无辜受到牵连，凄风苦雨地过了这么些年，好不容易获得父皇的宠爱，还被自己的母妃密谋刺杀。

从头到尾，她什么都没做过。

287

母妃落得如今这个下场，也是梅嫔的临死反扑所致。

林念知可能对她有芥蒂，但绝对谈不上怨恨。

特别是现在看到她那个不知所措的可怜样，林念知都觉得好笑。

你有什么好紧张的？该紧张该愧疚的人不应该是我吗？

林念知抬步朝她走过去。

小女孩儿下意识地后退，退了两步，又怯生生地站住了，耷拉着小脑袋抿着唇，等她走近了才小声喊了句：“皇长姐。”

林念知声音有些硬生生的：“你来做什么？”

林非鹿飞快地抬头看了她一眼，手指紧紧地绞着那个香包，眼尾都憋红了，才憋出一句低低的声音：“听说皇长姐生病了，这是我找孟太医做的中药香包，对……对治病有好处。”

她双手捏着，慢慢朝林念知递过来。

林念知低头看了两眼，那香包做得很漂亮，粉色的锦缎上绣了她喜欢的桃花，有股浓郁的药香，又听到林非鹿继续说：“上次那个香包，不知道皇长姐用了有没有效果，这次孟太医加重了药量，味道可能会重一些。”

上次？什么上次？

林念知刚想问，又猛地反应过来。

她听抱柚说，她禁足期间小五来看过她一次，母妃以自己生病为由把小五打发了。

想来就是那次送来的香包吧，想也知道是被母妃扔了。

林念知心中顿时怪不是滋味的，看她要哭不哭的样子，伸手一把把香包接了过来：“有用。”

"真的吗？！"林非鹿一下子高兴地抬起头，泛红的眼眶里好像有小星星一样，但对上她微沉的脸色，又一下子萎了，埋着小脑袋闷声说了句，"哦……"

林念知低头将香包系在腰间，若无其事地说：“回去吧，太阳太大了。”

她轻轻地点了下头，一点点挪动小脚脚，像怕踩死蚂蚁似的，慢腾腾地往前走。

林念知心里本来还有些芥蒂和别扭，看她这样子，就只剩下好笑了，心想，我倒要看看你到底走不走。

果然，她挪了没几步就停下来了，委委屈屈地回过头来，嘴角朝下撇着，看样子难过得快哭了，却努力不让自己哭出来，抽抽搭搭地问："皇长姐，我以后还可以喜欢你吗？"

林念知还以为她要说什么呢，没想到居然是问这句话，心里顿时五味杂陈，侧过头去才别扭地说："你想喜欢谁就喜欢谁！我又不会强迫你不让你喜欢！"

过了会儿，林念知感觉到自己的衣角被一只小手轻轻扯了扯，她半期待半迟疑地又问："那……那你还会喜欢我吗？"

林念知脖子有点儿僵，慢慢转过头来看她，好半天才动了动唇，轻飘飘地问："小五，我母妃对你母妃和哥哥做了那些坏事，你不恨我吗？"

小女孩儿眨了下泛着水光的眼睛。

她仰着小脑袋，声音脆脆的："我以前在书上看过一句话，罪不及父母，祸不及妻儿，我觉得很有道理。皇长姐，你说对吗？"

林念知身子一僵。

她还这么小，都知道恩怨分明，而自己才是加害者的那一方，却还钻什么牛角尖儿呢？

小五都能明白的道理，她更应该明白。

林念知突然为自己这段时间以来的芥蒂感到羞愧。

她牵住小女孩儿拉着自己衣角的手，抬步朝瑶华宫走去。

林非鹿还没反应过来，直愣愣地跟着她的脚步，小声喊："皇长姐？"

林念知跟没事儿人一样："天气这么热，去我宫里喝碗酸梅汤再回去吧。"

说到吃，林非鹿顿时开心了，重重地一点头："嗯！"

林非鹿跟上她的步伐，小手反握住她的手指。

那小手软软的，林念知觉得自己的心也软软的。

等林非鹿喝完酸梅汤心满意足地从瑶华宫离开时，刚才炽热的阳光已经躲进了厚厚的云层里。地面上都是阴影，她走到那棵大树旁，又回头看了一眼身后华丽的宫殿。

罪不及父母，祸不及妻儿，只要林念知不针对她，姐妹就还有的做。

好在林念知虽然性格刁蛮，但心肠不坏，是非分明，她现在真心实意地有点儿喜欢这个漂亮明艳的小姐姐了。

夏风吹动白云，阳光露出似有若无的影子，林非鹿心情不错，一路踩着影子玩儿。到了夏日，皇宫中的植物就十分繁茂，绿植覆盖率很高，林非鹿觉得应该给林帝颁个环卫达人奖。

从花草掩映的小道中穿行而过时，突然有个人从旁边的树丛中冲了出来，一下子撞在她腿上。

这宫里，林非鹿认第二矮，没人敢认第一个。

她一直觉得这具身体是以前营养不良导致的发育迟缓，没道理她现在都六岁了还没一个成年男子的腿高啊！

但眼前突然撞出来的这个人，比林非鹿还矮，脑袋大概就到她腰部的位置，梳着乖巧的包包头，因为没站稳，一把抱住林非鹿稳住跌跌撞撞的身子，又抬头冲她"嘘嘘"两声。

比我矮的人出现了！

林非鹿顿时有点儿激动。

她配合地"嘘"了一下，小声问："你在做什么？"

小奶娃说："我在跟夏晴躲猫猫！"

林非鹿又问："夏晴是谁？"

小奶娃说："是我的婢女！"

林非鹿："那你又是谁？"

小奶娃嘟着嘴："我是蔚蔚呀！"

蔚蔚？林非鹿知道她是谁了，宫内最小的公主，苏嫔的女儿，六公主林蔚。

难怪比自己矮呢，两三岁的小奶娃，可不比自己矮嘛！

不远处传来宫女急切的喊声："六公主！你在哪儿呀？别躲了，奴婢求你快出来吧！"听声音急得快哭了。

林非鹿的裙子被扯了两下，小奶娃贼头贼脑地说："蹲下来！快蹲下来！你太高了！"

林非鹿：……

进宫这么久，第一次有人说自己高……

她十分配合地蹲下来，还跟着小奶娃一起挪到了花丛下面，两个人撅着屁股面对面看了一会儿，小奶娃问她："你是谁呀？"

林非鹿说："我是你姐姐。"

小奶娃瞪着圆溜溜的眼睛，消化了一会儿这个消息，终于反应过来，点点小脑袋："哦——"她奶音拖得老长，又开心地喊，"姐姐！"

难道这就是林景渊他们看自己的感觉吗？

也太萌了吧！

林非鹿拉过她的小手："蔚蔚，我们躲够了，一起出去吧。"

小奶娃脾气还挺大："我不！还没够！"

林非鹿收拾脾气大的小朋友那就是几句话的事儿，她说："下次你来明玥宫找姐姐，姐姐陪你躲一整天的猫猫好不好？姐姐那里还有小猫、小狗和小兔子哦。"

小奶娃顿时被收服，口水都笑出来了："好嗷！"

于是林非鹿牵着她的手走了出去。

外头夏晴急得脸都白了，跟几个宫女到处找人，弄丢了公主那可是死罪啊。

没想到天无绝人之路，转头就看见五公主把人牵回来了，笑眯眯地对她说："下次可要把六公主看好呀。"

夏晴差点儿哭了出来，感恩戴德地一顿谢，俯身把六公主抱了起来。

林蔚在她怀里扭了两下，走之前还急切切地说："姐姐，要看猫猫狗狗和兔兔嗷！"

林非鹿："好嗷！"

跟皇宫里这群小朋友在一起生活久了，都快忘了自己内里住了个成年人的灵魂，"卖萌"卖得怡然自得。

解决完两大 Boss，林非鹿确实轻松了很多。她其实之前有想过下死手，毕竟武侠剧说得好，斩草不除根，春风吹又生，死人才是最安全的。

但真的往那一步想的时候，她发现不管怎么说服自己，都跨不过心里那道杀人的坎。

她可以旁观侍卫的自杀，可以无视雨音被带走的下场，但真要亲自设计杀人，还是很难做到。

唉，都怪学校思想品德教育太成功，她实在是个遵纪守法的好公民啊。

时间一晃入了夏，皇宫里的宫人每天最忙的事就是拿着竹竿子去捅树上的蝉。

本来就热，吵得实在太让人心烦了。

因为天气太热，担心学子们每天上下课的路上中暑，太学的课程也提前

291

了一个时辰，早上课早放学嘛。

之前还可以勉强睡个懒觉，现在一提前，太学殿里这群本来就不学无术的纨绔子弟整天都哈欠连天。

林非鹿也有点儿撑不住。

怎么都穿越了，还要上早自习啊？！

她有点儿后悔坐第一排了，后排那些可以安稳打瞌睡的位置也太棒了吧！

而且小漂亮最近都不怎么来太学上课了，林非鹿一打听才知道，原来最近林宋两国的关系有些紧张，原因是淮河进入汛期，分别位于淮河两岸的林宋两国就因为水利产生摩擦，每年如此。

每当这种时候，身处敌国的质子宋惊澜就会闭门不出，降低存在感。林非鹿听了之后，心里怪不是滋味的。

没了小漂亮同桌，她坐前排的唯一意义也没了。

林非鹿支支吾吾地去找林倾，委婉地表达了一下自己想把位置换到最后一排的想法。

林倾：……

是跟老四在一起待久了，勤奋好学的五妹也变得不学无术了吗？

林倾一边痛心疾首，一边架不住五妹水汪汪祈求的眼睛，吩咐人给她换位置。

太子有令，林非鹿的笔墨纸砚很快就被搬到了最后一排，她看着林倾不掩痛心的眼神有些不好意思，期期艾艾地拍了下马屁："太子哥哥是这个世界上最好最好的人！"

本来十分高兴终于能跟小鹿妹妹坐在一起的林景渊：？

他不可思议地看着林非鹿："为什么啊！为什么世界上最好最好的人变成三哥了啊！"

他崩溃地说："以前不是我吗？！"

## 08

林非鹿：大意了。

不过这车翻得不凶，问题不大，她还能苟活。

于是林景渊就看到小鹿妹妹转过头眨了眨她水灵灵的大眼睛，非常正经地说:"儒家圣人不仅有孔子还有孟子,佛家高僧不仅有玄奘还有慧能,世界上最好最好的人当然也可以有两个啦!"

林倾:?

虽然四弟不太聪明的样子,但小五你也不能这么忽悠他吧?我都听不下去了,他能信你才……

林景渊:"对哦!小鹿你说得好有道理啊!"

林倾:?

算了,就这样吧,对老四抱什么期待呢?

林倾朝林非鹿投去一个无奈又好笑的眼神,转身走了。

林景渊热切地把自己的东西搬到了林非鹿的旁边,坐下之后看她乖乖整理书本的样子,又凑过来小声说:"虽然我和三哥都是世上最好最好的人,但凡事讲究先来后到,我还是要比他多一点点才可以哦!"

林非鹿偏过脑袋甜甜地看着他:"太子哥哥是世人眼中最好的人,景渊哥哥是小鹿心中最好的人。"

林景渊:啊啊啊,妹妹好乖!

搞定争宠的熊孩子,林非鹿终于可以安心打瞌睡了。自从课程提前之后,后排学渣区域比以前上课时安静了很多,因为一个比一个睡得香。

林非鹿正睡得舒舒服服的,突然有人扯她的鬏鬏,把她从吃炸鸡的美梦中扯醒了。

她气愤地转过头一看,奚行疆就坐她斜后方的位置,一只手支着下巴趴在案几上,另一只手还拽着她绑鬏鬏的红丝带。

见她气呼呼地转过头来,他才吊儿郎当地松开,冲她挤眼笑了笑:"小豆丁,不是好学吗?怎么能跟我们这些坏学生学?"

林非鹿:"要你管!"

她把垫子往旁边挪了挪,离他远了一点儿,又趴下去继续睡。

没多会儿,奚行疆又用毛笔头戳她的胳肢窝。

林非鹿快被气死了,要不是太傅还在上面讲课,真想用手边的砚台砸死他。

这种上学时期扯女同学头发的男生简直就是课堂毒瘤!毒瘤!

林非鹿搬出王牌:"你信不信我告诉奚贵妃娘娘!"

奚行疆:"嚯哟,还学会打小报告了?是不是要让姑姑打我一顿啊?"

林非鹿:"我告诉娘娘你很喜欢我的小鬏鬏,让她也给你扎两个。"

奚行疆:……

他果断地收回了手,目不斜视地看向太傅,做出专心听课的模样。

别说,他姑是真能做出这种事儿的人,小时候他进宫,还给他穿过裙子。

有奚贵妃护身,林非鹿美美地睡了一觉,睡醒之后把太傅今天讲的书上的内容看了两遍,熟记心头,放学的铜铃就敲响了。

她一溜烟跑回了明玥宫,刚进门就喊:"云悠!我早上走之前冻的冰棍好了吗?"

云悠得了她的吩咐,一上午啥都没干,就守着那坨冰块,一旦有融化的迹象,就把内务府送来的冰继续加进去,保持低温。

现在掀开棉被看了看,竹筒里的冰棍果然已经凝结了,回道:"公主,快好了。"

林非鹿火急火燎地跑进来,这一路热得满头都是汗,蹲在冰桶旁边才觉得凉快了些,拿起小木扦凑过去戳了戳,竹筒里的冰棍还有些软绵绵的,没达到她想要的效果,充其量算个冰沙吧。

她不由得有些失望。

云悠说:"公主,你要是想让它变成冰块这样,恐怕得拿去冰窖才行了。"

林非鹿也这么想,歇了一会儿,把半成品冰棍当作冰沙吃了。

她用了玫瑰、牛奶和蜂蜜,还是十分美味的,能在这种地方吃上冰沙,也算不错了。

吃完之后,她又调配了适量的玫瑰牛奶,分别倒进准备好的竹筒里,然后让松雨和云悠抱着,跟她一起去了内务府。

这时候虽然没有冰箱,但作为用度极尽奢华的皇宫,是拥有大型人工地下冰窖的。里面一年四季都储存着冰块,各宫夏季消暑的冰块就是从这里运出来的。

林非鹿说明来意,内务府自然不会拒绝五公主这样小小的要求,把她的竹筒冰棍全部放进了冰窖里。

第二日太学下课,林非鹿连明玥宫都没回,直奔内务府。

宫人按照她的要求,把冻好的冰棍用冰盒装了起来,林非鹿让松雨抱着,自己则拿了一根出来吃。一口咬下去,牛奶味儿的冰碴儿碎在口中,还带着玫瑰的清香和蜂蜜的甜味儿,在这炎炎夏日简直爽得她透心凉。

终于吃上一样自己熟悉的食物了，林非鹿感动得热泪盈眶。

松雨看着她的表情不由得疑惑：有那么好吃吗？

冰盒能保证冰棍一个时辰不化，回到明玥宫用完午膳，林非鹿给宫人一人发了一根，宫内一时之间全是咬冰棍的咔嚓声和林瞻远舔冰棍的吸溜音。

最后冰盒里还剩两根，她以吃多了要拉肚子的理由义正词严地拒绝了林瞻远还要一根的请求，抱着冰盒嗒嗒嗒地跑走了。

她有一段时间没来翠竹居了。

她如今不像以前查无此人，一举一动宫里都注视着。宋惊澜最近闭门不出，是在这里对自己最好的保护，她若是频繁上门，恐怕会对他不利。

今日午后的阳光格外炽热，她一路跑过来感觉自己都快被晒化了。

天气炎热，也没多少人愿意出门，宫里静悄悄的，只有时而响起的蝉鸣，增添夏日的气息。

翠竹居竹门紧闭，林非鹿跑到门口时，本来打算像往常一样敲门，但看了眼旁边不算太高的院墙，她觉得是时候展现真正的技术了。

跟奚贵妃练了这么久的武，虽然她还不大能飞，但上墙的本事还是有的。

小孩子的身体本来就轻盈，练习轻功更容易。林非鹿把冰盒放在地上，一只手握着一根冰棍，然后后退几米，凝重地看着眼前的院墙，气沉丹田，拔腿朝前冲刺，然后猛地一提力，整个身子便凌空而起，朝着墙垣跃了上去。

结果学艺不精，双脚刚挨着墙身子就泄了力，林非鹿脚下一滑，整个人都搭了下去。好在她眼疾手快，上半身扒在墙垣上，下半身悬在空中，吓得她汗毛都倒立了，听到动静的宋惊澜一出来就看见以一种怪异的姿势趴在自己院墙上的小姑娘。

她趴了这么一会儿，力气都快用尽了，身子正一点点地往下滑。若是扔掉手里的冰棍就可以解除危机，但偏偏又舍不得，只能咬牙坚持着，看见宋惊澜出来，顿时呜呜大喊："殿下，我快掉下去了，快帮帮我……"

这话还没说完，林非鹿只感觉门前那抹白色的影子像一阵风似的，转眼就移到了自己面前。他轻松地跃上墙垣，俯身抱住她的小身子，又轻飘飘地抱着她跳下来。

林非鹿胳膊肘酸得快断了，两只手哆哆嗦嗦，偏偏冰棍还握得特别紧，对上他好笑的目光，简直无地自容了。

295

宋惊澜伸手把那两根冰棍拿过来，笑着问："给我的？"

林非鹿闷闷地一点头。

他看了两眼："这是什么？"

林非鹿说："玫瑰牛奶冰棍。"她又闷声补了一句，"都快化了。"

宋惊澜将其中一根递给她，然后拉过她的小手，走到门口的台阶前坐下："那赶快吃了吧。"

林非鹿坐在他旁边，两只小脚踩着台阶微微踮起，泛酸的胳膊肘刚好能撑在腿上，先舔了下融化的外层，然后一口咬下去。

宋惊澜也咬了一口，冰碴儿碎开的声音细细碎碎的，响在寂静的午后，有种特别惬意的好听感。

谁也没说话，廊檐挡住了阳光，他们就坐在屋檐的阴影下，吹着夏风，闻着竹香，吃完了玫瑰牛奶味儿的冰棍。

## 09

一根冰棍下肚，热气好像都被驱散了。

小孩子皮肤嫩，林非鹿啃完冰棍，唇被冰冻得绯红。她舔舔嘴角的牛奶冰碴儿，转头问："好吃不？"

高门贵族养出来的皇子，连吃冰棍的动作都赏心悦目，宋惊澜捏着那只削成片状的木签点头："嗯，很解暑。"

林非鹿骄傲极了："那我明天再给你送来。"她小身子微微往后靠，抵着台阶，双腿也朝前舒展开，语气里充满惬意，"没有冰棍的夏天是不完整的。"

宋惊澜偏头看了她一眼，眼眸盈满盛夏日光："那公主明天是走正门还是翻墙？"

林非鹿顿时不惬意了。

丢人的事就让它过去不好吗？

她目光直视前方，用一种冷酷的语气挽尊："并非我学艺不精，是殿下这里的墙太滑了。"

宋惊澜若有所思地点点头："那改天让天冬把墙上的青苔清理一下。"语气那么认真，也不知道是在开玩笑还是说真的。

林非鹿有些郁闷地看了他一会儿，突然问："殿下，你这么厉害，武功是跟谁学的啊？"

宋惊澜眸色不变，唇角弯着细小的弧度："一位世叔。"

但他入宫这么多年，不是连皇宫都没出去过吗？林非鹿觉得奇怪："那他在哪儿呢？"

宋惊澜闭上眼，头微微后仰，阳光就落在他下颌上，含笑的嗓音又轻又低："在你看不见的地方。"

又跟她打哑谜，小漂亮身上的秘密真多。

不过身在敌国，有秘密也正常，警惕一点儿活得长久，要是完全对她不设防，那也说不过去。

林非鹿不是个刨根问底的人，倒也没抓着这个问题不放，又兴致勃勃地说："殿下这么厉害，那位世叔应该也很厉害吧？能不能教教我，有什么办法可以更快更轻松地飞高高吗？我练了好久了哦。"

结果她连堵院墙都上不去！

生气！

宋惊澜哑然失笑，偏过头来看她："练武没有捷径可以走，冬练三九夏练三伏，都是一步步走过来的。"看她逐渐幽怨的小眼神，抿了下唇，改口道，"公主若实在想飞……"

林非鹿双眼发光期待地瞅着他。

宋惊澜："我可以带你飞。"

带飞个屁啦！

这个词不是这么用的好吗！

宋惊澜看着她又崩溃又拒绝的小表情终于忍不住笑起来，抬手摸摸她的小鬏鬏顺毛："好了，奚贵妃乃是女中豪杰，公主跟着她好好学，等练好基本功，我再教你世叔的独门技巧，可好？"

林非鹿勉勉强强哼了一声。

不远处的院门被敲响，传来天冬的声音："殿下，我回来了。"

宋惊澜收回手，起身去开门。老旧的木门一打开，就看见天冬抱了个冰盒在外面，奇怪道："这是什么东西？怎么放在我们门口？"

宋惊澜看了一眼就知道是小姑娘带来的，伸手接过来，又问他："这一趟可顺利？"

天冬果然撇嘴："我好说歹说，他们才取了几块残墨给我。"

他从袖口拿出一块帕子，里面包着碎碎渣渣的墨。宋惊澜看了两眼，并不在意："能用就行。"

林非鹿此时也凑了过来，天冬这才看见她，高兴道："五公主过来啦。"

林非鹿笑眯眯地一点头，又指着问："那是什么？"

天冬看了宋惊澜一眼，无视他阻止的眼神，飞快地道："殿下许久不去太学上课，屋里的墨用完了，找内务府取了好几次他们都不给，今天才好不容易给我拿了这些碎墨。"

学霸没有墨，那就等于士兵没有枪啊！

林非鹿顿时同仇敌忾："他们怎么可以这样！"

内务府一向克扣翠竹居的东西，最近林宋两国形势紧张，估计就更变本加厉了，平日克扣吃穿用度也就算了，现在连区区写字的墨都不给，实在是过分。

她的小漂亮过得这都是什么水深火热的日子啊！

宋惊澜看她气呼呼的样子，笑着安慰："无碍的，这些也够用。"

都这么惨了，还笑得这么好看，唉……

林非鹿抿了下唇，想到什么，眼睛亮了一下："以后不要找他们要了，找我四哥要去！"

宋惊澜无奈道："那怎么行！"

"那怎么不行？"林非鹿说，"他肯定还感谢你呢。"

宋惊澜：……

她笑眯眯地把冰盒从他手上拿过来，双手抱在胸前，摇头晃脑跟他告别："我回去啦，下午还要去奚贵妃娘娘那里踩桩子呢，明日再来找殿下吃冰棍。"

宋惊澜笑着说"好"。

等林非鹿离开，天冬才好奇地问："殿下，什么是冰棍？"

宋惊澜淡淡地扫了他一眼："你最近话很多。"

天冬抿住唇闭嘴了。

傍晚时分，翠竹居的门再次被敲响，天冬去开了门，惊讶地发现门外站的竟然是四皇子身边的那个太监康安。

康安把手里的东西一股脑儿地塞给他，做贼似的："这是四殿下让我送来的，还让我替他跟你们殿下说声'谢谢'！"

说完他就跑了。

天冬：……

这个场景好熟悉哦，好像曾经得了五公主吩咐刚刚往翠竹居送东西的青烟啊。

天冬打开包裹看了看，里面装的全是笔墨纸砚。

林非鹿一回到明玥宫，远远地就听见小孩子哭闹的声音。这附近能哭成这样的，一般就只有林瞻远了，但那声音又不像，软软奶奶的，还有点儿口齿不清，走得近了，才听到那声音一边哭一边在喊"姐姐"。

林非鹿小跑过去，就看见上次见过的宫女夏晴抱着一个小奶娃正从明玥宫里走出来，身边还跟着两名小宫女，边走边哄道："公主乖，五公主现在不在宫中，我们下次再来找她好不好？"

小奶娃边哭边号："不好！要姐姐！要跟姐姐躲猫猫！"

林非鹿笑着喊她："蔚蔚。"

哭声一下子就停了，小奶娃泪眼蒙眬地看过来，看到林非鹿后，开心地吹出一个鼻涕泡："是姐姐！"

她身子使劲儿地往外探，夏晴赶紧将她放下来，才朝林非鹿行了个礼，林蔚已经跌跌撞撞地跑过去一把抱住了林非鹿，鼻涕眼泪糊了林非鹿一身："姐姐，蔚蔚来找你躲猫猫啦！"

夏晴在一旁拘谨道："五公主，我们公主这几日一直吵着要来找你，奴婢便带她来了。"

林非鹿点点头，掏出怀里的手绢给小奶娃擦擦脸，又擦擦自己胸口的鼻涕，然后牵起她的手走进明玥宫。

萧岚也不知道女儿是什么时候又认识了六公主，刚才看着小奶娃大哭大闹地找姐姐还有些不知所措，现在见女儿又把人牵回来，倒也没问什么，只吩咐青烟去煮牛奶。

林非鹿种的那片花田已经很茂盛了，内务府知道她喜欢花花草草，有什么新的花类都最先送过来。

现在花田里有玫瑰、蔷薇、茉莉，还有蝴蝶兰，姹紫嫣红，十分好看。花田的篱笆旁就是小动物们的窝，有宫人每天打扫，不臭也不脏，反而因为挨着花田，有股淡淡的花香。

夏晴也是第一次来明玥宫，带着两个小宫女站在廊下，觉得这地方虽然不比自家娘娘的宫殿华丽，却有一种十分悠远的自然意境。

林非鹿牵着小奶娃走过去，敲了敲小木屋的顶："长耳，出来接客。"

正在午睡的小白狗听见主人的声音，开心地摇着尾巴跑出来了，一出来就往她怀里拱。

林蔚瞪大了眼睛，口齿不清地说："狗狗！"

她有点儿怕，又有点儿喜欢，林非鹿就捉着她的手放在长耳头上摸了一把。长耳刚洗过澡，毛毛又干净又蓬松，手感很好。林蔚看了笑眯眯的姐姐一眼，大着胆子又自己摸了一下长耳的头。

长耳被林非鹿养得很乖，从来不咬人、不乱叫，被软软的小手摸了，又掉转方向，吐着舌头往小奶娃怀里钻。

林蔚被舔得咯咯直笑。

林非鹿又把短耳和兔兔抱出来陪她玩了一会儿，小奶娃被哄得服服帖帖，甚至忘记了要跟姐姐玩躲猫猫游戏。

没多会儿，睡醒午觉的林瞻远也出来了，乍然看到院子里多了个小奶娃，愣愣地看了她好一会儿。

林非鹿友好地介绍两个人认识。

林蔚还喊不清"哥哥"，喊出来像"哆哆"，林瞻远对于自己又多了一个小妹妹还是很开心的。

他的智商停留在三岁，就跟林蔚现在差不多大，所以脑电波也处在同一个频道，两个人对话起来毫无障碍，甚至比跟林非鹿交流时还要流畅。

毕竟林非鹿作为一个成年人，有时候还真抓不到林瞻远的点……

这一点林蔚明显比她强，跟林瞻远玩得可开心了。

宫里的小孩子很少，最小的是去年她刚穿过来时丽美人生的那个七皇子，现在还不到一岁，话都不会说。

其次就是林蔚了，其他哥哥姐姐太大，林蔚没什么同龄的玩伴，连躲个猫猫都是跟大她十几岁的宫女，现在遇到林瞻远，才收获了真正的童趣。

一直到太阳快下山，候在一旁的夏晴才走过来说："五公主，奴婢得带公主回去了。"

小奶娃一听这话，一把抱住林非鹿的腿："我不回去我不回去我不回去！姐姐别赶蔚蔚走嗷！"

六公主耍起脾气来，那是苏嫔都拿她没办法的，夏晴顿时朝五公主投去一个求救的眼神。

虽然五公主今年也才六岁，也只是个稍微大一点点的小奶娃……

但不管怎么看都比自己公主靠谱多了！

林非鹿接收到夏晴的求救信号，摸摸林蔚的脑袋："蔚蔚，你知道守门神的故事吗？"

小奶娃茫然地摇头："蔚蔚不知道嗷。"

林非鹿："每座宫殿都有一位守门神，只保护住在这座宫殿的人。每到了晚上，吃小孩儿的妖怪就会偷偷跑出来抓小孩儿，但是因为有守门神的存在，妖怪就进不来呢！"

小奶娃被"吃小孩儿的妖怪"六个字吓得脸都白了。

林非鹿遗憾地说："姐姐这里的守门神只保护姐姐，保护不了蔚蔚呢。只有蔚蔚住的临镜宫里的守门神才可以保护蔚蔚不被妖怪抓走哦。"

小奶娃眼睛一眨，眼泪就要出来了，飞快地转身扑向夏晴："抱！"

夏晴：……

林非鹿笑眯眯地看着小奶娃乖乖地被抱走，送到门口还朝她挥手："吃人的妖怪白天不敢出来，所以蔚蔚以后白天可以来找姐姐玩哦。"

小奶娃委屈巴巴的。

一路被抱回临镜宫时，苏嫔也刚刚从阮贵妃那儿回来，正坐在里间的软榻上喝茶，就听见女儿奶声奶气地在外面喊："守门神？蔚蔚的守门神，你在哪里呀？出来跟蔚蔚玩呀。"

苏嫔又是好笑又是无奈，放下茶杯走出去，就看见女儿贼头贼脑地在殿中跑圈圈到处寻找着。

她问一旁的夏晴："她这又是听了什么东西？方才去哪里了？"

夏晴道："方才公主睡醒，吵着要去明玥宫找五公主，娘娘不在宫中，公主哭得厉害，奴婢只好带她去了。"

上次遇到五公主的事夏晴已经回禀过她，苏嫔跟萧岚素来无交集，倒也没放在心上。

林蔚隔两天便说要去明玥宫看猫猫兔兔，苏嫔哄上两句，小孩子忘性大，

301

很快就被转移注意力，只是今天她去阮贵妃那里请安，又说了会儿话，回来迟了，宫女才叫林蔚闹住了。

夏晴便将下午林蔚在明玥宫的事情说了一遍，包括最后林非鹿讲的那个故事。

苏嫔听完，倒觉得挺有趣的："蔚儿平日闹起来本宫都哄不住，五公主倒是聪明，用一个故事便把人哄走了，果然与传言一样冰雪伶俐。"

苏嫔是阮贵妃一位姑母的嫡女，两姐妹虽然关系一般，但阮母跟自己妹妹关系好，便时常在书信中交代女儿在宫中要照顾好这位表妹。

后宫人心莫测，有知根知底的姐妹在身边也算互相有个照应。

苏嫔入宫的时候阮贵妃已经位列贵妃，在她的照应下，苏嫔连宫斗都没怎么参与过，十分顺遂地晋到嫔位，又平安生下了一个女儿。

阮贵妃的性子说好听了叫直爽，直白点儿就是嚣张，不过她的确有嚣张的底气，家世好、样貌好，父亲官至丞相，可谓一人之下万人之上了。

宫里的人都知道贵妃娘娘脾气不好，很难伺候，但胜在没什么心机，心直口快有一说一，有时候还透出一点儿冒失。

林帝被先皇那一届的宫斗折腾怕了，既偏爱温柔良善的女子，也喜欢阮贵妃这样一眼就能看透的性子，所以也很纵容她的嚣张。

苏嫔倒是跟阮贵妃不一样，虽然都是同样明艳张扬的相貌，性格却有些冷淡，又十分从容，来什么就接什么，好的坏的全盘纳下。

她好像没什么喜欢的，也没什么讨厌的，直到生下这个女儿后，才多了些人情味在身上。

林蔚跑了几个圈圈，也没找到自己的守门神，回头看见母妃笑吟吟地站在门口看着她，顿时朝她跑过来。

苏嫔将女儿抱起来，替她擦擦额头的汗，听见女儿焦急地问："母妃，你看见蔚蔚的守门神了吗？蔚蔚找不到他，他会不会走了啊？"

苏嫔指着门前的空地，挑眉惊讶道："怎么会呢，守门神不就在这儿吗？"

小奶娃惊讶地瞅了半天，啥也没看到，最后委屈巴巴地转过头来："可是蔚蔚看不见呀。"

苏嫔亲亲她胖嘟嘟的脸："只有大孩子才能看见守门神，蔚蔚太小了，所以要多吃一点儿饭，快快长大。"

于是用晚膳时，吃饭困难户林蔚终于没有被追着喂饭，而是乖乖地捧着碗吃完了自己的饭。

苏嫔很满意，吩咐夏晴："五公主帮了本宫大忙，从里库挑几件东西送过去致谢吧。"

## 10

第二天一早起来收到苏嫔礼物的林非鹿表示了自己的疑惑。

我恐吓了她女儿，她为什么还要送东西谢我？

林帝的后宫美人实在是多，来了这么久林非鹿也没把人认完，用早膳的时候跟萧岚问起苏嫔这个人，萧岚也是一问三不知，只告诉她苏嫔是阮贵妃的表妹，两人在宫中常有往来。

那说到阮贵妃，林非鹿就熟了。

不就是那位逼着林廷杀宠物致力于把自己儿子培养成变态的娘吗？

林非鹿虽然还没跟阮贵妃接触过，但她眼中的阮贵妃跟宫人眼中嚣张又冒失的贵妃娘娘完全不同。

嚣张可能是真的嚣张，心直口快没有心机那是万万不可能的。

从她对林廷的所作所为所言来看，争权的心思其实很明显，能逼着自己的儿子亲手杀死宠物，用一句"心狠手辣"来形容也不为过。

有着这样心思的阮贵妃，怎么可能是一个冲动冒失的女人？

这世上最痛苦的事情不是"我做不到"，而是我有可能做到，却总差那么一点点。

就像阮贵妃之于后位，林廷之于太子。

无论是阮家的势力，还是阮相在大林的声名地位，其实都不比皇后差，甚至略胜一筹。

所以阮贵妃不甘心也能理解。

林帝和皇后却从来没有对阮贵妃有所防范，当然这跟林廷性格温驯有关，但也是因为阮贵妃这些年表现出的假象迷惑了众人。

当所有人都觉得这是一个恃宠而骄嚣张冲动的人时，她背地里的一些动作就很难被注意到，就算发生了什么见不得光的事，也没人会怀疑到她身上。

大家都说阮贵妃脾气大不好伺候，喜恶都写在脸上，有什么仇什么怨从来不会掩饰，直接当众办了你。

令人敬畏，却并不令人防备。

林非鹿要不是跟林廷有过那几次实质性的接触，恐怕也会被这假象迷惑，以为这又是个"华妃娘娘"似的人物了。

阮贵妃既然如此，那跟她关系亲近的苏嫔，恐怕也不是什么简单人物。

林非鹿一时半会儿拿不准苏嫔对明玥宫的态度，便只交代萧岚要多小心，注意安全，别等她去上学回来，又发生上次花园遇蜂那种事。

昨天被妖怪吓到的小奶娃今早一起来又恢复了元气，眼睛一睁就开始吵着要去找姐姐摸狗狗。

苏嫔哄了半天，心道她倒要去看看明玥宫到底有些什么有趣的东西，把女儿牢牢吸引住了，哄林蔚吃完早膳，便带着林蔚去了明玥宫。

萧岚因为林非鹿的交代，本来是打算今日闭门不出的，还吩咐了青烟如有邀约就以她身体不适推掉，孰料从无交集的苏嫔竟然直接上门了。

本以为来者不善，但苏嫔好像真的只是带女儿来玩一样，与她交谈几句，得知林非鹿去了太学不在殿内，便哄林蔚道："姐姐此刻不在，我们下午再来可好？"

来都来了，小奶娃当然不干了，从她怀里挣扎下来，跌跌撞撞地跑到花田旁边的小木屋，学着昨天林非鹿的样子使劲儿拍了拍，含混不清地喊："长耳！狗狗！"

小白狗果然欢快地从小木屋里跑了出来，闻到小奶娃身上熟悉的奶香味，摇着尾巴往她身上扑。

林蔚乐得咯咯直笑，转瞬就把母妃忘了。

苏嫔打量片刻，淡笑着对一旁的萧岚道："这片花田倒是打理得很好。"

萧岚也笑了笑："是鹿儿弄的，她一向喜欢这些花草。"

苏嫔的目光却落在小木屋旁边的兔子窝上。她跟阮贵妃常有往来，当然认识这只林廷从小养到大的兔子，也知道表姐为了锻炼大皇子，逼他亲手杀掉这只兔子，没想到它不仅没死，还被这位五公主偷偷养在这里。

再看看陪女儿玩耍的那只小白狗，她似乎记得，之前阮家是送过一只狗进宫来，不是听说在去兽园的路上被大皇子放跑了吗？

真是有趣。

萧岚见苏嫔不说话，只目含探究地打量着，她不知道林非鹿跟林廷之间的秘密,只感觉心里有些不安。苏嫔却很快收回了目光,淡笑着赞了句:"早听闻五公主冰雪聪明,果然心灵手巧。"

萧岚垂眸笑了笑。

苏嫔等林蔚玩了一会儿,便去抱她离开,小奶娃正跟小狗小猫玩得起劲儿,哪里肯走,顿时哭闹起来。

苏嫔也是头疼不已,温声哄道:"姐姐不在,蔚蔚一个人不好玩,等姐姐回来母妃再带你来好不好?"

小奶娃之所以叫小奶娃,是因为她不讲道理。

她边哭边号,不知看到什么,指着门口:"哥哥在!蔚蔚跟哥哥玩儿!"

苏嫔回头一看,便看见不远处的屋内有个小男孩儿躲在门后探头探脑。

每次有陌生人来林瞻远都会躲起来,就算刚刚看到小妹妹心里开心,也不敢过来跟她玩儿。

萧岚喊他:"远儿,过来拜见苏嫔娘娘。"

林瞻远这才期期艾艾地走过来,他现在跟着林非鹿学礼节已经像模像样了,规规矩矩地朝苏嫔行了一礼,林蔚已经一下子扑过来抱住了他的腿,仰着脏兮兮的小脸可怜兮兮地喊:"哥哥!"

小妹妹脸上全是眼泪和鼻涕,林瞻远低头看了她两眼,然后认真地扯着自己的袖口,一点一点帮她把小脸擦干净了,末了还摸摸她的脑袋,认真地说:"妹妹乖哦,不可以哭,乖孩子不哭的。"

林蔚果然就不哭了,拉着他的手跑到花田边上,蹲下来后指着兔子窝奶声奶气道:"哥哥,你昨天教蔚蔚的儿歌蔚蔚会唱了哦!"

她说完就自己一边拍手一边唱:"小兔子乖乖,把门儿开开,快点儿开开,我要进来!"然后猛地摇了两下头,凶凶又坚定地说,"不开不开就不开!娘亲没回来!门儿不能开!"

苏嫔:"噗……"

自己也太会生了吧,生了个这么可爱的女儿!

这当然是林非鹿每次哄林瞻远时唱的儿歌,昨天他教了妹妹唱,小奶娃回去之后晚上睡觉时偷偷在被窝练习了好久呢。

萧岚自从苏嫔到来心神就一直绷着,有些紧张不安,现在看见这一幕,又听她笑了,紧绷的神经也一下松了下来,忍不住笑起来。

苏嫔笑完才道:"我拿这孩子没办法,她既然想在这里玩儿,就劳烦妹妹帮我多加照看了。"

萧岚自然应"是"。

苏嫔入宫的时候，萧岚已经失宠了，这还是两人第一次见面。两人交集不深，苏嫔自然不好一直待在这里，又嘱咐夏晴几句，便离开了明玥宫。

苏嫔走出去的时候，贴身婢女有些不放心地问："娘娘，就这么把公主留在这里吗？会不会……"

苏嫔听着里头传来的笑语声，声音也不自觉地柔和下来："蔚儿难得有玩伴，六皇子纯善，岚昭仪温婉，无碍。"

婢女点点头，又道："娘娘，阮贵妃娘娘昨日说让你今儿上午去帮她选选缎子花样儿呢，可别忘了。"

苏嫔淡声道："那走吧。"

上午的阳光还不算毒，苏嫔不紧不慢地来到云曦宫时，织锦坊已经把新花色的锦缎送来了，阮贵妃正在屋内挑选，听宫人通报苏嫔来了，声音远远地就从屋内传出来："快进来给本宫拿拿主意，本宫可算挑花眼了。"

苏嫔走进屋，便见各色花样的锦缎摆满了整间屋子，宫里有了什么好东西，一向都是先送到这里来的。

两人一边挑一边闲聊，阮贵妃突然指着她腰间问："你这身上是哪里沾来的东西？"

苏嫔低头一看，原来衣裙上沾了一些白色的狗毛。

想来是方才临走时她去跟女儿说话时沾上的，阮贵妃还没看出来那是什么，苏嫔便用手绢一把拈下来了。

她淡声说："或许是来的路上沾了些飞絮。"

阮贵妃不疑有他，又高高兴兴挑起了锦缎。


苏嫔走后，萧岚便让宫人去准备牛奶和点心了，以免六公主闹饿。她是养过女儿的，照顾小奶娃自然没问题。

林瞻远吃完点心，看看头顶的太阳，拍着手开心地说："该去看奶奶了！"

太后还未离宫，林瞻远每隔两天就要去请安。他平时不大出门，唯一能去的地方就是颐清宫，每次去了都能吃到很多好吃的，是以很喜欢去找奶奶玩。

只是今天身边多了个小妹妹，林瞻远就有些纠结了，既不想抛下妹妹，又想去看奶奶，最后拉着她的小手认真地问："妹妹要跟我一起去看奶奶吗？"

姐姐不在，当然是哥哥走哪儿她跟哪儿，小奶娃毫不迟疑地点头。

结果一到颐清宫，看见坐在院中藤椅上的老妇人，小奶娃"哇"的一声就哭了。

太后吓哭孙孙的事迹可不是传说，林蔚当年还在襁褓中时就被太后吓哭过。

她本来就爱哭，现在见到太后那张颧骨高耸、刻板严肃的脸，又想起昨天姐姐讲的那个吃小孩儿的妖怪的故事，简直快哭晕过去了。

太后迎接乖孙孙的好心情完全被这个爱哭包破坏了，板着脸不说话。

林瞻远顿时手忙脚乱，一边给她擦眼泪一边学着林非鹿每次哄自己的样子摸她脑袋："不哭不哭！妹妹是天底下最乖最乖的小朋友！"

小奶娃哭着指向藤椅上的太后："蔚蔚怕……"

林瞻远完全抓不到她的怕点。

他疑惑地挠挠小脑袋，看看妹妹，又转头看看奶奶，最后想到什么，骄傲地拍拍胸："不怕不怕嗷，看我！"

他嗒嗒嗒地跑过去，跑到太后身边，踮起脚，吧唧在她脸上亲了一口。

太后都被乖孙孙这个软糯糯的亲亲搞蒙了。

古时再亲昵，哪能有亲亲这种行为，都是平日耳濡目染，被林非鹿的行为影响了。

林瞻远亲完了，转头认真地对小奶娃说："奶奶不凶的！你也亲亲看！"

那语气好像在说："这个很好吃的，你也尝尝看呀"！

林蔚呆呆地看着他，又看看太后。

她这个年龄，正是什么都想模仿的时候，听到哥哥这么说，瞪着大眼睛一步一步挪过去，在哥哥鼓励的眼神中，努力朝着太后的脸凑过去，然后太后就被糊了一脸的鼻涕。

## 11

夏晴带着林蔚回到临镜宫时，怀里抱了好几个盒子。

苏嫔从阮贵妃那里回来，正倚在软榻上看书，抬头看了眼，淡声问："拿的那是什么？"

夏晴说："是太后赏给公主的。"

苏嫔一时之间以为自己听错了，身子都不由得坐直："谁？"

夏晴说："太后娘娘。"

她把盒子放过来，里面有金锁、玉如意，还有一块成色极好的血玉佩。

苏嫔的表情一言难尽。

太后并不喜欢她和林蔚，因为当年林蔚满月时，冲谁都傻笑的小奶娃，唯独在看见太后时哇哇大哭，怎么哄都不好使。

那之后，太后就再也没召见过她和女儿，之后又去了五台山修行。这一次回来，苏嫔本来带着林蔚去请过安，但是太后没见，让人传话说身体不适不想听见小孩儿的哭声拒绝了，看来还是对当年的事儿有所介怀。

苏嫔本来想着，当女儿再长大一点儿，懂事会听话的时候，再领着女儿去赔罪。没想到就是这么一刻的工夫，太后对她的态度就来了个大转弯？

夏晴当时在外面，并不知道里面发生了什么，只是说："六皇子殿下去给太后娘娘请安，便带着公主一起去了。"

苏嫔把满地乱窜的女儿抱到怀里来，哄着问她："蔚儿刚刚见到皇祖母了吗？"

小奶娃高兴地点头："蔚蔚见到啦！皇祖母送了好多东西给蔚蔚嗷！"

苏嫔又问："蔚蔚不怕皇祖母了吗？"

"不怕！"林蔚的小短手翻着盒子里的礼物，"哥哥说，皇祖母不凶的！蔚蔚也试过了，果然不凶的。"

苏嫔哭笑不得，问了半天也没问清楚颐清宫中到底发生了什么，不过阴差阳错获得了太后的谅解与喜爱，也算了了她一桩心事。

于是明玥宫又收到了苏嫔送来的礼物。

放学回来的林非鹿看着屋子里那几样价值不凡的玉件：苏嫔是不是暗恋我们宫里的谁？

萧岚忧心忡忡地跟她说起早上苏嫔来过的事："不知为何，她似乎很注意长耳和那只兔子，我心中有些不安。"

林非鹿想起苏嫔跟阮贵妃的关系，觉得自己可能要完。

阮贵妃不会带着人来把兔子和小狗乱棍打死吧，然后再赐她一个"包庇宠物"的罪吧？

结果等了好几天，她也没等到阮贵妃的影子。

她不知道苏嫔是没认出来还是刻意帮她隐瞒了，但听萧岚的形容，苏嫔当时很明显是认出来了啊。

可她们之间别说交情，连交集都没有，苏嫔身为阮贵妃阵营的人，没道理帮自己隐瞒啊？

林非鹿：她果然暗恋我们宫里的谁！

林非鹿没等来阮贵妃，倒是等来了林帝赐她们随行行宫避暑的旨意。

正值盛夏，天气越来越热，冬天避寒、夏天避暑，都是皇家的习惯。避暑的行宫修在太行山上，叫作揽星宫，比起温泉行宫要近一些，修得更高更大更豪华。

而且揽星宫地处深山，野兽种类丰富，整座山头都被皇宫圈出来作为猎场，林帝每年都会在此进行夏狩。

萧岚入宫后只第一年去过揽星宫，当时圣宠在身，低阶位分的妃嫔里，只有她一人得了随行的恩赐，所以当初招人嫉恨也不意外。

这一次的随行名单上，不仅有萧岚和林非鹿的名字，居然还有林瞻远的。

林瞻远长这么大，去过最远的地方就是颐清宫，听说可以出宫上山去玩儿，可以见到许多大树、动物，简直兴奋得睡不着觉，从收到旨意的那天开始就掰着指头倒计时了。

太后没回五台山，这一次避暑自然也是同行的，出发前一天派人来明玥宫传话，路途遥远，马车不便，萧岚既要照顾五公主，便让林瞻远随行太后的銮驾。

这是林非鹿来到这里后第二次出宫，地位、身份已经大不相同，连马车都比之前的豪华舒适了不少。皇宫外还是被清了场，整条街空无一人，她撩着窗帘看了半天，暗自琢磨等时机到了得找个机会出宫玩玩儿。

经过两天的颠簸，车队终于到达揽星宫。

一进山，气温几乎瞬间就降了下来，一路上的闷热消失殆尽，取而代之的是山中带着树木清香的凉风，随着车队行进，惊起林中的鸟雀，林非鹿还在马车上的时候就看见林中奔逃的兔子。

几位皇子骑着马走在前面，林济文当即便拔出弓箭要射猎，只是被林廷止住了。

他温声劝道："夏狩还未开始，二弟暂且饶它一命吧。"

林廷一向心肠软，但夏狩是大林的传统，他也只能在能力范围内稍加劝阻了。

林济文怪不情愿地把弓箭收了起来。

自从他在擂台上故意打伤了宋惊澜，林非鹿对他就一直没什么好印象。

对谁都甜甜一笑的小鹿妹妹难得表现出不喜欢一个人，林景渊非常开心，很是跟小鹿妹妹同仇敌忾，时不时地就要见缝插针地讽刺两句，此时见状便道："呦，看来二哥最近箭术大有精进嘛，这么迫不及待地想展示给大家看。"

林济文转头瞪了他一眼，又不知怎么反驳，恶声道："总比你平日偷奸耍懒强！"

林景渊只是顽劣贪玩，心思没用在正道上，并不是真的蠢，其实是很有些自己的小聪明的，当即便反唇相讥："谁偷奸耍懒了？我会背《论语》，二哥会吗？我还会背《尚书》，二哥会吗？我前日写的《清平论》还被太傅夸了，二哥被夸过吗？"

林济文差点儿被气得吐血："你！"

林倾不得不出声阻止："好了！父皇还在前面，当众吵闹成何体统！一会儿到了行宫，各自抄十遍《兄论》！抄不完不准参加夏狩！"

林济文：……

林景渊：……

为了小鹿妹妹，我真的付出太多了……

他委屈巴巴地转头看向林非鹿的马车。

从车窗探出半个身子看戏看得正起劲儿的林非鹿默默地坐了回去。

宫人给萧岚安排的小殿里有一片池塘，水面开满了白粉色的荷花，这座小殿的名字也很有意境，叫作荷色。

到达行宫，照常各自休整，夏狩定在三日之后。

此次行宫避暑，两位贵妃和两妃都有随行，除去林非鹿认识的苏嫔，还有三位妃嫔，其中一位谢婕妤已怀胎五月，因为天气炎热没有食欲，听从太医的建议后，林帝也把人捎上了，带来行宫安心养胎。

一年四季都寂静的深山突然就热闹起来。

林瞻远就像第一次出笼的鸟儿，对外面这个自由又广阔的世界既向往又胆怯。他思维太窄了，表达不出自己的想法，只是拉着林非鹿一遍遍地说："喜欢这里！喜欢这里！"

林非鹿看着他激动到急切的表情，第一次为这个傻哥哥的将来思考起来。

他总会长大的，不可能一直待在母亲身边。皇子成年之后就会搬出皇宫，在宫外分封建府。到时候就算林帝恩赐他立府，他又该怎么一个人独自生活呢？

林念知今年才十二岁，前不久林非鹿跟林瞻远在太后宫里玩的时候，已经听见太后在跟柳枝讨论合适她的夫婿人选，古代女子到了十五岁便要许配人家，不仅林瞻远前途堪忧，自己的未来也很堪忧啊。

她到时候要怎么做才能避免早婚呢？

林非鹿突然觉得，不管她现在混得有多厉害，除非当了女皇，否则人生始终无法自己做主。

难道她真要朝着女皇的目标奋斗吗？

这个难度就有点儿大了……

林非鹿正胡思乱想，林瞻远突然扯着她的手着急地说："鸟鸟！鸟鸟掉了！"

他们用过晚膳便出来散步，此时正走到一条幽道间，道路两旁的大树有些年头，树干笔直又高大，树冠如一把大伞遮住头顶的天，前方不远的树根下，有两只小鸟正趴在地上叽叽喳喳地叫。

林非鹿抬头看了看，树杈上正有一个鸟窝，微微倾斜，这两只小鸟大概就是从鸟窝里摔下来的。

它们还不是很会飞，好在没有摔伤，扑棱着翅膀一蹦一跳的。林瞻远蹲在跟前伸出一根小手指，想摸又不敢摸，转头跟妹妹说："要帮帮小鸟！"

这树修长笔直，树干上一根分叉都没有，十米之上才有树杈，林非鹿计算了一下这个距离，觉得有点儿难度。

林瞻远扯着她的衣角说："妹妹飞！"

他是见过林非鹿在明玥宫练习轻功，在墙上飞上飞下的。面对哥哥信任的眼神，林非鹿又膨胀了，觉得她现在上墙都没问题了，上树应该问题也不大！

于是一番调整后，她抓住两只小鸟，提气开始飞跃上树。

林瞻远还兴奋地在下面给她鼓掌。

林非鹿这一次不负众望，终于稳稳地飞上了树，把两只小鸟放回鸟窝，还体贴地把鸟窝扶正固定了。

林瞻远仰着小脑袋在下面欢呼："妹妹最厉害！"

林非鹿得意扬扬，往下一看，顿时有点儿头晕。

她第一次飞这么高……

俗话说上山容易下山难，上树是一个道理。

她扶住树干站在枝干上，看着远处起伏的山峦和隐在树林中的宫殿，双腿开始发软。

林瞻远等了一会儿，喊她："妹妹下来！"

啊啊啊，她也想下去，可是她不敢，这太高了啊！难道要抱着树干像只猴子似的爬下去吗？

那她也太丢脸了吧……

林非鹿欲哭无泪，林瞻远在下面急了："妹妹下来！下来！快下来！"

他越催她越急，正僵持不下，突然看到转角处有个人影优哉游哉地浪了过来。

他听到声音，先是看了眼在树下急得跳脚的林瞻远，再抬头一看，对上林非鹿的视线，顿时乐了："小豆丁飞得还挺高。"又环胸抱臂往那一杵，挑着眉说，"下不来了吧？"

林非鹿也顾不上平日跟他斗嘴互撑了，喊他："奚行疆，帮帮我！"

奚行疆慢悠悠地走到树下，手指搭在眉骨往上看了看，啧啧两声，"挺高，真挺高。"他勾着唇角，笑得蔫坏蔫坏的，"想让我帮你啊？那你求我啊。"

林非鹿：……

奚行疆冲她挑眉："先叫声'世子哥哥'来听听。"

林非鹿："呸！"

奚行疆也不恼，吊儿郎当的："腿都软了还呸呢？那一会儿站不稳摔下来可别怪本世子见死不救啊。"

林非鹿气死了："谁要你帮！"

她捏了捏拳头，深吸一口气，心一提眼一闭，就从树上跳了下来。

奚行疆吊儿郎当的神情顿时一惊，脚尖一点赶紧跃身而上去接她，结果小豆丁还挺有骨气，一侧身避开他，堪堪落在了地上，落地时身子踉跄了一下，但好歹是稳住了。

她在衣角揩揩手掌的冷汗，走过来拉着林瞻远转身就走。

奚行疆讪讪地挠了下脑袋："轻功不错嘛……"

林非鹿："哼！"

## 12

看自己好像真的惹恼了小豆丁，奚行疆懊恼地拍了一下自己的脑袋，拔腿追上来。

林非鹿虽然腿短，但步子迈得快，拽着林瞻远头也不回地往前走，任凭奚行疆怎么搭话都不理他。

奚行疆抓耳挠腮地道歉："小鹿，别生气啦，要不然你再上一次树，我这次肯定来接你！"

林非鹿：？

滚开！臭直男！

他伸手想来拉她，还没挨到人，就被一旁的林瞻远跳着脚拍开了："不准碰妹妹！男孩子不能碰妹妹！"

奚行疆感觉自己被这对兄妹搞得一点儿脾气都没了，一路哄回荷色殿，也没换回林非鹿一个正眼，摸摸鼻头没趣地走了。

接下来三天，行宫开始为一年一度的夏狩做准备。

每年在夏狩上博得头筹的人都会得林帝御赐的金弓，几位皇子从小学习骑射，也都会在夏狩上各自展露风采。

林非鹿从来没参加过这种大型狩猎活动，毕竟在现代社会那可都是保护动物，看大家都忙忙碌碌期待不已的样子，也不由得有些心动。

她开春之后就一直在练习骑马，虽然还达不到策马奔驰弯弓射雕的地步，但驾着马儿慢悠悠地跑几圈还是没问题的。她跑去跟林帝撒了个娇，就让林帝点头同意夏狩的时候把她带上了。

她只是想去见识见识，只要不单独行动，周围都有侍卫随行，安全性还是很高的。

林瞻远不知道什么是夏狩，听萧岚解释了一番，只以为是寻找小动物的行动，听说妹妹要去参加，拉着她的手认认真真地交代："我要一只小灰兔！"

林非鹿："好的！一定给你带只活的回来！"

等到了夏狩这天，林非鹿早早就起来了。

萧岚这几天花时间给她改了套衣裙，形似骑装，方便她骑马玩儿。六岁大的小姑娘穿上青白色的骑装，倒是少了平日里粉嘟嘟的乖巧样，多出几分清秀的俏丽。

到了集合的地方，林帝一见她便道："朕的小五好像长高了一些，你们觉得呢？"

大家纷纷点头。

林非鹿怀疑是她平时穿的裙子显得腿短。

宫人给她准备的马儿年龄还小，通身雪白，在一群高大骏马中显得十分小巧。林非鹿爬上马背，摸摸小马的头，单方面跟它建立一下友谊，就开始跟随大部队出发了。

奚行疆驱马围着她跑了好几圈，一会儿挤眼一会儿挑眉一会儿做鬼脸，林非鹿真是快被他烦死了。

他嬉皮笑脸地："小豆丁，你喜欢什么？我一会儿猎来送你。"

林非鹿："我喜欢老虎！吃人的那种！"

奚行疆略一思索："我倒是敢猎，你敢要吗？"

林非鹿：……

啊啊啊，这个人是不是有病啊！

走在一旁的林济文十分高傲地插话道："我听巡山的侍卫说，他们昨夜听到了虎啸之声，看来这山中确有猛虎，到时候世子可千万别跟我抢。"

奚行疆笑着做了一个"请"的手势。

随着队伍行进，他们逐渐深入山林，野兽的痕迹也多了起来。林帝还发现了一只黑豹，顿时引得大部队一阵追赶，只可惜黑豹速度快，一下子就蹿没了影。

林非鹿慢悠悠地骑马闲逛还行，这么一跑起来顿时就有点儿跟不上，感觉自己骨头都快被颠散架了。这小白马，性子还挺烈，半点儿都不甘落马身后，一路撒蹄子地跑，林非鹿勒都勒不住。

她开始后悔来凑热闹了，在屋里躺着吃冰西瓜不香吗？

她左右看了一圈，去跟离得最近的林廷说："大皇兄，我想要一只兔子。"又补了一句，"活的。"

林廷虽然不喜狩猎杀生，但骑术并没有落下，很快就带着人给她捕了一只兔子回来。

林非鹿让人把那兔子的脚都绑起来，然后就驱马往前走去，准备跟林帝说她想回去了。这狩猎没几小时估计是结束不了，她的屁股已经在强烈抗议了。

刚往前去了没多远，她就看见之前一直跟在林帝身边的林倾此时落在后面，慢腾腾地走着。他一手勒着缰绳，一手捂着胃的位置，脸色看上去不太好。

林非鹿驱马走到他的旁边，小声地问："太子哥哥，你身体不舒服吗？"

林倾转头看见是她，勉强笑了下："无事。"说话时，手掌微微揉了揉胃。

他今早起床后胃里便有些不适，隐隐作痛。但一年一度的夏狩对他而言很重要，身为太子，自然样样都要出色，令父皇满意，不然他也不会大冬天一个人在皇宫围场练习，怎可因为区区胃痛便放弃参加夏狩？

是以一路便都忍着，但随着马背颠簸，胃里的不适却越来越严重，炎炎夏日之下，他硬是被疼出一身冷汗，唇色都白了。

林非鹿见他那模样，也知道情况不对，皱着小眉头道："太子哥哥，你要是不舒服就别参加狩猎了，一会儿跑起来会更难受的。"

这狩猎才刚开始，大家都还没收获，林倾要不是实在难受，也不可能脱离前面的队伍，落到这后面来。

他还想说什么，林非鹿又道："身体最重要，如果因为区区一次夏狩留下病根儿，就得不偿失了。夏狩每年都有，但身体只有一个呀。"

林倾也实在是疼得厉害，以这个状态，就算留下来估计也猎不到什么猎物。

又听小五这番话，不由得点了点头，他苍白着脸色道："待我禀告父皇便回宫。"

林非鹿拍拍挂在马背上的野兔："我跟你一起回去！"

林帝正在前方拿着弓箭兴致勃勃地寻找猎物，听侍卫通报说太子身体不适提前告退，皱着眉回身过来，本来想批评他两句扫兴，但走近看到林倾确实脸色不太好的样子，倒也没多说什么。

两人告退之后，便由一小队人马护送离开。

此时仍是清晨，太阳透过茂密的树叶薄薄一层洒下来，给本就寂静的山林增添了一分幽远之意。

林倾身体不适，没什么力气说话，林非鹿走在他旁边，也就没说话影响他，只不过时不时地转头打量，生怕他从马背上疼晕过去。

一队人的行进速度放得很慢，林倾接收到妹妹担忧的目光，不由得笑道：

"我没事儿,已经比方才好多了。"

林非鹿看他脸色好像是好了一点儿,抿住唇点点头,又问:"太子哥哥,你是吃坏了什么东西吗,还是一直都有胃疼的毛病啊?"

胃病可不是什么小事儿,在这个时代五脏六腑要是出了问题,那就只有等死了。

林倾回忆了一下昨日的吃食,摇了摇头:"吃食宫人都检查过,没有问题,可能是夜里受了凉。"

林非鹿搭话道:"那一会儿让太医看看吧。"

两人正说着话,寂静的树林突然涌出大群鸟雀,争先恐后地朝着天空飞去,四周一时树影摇晃,簌簌作响。紧接着座下的马儿也开始不安地嘶鸣起来,原地乱转。

林倾神色一凝,看向四周。

旁边的侍卫也警惕道:"鸟兽不安,恐是四周有猛兽出没。"

另一名侍卫道:"可此处已经位处山林边缘,不该有猛兽啊。"

林非鹿的小白马也不停地扬蹄子,她骑术不精,根本控制不住,只能死死地勒住缰绳,颤巍巍地跟林倾说:"太子哥哥,我们快……"

这话还没说完,山风之中突然传来一声震耳欲聋的虎啸。

几乎就是一呼一吸之间,一只硕大凶猛的老虎突然从繁密的灌木丛之中扑了出来,在场的人根本就没反应过来,那老虎嚎叫着直直朝着马背上的林倾扑了过去。

几匹马同时被惊,面对百兽之王的威压,林倾座下那匹黑马发出一声厉鸣,前蹄狠狠朝上一抬,疯跑起来。

林倾本就胃疼无力,被马儿这么一甩,顿时从马背上摔了下来,但也因为这样,老虎这一扑并未扑中,那黑马已经撒蹄子狂奔逃离。老虎吼叫一声,转头又朝地上的林倾扑了过去。

这一切发生得太突然,几乎就是几秒之间,老虎动作生猛迅速,出现得又毫无预兆,眼见林倾就要命丧虎口,林非鹿拎起马背上的那只野兔就朝老虎砸过去。

她离林倾最近,这一砸用了十成的力道,那兔子将将砸在老虎面门之上。

兔子本就是活物,虽然双腿被绑住,但影响不了它蹦蹦跳跳地挣扎。老虎被落到眼前的活物吸引,大吼一声,张开血盆大口就将它吞下,也就是这一停顿，给了林倾和侍卫反应的时间。

林倾就地一滚，逃离了老虎爪下，周围的侍卫也纷纷跳下马冲了上来，开始与猛虎纠缠。

但人到底是人，跟吃人猛兽比起来根本就不是对手，何况对付老虎这种猛兽远攻最佳，现在这种近战攻击根本就不占优势。

很快就有一名侍卫被老虎一口咬住肩膀，登时半条胳膊就没了。

虽然侍卫都拼了命地对付老虎，保护太子离开，但那老虎好像就认准了林倾一样，咆哮着朝他飞扑，一击不中也不放弃，血腥味和惨叫一时之间充斥了整片树林。

马儿全部受惊疯跑逃离，林非鹿没有第一时间跳下马，扔完兔子还没反应过来，就被撒蹄子狂奔的小白马一路带着跑离了现场。

林倾好不容易喘了口气，就听见小五崩溃的尖叫声。他只来得及匆匆看上一眼，见小五被白马带离，心里倒是松了一口气。

侍卫留下一部分与老虎缠斗，一部分掩护他离开，但此时没有坐骑，单靠跑，很难逃过老虎的追击。

林倾听见身后一声比一声凄惨的叫声，到最后，连惨叫声都消失了，只剩下猛虎的咆哮。

他甚至闻到了身后浓烈恶臭的血腥味。

今日，恐怕要命丧此处了。

## 13

朝前看去，揽星宫的飞檐楼台隐约可见，但身后穷追不舍的猛虎已经将留下来与它缠斗的侍卫全部咬死，林倾身边的护卫全然是在用命拖住老虎的行动，为林倾争取逃脱的时间。

可奔跑至此，林中已然只剩林倾一人了。

他听到身后近在咫尺的虎啸，突地停下了奔逃，拔出腰间短刀，猛地转身朝老虎扑了过去，反正也逃不掉，不如跟它拼了！

林倾此时已经感受不到胃痛和难受了，冲冠眦目，想着就是死也要剜下它一块肉来。

就在他转身的瞬间，不远处突然传来一声厉喝："太子躲开！"

林倾此刻神经绷到极致，反应也极其迅速，虽然脑子还没反应过来，但身体已然给出动作，猛地朝旁边就地一滚。与此同时，一把泛着寒光的利刃刺破空气，从远处飞射而来，直直插进了老虎左眼。

老虎受伤吃痛，疯狂地咆哮起来，林倾抬头一看，已近身前的奚贵妃从小白马背上一跃而起，手持短刀，从半空中朝老虎俯冲而去。

一人一虎顿时缠斗起来。

奚檀虽曾在战场上伤了筋脉，但功夫底子在，又极擅轻功，身姿十分灵活，忽上忽下忽前忽后，老虎本就瞎了一只眼，此时被她戏要得团团转，越来越狂暴。

奚檀到底是受过伤，手臂一使力便痛，被咆哮着的老虎一爪子挥在肩头，瞬间撕下一块皮肉来，重重摔落在地。

老虎却没有趁机咬她，而是再次扑向林倾。

奚檀喉中涌出一口鲜血，咬牙拍地而起，猛地跃身扑上去，一把拽住了老虎尾巴，朝林倾大喝："跑！"

林倾血红着一双眼，知道自己这一走，奚贵妃多半没命了。她前来相救，自己却弃她不顾，如此无情无义贪生怕死的行径，理应为天下人所不齿。

思及此，林倾不仅没跑，反而捡起自己那把短刀，朝老虎冲了过去。

奚檀差点儿被他气死。

林倾是一国太子，关系到大林根本，若出事，朝中必然会因储君一事发生动荡，历史上因为夺储夺位内斗导致国家分崩离析外敌乘虚而入的事还少吗？

她身为将门之后，哪怕是拼上性命，也绝不会容忍这样的事发生。

她已无法在战场上守护自己的国家，保护太子不出意外，是她现在唯一能做的事了。

奚檀双目一凝，右手拽住虎尾在手掌缠了两圈，然后猛地往后一扯，老虎吃痛狂躁，回头想要撕咬。奚檀往后一仰，后背贴在地面，整个身子几乎对折起来，往老虎身下滑去，手肘上抬握刀往前一划，利刃开膛破肚，鲜血喷涌而出，尽数浇在她苍白的脸上。

老虎震耳欲聋的咆哮低了下去，硕大的身子重重一倒，抽搐了两下，渐渐没了生息。

林中一时寂静无声。

奚檀抬手抹了把脸上的血，缓缓地从地上坐起来，皱眉看向林倾："太子可有受伤？"

林倾还呆愣着，死里逃生的惊恐与后怕在老虎倒地的那一刻尽数袭来，连刚才被他短暂忘却的胃痛好像都比之前严重了。林倾身子一个虚晃，跪坐下去，捂着胃部大口喘气。

不远处传来急促的马蹄声，是从行宫的方向来的。护驾的侍卫匆匆赶到，惊慌失措地朝两人跑来。

"属下护驾来迟！请太子恕罪！"

林倾已无力说话，抬头时，看见缀在队伍最后的林非鹿骑着一匹大马摇摇晃晃地跑过来了。

她下马的时候还踉跄了一下，手脚并用地扑到他身边，平时总是软甜甜的声音难得地既严肃又担忧："太子哥哥，你没事吧？没受伤吧？"

林倾心中一酸，缓缓看向来路。

那一路都是侍卫的尸体。

林非鹿循着他的视线看过去，看到满地的残肢碎尸，又闻到被风带来的浓郁的血腥味，脸色一变，当场呕吐起来。

林倾顾不上自己难受，赶紧去抚她后背，吩咐旁边的侍卫："快带五公主离开此处！"

林非鹿头一次看到如此血腥的场面，实在太具冲击力了，吐了个昏天黑地，被侍卫抱上马时还记得转头喊奚檀："娘娘，你还好吗？"

奚檀被侍卫搀扶着上马，神情还是一如既往地淡漠："无碍，回宫再说。"

侍卫一部分护送他们回行宫，另一部分则留下来清理现场。

林帝得到消息赶回来时，已经是一个时辰之后了。

要不是他知道无人敢欺君，恐怕都要以为这是一个恶劣的玩笑了。

太子和小五离开的时候，大部队都还未深入山林腹地，猛兽一向只在山林深处出没，他们想猎虎都遇不上，怎么可能被两个人在山林边缘遇见？！

但走到他们遇虎的位置时，所有人都闻到了空气中还未散完的血腥味。

侍卫虽然清理了断臂残肢，但看着四处飞溅的鲜血仍可想象出当时的惨况。

之前护送太子的小部队全部命丧虎口，来回禀的侍卫是驻守行宫的。

只知道五公主一路骑着马飞奔回来说太子遇虎，恰好奚贵妃就在旁边散步，夺了白马率先赶去，等他们赶到时，奚贵妃已经将猛虎斩杀了。

林帝脸色沉得可怕，回到行宫后直奔太子去处。

林倾虽未受伤，但胃痛难当，又受了极大的惊吓，情况也不算好，随行的太医已经开了药让他吃了，因药里有安眠成分，林倾此时已经昏睡过去。

林帝没有叫醒他，听说小五在奚贵妃宫中，便又直奔奚贵妃那里。

比起林倾，奚贵妃的伤反而要严重一些。

她被老虎拍了那一爪，皮肉都被撕下来了，肩头血肉模糊，又因动了内力，导致气血倒逆，受伤的筋脉受到冲击，有如断筋裂骨之痛，但偏偏一声不吭，除了脸色惨白，几乎看不出她在忍受常人难忍的痛苦。

林帝过来的时候，林非鹿正坐在奚贵妃床边喝药，她回来的路上差点儿把胆汁吐出来，而且受惊也不小，太医也给她开了药。她一喝完，旁边的侍女立刻递上蜜饯，林非鹿塞到嘴里，一边嚼一边朝半躺在床上的奚檀爬过去。

小脸皱成一团地问："娘娘，你还疼吗？"

奚贵妃斜了她一眼："不疼，你还不回去？赖在我这儿做什么？"

林非鹿说："我担心娘娘。"

奚贵妃："你担心我就不疼了？"

林非鹿："娘娘不是说不疼吗？"

奚贵妃：……

小豆丁看上去眼泪汪汪的，语气却很真切："疼的话就说出来，没人会嘲笑娘娘的，女孩子不用这么坚强。"她说着，凑到奚贵妃肩口的位置，轻轻呼了两下。

奚贵妃眼神有些愣怔，以前从来没有人跟她说过，女孩子可以不用这么坚强，疼也可以说出来。

父母只是告诉她，奚家儿女，流血不流泪。守护黎民苍生的人，不可以喊累喊疼。

她第一次听见这样的话，居然是从一个小孩子口中。

奚檀觉得有些好笑，也有些感动，还没说话，门口就传来林帝急躁的声音："檀儿！朕来迟了！"

奚檀："……"

她抬眸看去，又恢复那副淡淡的表情："陛下来得不早也不晚。"

林帝快步走过来，把趴在床边的林非鹿一把捞起来抱在怀里，一手抱着女儿，一手握着奚檀的手，心中感慨万千："今日多亏了朕的小五和爱妃，不然……唉！"

说完，他又十分佩服地看着奚贵妃："没想到爱妃身手不减当年，竟能以一己之力斩杀猛虎！"

奚檀被他的眼神惊起一身鸡皮疙瘩，立刻毫不客气地赶人："臣妾无事，只是有些累了，陛下还是先去看看侍卫带回来的老虎尸体吧。"

林帝便抱着林非鹿站起身来："那爱妃好生休息，朕先带小五走了，晚些再来看你。"

林非鹿乖巧地朝奚贵妃挥挥手，就被林帝一路抱着离开了。

林帝已从侍卫口中得知，若不是五公主赶回来求救，恐怕太子今日便要命丧虎口。早先他便听老四念叨，说什么五妹是他的幸运神，如今看来，这还真是个皇宫里的小福星啊！

林帝没着急去看今日袭人的老虎，而是先把林非鹿送回荷色殿。

护送的侍卫都死了，太子又昏睡着，林帝只能向小五询问之前的事情经过。

尽管林非鹿知道老虎一事必有蹊跷，从它只追着林倾一个人撕咬就能看出问题来，但她什么也没说，只是把自己看到的过程平铺直叙了一遍。

林帝若有所思地点点头，将她抱回荷色殿后嘱咐萧岚几句，便匆匆离开了。

老虎的尸体被侍卫扛了回来，放在偏殿。

林帝也是见过大场面的人，此时一见老虎血窟窿一般的左眼，再看它几乎被开膛破肚的致命伤，想想爱妃平时冷冷淡淡的模样，不由得打了个寒战。

不愧是女阎罗，真的狠。

他负手看了一圈，老虎已死，也看不出什么来，只沉声问侍卫："老虎为何会出现在山林边缘，可找到原因了？"

这上哪儿找原因去？兴许是这老虎心情好闲逛呢？

当然侍卫不敢这么说，只猜测道："回陛下，可能是近来山中多雨，小兽都躲了起来，老虎寻不到食物，才会在边缘出没。"

在这样的冷兵器时代，野兽对于人而言是十分危险又强大的存在，何况还是老虎这种百兽之王的猛兽。

野兽袭人的事年年都有发生，太子和公主遇虎，大家都觉得是意外，根

321

本就没谁会往人为的原因上想。若不是林非鹿亲眼所见老虎只攻击林倾一人，恐怕也不会察觉这其中有猫腻。

林帝查探了半天，也没问出什么结果来，秉承着不浪费的原则，让人把虎皮剥下来，打算到时候赏给奚檀。

爱妃怕冷，等到了冬天把这虎皮铺在榻上当坐垫，既威风又暖和，一定很棒。

夏狩第一天就发生这样的事，古时做什么都要占卜，钦天监的人也说不吉，林帝觉得恐怕是今年不宜狩猎，之后的夏狩便停了。

林倾到傍晚的时候便苏醒过来，吃过药之后胃中不适已经消退，在宫人的陪伴下前去奚贵妃处致谢。

奚贵妃肩上的伤倒是小事，只是动了内力引发陈年旧伤较为棘手，奚行疆去荷色看过林非鹿后就回来一直守在这里。

见林倾要拜，奚檀让奚行疆把人拦住了。

她区区一个妃子，哪里受得起太子这一礼。

林倾隔着帘子沉声道："今日贵妃虎口救命之恩，本宫没齿难忘。"

奚贵妃淡淡的声音从里头飘出来："太子无恙，便是我大林无恙，都是臣子分内之事，太子不必放在心中。"

林倾以前只从太傅口中偶尔听过奚家满门大义，奚行疆平日作风又十分浪荡，起先其实不以为意，经此一遭，才算彻底见识到奚家人的风采。

没有人能感同身受他当时生死一线的惊险。

尽管奚行疆拦着，林倾还是略略一拜，才脚步沉重地走出了大殿。

侍卫皆已身亡，只有他和小五目睹了当时的情况。且不说小五年纪小，当时那种情况恐怕根本没注意到老虎的异样，她在扔了兔子之后就被受惊的白马带离，也没有看见之后那一幕。

那老虎只追着他一人撕咬的一幕，他如今告诉别人，又有几人能信？

连他自己都觉得荒唐。

林倾一路沉默地回到殿中，他的贴身侍卫立刻迎上来，低语道："殿下，属下又去验了一遍昨日剩下的吃食，并无毒，只不过……"

林倾抬眸看来。

侍卫道："属下拿着昨日殿下吃过的所有食物去找高太医看过了，高太医说，霄果和栎菜同属寒性食物，虽然无毒，但若同时食用，会加重寒凉，导致胃痛。"

　　行宫的膳食都是御膳房统一负责的,这两种食物并不是什么稀罕东西,如果有人刻意将他晚饭后的水果换成了宵果,也不是不可能。

　　林倾袖下拳头捏得紧紧的,侍卫观察着他的神色,试探着问:"殿下,要将此事回禀陛下详查吗?"

　　"详查?怎么查?"林倾冷笑一声,"老虎死无对证,食物也可说是我误食。闹到父皇面前,却拿不出证据,平白惹父皇不喜不说,恐怕还会被对方反将一军,说我们污蔑。"

　　侍卫迟疑道:"殿下已经知道,此事是何人所为了?"

　　林倾看向窗外渐渐暗沉的天,语气又低又沉:"传信于母后,让她派人调查近来相府的动作。这件事,本宫绝不善了。"